Pöllat Verlag

Das Buch

Als sie die Trümmer ihres »alten Lebens« endlich hinter sich gelassen hat, baut sich Sophie auf Mallorca, der Insel ihrer Kindheit, ein neues Leben auf.

Doch der Fund eines alten Siegels, in ihrem Haus, bringt sie in höchste Gefahr und in die Hände eines machtbesessenen Psychopathen, der mehr, als nur ein Leben auf dem Gewissen hat.

Herausgerissen aus der Inselidylle, befindet sie sich plötzlich auf der Flucht und muss entscheiden, wer Freund oder Feind ist.

Haben die Ermittler Rodriguez, Maria und Carlos noch eine Chance, das Schlimmste zu verhindern?
Und wird ihre Vergangenheit ihr helfen, oder sie völlig zerstören?

Informationen zur Autorin und zu den Hintergründen des Buches, finden Sie im Anhang.

CAROLINE STEIN

MEMORIAM

Du entkommst nicht

Mallorca Krimi

Pöllat Verlag

I.Auflage
Originalausgabe August 2018 bei Pöllat Verlag

Umschlaggestaltung © Tobias Pfundstein 2018
Illustration / Design © Tobias Pfundstein 2018
Lektorat Daniela Straub, Rainer Lutz
Layout-Assistenz Andrea Thiem
Bestellung & Vertrieb Nova MD GmbH Vachendorf

ISBN 978-3-96443-288-9

Gewidmet meinen wunderbaren Eltern –
und meiner geliebten Familie,
für die mein Herz schlägt

Gene verschlüsseln keine Geheimnisse,
sondern offenbaren sie.
(H-J. Quadbeck-Seeger)

PROLOG

Er warf gedankenverloren einen Zweig in das langsam verlöschende Feuer, dessen flackernder Schein den Platz in ein warmes Licht tauchte.

»Heute sind es vier Jahre«, sagte er nachdenklich. Er musste nicht mehr sagen, denn Tajo wusste genau, was er damit ausdrücken wollte und so schwiegen sie weiter, ihren Gedanken nachhängend. Die Luft war lau und erfüllt von den nächtlichen Geräuschen des afrikanischen Buschs.

»Ich habe dir Unrecht getan, damals«, unterbrach Tajo nach einer Weile das Schweigen. Die Götter haben mir falsche Zeichen geschickt. Zeichen des Unheils. Aber du und deine Familie, ihr habt uns nur Glück gebracht. Jede Ernte war gut, seit damals, viele Kranke sind wieder gesund geworden und ich habe einen wahren Freund gefunden.«

Er fühlte Tajos Blick und sah auf. Schweigend sahen sie sich an und ihm war, als liefen die Erinnerungen der letzten Jahre wie ein Film vor ihm ab. Es war die Wende gewesen und der Beginn einer besonderen Freundschaft, als er Tajo das Leben gerettet hatte. Damals.

Er legte Tajo die Hand auf die Schulter und seine Stimme klang rau, als er sagte: »Mein Leben für dein Leben.«

Tajo öffnete den Mund um etwas zu erwidern, doch jäh zerriss ein Schrei die Nacht, so markerschütternd und peinvoll, dass sie beide aufgesprungen und losgerannt waren, noch bevor der Schrei verhallte. Kalter Schweiß brach ihm aus und er fühlte, wie Panik in ihm hochstieg, als er in Richtung der Hütten rannte.

»Micaela!«, keuchte er. Er wusste, dass es Micaela

gewesen war. Er spürte, dass sie in Gefahr war und rannte wie um sein Leben. Zu spät sah er aus dem Augenwinkel den Schatten. Eine Faust schoss auf sein Gesicht zu und ein berstender Schmerz durchzuckte seinen Kopf. Er fiel zu Boden, sah über sich eine dunkle Gestalt mit erhobenem Arm. Im gleichen Moment warf Tajo sich gegen den Angreifer und ging zusammen mit ihm zu Boden. Das Messer in Tajos erhobener Hand blinkte im Licht des Mondes auf, bevor es auf die Gestalt niedersauste.

Ramon hatte sich aufgerappelt, da sprang ein weiterer Mann aus dem Dunkel.

»Lauf!«, schrie Tajo ihm zu. Er rannte zur Hütte, die Machete in der Hand, und riss die Tür auf.

In diesem Moment schien das Leben stillzustehen. Der Anblick dessen, was er da sah, war so furchtbar, dass er es nicht fassen konnte, und für den Bruchteil einer Sekunde war er starr vor Entsetzen. Da spürte er von hinten ein Messer an seinen Rippen. Er ließ die Machete sinken und ein Vermummter nahm sie ihm ab. Verzweifelt starrte er auf das Bild des Grauens vor ihm.

Nie würde er das in blutrünstigem Genuss verzerrte Gesicht des Mannes vergessen, der mit schmieriger Stimme sagte: »Pedro, schließe die Tür hinter unserem Besuch.« Und dann an ihn gewandt: »Die kleine Schlampe wollte uns nicht verraten, wo das Dokument deines Onkels versteckt ist. Sag du es uns, und du bekommst sie lebendig zurück.«

Er deutete mit dem Messer in seiner Rechten auf die Gestalt, die sein Arm an sich gepresst hielt – Micaela. Seine Frau.

Ihr Kopf hing leblos nach unten und ihre Augen waren geschlossen. Tiefrotes Blut hatte ihre blonden Locken verfärbt und zog eine breite Spur über ihr totenbleiches Gesicht. Aber sie schien noch zu leben, im Gegensatz zu der kleinen Gestalt, die in einer Blutlache auf dem Boden lag. Ein qualvoller Schrei der Verzweiflung entrang sich seiner Kehle.

Der Mann drückte Micaela das Messer gegen den Hals und zischte: »Wo ist das Dokument?«

Micaela hat es nicht gewusst, dachte er verzweifelt und ein grausamer Schmerz durchzuckte ihn.

Die zwei Vermummten rechts und links von ihm zückten ihre Messer.

»Das Dokument ist nicht hier«, sagte er mit tonloser Stimme.

Der Mann, der Micaela festhielt, machte eine Bewegung mit dem Kopf. »Pedro, schau im Schrank.«

Einer der Vermummten riss die Schranktüre auf und wischte mit einer verächtlichen Bewegung den ganzen Inhalt des oberen Faches auf den Boden. Die Kleider fielen über die leblose Gestalt, die dort lag, und verdeckten sie.

Er hatte das Gefühl vor Schmerz ohnmächtig zu werden.

»Ist nichts da, Boss.«

Der ›Boss‹ nickte und schickte den Mann mit einer Kopfbewegung zur Seite. Seine Augen funkelten gehässig und sein Mund verzog sich zu einem fiesen Grinsen, als er das Messer erst ein wenig von Micaelas Kehle entfernte und dann wieder ansetzte. Er beobachtete Ramon immer noch grinsend, während er eine kleine Bewegung mit der Hand machte und eine schmale rote Blutspur hinter der Klinge sichtbar wurde. Es fühlte sich an, als würde jemand seine Eingeweide herausreißen.

»Neeein!« Er warf sich nach vorne, aber der Vermummte hinter ihm packte ihn und hielt ihn fest. Im gleichen

Moment öffnete Micaela die Augen und hob ein wenig den Kopf.

»Ramon«, flüsterte sie.

Er wand sich verzweifelt im Griff des Mannes und trat nach hinten.

Der Vermummte jaulte auf und lockerte den Griff für den Bruchteil einer Sekunde. Es war genügte Ramon, um sich loszureißen, doch der zweite Mann packte ihn, bevor er Micaela erreicht hatte. Verzweifelt tobte er in seiner Umklammerung.

Irgendwoher ertönte lautes Geschrei und er hörte das Splittern von Holz. Er sah Micaelas Blick, so voller Todesangst und doch voller Liebe. Im gleichen Moment zog der Mann das Messer durch. Ihr erstickter Schrei ging in Gurgeln über. Er schrie wie von Sinnen, spürte einen berstenden Schmerz in seinem Gesicht und schmeckte Blut.

Dann wurde es schwarz um ihn.

... ein Jahr später

I

Sommer 2011

Der Staub grub sich tief in die Ritzen des Hauses und lag über den Räumen wie ein dichter Novembernebel. Bei jedem Atemzug spürte sie, wie er ihre Lungen füllte und sie mit dem dauernden, quälenden Hustenreiz kämpfen ließ.

»Tonio!«, brüllte eine tiefe Stimme irgendwo im dichten Grau und fast gleichzeitig erbebte dumpf grollend das Haus, wie von einer riesigen Hand geschüttelt.

Sie schrie erschrocken auf und stand einen Augenblick wie erstarrt. Eine schneeweiße Gestalt tauchte plötzlich neben ihr aus dem Staubnebel auf.

»Señorita Sophia! Die Trennwand des Büros ist beim Abriss eingestürzt und hat ein Loch in den Boden gerissen. Darunter ist ein Hohlraum, vermutlich eine weitere Zisterne. Pedro holt gerade die Archäologen. Sie arbeiten noch unten im Keller.«

»Noch eine Zisterne!«, stöhnte Sophie. »Ich komme gleich, Tonio.«

»Señorita Sophia!« Eine Männergestalt kämpfte sich zwischen Zementsäcken, Balken, Eisenträgern und anderen Baumaterialien zu ihr durch. »Ihre Brüder sind gerade angekommen. Sie stehen draußen, aber ich wollte sie ohne Helm nicht reinlassen.«

»Danke, Carlos.« Sophie schnappte sich zwei von den gelben Helmen, die auf einem Bretterstapel lagen. »Ich geh sie begrüßen ...«

»Señorita!« Der von Zement vergraute Capo tauchte aus dem Staub auf. »Die Archäologen wollen wissen, was mit der Zisterne passieren soll. Sie sagen sie wäre aus der römischen Zeit – eine Seltenheit hier in Palma. Aber man kann nicht runter. Sie ist zu eng und zu tief.« Seine letzten Worte gingen im ohrenbetäubenden Getöse von herabfallenden Metallstangen unter.

»Sag ihnen ich komme gleich!«, schrie Sophie gegen den Lärm an. Der Mann nickte und verschwand wieder im Staub.

Mittwoch 8. August 2012

Die Wiener Jesuitenkirche lag im warmen Schein der Sommersonne. Zwei Jungen liefen über den Platz vor dem Eingang, einen Fußball hin und her kickend und in ihre Unterhaltung vertieft.

Pater Nicolas ging bedächtig durch das Kirchenschiff. Die Messe in der kleinen Kapelle war für die Jahreszeit nur mäßig besucht gewesen, aber seine Predigt hatte den Gottesdienstbesuchern wohl gut gefallen. Zufrieden lächelte er vor sich hin und seine Gedanken schweiften zum heutigen Abend. Er freute sich schon darauf. Das Plaudermeeting bei einem Glas Wein, zu dem er seine Mitbrüder eingeladen hatte, würde mit Sicherheit unterhaltsam und lustig werden und der laue Sommerabend schien perfekt dafür gemacht.

Das leise Plappern eines Kindes, das mit seiner Mutter die Kirche verließ, verhallte im Raum. Goldene Sonnenstrahlen fielen durch die Oberfenster, tauchten die Kirche in ein freundliches Licht und ließen das Altarbild mit der Himmelfahrt Mariens in bunten Farben leuchten.

Pater Nicolas lief den Mittelgang entlang und sah in die Seitenkapellen. Obwohl er immer über das Mikrofon ankündigte, dass er gleich die Kirchentür abschließen würde, ging er jeden Abend noch einmal die Runde, um sicher zu gehen, dass er niemanden einsperrte.

Gerade wollte er sich zum Gehen wenden, da nahm er aus dem Augenwinkel eine Bewegung am Seitenaltar des Hl. Joseph wahr. Er drehte sich um. Halb verdeckt von der roten Marmorsäule stand eine Gestalt in schwarzem Mantel, mit dem Rücken zu ihm gewandt. *Und wieder mal ein Besucher, der nicht gehört hat, dass die Kirche abgesperrt wird,* dachte er schmunzelnd. Aus der Statur schloss er, dass es ein Mann war. *Wie kann man bei der Hitze einen schwarzen Mantel tragen,* schoss es ihm durch den Kopf. Er räusperte sich, um den Besucher nicht in seiner Andacht zu erschrecken.

»Entschuldigen Sie.« Er ging auf den Mann zu. »Die Kirche wird jetzt geschlossen. Sie müssen leider gehen.« Der Mann schien ihn nicht zu hören, denn er bewegte sich nicht. Pater Nicolas trat neben ihn.

Draußen schob sich eine Wolke vor die Sonne und entzog dem Gottesraum alle Farben.

Der Mann wandte sich zu ihm um. Sein Gesicht war bleich. Seine Augen, die in tiefen Höhlen lagen, funkelten dunkel und sein Mund verzog sich zu einem gehässigen Grinsen. Der Pater schluckte und wich einen Schritt zurück. Ein düsteres Gefühl beschlich ihn.

»Sie müssen die Kirche jetzt bitte verlassen«, wiederholte er und versuchte seiner Stimme einen festen Klang zu geben.

Die Augen des Mannes verengten sich zu schmalen Schlitzen. Er sagte nichts, aber das Grinsen war aus seinem Gesicht gewichen.

»Verstehen sie mich?«, machte der Pater noch einen Versuch. »Do you speak English?«

Die Augen des Mannes schienen immer dunkler zu werden.

Pater Nicolas spürte wie sich sein Herzschlag beschleunigte und in seinen Ohren zu dröhnen begann. *Lauf weg,* schrie seine innere Stimme.

Da riss der Mann seinen Arm hoch, sprang mit einer

schnellen Bewegung vor und schlug dem Pater die Faust gegen die Brust.

Pater Nikolas taumelte rückwärts und spürte einen Stich in der Herzgegend. Er rutschte an der Stufe ab und versuchte sich im Fallen an der Marmorsäule einzuhalten. Die Welt um ihn herum verschwamm, er hörte zwischen den dumpfen Herzschlägen, die in seinem Kopf dröhnten noch ein höhnisches Lachen.

Dann tauchte er ein in ein helles Licht.

Montag 13. August 2012

»Mehr Seil! Ich brauche mehr Seil!« Sophies Stimme wurde hallend von den Wänden der Zisterne zurückgeworfen und stieg wie ein dumpfes Grollen nach oben.

Oliver ließ langsam Seil nach.

»Gut! Stopp!«

Sie verhielten sich ganz ruhig, um Sophie verstehen zu können. Steffen schob sich bäuchlings noch etwas weiter mit dem Kopf über die Öffnung der alten Zisterne, die einmal den Römern als unterirdischer Wasserspeicher gedient hatte. Er sah Sophie auf halber Höhe an der langen, schmalen Strickleiter im Inneren des Brunnens schweben. Sie hatten ihre Schwester mit einem Bergseil gesichert und dieses um einen Balken geschlungen, der quer über der Zisternenöffnung lag. Oliver steuerte das Seil. Unter Sophie lagen jetzt noch etwa fünf Meter Schacht bis zu der Wasseroberfläche, die von einer dünnen Kalkschicht bedeckt war. Die wasserdichte Lampe, die Sophie am Körper trug, tauchte die Zisterne in ein geheimnisvolles Licht.

»Jetzt das Boot!«, tönte es aus dem Schacht.

Steffen quetschte das halb aufgeblasene Schlauchboot mühsam durch die schmale Öffnung und platzierte es etwa oberhalb von Sophie.

»Ich lasse jetzt los«, rief er.

Geschickt fing Sophie das herabsausende Boot auf. Dann sicherte sie ihren Brustgurt mit einem Karabiner an der Hängeleiter und begann das Boot restlich aufzublasen. Das Ganze glich einem Drahtseilakt.

»Verdammt, ist das heiß hier!« Auf Olivers Stirn glänzten Schweißperlen.

»Halt bloß das Seil fest!« Steffens gepresste Stimme verriet deutlich seine Anspannung. Er hatte Sophie gar nicht hinunterlassen wollen.

Jetzt ließ Sophie das Boot fallen und mit einem dumpfen Knall landete es auf dem Wasser. Sie löste den Brustgurt und hangelte sich weiter abwärts, die wasserdichte Lampe im Schlepptau. Die Leiter war zu kurz und sie musste die letzten eineinhalb Meter mit einem Sprung überbrücken. Oliver sah sie noch abspringen. Dann erlosch das Licht und es folgte ein lauter Knall.

»Sophie!« Die Brüder riefen es gleichzeitig. Die folgende Stille war wie eine Ewigkeit. Dann ertönte ein lautes Platschen.

Sophie wünschte die verdammte Lampe zum Teufel. Das Licht war genau in dem Moment erloschen, als sie abgesprungen war. Sie konnte nur hoffen, dass ihre letzte Orientierung stimmte und sie im Boot landen würde. Im gleichen Augenblick spürte sie, wie sie aufkam. Das knallende Geräusch hallte laut in dem Brunnen wider und das Boot begann gefährlich zu kippen. Sophie ruderte verzweifelt mit den Armen, verhedderte sich im Bergseil und fiel über den Rand in das eiskalte Wasser.

Zitternd hangelte sie sich zurück ins Boot. Das Wasser hatte die Temperatur eines Bergsees und sie hatte gemeint, ihr Herz würde stehen bleiben. Sie fror erbärmlich und ihr Oberschenkel brannte höllisch von einer Schürfwunde. Mit klammen Händen fingerte sie an der Lampe, um endlich wieder Orientierung zu haben. »Sophie!«

»Bin in Ordnung!« Sie hatte ihre Brüder dort oben ganz vergessen.

Endlich flammte das Licht wieder auf. Erleichtert atmete sie auf und begann ihre Umgebung abzuleuchten. Die Zisterne war quadratisch und maß etwa drei auf drei Meter. Die glatt gemauerten Wände erhoben sich geschätzte dreizehn Meter über ihr und vereinigten sich zu einem Tonnengewölbe, in dessen Mitte ein Loch von etwa einem Meter Durchmesser war. Von dort aus führte ein kurzer Brunnenschacht nach oben in ihr Büro. Sie leuchtete um sich und entdeckte einen schmalen dunklen Gang. Er führte Richtung Süden aus der Zisterne heraus.

Nachdem sie sich aus den Schlingen des Bergseils herausgeschält hatte, ruderte sie mit den Händen in Richtung des Ganges. Vorsichtig leuchtete sie hinein. Er war so eng, dass sie vielleicht mit einem schmäleren Boot hätte hinein rudern können, und machte nach wenigen Metern einen scharfen Linksknick. Der Boden erschien uneben und war ebenso von Schlamm bedeckt, wie der Zisternenboden. Sophie zitterte vor Kälte in ihrem Badeanzug. Er war ihr vor dem Abstieg noch als das passende Kleidungsstück erschienen, doch ihre Überzeugung hatte inzwischen unter der Temperatur deutlich abgenommen. Es hatte höchstens zehn Grad hier unten.

Sie paddelte ein Stück zurück, als sie unter sich im Schlamm eine Erhebung sah. Vorsichtig ließ sie die Lampe am Seil ins Wasser. Die Erhebung hatte einen Henkel.

Sophies Herz klopfte schneller und sie vergaß für einen Moment die Kälte.

»Ich brauche eine Stange mit Haken! Ich hab da was gesehen, das wie ein Gefäß mit Henkel aussieht«, rief sie nach oben und das Gewölbe warf ihre Stimme wie ein hohles Echo zurück.

Rasch schätzte sie die Wassertiefe ab und ergänzte dann, mit gedämpfter Stimme rufend: »Die Stange muss etwa drei Meter lang sein.«

Sie wusste, dass es jetzt etwas dauern würde, bis ihre Brüder in dem Nebenraum, in dem hunderte von Überbleibseln aus der Bauphase ihr Dasein fristeten, das Richtige finden würden. So überbrückte sie die Zeit damit, den Zisternenboden abzuleuchten. Es gab da einige Unebenheiten im Schlamm und Sophies Gedanken begannen zu kreisen. Sie erinnerte sich an die Worte der Archäologin Louisa, die das Haus nach mallorquinischem Recht eingehend auf historische Relikte untersucht hatte: ›Das ist einer der seltenen Brunnen aus römischer Zeit, die in Palma bekannt sind.‹

Sie wusste eigentlich gar nicht so genau, warum sie so versessen darauf gewesen war, hier herunter zu steigen, denn die anderen Zisternen des Hauses waren völlig unspektakulär gewesen. Man hatte sie leer gepumpt, den Schlamm beseitigt und Kellerräume daraus gemacht. Die herrlichen Deckengewölbe machten diese nun zu einer echten Besonderheit des Hauses. Gut, die anderen Zisternen waren ›nur‹ aus dem 18. Jahrhundert gewesen. Da die Zisterne aus römischer Zeit, in der sie jetzt paddelte, historisch gesehen eine Rarität war, hatte Sophie sich entschieden, sie original zu belassen und mit einem Gitter und später einmal mit einer Panzerglasscheibe abzudecken.

Die Kalkschicht auf der Wasseroberfläche hatte verhindert, dass man von oben her auf den Grund sehen konnte. Immer mehr war dann in ihr die Neugier gewachsen.

»Wenn das ein Brunnen war, dann ist in den letzten 2000 Jahren bestimmt auch mal was hineingefallen«, hatte sie zu ihren Brüdern gesagt und kaum war der Gedanke ausgesprochen, hatte sie schon begonnen zu überlegen, wie sie in den Brunnenschacht hinuntersteigen könnte.

»Achtung, Sophie! Die Stange kommt!« Sie sah eine lange Metallstange mit Haken langsam an einem Seil herabschweben.

»Hab sie!« Sophie ließ den Stab langsam ins Wasser gleiten und versuchte den Haken in den Henkel einzufädeln. Das gestaltete sich schwieriger, als erwartet. Ständig driftete das Boot im entscheidenden Moment ab und das dauernde Stochern mit dem Haken wirbelte so viel Schlick auf, dass Sophie kaum mehr etwas sehen konnte. Langsam begannen ihre Arme schmerzhaft starr zu werden von der Arbeit im eiskalten Wasser. Zitternd, mit steifen Fingern drehte sie die Stange. Noch einen letzten Versuch, dachte sie bei sich. Vorsichtig fuhr sie mit dem Haken Richtung Henkel. Noch zehn Zentimeter, noch fünf ... Da! Sie hatte den Haken eingefädelt. Vorsichtig zog sie an der Stange. Das Boot begann zu kippen. Das Gefäß war schwerer, als sie gedacht hatte und steckte fest im Schlick.

Nur millimeterweise schob sie sich auf dem Boot etwas seitlich, immer darauf bedacht, den Henkel nicht vom Haken zu lassen. Ein neuer Versuch. Sie musste ihre ganze Kraft aufwenden, um genug Zug auf das Gefäß zu bringen und trotzdem das Boot am Kippen zu hindern. Das Behältnis gab keinen Millimeter nach und sie hatte Bedenken, den Henkel abzubrechen, der sicher weich war von der langen Zeit im Wasser. Dann wäre das Gefäß verloren gewesen.

Plötzlich gab es einen Ruck und Schlamm wirbelte auf.

Sophie balancierte das Boot aus. Jeder Muskel in ihrem Körper war angespannt. Sie fühlte, wie die Last am Haken leichter wurde und begann vorsichtig daran zu ziehen. Gleich musste er an der Wasseroberfläche sein. Behutsam zog sie den Stab weiter aus dem Wasser. Ein Gefäß in der Form eines Kruges kam in Sicht. Sophie griff danach und nahm ihn noch unter Wasser vorsichtig vom Haken. Er musste voller Schlamm sein und Sophie wollte unter keinen Umständen riskieren, dass er brach. Deshalb hielt sie ihn weiterhin unter der Wasseroberfläche und ließ nur langsam Luft in die Öffnung. Eine Schlammwoge wallte aus dem Krug und verschleierte das Wasser. Da sah Sophie im Licht der Lampe etwas Helles inmitten des trüben Wassers aufleuchten. Blitzschnell griff sie danach, verlor das Gleichgewicht, das Boot kippte und Sophie fiel kopfüber ins Wasser.

Langsam sank der Krug auf den Grund der Zisterne zurück.

2

Der spanische Cognac – Magno caliente – und das heiße Bad brachten ganz langsam die Wärme wieder in ihren Körper zurück und vertrieben die kalten Schauer, die sie immer noch erzittern ließen. Sie schloss die Augen und genoss die wohltuende Wärme und Entspannung.

Sie war so starr vor Kälte gewesen, dass sie kaum mehr imstande gewesen war, die Strickleiter hinaufzuklettern und nur mit Hilfe ihrer Brüder hatte sie es überhaupt geschafft. Jetzt war sie froh, dass ihre Arme und Beine ihr wieder gehorchten und sie spürte, wie ihre Lebensgeister zurückkehrten.

Neben der Wanne lag ihr Badeanzug. Sie streckte die Hand aus und griff danach. Ungeduldig suchten ihre Finger nach dem kleinen eingenähten Schlüsseltäschchen. Sie zog den Klettverschluss auf, fuhr mit zwei Fingern hinein und zog etwas Flaches, Rundes heraus. Ihr Herz begann heftig zu klopfen und ein leiser Pfiff entfuhr ihr. Sie hielt etwas in der Hand, was im ersten Moment wie eine kleine Goldmünze aussah und etwa die Größe eines 20-Cent-Stückes hatte. Es war jedoch doppelt so dick wie eine Münze und hatte auf beiden Seiten keine erhabene Prägung, sondern ein Negativ. Von oben nach unten war ein Loch durch das münzartige Teil gebohrt. Sie hielt es gegen das Licht. Man konnte hindurchsehen.

Sophie war einen Moment lang völlig überwältigt. Sie fühlte, wie ihr Herz noch heftiger zu klopfen begann und in ihren Ohren dröhnte. Aufgeregt betrachtete sie die Prägungen genauer. Auf der einen Seite befand sich ein kuppelartiges Gebäude, ähnlich einer Moschee. Auf der anderen waren im Zentrum Figuren dargestellt – zwei Gestalten mit Schwertern, die auf einem Pferd saßen. Am Rand entlang war eine Inschrift zu sehen. Die Prägung war abgegriffen und schwer zu erkennen. Angestrengt versuchte sie diese zu entziffern. »S … I … G … I … LL … das erste Wort könnte Sigillum heißen«, murmelte sie vor sich hin. »Also Zeichen oder Siegel. Dann M … I … L … I …«

Sie war so vertieft, dass sie heftig zusammenzuckte, als es klopfte.

»Sophie, ist alles in Ordnung?« Steffens Stimme klang besorgt.

»Ja«, rief sie. »Ich bin schon fast wieder aus der Wanne!« Sie sah noch einmal auf die Inschrift. »Militum – Sigillum Militum also. Hm, könnte irgendein Militärsiegel sein«, murmelte sie weiter vor sich hin, als sie aus dem Wasser stieg.

»Das gibt es ja nicht!« Steffen starrte auf das goldene Siegel.

»Irgendwas blitzte im Wasser auf, als ich den Krug leerte. In dem Moment, wo ich danach gegriffen habe, hab ich das Gleichgewicht verloren und dummerweise auch noch den Krug losgelassen, als ich ins Wasser gefallen bin«, beendete Sophie ihre Erzählung aus der Zisterne. Steffen drehte das Siegel prüfend im Licht hin und her und kniff die Augen zusammen.

»Es ist bestimmt aus Gold, denn es ist ziemlich schwer. Und vermutlich hast du damit Recht, dass es ein Siegel ist. Vielleicht war es durch die Bohrung an irgendetwas befestigt, an einem Ring, oder einem Petschaft. Wie hätte man es sonst als Siegel benützen können. Aber wieso die Doppelprägung? Das macht ja eigentlich keinen Sinn bei einem Siegel.« Er gab es Oliver. »Kannst du die Inschrift lesen?«

Sophie zeigte auf das erste Wort. »Ich habe die ersten beiden Wörter mit Sigillum Militum entziffert. Leider kann ich das dritte nicht lesen.«

Oliver hielt es ins Licht und drehte es ein wenig hin und her. »XPISTI! Es heißt XPISTI, was auch immer das bedeuten mag. Zusammen mit den zwei Soldaten auf dem Pferd würde ich es für irgendein Militärsiegel halten.«

»Genau das habe ich auch vermutet«, nickte Sophie. »Vielleicht war es von irgendeinem Kommandanten.«

Steffen zuckte die Schultern. »Schon möglich. Auf jeden Fall wird es nicht einfach sein, das rauszubekommen. Vielleicht sollte man es mal den Archäologen zeigen?«

»Genau!« Oliver grinste. »Eine ausgezeichnete Idee. Wir sagen ihnen: ›Schaut mal. Das haben wir in unserer Zisterne gefunden‹. Sie sagen ›Danke!‹ und dann graben sie hier in den nächsten zwei Jahren den Keller um und Sophie darf sie bezahlen.«

Sophie nickte. »Du hast Recht. Es gibt nur eine Möglichkeit: wir müssen selber versuchen was darüber herauszufinden.« Sie griff nach dem Siegel. »Ich werde es abzeichnen und morgen versuchen in der Stadt was darüber zu erfragen. Vielleicht habe ich ja Glück.«

3

Das ›Caracoll‹ war laut und voll. Es lag versteckt in einem Keller einer Nachbarstraße.

Die drei Geschwister gingen die Steinstufen hinunter in den gepflasterten Raum. Er wurde von einem großen, offenen Grill beherrscht, auf dem bereits einige saftige Lammkeulen vor sich hin brutzelten und ein unwiderstehlicher Duft nach Grillfleisch und frischen Wildkräutern zog durch das Restaurant. Die schweren Holztische vor den grob gemauerten Sandsteinwänden gaben dem Raum eine mittelalterliche Stimmung. Die drei erwischten den letzten freien Tisch und Antonio brachte schon Brot und Oliven, bevor sie richtig saßen.

»Hola, Señores, Señorita, wie geht es?«

»Danke Antonio, gut, und Ihnen?«

»Gut, gut, viele Leute, gutes Geschäft.« Der Chef strahlte. »Heute kann ich frisches Lamm mit Rosmarin empfehlen und dazu einen wunderbaren Rioja.«

Er zwinkerte Sophie zu und verschwand in der Küche. Eine Weile sahen sie stumm in die Speisekarten. Dann unterbrach Sophie das Schweigen.

»Glaubt ihr, dass das Siegel alt ist?«

Steffen nickte. »Überleg doch mal. Die Archäologen haben gesagt, dass der Bodenbelag im Büro, der die Zisternenöffnung verdeckt hatte, mindestens 200 Jahre alt ist. Der Brunnen ist 2000 Jahre alt. Irgendwann in der Zeit dazwischen ist das Ding da reingefallen. Es sieht auf jeden Fall älter aus als 200 Jahre.«

Sophie spießte eine Olive auf einen Zahnstocher. »Ich würde zu gerne wissen, wie das Siegel dort hingekommen ist, warum es keine Fassung hat und was damals passierte. Es ärgert mich zum Verrücktwerden, dass ich den Krug habe fallenlassen. Vielleicht hätte er uns weitergeholfen.«

»Du könntest dich ja mal im Internet informieren«, schlug Steffen vor.

»Ja«, Sophie verdrehte die Augen, »wenn in den nächsten hundert Jahren mal ein Handwerker Zeit hat, mir das WLAN zu installieren.«

Steffen grinste. »Das war doch der Grund warum du wieder hierher zurückwolltest. Du liebst die Gelassenheit der Mallorquiner, denen es nie eilt. Also beschwer dich nicht.« Dann wurde er wieder ernst. »Aber Sophie, du musst uns hoch und heilig versprechen, dass du niemals ohne uns da runter in die Zisterne gehst. Auch nicht mit Hilfe von jemand anderem.«

»Hmm.« Sophie kaute besonders intensiv an einer Olive.

»Sophie!« Steffen klang gereizt. »Ich will ein eindeutiges Versprechen von dir. Ich habe keine Lust dich irgendwann einmal als Wasserleiche dort rauszufischen.«

»Mach dir keine Sorgen.« Sophie legte den Kopf schief und lächelte ihn an. »Ich mache schon nichts Unüberlegtes.«

Steffen griff sie unsanft am Handgelenk. »Sophie, du versprichst mir jetzt auf der Stelle, dass du nicht da runter gehst, ohne dass Oliver oder ich dabei sind.«

In seiner Stimme schwang Zorn, aber Sophie hörte seine Angst heraus. Sie kannte ihren Bruder gut genug, um zu wissen, dass sie jetzt nicht einmal mit weiblichem Charme weiterkommen würde.

»Ist ja schon gut«, nickte sie seufzend. »Ich warte auf euch, obwohl ich darauf brenne, den Boden genauer abzusuchen und außerdem würde ich zu gerne wissen, wo der Gang hinführt.«

Oliver zog die Brauen zusammen. »Der Gang? Was für ein Gang?«

»Oh!« Sophie rieb sich verlegen die Nase. »Das habe ich in der Aufregung total vergessen zu erzählen. Unten in der Zisterne zweigt ein Gang ab. Er führt etwa in Richtung Südwest. Er ist genauso hoch wie die Zisterne. Ich habe hineingeleuchtet, aber man sieht nur ein Stück weit, dann macht er einen scharfen Linksknick. Er ist so schmal, dass ich mit dem Boot nicht reinfahren konnte, also höchstens sechzig Zentimeter breit. Die einzige Möglichkeit wäre, mit einem schmäleren Boot hinein zu paddeln oder mit einem Neoprenanzug hinein zu schwimmen. Das Wasser in der Zisterne ist etwa dreieinhalb Meter tief und hat höchstens acht Grad. Allerdings ist es kristallklar. Man kann also gut auf den Grund sehen, solange man keinen Schlamm aufwirbelt. Interessanterweise schmeckt es auch wie frisches Wasser, nur ganz leicht säuerlich.«

Steffen kniff die Augen zu einem schmalen Spalt zusammen. »Wenn das Wasser 2000 Jahre alt ist, wie kann es da noch frisch sein? Und woher wurde oder wird die Zisterne gespeist?«

»Vielleicht irgendwo aus dem Gang«, überlegte Sophie. »Zu dumm, dass ihr heute Abend wieder zurück nach Deutschland müsst. Sicher ist in der Zisterne noch viel mehr zu finden.«

»Auf jeden Fall braucht man sowieso erst einmal nicht mehr runter klettern, solange das Wasser so trüb von dem aufgewühlten Schlamm ist und man nicht mehr auf den Grund sieht«, stellte Oliver nüchtern fest.

Antonio brachte die Tapas. Steffen angelte nach einer Dattel in Speck und verspeiste sie nachdenklich. Er war sich nicht ganz sicher, ob Sophies Zusage jetzt ein Versprechen gewesen war, oder ob sie, wie schon so oft ihren Dickkopf durchsetzte und tat, was sie für richtig hielt.

Steffen seufzte und sah seine Schwester von der Seite an. Sie war nicht das, was man unter einer schönen Frau verstand, aber sie hatte eine Ausstrahlung, die viele Männer dazu brachte, sich ein zweites Mal nach ihr umzudrehen. Vielleicht war es der Kontrast ihrer meerblauen Augen zu dem dunkelbraunen, langen Haar, das ihr glatt und glänzend über die Schultern fiel. Oder es war die ungezwungene Anmut ihrer Bewegungen und ihre ansteckende Fröhlichkeit. Ihr Gesicht war ansonsten eher unauffällig: oval, die Nase etwas zu gerade, die Lippen eher schmal. Aber die Augen, die waren es, die einen gewissen Zauber ausübten.

»Vielleicht ist dort unten ein Schatz versteckt?« Sophie sprach diese Frage, die ihr die ganze Zeit im Kopf herum ging zum ersten Mal laut aus.

Oliver schüttelte den Kopf. »Was für einen Schatz denn? Und wieso sollte jemand einen Schatz im Wasser verstecken?«

»Oh, das machen viele«, erwiderte Sophie und nickte zur Verstärkung mit dem Kopf.

Oliver verzog das Gesicht. »Ja, klar doch. Ich kenne eine Menge Leute, die ihre Schätze im Wasser verstecken. Sophie komm auf den Boden. Das was du da hast ist nichts weiter als ein alter Brunnen ...«

»..., in dem goldene Siegel liegen«, ergänzte Sophie.

»Hört auf damit«, unterbrach sie Steffen. »Sophie kann sich ja mal über das Siegel und die Geschichte des Hauses informieren und dann sehen wir weiter. Vielleicht hat jemand das Siegel aus Versehen da hineingeworfen oder es ist nur eine Kopie.«

Sophie spießte energisch eine Olive auf einen Zahnstocher. »Warum sollte jemand eine Kopie von einem Siegel in Gold machen lassen und dann versehentlich oder absichtlich in eine Zisterne werfen? Ich habe das sichere Gefühl, dass das Haus ein Geheimnis hat und das werde ich herausfinden.«

»Sicher wirst du ganze römische Heere dort unten finden, oder Cäsar wird eines Tages aus den Fluten auftauchen und dich in deinem Büro heimsuchen«, spöttelte Oliver.

Steffen stöhnte innerlich auf. Die beiden konnten immer noch sein wie die kleinen Kinder. Schon früher hatten sie ständig gezankt und Steffen erinnerte sich an eine der Szenen noch besonders gut: Oliver war immer der Meinung gewesen, der Vater würde die damals achtjährige Sophie viel zu sehr verwöhnen und er hatte sich an diesem Tag wieder einmal wegen irgendeiner Sache zurückgesetzt gefühlt. Voller Zorn hatte er zu Sophie gesagt, sie gehöre eigentlich gar nicht zur Familie, weil sie als einzige dunkelhaarig sei und alle anderen blond.

Sophie hatte ihn angefunkelt und gesagt, er, Oliver würde nicht zur Familie gehören, weil er als Einziger ein Ekelpaket sei. Beim Abendessen hatte sie dann verkündet, Oliver sei von nun ab nicht mehr ihr Bruder, weil er behauptet hatte, sie gehöre nicht zur Familie. Oliver hatte Ärger und Sophie ein Foto bekommen, auf dem man ihre Oma sah, die auch schwarze Haare gehabt hatte.

Man konnte zwar wegen des riesigen Hutes, den sie trug, ihre Haare nicht sehen, aber Sophie war zufrieden und

Oliver hielt sich eine Zeit lang mit seinen eifersüchtigen Streitereien zurück.

»Bruderherz, du hast einfach keine Ahnung von historischen Zusammenhängen«, erwiderte Sophie gelassen. »Ich bin sicher, dass das Haus eine interessante Geschichte hat. Du wirst schon sehen.«

Oliver holte Luft für eine Erwiderung, aber Steffen bedeutete ihm hinter Sophies Rücken, er solle das Thema wechseln, denn er wusste, dass Sophie das, was sie sich in den Kopf gesetzt hatte, mit einer beinahe beängstigenden Hartnäckigkeit verfolgte. Und je mehr man versuchte sie von ihrer Idee abzubringen, desto intensiver ging sie der Sache nach. Steffen liebte seine Schwester sehr und er war glücklich, dass sie wieder nach Mallorca zurückgegangen war, wo sie geboren worden war, einen neuen Anfang gewagt und die Scherben ihres ›alten‹ Lebens hinter sich gelassen hatte. Sie war jetzt dreißig und das war nicht mehr zu früh, um neu anzufangen. Der Tod ihrer Mutter hatte sie sehr mitgenommen. Zu frisch waren die Wunden der vorhergehenden Katastrophe noch gewesen.

So froh, wie er war, dass sie sich langsam wieder in die lebenslustige junge Frau von früher verwandelte, so wenig wollte er, dass Sophie sich zu sehr auf die Idee mit dem ›Geheimnis des Hauses‹ versteifte. Er hatte irgendwie ein ungutes Gefühl dabei und erfahrungsgemäß täuschte ihn sein Gefühl nur selten.

»Wo ist eigentlich Juan?«, wechselte Oliver auch prompt das Thema.

»Er hat eine wichtige Konferenz im Verlag, aber er kommt heute Abend zum Flughafen, um euch zu verabschieden. Wir wollen dann noch ins Kino gehen.

4

Das Flugzeug ihrer Brüder hatte Verspätung gehabt und sie und Juan hatten deshalb die Kinovorstellung verpasst.

Sophie schlug vor, den Abend im ›Abaco‹ ausklingen zu lassen und so schlenderten sie Arm in Arm an der Llonja vorbei und die ›Carrer de Sant Joan‹ hinauf.

Juan war ein richtiger Mallorquiner: dunkelhaarig, mit kaffeebraunem Teint und funkelnden Augen, charmant, temperamentvoll und ein bisschen Macho. Bei ihrem ersten Zusammentreffen hatte Sophie spontan gemeint, er würde Enrique Iglesias ähneln.

Die Luft war warm und der Schein unzähliger Lampen erhellte die Straßen. Alle Restaurants waren brechend voll und von überall her klang Musik aus den Lokalen, vermischte sich mit dem Plaudern der Menschen, dem Klirren der Bestecke auf den Tellern und dem Klingen der Gläser zu einem maritimen Stimmungscocktail überschäumender Lebensfreude.

Das ›Abaco‹ war wie immer üppig geschmückt mit frischen Früchten aus aller Herren Länder. Saftige Trauben quollen aus glänzenden Silberschalen, die von geflügelten Bronzeamoretten balanciert wurden. Seitlich der Treppe, deren roter Plüschteppich das dunkle Holz tief schwarz erscheinen ließ, ergoss sich eine gigantische Kaskade tropischer Früchte aus einem Füllhorn scheinbar ins Leere und leise plätschernde Springbrunnen untermalten das dahinperlende Plaudern der Gäste.

Sie fanden einen Platz im Innenhof, dessen grasdurchwachsene Steinmauern von Fackeln beleuchtet wurden. Der mit Sternen übersäte Nachthimmel wölbte sich wie schwarzer Samt über ihnen und das Licht der Fackeln ließ die Wassertropfen des sanft rauschenden Springbrunnens wie tausende von Diamanten glitzern. Die riesigen Wedel der Palmen ragten in die Sterne, leise rauschend in der warmen, salzigen Meeresbrise und spielende Steinamoretten spitzelten zwischen grün rankenden Blattpflanzen hervor.

Sophie liebte diese Orte der Geselligkeit und fühlte sich dort immer von einer Leichtigkeit beflügelt, die in ihr eine prickelnde Lebenslust auslöste und die Sehnsucht, noch vieles erleben zu wollen.

Juan entschuldigte sich kurz und Sophie hing weiter ihren Gedanken nach.

Sie dachte an ihre Kindheit hier auf der Insel, die angefüllt war mit unbeschwerter Heiterkeit und Lebensfreude.

Ihr Vater war als Chef der Flugsicherheit nach Mallorca geschickt worden und so hatte ihre Familie sich damals in einer gerade entstehenden Urbanisation, einem kleinen Ort hinter Arenal, niedergelassen. Ihre Brüder waren damals zwei und vier Jahre alt gewesen, und zwei Jahre später war noch sie, Sophie, geboren worden. Seit sie denken konnte erinnerte sie sich an den würzigen Duft, der über der Insel lag, an Sonne, Wärme und gelassene Behaglichkeit.

Das Bild ihrer Kindertage war die kleine spanische Straße, die Calle, die still in der glühenden Hitze des Nachmittags lag. Nur das eintönige Lied der Zikaden durchbrach von Zeit zu Zeit die Stille. Dann war wieder Ruhe, so als müssten auch sie sich in der glühenden Sommerhitze ab und zu eine Pause gönnen. Ein paar dürre Straßenkatzen, mit einem Fell wie löchrige Lumpen, dösten im Schatten der Pinien, die die kiesbestreuten Gehwege rechts und links der Straße säumten.

Das zweite Haus der Straße lag inmitten eines riesigen Gartens. Dunkelviolette Bougainvilla ergossen sich wie Wasserfälle über die Hausfassade und umrankten die Sandsteinbögen der Terrasse. Palmen, Pinien und Eukalyptusbäume ragten in den Himmel und an der Mauer zur Straße hin, blühten Hibiskus und Oleander in üppigem Rot, Purpur und Weiß. Ein heißer Sommerhauch ließ die Blätter der Eukalyptusbäume leise flüstern und der Duft ihrer Blätter vermischte sich mit dem von Pinien, Thuja, Rosmarin, Zistrosen und Thymian.

Im Schatten eines der Bäume saß ein achtjähriges Mädchen über einen Tisch gebeugt. Ihre langen, schwarzen Haare waren zu einem Pferdeschwanz gebunden. Sie schrieb ein paar Worte in das Heft, das vor ihr lag, seufzte und legte den Stift zur Seite. Dann faltete sie die Hände im Nacken und blickte träumerisch hinauf in den Eukalyptusbaum, dessen dichte, silbergrüne Blätter im heißen Hauch des mallorquinischen Windes tanzten und nur dann und wann ein Fleckchen des tiefblauen Sommerhimmels freigaben.

»Sophie!«

Das Mädchen drehte sich herum zu der Thujahecke, aus der das leise Flüstern gekommen war. Dort tauchte gerade eine sommersprossige Nase auf, über der zwei wasserblaue Augen strahlten.

Die Nase kam etwas weiter aus der Hecke heraus und zog einen blonden Haarschopf mit zwei Rattenschwänzen hinter sich her.

»Ist die Luft rein?«, fragte das bezopfte Gesichtchen und als Sophie grinsend nickte, kletterte ein schlankes Mädchen aus der Hecke, zupfte sich ein paar Thujazweige aus Haar und Kleidung, hüpfte auf einem Bein auf Sophie zu und ließ sich neben ihr auf den leeren Stuhl fallen.

Kitty war gleich alt wie Sophie, genauso schlank und hatte das gleiche strahlende Blau in ihren Augen. Sie beugte sich über das Heft, das auf dem Tisch lag und rümpfte die Nase.

»Musst du immer solche langweiligen Sachen schreiben?«

Sophie seufzte: »Ja, leider. Meine Mutter möchte, dass ich gut vorbereitet bin, wenn die Schule wieder losgeht. Aber für heute bin ich fertig. Puh!« Energisch schlug sie das Heft zu.

»Mensch prima!« Kitty machte einen kleinen Hopser. »Ich muss dir unbedingt was Wichtiges erzählen. Komm, wir gehen zu unserem Geheimplatz.«

Sophie ließ ihren Tisch im Stich und beide sprangen zu der kleinen, etwas erhöht liegenden, zweiten Terrasse, hüpften auf die Umfassung und kletterten von dort aus in den großen Eukalyptusbaum, der seine Zweige schattenspendend über die südliche Hausfront breitete. Hier saßen sie inmitten eines grünen Baldachins duftender Blätter und tuschelten.

Sophie schien es im Rückblick, als habe ihre ganze Kindheit nur aus dieser heiteren Ausgelassenheit bestanden, nur aus Mädchengeheimnissen, Sandburgen am damals noch fast menschenleeren Strand von Es Trenc, wo man noch Seesterne mit der Hand aus dem knietiefen Wasser fischen konnte, aus Wasserplantschereien und Schnorcheln im kristallklaren Meer, aus Bootsfahrten, Eis essen, aus Glück und Seligkeit.

Die Eltern von Tom und Kitty wohnten im Haus nebenan. Sie waren auch Deutsche und der Vater der Kinder war Pilot.

Kein Tag verging, an dem die Kinder nicht miteinander spielten. In den Sommermonaten gesellten sich oft noch die mallorquinischen Kinder dazu, die während der Trockenperiode und den Ferien mit ihren Familien aus der hitzeglühenden Stadt auf das ›Land‹ umsiedelten.

Als sie zwölf war, verliebte sie sich unsterblich in Tom. Da sie sowieso immer miteinander spielten und sich neckten, fiel es nicht weiter auf und Sophie traute sich nicht, ihre Gefühle irgendwie zu zeigen. Nicht einmal Kitty, die sonst jede ihrer Seelenregungen erfuhr, vertraute sie sich an. Aber die Momente, in denen er irgendwo in ihrer Nähe war, genoss sie besonders.

So hatte zwölf Jahre lang kein Wölkchen den Himmel ihres Kinderlebens getrübt, bis eines Tages eine Nachricht dieser sonnigen Zeit ein Ende bereitete. Ihr Vater bekam eine Führungsstelle in Deutschland und das Angebot war so verlockend, dass ihre Eltern beschlossen, wieder in ihre alte Heimat zurückzukehren.

Für Sophie war es wie das Ende der Welt. Der Abschied von ihrer geliebten Insel und von Tom war so schrecklich, dass sie meinte, nie wieder glücklich werden zu können.

Heute noch konnte sie bei der Erinnerung an diesen Abschied den Schmerz spüren, der ihr wie ein Messer ins Herz geschnitten hatte, als sie im Taxi vom Haus zum Flughafen abfuhr: Sie drehte sich um, damit sie ihre Heimat und Tom bis zum letzten Moment sehen konnte. Er winkte, eisern die Tränen zurückhaltend, während Kitty neben ihm schluchzte.

Noch einmal sah sie das Haus, in dem sie so glücklich gewesen war, noch einmal die Straße mit den hohen Pinien, noch einmal ihre Freunde, die sie bisher durch ihr Leben begleitet hatten. Noch ein letztes, leises Winken und dann war alles hinter der Straßenbiegung verschwunden.

Sie hatte lange gebraucht, um diesen Verlust zu verwinden. Anfangs hatte sie täglich Briefe an Tom und Kitty geschrieben und jede Nacht von der Insel geträumt. Aber mit der Zeit heilten die Wunden. Sie lebte ein anderes Leben und weil es so anders war, als auf der Insel, war es leichter neu zu beginnen. Denn in dieser so anderen Welt wurde sie nicht immer an ihr geliebtes Mallorca erinnert.

Mit den Jahren wurden die Briefe, die sie sich mit Tom und Kitty schrieb, weniger. Dann schrieben sie sich nur noch an den Geburtstagen und zu Weihnachten und irgendwann brach der Kontakt, im Fluss der Zeit, ganz ab.

Sie wurde erwachsen, hatte ihren ersten Freund, später ein paar kurze Beziehungen, aber nie eine wirklich ernsthafte Liebe.

Sie studierte Biologie und Chemie, mit dem Ziel Lehrerin zu werden. Eines Tages fuhr sie zu einem Kongress über Biochemie. Sie hatte eigentlich nie mit dem Gedanken gespielt dorthin zu fahren, aber eine Freundin und Kommilitonin war krank geworden und hatte Sophie gebeten, für sie einzuspringen und ihr darüber zu berichten.

Dort traf sie Tom wieder. Ihren Tom aus den glücklichen Kindertagen. Er sah nicht nur verdammt gut aus, sondern war auch ein anerkannter Biochemiker geworden, der einen der Vorträge auf dem Kongress hielt.

Für beide war die Freude über das unverhoffte Wiedersehen groß und sie gingen am Abend zusammen aus, um über die alten Zeiten zu plaudern.

Sophie war es, als hätte sie nur auf das Wiedersehen mit diesem Mann gewartet, um ihre wirkliche, große Liebe zu finden und Tom gestand ihr später, dass es ihm genauso gegangen war.

Ein Jahr später heirateten sie. Drei unbeschwerte Jahre voller Glück begannen. Sophie stieg als Assistentin mit in die Forschungsarbeiten ihres Mannes ein …

Juan kam zurück und riss sie aus ihren Gedanken.

»Cariña, ich habe gerade meine Schwester mit ihren Freunden hier getroffen. Sie sitzen alle oben im Alkoven und schauen zu uns runter. Komm lass uns auch hochgehen, bevor sie uns in den Drink spucken.«

Sophie nickte erleichtert. Sie war froh über die Aussicht auf eine lustige Runde, denn ihre nun folgenden, düsteren Gedanken wären keine geeignete Stimmungsgrundlage für einen zweisamen Abend gewesen.

5

Dienstag 14. August 2012

Es war schon nach Mitternacht, als sie nach Hause kam und todmüde in ihr Bett fiel.

Erschreckt fuhr sie hoch, als das Handy schrillte und sah, dass die Sonne bereits hoch am blauen, mallorquinischen Himmel stand.

»Ah, ich habe dich geweckt. Tut mir leid.« In der Stimme am anderen Ende des Telefons schwang eine unüberhörbare Zufriedenheit.

»Juan?« Sophie kämpfte sich noch aus dem Zustand zwischen Tag und Traum.

»Ja, genau. Du erinnerst dich noch an mich?«, spöttelte Juan. »Also, ich gehe jetzt ins ›Colonial‹ zum Frühstück. Falls du gelegentlich wach bist, kannst du ja nachkommen.«

Sophie blinzelte verschlafen nach der Uhr und war mit einem Schlag hellwach. Es war elf Uhr.

»Oh Gott!« entfuhr es ihr.

»Du darfst ruhig weiter Juan zu mir sagen.« Sie konnte sein Grinsen förmlich hören.

»Ich bin in zehn Minuten da!« rief sie und warf das Handy auf den Sessel.

Das ›Colonial‹ war die perfekte Kombination aus einem südamerikanischen Kaffeelager und einer chromblitzenden Frühstücksbar, mit Kellnern in schwarz-weiß und dem Duft nach frischem Kaffee und warmen Croissants. An die rotbraunen Backsteinwände lehnten sich südländisch bedruckte Jutesäcke beschirmt von Palmen, die aus alten Fässern wuchsen. Die Tische aus Holzbrettern alter, mit

Städtenamen bedruckter Transportkisten, streckten ihre modernen Chromfüße auf den weißen Marmorboden.

Einer der Ober begrüßte sie herzlich: »Hola, Señorita Sophia, wie immer? Café con leche und ein Ensaimada!«

Sophie nickte freundlich: »Hola, Pepe! Si, wie immer!«

Sie liebte die Ensaimadas, das typisch mallorquinische Schmalzgebäck, von dem schon der Dichter Santiago Russignol geschwärmt hatte, sie wären die ›teigige Form der aufgehenden Sonne‹ und behauptet, wenn es die Ägypter gewesen wären, die sie erfunden hätten, dann hätten die Pyramiden eine andere Form bekommen.

Juan saß schon im oberen Stock am üblichen Tisch und las in der Tageszeitung. Sie begrüßten sich und Sophie quetschte sich auf ihren Stuhl.

Sie angelte sich eine Zeitung vom Nebentisch. Es war die Süddeutsche Zeitung vom Vortag. Irgendein Tourist hatte sie wohl liegen gelassen. Zügig blätterte sie durch die Seiten: USA und NATO erwarten Sieg der Rebellen in Syrien, Bundeswehr entsendet Kampfhubschrauber nach Afghanistan, EON verdreifacht Gewinn trotz Atomausstiegs, Abschied von den Olympischen Spielen in London, in der Wiener Jesuitenkirche wurde ein Pater ermordet und eine Reliquie, das Mantelstück des Heiligen Joseph, gestohlen …

Wie konnte man für eine Reliquie einen Mord begehen, fragte sich Sophie. Was fing man mit so was an? Mit einem Fetzen aus einem alten Mantel?

Pepe kam mit dem Café con leche und Sophie schob die Zeitung auf den Nebentisch.

»Juan, ich muss dir was zeigen.«

Sie zog ein zerknittertes Blatt heraus und strich es auf dem Tisch glatt. »Sagt dir das was?«

Juan sah es einen Moment an, bevor er antwortete: »Ja, es ist das Zeichen der Templer.«

»Templer?« Sophie sah ihn fragend an. »Wer ist das?«

»Also ...«, Juan runzelte die Stirn. »Das war früher mal so ein Orden. Was Genaues weiß ich auch nicht, aber sie waren wohl sehr reich und aus irgendeinem Grund sucht man heute noch ihren Schatz, wenn es einen gibt.«

Sophie spürte, wie ihr Puls schneller schlug. Das war mehr an Information, als sie erwartet hatte. Sie schluckte. »Bist du ganz sicher, dass es wirklich das Zeichen dieser Templer ist?«

Juan beugte sich noch einmal flüchtig über die Zeichnung. »Ja, ganz sicher. Ich habe es mal in einer Zeitung gesehen. Aber wieso interessiert dich das eigentlich?«

»Ach« Sophie zuckte die Schultern. »Es war an einem Haus angebracht und ich fand es ganz interessant. Ich dachte, es könnte ein Familienwappen sein, oder so was.« Sie steckte den Zettel ein, als sie Pepe mit dem Frühstück kommen sah. »Wo könnte man denn mehr über diese Templer erfahren?«

Juan kaute genüsslich an seinem Croissant und erwiderte mit gelangweilter Stimme: »Vielleicht im Stadtarchiv, oder im Kloster von Randa.«

Sophie nippte an ihrem Café con leche und war irgendwie enttäuscht, dass Juan das Ganze so wenig interessant fand, dass er ein Gespräch darüber für überflüssig hielt. Es kam häufig vor, dass Juan kein Interesse an den Themen zeigte, die sie beschäftigten und manchmal störte sich Sophie wirklich daran.

Irgendwann hatte sie ihn einmal darauf angesprochen, aber er hatte nur geantwortet, dass es ihn langweile über

Dinge zu reden, die mit seinem Leben nichts zu tun hätten.

›Sie würden etwas damit zu tun haben, wenn du dich damit beschäftigen würdest‹, hatte sie geantwortet, aber er hatte nur gelangweilt mit den Schultern gezuckt und gemeint, er würde einfach leben und der Genuss dieses Lebens würde ihn genug beschäftigen, so dass er sich nicht noch mit irgendwelchen absurden Themen konfrontieren müsste.

»Wollen wir heute Abend die verpasste Kinovorstellung nachholen?«, wechselte Juan auch prompt das Thema.

Sophie zupfte ein Stück von ihrem Ensaimada ab und nickte.

6

Er ging die belebte Via Laietana hinunter.

Trotz des tosenden Verkehrs während der Rushhour in Barcelona, nahm er weder von den hupenden Autos noch den vielen Menschen etwas wahr. Auch nicht von den Blicken, die ihm die ein oder andere Frau zuwarf.

Samuel war groß und schlank und unter seiner Kleidung konnte man einen athletischen Körper erahnen. Sein ovales Gesicht wirkte durch den feinen, geraden Mund und die nahezu horizontal stehenden Augen fast jungenhaft weich. Trotzdem strahlte er Stärke und Selbstbewusstsein aus. Sein mittelblondes Haar, das durch seine leichte Naturwelle den jugendlichen Ausdruck seines Gesichtes verstärkte, trug er kurz mit Seitenscheitel. Das Markanteste an seinem Gesicht jedoch waren seine Augen. Sie lagen dicht unter den fein geschwungenen Brauen. Der goldbraune Ton seiner Iris und das Glänzen, das er hineinzaubern konnte, ließ Frauen dahinschmelzen und suggerierte seinem Gegenüber, er könne ihm bedingungslos vertrauen. Verstärkt wurde dies durch sein selbstbewusstes Auftreten, das ihm die Aura eines Managers verlieh, ihn seriös und glaubwürdig erscheinen ließ, selbst mit dem kurzen Vollbart, den er sich als ein Anführer der Salafisten hatte wachsen lassen müssen. Kurz gesagt, er war ein charismatischer Mann.

Keiner wusste, wer er in Wirklichkeit war und das gab ihm die Macht, andere zu manipulieren.

In Gedanken war er noch bei dem Erfolg, den seine heutige Predigt hinterlassen hatte. Es hatte schon gut angefangen. Weitaus mehr als erwartet waren gekommen um ihn zu hören.

»Du bist schon richtig berühmt geworden«, hatte Fatima stolz gesagt. »Sie wollen dich alle hören.«

Fatima war eine junge Islamistin. Auf der Flucht nach Deutschland hatte sie ihre Eltern verloren. Der Rest der Familie war in Syrien bei einem Bombenangriff ums Leben gekommen. Eigentlich war Fatima nur seine Nachbarin gewesen, aber sie hatte sich in ihn verliebt, als sie ihn zum ersten Mal predigen hörte, und Samuel hatte sofort erkannt, dass ihre Kenntnis des islamischen Lebens für ihn von großem Nutzen sein könnte. Und zudem genoss er ihre Schmeicheleien, selbst wenn er auch ohne diese wusste, dass er sehr, sehr gut war.

Heute hatte er wieder einmal all die jungen Menschen mitgerissen, die anscheinend so haltlos in diesem Land lebten. Er hatte ihnen beschrieben, wie wunderbar es sei, dass sie jetzt alle da wären, denn sie seien die Auserwählten. Gott würde ihre Brust weiten, dass sie Ruhe und Glück fänden. Ihr Dasein wäre erfüllt mit einem Ziel und einem Sinn. Er hatte ihnen das Leben mit dem Islam in den wunderbarsten Farben beschrieben: Die Gemeinschaft unter Brüdern, das Gefühl eine große Familie zu sein, in der es nur Gerechtigkeit gäbe. Er hatte ihnen aufgezeigt, dass der Staat, in dem sie jetzt lebten, nur aus Lügnern, Verbrechern und machtgierigen Oberen bestehe.

»Aber im Islam ist jeder Mensch wichtig und bedeutend.« Er hatte seiner Stimme das gerührte Beben verliehen, das seine Emotionalität vortäuschte und das Leuchten in ihren Augen gesehen, als er ihnen versprach, sie dürften in seiner Gruppe und mit ihm zusammen den Glauben leben und den mutigen Kampf gegen die Ungläubigen führen.

Alle neuen Zuhörer waren danach zu ihm gekommen

und hatten vor den Anderen mit ihm das neue Glaubensbekenntnis des Islam gesprochen.

Seine Schlussworte waren in tosendem Beifall untergegangen: »Wir müssen der Höllenbrut endlich Einhalt gebieten!«, hatte er gerufen. »Diese Welt muss endlich dem einen Gott gehören und alle werden sich ihm unterordnen. Wir werden ihnen beweisen, dass es ihren Propheten Jesus nicht gibt!«

Ja, er wusste, er würde es ganz nach oben bringen. Er war schon ziemlich weit. Er konnte überzeugend sein, hatte die Fähigkeit ihnen allen zu suggerieren, dass sie ganz wichtig wären. Die Menschen bewunderten ihn und er konnte sie dazu bringen das zu tun, was er wollte. Sie folgten ihm begeistert und völlig blind. Denn er selbst glaubte weder an Gott noch an Mohammed, noch an irgendeine andere Macht. Die einzige Macht, an die er glaubte, war seine eigene Macht. Seine Anhänger hatten keine Ahnung davon. Und das war gut so. Denn er war fast am Ziel und er hatte sie alle im Griff. Alle.

Nur Torian nicht ...

... nicht immer.

Inzwischen war Samuel vor seiner Wohnung angekommen. Erst jetzt bemerkte er, dass die Sonne schon tief am Himmel stand. Die letzten Strahlen fielen in die Blätter der Platanen und umhüllten sie mit einem goldenen Schimmer. Aber für die Schönheit des Abends hatte Samuel keine Augen. Er war in Gedanken bei Amir. Dieser hatte endlich den Mann mit den Dokumenten gefunden. Auf Mallorca. Es hatte fast zu lange gedauert. Er hätte es Torian machen lassen sollen. So wie die Sache mit dem Mantelstoff. Er, Samuel hatte sich im richtigen Moment zurückgezogen und Torian vorgelassen. Torian hatte schon lange keine Gelegenheit mehr gehabt sich auszutoben. Es hatte reibungslos funktioniert, die Sache in Wien. Und was war schon ein Menschenleben. Er hatte jetzt das Stück Mantel mit dem Blutfleck.

Und Amir würde es nun auch endlich schaffen, die Dokumente zu bekommen.

7

Mittwoch 15. August 2012

Es war angenehm kühl im Büro. Die weiße Leinenmarkise, die Sophie über den Balkon gehängt hatte, tauchte den Raum in ein weiches, gedämpftes Licht. Es war still und nur das eintönige Brummen einer Fliege und das Klappern der Computertastatur waren zu hören.

Sophie saß über ihre Übersetzungsarbeit gebeugt, bemüht, ihre ständig abschweifenden Gedanken zu zentrieren. Immer wieder kreisten sie um den gestrigen Nachmittag und die Zisterne. Sie hätte gerne etwas mehr über diese Templer erfahren und sie überlegte, wie ihr Haus wohl zu der damaligen Zeit ausgesehen hatte. *Ich müsste Louisa fragen. Sie hat sicher den archäologischen Abschlussbericht über das Haus schon fertig.* Schnell kritzelte Sophie eine Notiz in Ihren Terminkalender und ermahnte sich, ihre Gedanken mehr auf die Übersetzung zu konzentrieren. Morgen musste sie die Arbeit ihrem Chef vorlegen und heute Abend wollte sie mit Juan ins Kino gehen. Sie seufzte und begann weiterzuschreiben.

Eine lange Zeit war es wieder still. Selbst die Fliege hatte ihre unermüdliche Attacke auf die Fensterscheibe eingestellt.

Plötzlich hob Sophie den Kopf. Ein merkwürdiger Geruch hatte sie irritiert. Sie schnupperte. Es roch eigenartig, irgendwie ganz zart nach Rauch. Etwas beunruhigt ging sie in die Vorhalle um nachzusehen. Es war nichts Auffälliges zu sehen und auch der Geruch war nicht mehr wahrnehmbar. Sie lief das ganze Erdgeschoß ab – nichts. Vielleicht hatte sie sich getäuscht. Wenn es wirklich brennen würde, wären ja auch die Rauchmelder angegangen.

Sie ging zurück ins Büro und da war es wieder. Ganz deutlich wahrnehmbar. Ein Geruch von ... ja, jetzt konnte sie es deutlich identifizieren, ein Geruch, so ähnlich wie Weihrauch. Kalter Weihrauch. Aber wo kam er her? *Vielleicht von einer Prozession,* überlegte Sophie.

Sie warf einen Blick auf ihren Kalender. Maria Himmelfahrt. Das passte. Wahrscheinlich war eine Prozession in den Straßen unterwegs.

Sie betrat den Balkon. Eine frische salzige Meeresbrise wehte ihr entgegen. Sophie runzelte die Stirn. Irgendwas musste doch diesen Geruch verursachen.

Sie ging wieder ins Büro und schloss die Balkontüre hinter sich. Immer deutlicher war der Geruch von kaltem Weihrauch wahrzunehmen.

Bedächtig schritt sie den Raum ab und schnüffelte. Am deutlichsten roch es an ihrem Schreibtisch. Sie sah umher, erstarrte plötzlich in der Bewegung und ein verrückter Gedanke schoss ihr durch den Kopf. Sie legte sich flach auf den Boden und schnupperte über dem Gitter der Zisterne. Erschüttert setzte sie sich auf. Das war es. Der Geruch kam aus der Zisterne.

Sie brauchte einen Moment, um die Konsequenz dieser Entdeckung zu erfassen. Die Zisterne musste eine Verbindung haben. Eine Verbindung zu ...

»...unten in der Zisterne zweigt ein Gang ab. Er führt etwa in Richtung Südwest ...« Das waren ihre Worte gewesen, als sie ihren Brüdern von der Zisterne erzählt hatte. Angenommen, der Gang würde in die gleiche Richtung weiterführen, dann würde er ... auf die Kathedrale stoßen.

Sie hielt einen Moment die Luft an. Das würde bedeuten, dass ihr Haus eine unterirdische Verbindung zu der Kathedrale hatte.

Sie warf einen Blick auf die Uhr. Sie zeigte kurz vor elf Uhr an. Sophie schnappte ihren Hausschlüssel und rannte los.

Atemlos erreichte sie das Hauptportal der Kathedrale, das heute, wie an allen hohen Festtagen geöffnet war. Sie holte noch einmal tief Atem.

Eine Woge von Weihrauch wallte ihr entgegen, als sie in das gewaltige Bauwerk eintrat. Das Licht der Sonne ließ die bunten Gläser der gigantischen Rosette in brillierenden Farben erstrahlen, ergoss sich in einer Kaskade aus Rot, Blau und Gelb über die unendlich scheinenden Wandpfeiler, auf den Boden und tauchte das Innere der Kathedrale in eine bunt-dämmrige Farbenpracht. Der tiefe, melodische Gesang des Priesters schwang sich hinauf in das gotische Gewölbe und senkte sich über die Gemeinde, die das Hochamt mitfeierte. Die Ministranten schwenkten prunkvoll verzierte Weihrauchfässer, aus denen die grauen Schwaden mit dem Gebetsgesang zu den prächtigen Spitzbögen aufstiegen.

Selbst das ständige Kommen und Gehen der Messebesucher konnte die feierlich-erhabene Stimmung nicht stören und Sophie drückte sich auf einen der Stühle, der eben frei geworden war. Sie ließ sich mittragen von den festlichen Emotionen, die das Innere der Kirche ausfüllten und spürte, wie eine tiefe Ruhe ihren angespannten Körper durchströmte. Eine undefinierbare Sehnsucht und Wehmut ergriff sie und sie ließ sich von diesem Gefühl erfassen und treiben.

Der Priester hob würdevoll und feierlich eine goldene, reich mit Edelsteinen und Perlen verzierte Monstranz in die Höhe. Die Ministranten schwenkten noch heftiger ihre Weihrauchgefäße und der Wechselgesang zwischen Priester und Gemeinde wurde lauter und intensiver. Sophie war wie benommen von dem Duft des Weihrauchs und schloss für einen Moment die Augen.

Sie wusste nicht, wie lange sie so, mit geschlossenen Augen dagesessen und gelauscht hatte. Sie hatte einfach nur das Gefühl der völligen Zeitlosigkeit gehabt, so als ob sie zwischen Raum und Zeit schweben würde. Irgendwann öffnete sie die Augen wieder. Die Strahlen der Sonne, die durch die Rosetten fielen, ließen den aufsteigenden Weihrauch wie eine blaue Wolke schimmern und mitten in dieser Wolke stand der Priester in gleißendes Licht getaucht, wie aus einer anderen Welt. Sophie erschauerte. Es war ein Bild, so unwirklich und so erhebend zugleich. Der Priester setzte sich in Bewegung und schritt langsam den Gang hinunter, gefolgt von den Ministranten.

Sophie stand jetzt auf und ging ebenfalls langsam Richtung Portal. Der Gesang war noch lauter geworden und sie hörte wie von Ferne neben sich eine Stimme sagen: »Der König!«

Sophie blinzelte, geblendet von der plötzlichen Helligkeit, die durch das sich weit öffnende Portal einströmte. Verschwommen sah sie einen Reiter, der im gleißenden Licht der Sonne stand. Sein Helm war mit einem Drachenkopf und Flügeln gekrönt und darunter wallte sein blondes Haar hervor, das beinahe unwirklich in der Sonne glänzte.

Sophie blinzelte verwirrt. Ihre Augen tränten vom grellen Licht. Sie rieb sich die Tränen weg und kniff die Augen zu.

Ein Mann neben ihr schob sie ein wenig zur Seite.

»Señorita, sie müssen hinter der Absperrung bleiben«, sagte er unwirsch.

Sie öffnete die Augen wieder und sah, dass sie direkt hinter einer Reihe von Sicherheitsbeamten stand, die einen Gang gebahnt hatten, der in die Kathedrale führte.

Die Leute begannen zu rufen: »Vive el rey! Es lebe der König!«

Vor dem Portal stand König Juan Carlos mit seiner Frau, den Kindern und deren Familien, geflankt von berittenem Militär. Die glatten Helme der Soldaten blendeten im gleißenden Sonnenlicht.

Sophie schüttelte den Kopf. Was für merkwürdige optische Täuschungen einem die grelle Sonne verursachen konnte.

Die Königsfamilie zog unter dem Jubel der Mallorquiner in die Kathedrale ein.

Sophie wandte sich an den Wachposten vor ihr: »Wieso ist der König heute hier?«

Der Polizist drehte sich zu ihr um. »Immer, wenn die Königsfamilie auf Mallorca ist, besucht sie an den hohen Feiertagen den Gottesdienst in der Kathedrale, um mit dem Volk zu feiern.«

»Aber warum kommen sie erst so spät?«, wunderte sich Sophie. »Der Gottesdienst ist doch schon fast vorbei.«

Der Polizist zuckte mit den Schultern.

»Sicherheitsgründe«, erwiderte er knapp. Dann wandte er sich einigen Touristen zu, die vor dem Eingang standen und ermahnte sie auf Spanisch, sie sollten doch die Absperrung beachten.

Sophie drängte sich durch die Menge nach draußen und

ging langsamen Schrittes zurück nach Hause. Sie war noch ganz benommen von der Intensität der Sinneseindrücke und wollte diese feierliche und würdevolle Stimmung noch ein wenig nachwirken lassen.

Erst als sie im Haus ankam erwachte ihr Forschergeist wieder. Sie schob ihre Gedanken im Kopf hin und her. Gut, es hatte jede Menge Weihrauch in der Kathedrale gegeben. Und auch wenn es heute vielleicht mehr als sonst gewesen war, so wurde doch jeden Tag ein Gottesdienst in der Kathedrale abgehalten und sie hatte bisher nie einen Geruch bemerkt. Was war heute anders als sonst? Konnte es am Luftdruck liegen, oder kam der Geruch gar nicht aus der Kathedrale? Und wenn nicht, woher konnte er sonst noch kommen?

Nachdenklich betrat sie ihr Büro, in dem immer noch ein zarter Weihrauchgeruch hing. *Man müsste eine Kerze hinunterlassen und sehen, ob und woher ein Luftzug kommt,* spann sie den Gedankenfaden weiter. Erschrocken stellte sie fest, dass es schon fast zwölf war und ihr keine Zeit mehr für Experimente blieb, wenn sie heute Abend noch ins Kino wollte.

Entschlossen setzte sie sich an ihren Computer zurück und vertiefte sich wieder in ihre Arbeit.

Aber immer wieder schweiften ihre Gedanken zu der Zisterne ab. Es musste einen Zusammenhang zwischen ihrer Zisterne und der Kathedrale geben. Und der konnte nur in Verbindung mit dem Gang stehen, der dort unten abzweigte. Je mehr sie darüber nachdachte, desto sicherer wurde sie. Warum sollte eine einfache Zisterne einen Gang haben? Es gab höchstens noch die Möglichkeit, dass es keine einzelne war, sondern ein System kommunizierender Brunnen, die sich unter mehreren Häusern befanden. Warum aber hatten die anderen Zisternen, die in ihrem Haus gefunden worden waren, dann weder untereinander in Verbindung gestanden, noch eine Verbindung zu dieser Zisterne gehabt? Lag es nur an den unterschiedlichen Epochen, in denen sie entstanden waren? Jede neue Erkenntnis schien eine Unmenge neuer Fragen aufzuwerfen. Sie musste einfach noch einmal dort hinunter. Das war ihr nun klar. Und je länger sie darüber grübelte, desto dringender wurde ihr Wunsch, diesen Gang genauer zu erforschen.

Mit einem Ruck stand sie auf. Sie wollte jetzt wenigstens wissen, ob es in der Zisterne eine Luftbewegung gab.

Aus einem Blechdeckel, einer Kerze und Draht hatte sie schnell eine kleine Vorrichtung gebastelt, die sie vorsichtig, damit die Flamme nicht verlosch, an dem Draht in die Zisterne hinunterließ. Erst jetzt wurde ihr richtig bewusst, wie tief der Brunnenschacht war, und der Gedanke an die Kälte dort unten ließ sie frösteln.

Die Kerze begann plötzlich leicht zu flackern. Sophie hielt den Draht ganz still, aber das Flackern hörte nicht auf. Sie ließ die Kerze noch etwas weiter nach unten und das Flackern blieb. Plötzlich, wie von einem Windstoß ausgeblasen, verlosch die Kerze ganz.

Sophie zog die Vorrichtung nach oben. Jetzt war es ganz klar: dort unten zirkulierte Luft und wo Luft zirkulieren will, da muss es mindestens eine Öffnung geben, die an die Oberfläche führt. Sophie neigte den Kopf, wie immer, wenn sie überlegte. Sie würde Louisa anrufen. Möglicherweise konnte sie bei ihr etwas mehr erfahren.

Doch sie erfuhr nicht mehr.

Louisa war auf einem Kongress und würde erst in vier

Tagen zurückkommen. Also beschloss Sophie, sich im Kloster von Randa wenigstens nach der Geschichte der Templer zu erkundigen. Es musste ja einen Zusammenhang zwischen ihnen und der Zisterne geben. Wie sonst konnte das Siegel in diesen Brunnen gekommen sein.

8

Donnerstag 16. August 2012

Der Tag war von einer unerträglichen Hitze, so dass Sophie ihren Ausflug auf den Berg Randa weit in den Spätnachmittag verschoben hatte.

Durch die geöffneten Autofenster strömte die heiße Sommerluft, erfüllt vom würzigen Duft des Pinienharzes, das in bernsteinfarbenen Kaskaden an den rauen Baumrinden herabtropfte. Dann und wann wehte eine leichte Brise, die aber keine Erfrischung brachte, sondern nur den heißen Hauch Afrikas über die Insel blies. Ein paar Zikaden zirpten müde. Die Pinien, die den schmalen Weg hinauf zum Klosterberg säumten, spendeten angenehmen Schatten und die Strecke bot herrliche Ausblicke hinunter auf das Patchwork Muster der unzähligen Felder, die über die Insel gestreut waren.

Das Schild des Klosters ›San Honorato‹ lag genau in der Kurve. Sie erinnerte sich nicht, dass sie schon einmal dort gewesen war und spontan beschloss sie, den kleinen Abstecher zu machen, bevor sie zum ›großen‹ Kloster des Einsiedlers Ramon Llull, ›Nuestra Señora de Cura‹, ganz oben auf dem Berg, weiterfuhr.

Sie parkte auf dem großen sandigen Platz vor dem Kloster.

Der Ausblick von hier aus war märchenhaft. Sommerglut flimmerte über den Feldern, die in Gelb- und Brauntönen ihr unregelmäßiges Mosaik über das Land legten. Im gleißenden Licht der Nachmittagssonne glänzte das Meer, aus dem sich, wie eine Fata Morgana, flimmernd die Insel

Cabrera erhob. Alles atmete eine tiefe Ruhe und Entspannung.

Unwillkürlich musste sie an die Worte des Dichters Roussinol denken: ›Folge mir zu einer Insel, die ich dir nennen werde, einer Insel, auf der immer Ruhe herrscht und wo die Männer es nie eilig haben, wo die Frauen niemals alt werden, ja wo nicht einmal Worte vergeudet werden und wo die Sonne länger verweilt. Denn im Augenblick, da du hier an Land gehst, wirst du von so einer rhythmischen und melodiösen Faulheit ergriffen, von solch einer behüteten und durchschlagenden Lust, ganz einfach nichts zu tun und in eine derart andauernde Träumerei zu versinken, dass du geloben wirst: das ist das Land, das ich zur Besserung meines Lebens nötig hatte, wo man ohne zu schlafen, ausruhen und träumen kann.‹

Zu ihrer Kinderzeit war die ganze Insel noch in diesem Bann gelegen. Aber inzwischen hatte die Hektik auch hier Einzug gehalten. Sie erinnerte sich noch sehr genau daran, wie intensiv sie diese Ruhe, dieses behäbige sich Räkeln der Insel in der Stille empfunden hatte. Oftmals hatte sie das Gefühl gehabt, wie in einem Traum zu leben, wo man sich leichter beinahe schwebend bewegt und wo alles so heiter und warm war wie die Luft, die die Insel umhüllte.

Noch ganz gefangen von der Erinnerung ging sie auf das Kloster zu. Die stille Kühle, die sie hier umfing war eine angenehme Fortsetzung ihrer Stimmung. Sophie mochte die wohltuende und tiefe Ruhe, die über den Klöstern lag und sie mochte ihren Geruch, diese Mischung aus gewachstem Holz, Kalk, alten Büchern und Weihrauch. Obwohl sie eher eine religiöse Standarderziehung genossen hatte, übten Kirchen und Klöster eine magische Anziehungskraft auf sie aus. Selten ging sie an einer Kirche vorbei, ohne dass sie wenigstens kurz hineinschaute. Sie liebte den Geruch, die Beschaulichkeit und die Erhabenheit der Bauwerke. In letzter Zeit war es sogar öfter vorgekommen, dass sie ein improvisiertes Stoßgebet in das, vielleicht gottbeseelte, Weltall geschickt hatte.

Der Pförtnermönch, der am Eingang hinter einem Tisch saß, blickte nur kurz auf, als sie hereinkam und vertiefte sich gleich wieder in seine Schreibarbeit.

Sie ließ ihren Blick durch den Raum schweifen. Die hintere Wand war mit einem dunklen Holz vertäfelt und mit wunderschönen Schnitzereien verziert. Rechts und links an den Wänden hingen große, alte Gemälde in goldverblichenen Rahmen. Sophies Blick blieb an deren Darstellung biblischer Geschichten hängen und sie versuchte zu ergründen welche Ereignisse sie darstellten.

Das Geräusch einer Tür hinter ihr riss sie aus ihren Gedanken. Sie wandte sich um – und blickte direkt in zwei dunkelbraune Augen. Ein eigenartiges Gefühl erfasste sie plötzlich, eine ferne Ahnung, wie von einer alten Erinnerung, etwas längst verloren geglaubtem. Für einen Moment fühlte sie sich wie in einer anderen Welt, einer Welt, die sich irgendwie vertraut anfühlte. Es war nur einen Lidschlag lang, aber es überwältigte sie mit der Intensität eines Soges, dem man sich nicht entziehen kann. Nur einen Lidschlag lang, bis sie erschrocken zurückzuckte, als sie das ganze Gesicht des Mönches sah, der hereingetreten war.

Sie meinte noch nie etwas so Hässliches gesehen zu haben. Schräg vom rechten Auge bis zum linken Mundwinkel zog sich eine wulstige, rote Narbe durch das Gesicht des Fremden und dort, wo eigentlich eine Nase sitzen sollte, wölbten sich oberhalb von zwei tiefschwarzen Nasenhöhlungen, rote narbige Wucherungen. Unwillkürlich zuckte sie zurück.

Der Mönch hatte ihr Erschrecken sehr wohl bemerkt. Die Wärme in seinen Augen wich einer dunklen, kalten Härte und sein Mund verzog sich verächtlich zu einem spöttischen Lächeln. Er wandte sich um und verschwand durch die andere Türe, noch bevor Sophie einen weiteren Gedanken fassen konnte. Sie stand nur da und starrte ihm nach. Sie fühlte sich irgendwie erschüttert. Diese Augen hatten in ihr das Gefühl einer fernen Erinnerung angestoßen. Sie versuchte das Gefühl festzuhalten, um eine Erlebnisverbindung dazu zu finden. Aber stattdessen sah sie das hässlich entstellte Gesicht vor sich.

Der Mönch an der Pforte räusperte sich laut und riss sie aus ihren Gedanken. »Kann ich ihnen helfen?«, fragte er höflich.

Sophie strich mit den Händen verlegen ihren Rock glatt. Ihr wurde bewusst, dass sie mitten im Raum stand und in die Luft starrte. »Äh, ja, gerne«, stammelte sie. »Ich suche nach Informationen über die Templer.«

Der Mönch zog die Brauen hoch, sagte aber nichts.

»Äh, ich meine über den Orden allgemein«, fügte sie hinzu und ärgerte sich, dass sie sich von diesem merkwürdigen Mönch so aus der Fassung hatte bringen lassen. Sie hatte hier doch nur kurz vorbeischauen wollen. Der eigentliche Plan war gewesen, hoch in das Kloster von Ramon Lull zu gehen, wo man sicher über die Templer mehr erfahren konnte als hier. Aber nachdem sie jetzt gefragt hatte, konnte sie schlecht einfach wieder gehen.

Der rundliche Mönch erhob sich umständlich. »Si«, brummte er vor sich hin, öffnete einen Spalt breit die Tür, durch die der entstellte Mönch vorher hinausgegangen war, und steckte den Kopf hindurch.

Sophie hörte ihn leise etwas sagen. Dann ging er schweigend wieder hinter die Kasse zurück, wobei er ihr kurz zunickte. Sie fasste es als Aufforderung zum Warten auf und kurz darauf betrat ein alter, weißhaariger Mönch den Raum. Sein hageres, faltiges Gesicht wurde von einem dichten, weißen Vollbart umrahmt und unter den buschigen weißen Brauen blitzten dunkle, lebhafte Augen. Er strahlte eine heitere Gelassenheit aus, so als hätte er längst das Gebirge menschlicher Probleme und Streitigkeiten weit hinter sich gelassen, ohne den Spaß am Leben verloren zu haben.

Als er sie sah, schien es Sophie einen Moment lang, als würden seine Augen eine gewisse Überraschung widerspiegeln. Wahrscheinlich kam es nicht oft vor, dass sich jemand mit einer historischen Frage an das Kloster wandte.

»Gott zum Gruße. Was kann ich für Sie tun?« Die Stimme des Paters war tief und volltönend, mehr die eines Operntenors, als die eines alten Mannes. Jetzt konnte sie keinen Rückzieher mehr machen. Außerdem gefiel ihr der Alte und er sah aus, als wüsste er ein paar interessante Dinge.

»Ich bin auf der Suche nach Informationen über den Templerorden und ich dachte, Sie könnten mir vielleicht weiterhelfen, oder mir sagen, an wen ich mich wenden kann.«

Der Mönch lächelte. »Nun das ist eine lange Geschichte. Gehen wir ein paar Schritte hinaus in den Garten. Dort können Sie mir erzählen, was Sie genau wissen wollen und dann können wir das Thema vielleicht ein wenig eingrenzen.« Er reichte ihr die Hand. »Ich bin Frey Miguel, Bruder Miguel.«

Sophie ergriff sie. »Encantada! Sehr erfreut! Sophie Brugger.«

Frey Miguel nickte mit einem Lächeln und Sophie verwunderte sich über die merkwürdig vertraute Freundlichkeit des Mönches.

Es war herrlich warm draußen und die Kräuter im Garten dufteten würzig.

»Also um ehrlich zu sein: ich weiß gar nichts über die Templer«, begann Sophie das Gespräch. »Ich habe in dem Haus, in dem ich wohne, eine Abbildung von zwei Männern gesehen, die mit Schwertern bewaffnet auf einem Pferd sitzen. Man sagte mir, es sei das Zeichen des Tempelordens. Und bevor ich jetzt viele Bücher wälze, dachte ich mir, ich könnte mich erst einmal so informieren.«

Der Mönch nickte. »Möchten Sie sich intensiver mit der Geschichte beschäftigen, oder nur einen kurzen Einblick bekommen?«

Sophie pflückte im Vorübergehen ein Eukalyptusblatt von einem der herabhängenden Zweige, zerrieb es zwischen den Fingern und sog den aromatischen Duft ein. »Mich hat Geschichte und Vergangenheit schon immer fasziniert und nun wohne ich in einem Haus, das auf römischen Grundmauern steht und möchte etwas über seine Geschichte erfahren. Es klingt vielleicht seltsam, aber mir war das Haus irgendwie vertraut, als ich es zum ersten Mal betreten habe. Nicht, dass es mir wirklich bekannt vorkam, aber ich hatte irgendwie das Gefühl daheim zu sein. Und jetzt möchte ich mehr über das Haus wissen und da mich das Zeichen interessiert hat, dachte ich, ich könnte gleich damit anfangen.«

Frey Miguel sah sie an. »Was wissen Sie über die Zeit der Kreuzzüge?«

Sophie strich sich verlegen eine Haarsträhne aus dem Gesicht. »Also, wenn ich meine verbliebenen Geschichtskenntnisse zusammenkratze, dann bringe ich noch Papst Urban damit in Verbindung und das 11. Jahrhundert. Es ging um die Rückeroberung Jerusalems von den Arabern. Für das 12. Jahrhundert fällt mir noch Richard Löwenherz ein, der auch bei einem der Kreuzzüge dabei war. Das ist aber auch schon alles. Die Details dazu sind mir nicht mehr so geläufig. Der Name der Templer war mir bisher ganz unbekannt. Wie kamen sie denn hierher auf die Insel?«

Frey Miguel steuerte auf einen kleinen Tisch mit zwei Stühlen und einer Steinbank zu, die am Ende des Klostergartens vor einer kleinen Mauer standen. Darüber wölbte sich eine dunkelviolett blühende Bougainvilla schützend wie ein Dach. Auf dem Tisch stand neben zwei Gläsern eine Karaffe, in deren kristallklarem Wasser sich die Sonne brach.

Ein rundes Metallgebilde, wie eine moderne Skulptur, ragte zwischen den Steinen in den blauen Himmel. Ein Ring auf einem Metallstab mit vielen Zeichen darin.

Der Mönch bot ihr mit einer Handbewegung einen der Stühle an. Er selbst nahm auf der Steinbank Platz.

»Ja, das war im Zuge der Eroberungen durch Don Jaime, offiziell bekannt als König Jakob der Erste von Aragon. Die Templer waren ein Teil seiner Truppe, als er Mallorca den Arabern entriss. Aber ich mach Ihnen jetzt einen Vorschlag: einen Teil Ihres Wissensdurstes kann ich stillen, indem ich Ihnen etwas über die ersten zwei Kreuzzüge und damit über die Entstehung des Templerordens erzähle. Einer unserer Brüder kennt sich aber speziell mit den Templern und auch mit ihrer Geschichte auf unserer Insel gut aus und hat sich lange damit beschäftigt. Er hat heute keine Zeit, aber wenn Sie morgen Vormittag noch einmal kommen, dann wird er Ihnen sicher gerne Ihre restlichen Fragen beantworten.«

Sophie nahm sein Angebot dankend an, und der Mönch begann mit seiner warmen, tiefen Stimme zu erzählen:

»Wir befinden uns in der Zeit um 1095, in einer Zeit, in der der Glaube eine zentrale Rolle im Leben der Menschen spielte.

Die Menschen waren sich sicher, dass die Endzeit jetzt angebrochen sei. Jerusalem war das Zentrum der Religiosität und das Ziel, zu dem Pilger in Scharen unterwegs waren. Obwohl die Stadt seit 638 unter arabischer Herrschaft war, hatten alle Religionsgruppen freien Zugang zu ihren heiligen Stätten. Aber die Tatsache, dass sowohl Christen, als auch Moslems und Juden, ihr religiöses Recht auf die Stadt beanspruchten, hatte eigentlich schon immer zu Reibereien geführt.

Erst als 1071 der türkische Stamm der Seldschuken Jerusalem eroberte, gab es ständig Überfälle auf die Pilger und auch im Land selbst herrschte Unterdrückung und Verfolgung.

Der Auslöser für den ersten Kreuzzug war ein Hilferuf aus Konstantinopel von Alexios dem Ersten, Kaiser von Byzanz. Er bat Papst Urban den Zweiten flehentlich um Hilfe im Kampf gegen die Seldschuken, die sein Reich bedrohten. Diese saßen nach ihren Eroberungen inzwischen schon jenseits des Bosporus. Alexios warnte den Papst auch, dass wenn Konstantinopel in deren Hände fallen würde, den Türken Osteuropa direkt vor den Füßen läge. Der Papst sah die Gefahr der Situation genauso klar, wie seine Chance. Dies war seine Gelegenheit, als Führer eines Christentums aufzutreten, welches durch den gemeinsamen Hass gegen den Islam vereint wurde. Zudem hatte er die Kaufleute hinter sich, die wirtschaftliche Vorteile aus so einem Schlag ziehen konnten.

Papst Urban II sagte also Alexios I seine Hilfe zu und zog in den folgenden Monaten durch das Land, um geeignete Anführer zu finden.

Dann, im November 1095 beim Konzil in Clermont, in der Auvergne, rief er das Volk dazu auf, das Heilige Land von den Ungläubigen zu befreien. Er hielt eine feurige und die wohl folgenschwerste Rede des Mittelalters. Mit bewegenden Worten rief er das Volk an die Waffen. Vor den Menschen, die unter Hungersnöten, Naturkatastrophen und Seuchen litten, ließ er das Heilige Jerusalem wie eine paradiesische Fata Morgana erscheinen, auf die sie Anrecht hätten, und die ihnen die Erfüllung ihrer religiösen und menschlichen Sehnsüchte bringen würde. Er versprach ihnen in überschwänglichen Worten den Himmel auf Erden, den Erlass aller Strafen auf begangene Sünden, einen sicheren Platz im Garten Eden, dem himmlischen Paradies und alle irdischen Freuden des exotischen Orients.

Das Volk stand in Regen und Kälte und war völlig überwältigt und mitgerissen von der Woge der Emotionen. Am Ende der Rede brachen sie in ekstatischer Begeisterung in den geschichtsträchtigen Ruf: ›Deos lo vult!‹ - ›Gott will es‹ - aus. Urban II griff ihn als Schlachtruf für den Kreuzzug auf. Es wird gemunkelt, der Ruf wäre dem Papst von Vertrauten vorher zugeflüstert worden und diese Vertrauten durften dann im Kreuzzug eine wichtige Rolle spielen. Jedenfalls wurde dieser erste Kreuzzug nach Outremer – das Land jenseits des Meeres – eine regelrechte Massenbewegung.«

Frey Miguel machte eine kurze Pause und schenkte die beiden Gläser mit Wasser voll. Bedächtig nahm er einen Schluck. Sophie merkte erst jetzt, wie durstig sie war und tat es ihm gleich. Das Wasser war kühl und frisch und schmeckte nach Sommer und Zitrone.

Der Pater hatte sein Glas abgestellt und blickte nachdenklich in eine Ferne, die nur ihm zu gehören schien.

»Und hier sieht man doch ganz deutlich die Parallelen zur heutigen Gegenoffensive des Islam gegen die Christen«, führte er dann seine Gedanken weiter. »Mit ganz ähnlichen Worten werden Menschen, die am Rande der Gesellschaft leben, mobilisiert für Machtzwecke anderer. Es ist die Geißel der Menschheit: das ewige Streben nach Macht. Und am Liebsten wird der Glaube als Deckmantel benützt.

Trotzdem dürfen wir nicht vergessen, dass damals viele dieser Menschen wirklich einen tiefen Glauben hatten und versucht haben, für diesen Glauben das Richtige zu tun. Die Informationsmöglichkeiten waren zu der Zeit nur viel geringer, da viele weder lesen noch schreiben konnten.«

Sophie neigte den Kopf nachdenklich ein wenig zur Seite, wie immer, wenn sie überlegte. »Dieser Kreuzzug ist also vorwiegend ein politischer und wirtschaftlicher Schachzug der Herrscher gewesen?«

Der Pater nickte. »Und es war nicht schwer, das einfache Volk dafür zu gewinnen. Denn dieses sah seine Chance für die Flucht in ein neues, besseres Leben bei gleichzeitiger Absolution für alle Sünden. Sie konnten also nur gewinnen.

Außer ihnen fanden sich natürlich auch Adelige ein, meist die jüngeren Söhne, die sich Ländereien im Heiligen Land erträumten, die ihnen durch das Erstgeborenenrecht in Europa verwehrt waren. Auch Fürsten, die politische

Hintergedanken hegten, Huren, die die Züge begleiteten, Abenteurer und Landstreicher waren dabei.

Es war eine Welle der grenzenlosen Euphorie, die da über Europa hinweg schwappte und alles mit sich zog, was sich irgendwie fortbewegen konnte.

Nach vielen Umwegen und Abwegen standen die Kreuzfahrer am 7. Juni 1099 vor Jerusalem und nach einer vierzigtägigen Belagerung fiel die Stadt. Alle Moslems, gleich ob Männer, Frauen, Kinder oder Säuglinge wurden aufs grausamste niedergemetzelt, gefoltert oder lebendig verbrannt. Laut Augenzeugenberichten watete man in den Straßen Jerusalems in abgeschlagenen Köpfen, Händen und Füßen der sogenannten Heiden. Die Kreuzfahrer weinten in der Grabeskirche Tränen der Freude und dankten Gott für ihren Sieg.

All das ist bei den meisten Menschen damals mit Sicherheit in der Überzeugung geschehen, auf diese Weise Gottes Willen zu erfüllen und ihm zur Ehre zu handeln. Denn man kann nicht einfach davon ausgehen, dass sie nur aus rein wirtschaftlichen Interessen handelten. Die Religiosität wurde damals ungleich viel intensiver erlebt, als das heute bei uns der Fall ist.«

»Aber wie kann man, Religiosität hin oder her, Menschen töten und dabei glauben, dass Gott das will?« Sophie schüttelte den Kopf.

»Es ist das, was wir heute Fanatismus nennen oder Machtgier, je nach Motivation des jeweiligen Menschen. Und wie zu jeder Zeit, gab es auch damals Menschen, die von Herzen das Richtige tun wollten und andere, die nur danach strebten, zu profitieren. Dazu kam, dass die Bibel zu der Zeit nur denen zugänglich war, die das Lateinische beherrschten. Das bedeutete für den Papst und die Kirchenoberen eine völlige Freiheit der Auslegung biblischer Inhalte und für das Volk die Abhängigkeit von der Richtigkeit der Informationen, die sie bekamen.«

Er schenkte Sophie und sich von dem Wasser nach, nahm einen tiefen Schluck und wies, als er das Glas abgestellt hatte, auf das Gebilde hinter ihr.

»Schauen Sie: so sollte es eigentlich sein. Diese Plastik heißt ›Einheit der Religionen‹. Die Symbole stehen für Christentum, Judentum, Islam, Orthodoxe Kirche, Hinduismus, Schiitentum und Bahaitum. Sie alle sind eingeschlossen im großen Kreis und dieser Kreis ist Gott, wie auch immer jeder ihn nennen mag. Und er steht für Frieden, Liebe und Toleranz der jeweiligen Religionen. Stattdessen bekämpfen sich Menschen, die eigentlich alle das gleiche predigen: Liebe zu Gott und dem Nächsten.«

Dann fuhr der Mönch mit seiner Schilderung fort und entwarf in schillernden Farben Bilder, von den nun folgenden Kreuzzügen, den Siegen, Niederlagen und auch von den Freundschaften, die zwischen den Herrschern und Untertanen beider Religionen entstanden. Er beschrieb, wie aus der Notwendigkeit, die eroberten Gebiete zu erhalten und zu verteidigen, der Orden der Tempelritter entstand.

»Etwa 1119 kam Hugo von Payens, den man heute als ersten Großmeister der Templer kennt, mit acht Gefährten zu Balduin II. Sie boten ihm als Beschützer der Pilger und als Kämpfer für das Heilige Land ihren Dienst an und gründeten den ersten Ritterorden, das heißt, eine Mischung aus Mönch und Ritter. Balduin gab ihnen als Unterkunft einen Teil des Palastes, in dem früher der Tempel Salomos gestanden haben soll. Deshalb nannten sie sich ›Arme Ritterschaft Christi und des salomonischen Tempels zu Jerusalem‹. Später wurden sie dann ›Tempelritter‹ oder einfach ›Templer‹ genannt.

Kurz darauf entstand durch Raymond de Puy der Johanniterorden. Beide Orden erwarben sich als Kämpfer einen hervorragenden Ruf, hassten einander aber mit tiefster Inbrunst. Sie kämpften beide, Seite an Seite, und profitierten von den reichen Schenkungen durch Kirche, Staat und Adel. Die Templer noch mehr, als die Johanniter, denn diese waren in den Wissenschaften allen weit überlegen.«

Er machte eine kurze Pause und erzählte dann weiter, wie die folgenden Kreuzzüge nicht mehr nur gegen die muslimischen Staaten geführt wurden, sondern auch gegen andere nichtchristliche Völker und Organisationen, zum Beispiel gegen die Ostkirche und selbst gegen politische Gegner, auch wenn diese Christen waren.

Er zauberte bunte Bilder vor ihr geistiges Auge, schilderte den Verlust der erkämpften Gebiete in Outremer, in Jerusalem, bis als Letztes die Festung Akkon 1291 fiel.

Die Stimme des alten Mönches war bei den letzten Sätzen immer leiser geworden und dann verklungen. Unbemerkt war inzwischen die Dämmerung hereingebrochen.

Frey Miguel erhob sich von der Steinbank und Sophie tat es ihm gleich. Langsam gingen sie schweigend in Richtung des Klostergebäudes zurück.

Am mondlosen Himmel zeigten sich bereits die ersten, glitzernden Sterne und unzählige Zikaden hatten ihr eintöniges Lied angestimmt. Noch hing der würzig-warme Duft des Tages in der Luft, der, nicht mehr so heiß, schon die wohltuende Kühle der Nacht ahnen ließ.

Sophie fühlte sich wie in einem Zeitvakuum, so als hätten sich Vergangenheit und Gegenwart berührt, so als lägen sie nur Sekunden voneinander entfernt. Eine eigenwillige Stimmung hatte sie erfasst, eine Mischung aus Zufriedenheit und Sehnsucht, ein Gefühl von Abenteuerlust und Neugier.

Sie brach das Schweigen: »Manchmal wünschte ich, man könnte eine Zeitreise machen und alle diese Dinge selbst sehen und erleben.«

Sie hörte das Lächeln in Frey Miguels Stimme, als er erwiderte. »Es ist mir auch schon so gegangen, dass ich mir gewünscht hätte, die Ereignisse direkter und hautnaher zu erleben und nicht nur in meinen Gedanken. Sicher wären wir oft überrascht und erschüttert, wie anders sich vieles dann darstellen würde und das Meiste ist sicher grausamer und brutaler gewesen, als wir es wissen oder ahnen können. Und trotzdem ist es im Prinzip immer das Gleiche, um das sich die Welt dreht und die Menschen blind macht: Geld, Ruhm und Machtgier, Neid, Rache und Fanatismus.«

»Hmm.« Sophie legte den Kopf in den Nacken und sah hinauf in den Sternenhimmel. »Und die gleichen Sterne standen zu der Zeit schon genauso am Himmel, wie heute, so als wäre es nur ein Augenblick, der uns von damals trennt.«

Sie waren am Kloster angelangt und Sophie reichte dem Mönch die Hand. »Vielen Dank, Frey Miguel! Es war nicht nur ein faszinierender, kurzweiliger Nachmittag, sondern auch etwas Besonderes für mich, dass ich Sie kennen gelernt habe.«

Frey Miguel sah sie einen Moment lang an. In seinem Blick lag eine ernste Nachdenklichkeit, die dann einer liebevollen Wärme wich. »Manchmal glaubt man, dass das

Leben aus zufälligen Begegnungen besteht und wir uns selbst unsere Interessen wählen und Entscheidungen treffen. Aber glauben sie mir: das ist nicht immer so. Nicht wir suchen uns die Geschichte aus, sondern die Geschichte sucht uns aus. Passen Sie gut auf sich auf, Señorita Sophia, y buenas noches - Gute Nacht.«

Er nickte ihr zu und war im Kloster verschwunden, noch bevor sie ihm auch eine gute Nacht wünschen konnte.

Der Kies knirschte unter ihren Füßen, als sie unter dem sternfunkelnden Nachthimmel nachdenklich zu ihrem Auto zurückging, und seine Worte klangen noch in ihren Ohren nach: ›..., sondern die Geschichte sucht uns aus.‹

9

Brütende Hitze lag über Barcelona wie eine Glocke und lähmte die Menschen. Wer konnte, hatte sich auf das Land oder ans Meer zurückgezogen. Die Parks waren besser besucht als sonst, und wer nicht im Freien arbeiten musste, genoss wenigstens den Luxus klimatisierter Räume. Alles schien langsamer zu gehen, selbst die Zeit kroch nur mühsam voran.

Samuel ging die ›La Rambla‹ entlang.

Er nahm weder das lebhafte, sommerliche Treiben auf der Flaniermeile, noch die Straßenmusiker und Künstler wahr, die am Rande das Publikum unterhielten und eine heitere Stimmung zauberten. All das interessierte ihn auch nicht. Er mochte den Lärm nicht und ihm war heiß. Sein Hemd klebte ihm an der Haut und er stellte wieder einmal fest, dass er den Sommer hasste.

An einem Zeitungsstand machte er kurz halt, flirtete eine Weile mit der Verkäuferin, erstand der Form halber eine ›El Mundo‹, warf sie in den nächsten Mülleimer und setzte seinen Heimweg fort. Er interessierte sich nicht für Zeitungen. Ihm ging es nur um den Eindruck, den er bei der Verkäuferin hinterlassen wollte. Diese Flirts waren das Ausloten seiner Macht über Andere. Die Macht, die er sich selbst immer wieder bestätigen musste. Es war sein Kapital und seine Lebensversicherung.

Ein rotes Kleid mit weißen Tupfen eilte vorbei. Er blickte den schlanken Beinen nach. Ein Kind lachte und rannte zu einem Kiosk mit bunten Eisbechern.

Plötzlich blitzte in seinem Kopf eine Erinnerung auf. Schon lange war sie nicht mehr aufgetaucht und er wusste nicht, was jetzt der Auslöser gewesen war. Aber er wusste, was jetzt kommen würde, und begann zu rennen.

Wie durch Nebel sah er die Abzweigung zur ›Carrer de Ferran‹. Er spürte wie sein Puls immer schneller und schneller wurde. Hart, wie Hammerschläge, dröhnte der Herzschlag in seinem Kopf, als er in die Straße einbog. Jetzt waren es nur noch wenige Meter. Vor seinen Augen begann es zu flimmern. Nur verschwommen nahm er die große, hölzerne Eingangstüre wahr und versuchte krampfhaft das Zittern zu unterdrücken, das seinen ganze Körper schüttelte. Panik erfasste ihn bei dem Gedanken, er könne seine Wohnung nicht rechtzeitig erreichen. Seine Hand bebte so heftig, dass er den Schlüssel mehrmals neben das Türblatt stocherte. Sein Kopf schien zu platzen. Kalter Schweiß brach ihm aus allen Poren aus. Ich muss es schaffen. Da rutschte der Schlüssel ins Schloss und mit seinem ganzen Gewicht warf er sich gegen die Türe, die mit Schwung gegen die Wand krachte. Er taumelte in den Flur.

Der Weg über die Treppen war schon nicht mehr in seinem Bewusstsein.

Die Hände schützend vor dem Gesicht stand er im Eingangsraum seiner Wohnung und ein kehliger Schrei entrang sich ihm. Er fiel auf die Knie und wimmerte, als die Bilder wie ein Film vor ihm abrollten.

... Ein schmuddeliges kahles Zimmer ... durch die von Schmutz starrenden Fenster drang nur ein trüber Schein von Licht herein. In der Mitte des Zimmers stand ein altes Ehebett, dessen dunkles Holz stumpf und fleckig war. Die verschlissenen Laken ließen trostlos ihre Fetzen unter einer verblichenen Decke heraushängen, die ein Muster nur noch erahnen ließ. Aus dem Dunkel tauchte ein Mann auf.

Er zog eine Frau an den Haaren zu sich heran. »Du Hure! Du mieses Stück!«, schrie er und fletschte die Zähne. Zwischen seinen schwarzen Zahnlücken standen quer die letzten braunen Stumpen. Die Frau schrie qualvoll auf, als er ihren Kopf nach hinten riss. Er warf sie auf das Bett und zerrte seine Hose herunter.

Der kleine Junge saß auf dem Stuhl und schluchzte. Er wollte weglaufen, aber sein Vater hatte ihn angebunden. Er konnte nur die Augen schließen. Aber das, was er hörte, war schlimm genug. Manchmal gelang es ihm alles auszublenden. Er stellte sich vor ein Kind zu sein, das liebevolle, wohlhabende Eltern hatte und Freunde. In dieser Vorstellung war er klüger als sie alle. Und er hieß nicht mehr Pablo, sondern Samuel.

Aber heute schrie seine Mutter so sehr, dass ihm nicht einmal diese Vorstellung gelang. Er hoffte seine Mutter würde aufhören zu schreien. Er hoffte es, weil er wusste, dass sein Vater nur noch mehr Wut entwickeln würde, wenn sie schrie. Und das bedeutete, dass sein Vater danach noch seine Schwester und ihn hernehmen würde ... .

Doch an diesem Abend war es nicht dazu gekommen. Die Schreie der Mutter erstarben plötzlich und eine entsetzliche Stille erfüllte den Raum, nur durchbrochen von dem rhythmischen Schnaufen des Vaters. Und da wurde Torian geboren ... Torian, der so lange an den Stricken zerrte, bis sie sich von den Handgelenken lösten, und Torian, der hinausrannte und laut ›Feuer! ‹ schrie, bis der Vater an die Treppe gerannt kam ... und Torian, der dann lachte, als der Vater leblos am Ende der Stufen lag, den Kopf seltsam verrenkt und die Augen starr und genauso nach oben gerichtet, wie das nackte Hinterteil.

Langsam normalisierte sich Samuels Atmung wieder und er spürte, wie sein Herz aufhörte zu hämmern. Jetzt gelang es ihm auch die darauffolgenden Bilder zu verdrängen. Denn ein wenig später hatte sein wirkliches Leben als Samuel begonnen.

10

Mittwoch 22. August 2012

Die Kollegin war krank gewesen und für Sophie hatte das Arbeit von morgens bis spät in die Nacht bedeutet, um einen wichtigen Auftrag des Verlages abzuschließen. Immer wieder hatte sie vorgehabt, nach Randa zu fahren, um den abgesagten Termin nachzuholen, aber die wenige Zeit, die ihr dann und wann geblieben war, hatte Juan mit ihr verbringen wollen und so hatte sie auch ihre Nachforschungen über die Zisterne auf Eis gelegt.

Jetzt war fast eine Woche vergangen, bis sie es endlich schaffte, auf den Klosterberg zu fahren.

Grau und wolkenverhangen war der Himmel diesmal, als sie den holprigen Weg nach San Honorato hinauffuhr. Der böige Wind trieb weiße Schaumkronen über das Meer und als Sophie aus dem Auto stieg klatschten die ersten schweren Regentropfen auf den sandigen Vorplatz. Sofort hing der feucht-warme Geruch regennasser Erde in der Luft.

Frey Miguel erwartete sie schon in der Vorhalle und begrüßte sie herzlich, bevor er sie in einen angrenzenden Raum führte, der eine Art Studierzimmer darstellte. Sophie sah sich neugierig um. Linker Hand erhob sich eine wandfüllende Büchervitrine, die, ebenso wie der Tisch und die Stühle in der Raummitte, aus dunkel gebeiztem Holz war.

Auf dem Tisch stand ein Tablett mit zwei Tassen, in denen der café con leche dampfte und daneben ein Teller mit Gebäck. Hell und freundlich wirkte der Raum durch den weißen Boden aus Antikmarmor und die großen Bogenfenster auf der Westseite, die, durch schmale, dorische

Säulen getrennt, den Blick auf die Ebene und das Meer freigaben.

Frey Miguel bat sie Platz zu nehmen. »Frey Antonio wird gleich hier sein.«

Er hatte kaum ausgesprochen, da öffnete sich die Tür und Frey Antonio trat ein.

Sophie starrte erblassend auf den Mönch mit dem entstellten Gesicht, den sie bei ihrem ersten Besuch hier im Kloster schon gesehen hatte.

»Ah, Frey Antonio!« Frey Miguel ging mit einer herzlichen Geste auf ihn zu. »Schön, dass du da bist.« Er legte ihm die Hand auf die Schulter und wandte sich zu Sophie um. »Dies ist die Señorita, die gerne dein Wissen über die Templer beanspruchen möchte.«

Sophie hatte einen Augenblick gebraucht, um sich zu fangen und ärgerte sich, dass sie sich ihre Bestürzung so hatte anmerken lassen. Sie reichte ihm mit betonter Herzlichkeit die Hand.

»Vielen Dank, dass Sie sich für mein Anliegen Zeit genommen haben. Mein Name ist Sophie Brugger.«

Seine tiefbraunen Augen fesselten für einen Moment ihren Blick und wieder kam dieses Gefühl in ihr hoch, das sie schon bei der ersten Begegnung gehabt hatte. Und auch diesmal war in ferner Erinnerung ein Bild, aber sie konnte es nicht fassen und es verschwand wieder, noch bevor sie versuchen konnte es festzuhalten. Es war so, als wäre sie aus einem Traum erwacht, der im Moment des Erwachens noch vor ihren Augen stand, aber im nächsten Augenblick bereits verblasst war.

Sie wandte den Blick ab.

»Señorita, Sie entschuldigen mich, aber ich habe noch

einen Termin.« Frey Miguel reichte ihr die Hand. »Hasta luego.«

Als sich die Türe schloss, wandte sich Frey Antonio zu Sophie um: »Sie sind noch nicht lange hier auf der Insel?«

Das war eine Frage, die Sophie schon unzählige Male beantwortet hatte und sie wusste, es war hier die Frage um Akzeptanz, das hieß Zugehörigkeit, oder Nichtakzeptanz. Sie fühlte eine leise Enttäuschung, denn obwohl sie ihn nicht kannte, hatte sie diese oberflächliche Frage von ihm nicht erwartet.

»Ich bin hier geboren und aufgewachsen, habe aber lange in Deutschland gelebt.« Sophie zog die Augenbrauen zusammen.

»Ihre Eltern sind Mallorquiner?« Frey Antonio klang erstaunt.

»Nein. Deutsche«, erwiderte Sophie knapp, während sie wieder zum Tisch zurückging. Sie fühlte sich jedes Mal als Eindringling, wenn das Thema zur Sprache kam. Mallorquinerin zu sein bedeutete akzeptiert zu sein. Aber dafür musste man einige Generationen Inselzugehörigkeit nachzuweisen haben. Sophie fühlte sich auf der Insel mehr daheim als irgendwo anders und sie liebte die Mallorquiner, die manchmal sehr speziell waren, aber von denen die Meisten ein großes Herz hatten. Doch für die alteingesessenen Mallorquiner würde sie nie dazugehören. Egal wie es in ihrem Herzen aussah. Und manchmal verstand sie es ein wenig, denn der Tourismus hatte die Insel, die im Herzen ihre Heimat war, von Grund auf verändert und den Bewohnern vieles genommen. Sie mussten sich irgendwie abgrenzen, um ihre Identität zu erhalten.

»Frey Miguel hat mir erzählt, dass Sie sich gut mit der

Geschichte der Templer auskennen.« Sophie gab dem Gespräch ihre eigene Richtung. »Ich habe in meinem Haus den Abdruck eines Wappens gefunden und wollte etwas mehr darüber erfahren.« Sie zog den Zettel heraus, auf dem sie das Siegel abgepaust hatte.

Frey Antonio beugte sich darüber. »Wo haben Sie das her?«

Sophie hörte den lauernden Unterton in seiner Stimme. »Ich sagte doch schon: ich habe es bei mir im Haus gesehen. Es ist ein Wappen«, erwiderte sie leicht verärgert über seinen Tonfall.

Mit einem Ruck stand der Pater auf und ging um den Tisch herum auf sie zu. »Sie lügen! Wo haben Sie das her?« Sein Ton war hart und seine Augen verengten sich zu schmalen Schlitzen.

»Was fällt Ihnen ein!« Sophie spürte, wie Zorn in ihr hochstieg. Sie sprang auf. »Ich bin hier um mir eine Auskunft zu holen und nicht um mich von Ihnen beschimpfen zu lassen. Es gibt sicher genug andere Leute auf der Insel, die mir freundlicher Auskunft geben.« Sophie griff nach dem Zettel, aber der Pater hatte schon die Hand darauf gelegt.

»Einen Moment noch. Sie werden hier auf der Insel große Schwierigkeiten bekommen, wenn Sie Kulturgut unterschlagen. Und so, wie Sie die Sache angehen, wird man Ihnen das sofort nachweisen. Überlegen Sie es sich gut, ob Sie nicht lieber mit mir zusammenarbeiten wollen.«

Sophie starrte ihn an. »Ich sehe keinen Grund mich rechtfertigen zu müssen.«

»Sie werden es müssen.«

Seine überlegene Art ärgerte Sophie. Sie hatte gute Lust

zu verschwinden, aber sie wollte keinen Ärger und musste versuchen die Situation zu entspannen und zwar, ohne das Gesicht zu verlieren.

Sie verschränkte die Arme vor dem Körper und erwiderte selbstbewusst: »Kann sein, dass ich das muss, aber das gibt Ihnen noch lange nicht das Recht in diesem Ton mit mir zu reden und mich der Lüge zu bezichtigen. ›In dubio pro reo‹, -›im Zweifelsfalle für den Angeklagten‹- heißt es doch normalerweise, oder nicht?«

Frey Antonio sah einen Moment lang überrascht aus, dann nickte er. »Also gut«, er zog das Papier zu sich, »lassen Sie uns noch einmal von vorne beginnen. Wo haben Sie das gefunden?«

Sophie lächelte herausfordernd. »Sagen Sie mir zuerst warum Sie wissen, dass es kein Wappen ist.«

Der Pater zeigte mit dem Finger auf das Papier: »Dies ist das Siegel der Templer mit der Inschrift: ›SIGILLUM MILITUM XPISTI‹, das heißt übersetzt: Siegel der Soldaten Christi. Sie haben es abgepaust und dadurch sind die negativ geprägten Teile weiß geblieben. Das Siegel wäre ein Positiv. Sie haben das Negativ und damit den Siegelring. Also?«

Sophie hätte sich ohrfeigen können, ob ihrer Dummheit. Sie sah ihn an. »Ja, Sie haben Recht. Es ist ein Siegel. Ich kann Ihnen nur so viel sagen, dass ich es wirklich bei mir im Haus gefunden habe.«

»Warum erzählen Sie mir nicht die ganze Wahrheit?« Sophie blickte einen Moment lang nachdenklich aus dem Fenster und wandte ihm dann das Gesicht wieder zu. »Ich kenne Sie nicht. Woher soll ich wissen, ob ich Ihnen vertrauen kann.«

Frey Antonio nickte. Er zog den Stuhl zur Seite und bedeutete ihr mit einer Geste, sich zu setzen. Zögernd nahm sie Platz. Er goss ihr und dann sich Kaffee ein: »Ja, warum sollten Sie mir vertrauen.« Er rührte mit dem Löffel in der Tasse.

Sophie schwieg.

Man hörte nur den Regen, der an die Scheibe trommelte und das Klappern des Löffels auf dem Porzellan. Nach einer Weile wandte er den Kopf und sah sie an. Und wieder kam dieses Gefühl in ihr hoch. Sie wollte den Blick senken, aber sie war wie gebannt. Sie sah seine grausige Verstümmelung nicht. Nur seine Augen. Und im Braun seiner Augen waren zwei goldene Flecken in der Form von Sternen. Er war es, der zuerst den Blick wieder löste.

»Was möchten Sie noch wissen über die Templer?« fragte er und seine Stimme klang rau.

»Das Haus, das ich von meiner Mutter geerbt habe, liegt direkt an der alten römischen Stadtmauer«, begann Sophie zögernd und noch verwirrt von dem Gefühl, das sein Blick in ihr ausgelöst hatte. Sie wusste selbst nicht genau, warum sie jetzt anfing ihm das zu erzählen, aber es war etwas in seinen Augen gewesen, was sie dazu bewegt hatte ihm zu vertrauen. Es war wieder einmal eine ihrer typischen Gefühlsentscheidungen gewesen. »Bei den Umbauarbeiten ist eine Wand eingestürzt und hat ein Loch in den Boden geschlagen. Das Loch war eine alte römische Zisterne. Meine Brüder haben mich abgeseilt und dort unten habe ich das Siegel gefunden. Es ist aus Gold und hat auf der Rückseite noch eine Prägung. Dort ist eine Kirche oder eine Moschee abgebildet.«

Der Pater hatte sie bei ihren ersten Worten erstaunt

angesehen. Als sie geendet hatte schnappte er überrascht nach Luft und stieß dann hervor: »Wissen Sie eigentlich was Sie da erzählen?«

Sophie sah ihn fragend an.

Er stand auf und lief im Zimmer auf und ab, als er laut erklärte: »Vom Orden der Templer sind dreiundzwanzig Großmeister bekannt. Sie lebten auf ihrem Hauptsitz, der anfangs in Jerusalem am Tempelplatz war. Es war die Al-Aqsa-Moschee mit den zugehörigen Seitengebäuden. Parallel dazu bauten sie einen europäischen Hauptsitz in Paris. 1187, nach dem Fall Jerusalems, wurde der Sitz von Jerusalem nach Akkon verlegt und 1291, nachdem auch Akkon gefallen war, nach Zypern.

Auf Mallorca lebte daher nie ein Großmeister. Nur die Großkomture, also die zweithöchsten im Rang, verwalteten Mallorca. Und es hat auch nie ein Großmeister seinen Fuß auf die Insel gesetzt. Dieser Siegelring ist aber etwas Besonderes, weil er golden und beidseitig geprägt ist. Es ist mit Sicherheit einer, der nur einem Großmeister gehört haben kann. Wie also kommt er auf die Insel und in Ihre Zisterne?«

Sophie beobachtete ihn. Er schien sehr aufgeregt. »Ja, das würde ich gerne von Ihnen wissen.« Sie machte eine Pause und fügte dann hinzu: »Sie kennen sich sehr gut aus mit der Geschichte der Templer?«

Der Pater blieb stehen. »Ja.«

Sophie bohrte nach. »Wieso?«

Er setzte sich, nahm das Blatt zur Hand und antwortete abwesend: »Ich bin dabei, eine Abhandlung über die Templer auf Mallorca zu schreiben und das ist eine Information, die nicht so recht in meinen bisherigen Bericht passt.«

Es klang schlüssig, aber in Sophies Ohren etwas zu unemotional im Vergleich zu der Erregung über ihren Fund. Ein Gedanke kam ihr.

»Warum haben Sie mich vorher gefragt, ob ich mit Ihnen zusammenarbeiten will?«

Frey Antonio blickte von dem Papier auf.

»Ich wollte wissen, wie viel Sie wissen. Würden Sie mir das Siegel und die Zisterne zeigen?«

Sophie nickte zögerlich. Irgendwas gefiel ihr an der Sache nicht. Die meisten spontanen Entscheidungen fällte sie gefühlsmäßig. Diesmal hätte sie lieber ›Nein‹ gesagt, aber eine unbestimmte Neugier bewegte sie. Eine Neugier, die sich gleichermaßen auf den Mönch und das Siegel bezog. Sie hatte sowohl ein Gefühl der Vertrautheit, als auch ein merkwürdiges Misstrauen diesem Mann gegenüber.

»Wann?« fragte sie.

Der Pater zuckte die Schultern. »Wenn Sie Zeit haben, dann gleich.«

»Lieber heute Nachmittag«, erwiderte Sophie. »Wir treffen uns am ›Plaça de la Reina‹, an den Treppen der ›Costa de la Seu‹, sagen wir um drei.«

Sie zog einen Stift aus ihrer Tasche.

»Ich gebe Ihnen meine Handynummer, falls etwas dazwischenkommen sollte. Und Sie können mir ja Ihre geben.« Sophie kritzelte ihre Nummer auf einen Zettel und schob ihm Stift und Block hin.

Der Mönch schrieb und nickte dann. »Gut, Punkt drei. Ich warte auf Sie.«

11

Es kam selten vor, dass er rechtzeitig mit der Arbeit aufhören konnte. Sehr selten.

Heute hatte er es sich fest vorgenommen und Punkt eins verließ Rosello die Polizeistation.

Es war Graciellas Geburtstagswunsch gewesen, dass ihr Papa den nach jedem Schultag obligatorischen Besuch im ›Ca'n Joan‹ heute mit ihr zusammen machte. Und natürlich gehörte auch die Tasse Suizo dazu, der puddingartige Kakao, den die Mallorquiner so liebten. Rosello hatte ihr am Morgen noch den Wunsch abschlagen müssen, denn ursprünglich war eine Besprechung angesetzt gewesen. Aber diese hatte sich zerschlagen und nun wollte Rosello seine Tochter überraschen. Es war immerhin ihr siebter Geburtstag.

Zügig lief er die ›Carrer de la Indústria‹ hinunter. Es war schwül. Der Regen hatte aufgehört und die Sonne kam gerade hinter den Wolken heraus. Rosello fuhr mit den Fingern durch den Hemdkragen, als wolle er ihn weiten. Es war eine Geste, die er gewohnheitsmäßig machte. Er hasste enge Kragen, aber schon rein dienstlich war er als Kommissar hineingezwungen.

Die alten Windmühlen hatte er schon hinter sich gelassen. Von der Dienststelle bis zum Café brauchte er knappe zwanzig Minuten. Wenn er Frühschicht hatte, gönnte er sich öfter einen Cortado im ›C'an Joan‹. Das war wunderbar zum Abschalten. Da er im Catalina-Viertel wohnte, war es auch kein großer Umweg und er bekam den Kopf frei, bis er nach Hause kam.

Das ›C'an Joan‹ war ein Traditionscafé, das er schon aus

seiner eigenen Schulzeit kannte. Man traf sich dort zu jeder Zeit. Morgens zum Plaudern, mittags auf einen schnellen ›Café solo‹, den spanischen Espresso, und nachmittags nach der Schule gingen die Kinder mit ihren Omas auf einen Suizo und einen Ensaimada dort vorbei. Es war der Ort aller Informationen und die Oase echter mallorquinischer Gemütlichkeit.

Als er die Türe des Cafés öffnete, lief er in eine Woge aus Lachen und Plappern von Kinderstimmen, begleitet vom Plaudern der zugehörigen Omas und untermalt vom Klirren des Geschirrs auf den Marmortischen. Die roten Plüschsessel und -sofas waren allesamt belegt und es roch verführerisch nach Kaffee, Schokolade und warmem Gebäck.

»Papa!« Eine Schuluniform mit braunem Pferdeschwanz sprang auf ihn zu.

»Graciella, mein Schatz!« Er hob sie hoch und drückte sie. »Herzlichen Glückwunsch zum Geburtstag.«

Sie strampelte sich zurück auf den Boden und sprang zu ihren Freundinnen, die mit den Omas im Raum verteilt saßen und plappernd an ihren Suizos nippten.

Rodriguez begrüßte seine Mutter und ihre Freundinnen, die zumeist Omas der anderen Kinder waren.

Unter einem der großen Gemälde im goldenen Rahmen, die verteilt an allen Wänden, Landschaften der Insel zeigten und dem Raum das alte klassische Flair vergangener Tage gaben, saßen ein paar Männer. Rodriguez steuerte auf sie zu.

»Holá, Rodriguez! Immer die gleichen hier«, lachte Alejandro. »Wir könnten die Übergabe doch gleich hierher verlegen«, fügte Enrique, sein Polizeikollege scherzend hinzu.

Rosello nickte und lachte: »Da bin ich sofort dabei. Ruft ihr doch die Kollegen gleichan."

Ein älterer Herr am Nebentisch, mit dem Aussehen eines Professors, hob die Rechte.

»Holá, Rodriguez. Wie geht‹s denn so? Lange nicht gesehen.«

Rodriguez schob sich zu ihm auf einen Stuhl.

Seelenruhig, aber mit vollem Überblick manövrierte der Ober sein Tablett durch das Kinderchaos.

Rodriguez hatte sich schon den ganzen Vormittag auf seinen Cortado, den Espresso mit Milchschaum im Glas, und das beste hausgemachte Mandeleis der Stadt gefreut, das cremefarben schimmerte und auf der Zunge zerging wie ein Hauch von Marzipan und Amaretto.

»Gut danke. Und dir? Was machst du denn immer so, Natalio?«, erwiderte Rodriguez auf die Frage des Älteren.

»Oh, du weißt schon«, Natalio Baco lächelte. »Im Archiv ist es nie langweilig. Das wird bei dir aber auch nicht anders sein.«

Rodriguez lachte. »Nein, über Langeweile kann ich auch nicht klagen. Schon gar nicht in der Saison.« Er ließ genüsslich einen Löffel Mandeleis auf der Zunge zergehen und vermischte den Geschmack mit einem kleinen Schluck von seinem Cortado. Es war wie Frühstück unter blühenden Mandelbäumen.

»Ich wollte dich die Tage mal im Dienst besuchen. Wie arbeitest du denn diese Woche?«

Rodriguez hatte den Eindruck, dass Natalios Stimme bedrückt klang. »Ist etwas nicht in Ordnung bei dir?«

»Doch schon, aber es gibt da was«, Natalio Baco wollte nicht so recht mit der Sprache raus, »doch es ist eine längere Geschichte und ich will dich damit nicht in deiner Freizeit belästigen.«

Graciella kam angesprungen. »Papa, du musst mal mitkommen. Ich muss dir zeigen, was Oma mir geschenkt hat.«

»Herzlichen Glückwunsch, Graciella«, Natalio Baco strich dem Mädchen über das dunkle Haar. »Geh nur, Rodriguez. Das bei mir ist nicht so dringend. Ich schau morgen oder übermorgen mal bei dir vorbei.«

»Morgen hab ich Frühdienst und übermorgen Spätdienst,« rief Rodriguez noch über seine Schulter, während Graciella ihn bereits an der Hand in Richtung ihrer Freundinnen zerrte.

Erst am Abend dachte er nochmal an das Gespräch. Baco war ein Mensch, der nicht leicht aus der Ruhe zu bringen war. Irgendetwas musste ihn sehr beschäftigen.

12

Der Regen hatte aufgehört und war einem strahlend blauen Himmel gewichen. Sofort war es wieder hochsommerlich heiß und die Straßen wimmelten von Menschen, die schwitzend die Cafés belegten und ihre leicht bekleideten Körper in die Sonne hielten. Die Tropfen, die der Springbrunnen am ›Plaça de la Reina‹ in die Luft sprudelte, blinkten wie kleine Diamanten in der Sonne und auf dem ›Passeig del Borne‹ wogte ein Meer von Menschen im Schatten der Platanen, die erfrischende Kühle spendeten.

Sophie und Frey Antonio trafen sich an den Stufen, die vom Ende des ›Parc de Mar‹ zur Kathedrale hinaufführten.

Der Mönch hatte die Kapuze tief ins Gesicht gezogen und lief mit gesenktem Kopf schweigend neben ihr her.

Sophie fragte sich im Stillen, warum er sich sein Gesicht nicht mit einer kosmetischen Operation wieder richten ließ, wenn ihn die Entstellung so belastete. Es sah wirklich grausam aus und Sophie zuckte innerlich immer wieder zusammen, wenn sie ihn ansah.

»Wir sind gleich da«, unterbrach Sophie das beinahe unangenehme Schweigen, als sie in die ›Carrer de l'Estudi General‹ einbogen.

»Sie waren dort unten?« Die Zisterne warf die zweifelnde Frage des Paters hallend zurück.

Sophie zuckte mit der Schulter. »Ja«, sagte sie.

»Der Schacht ist doch mindestens zehn Meter tief.«

»Vierzehn bis zur Wasseroberfläche«, korrigierte Sophie, »und dann noch einmal drei oder vier Meter bis zum Grund.«

»Wie sind Sie da runtergekommen?«, fragte Frey Antonio in einem Ton, wie ein Richter dem Angeklagten die Schuldfrage stellt.

»Ich habe mich abgeseilt und meine Brüder haben mich gesichert.«

Er sah sie zweifelnd an. »Erzählen Sie mir doch noch mal, wie Sie das Siegel gefunden haben.«

Sophie hatte keine große Lust mehr auf diese Art von Konversation. Sie wollte eigentlich etwas über die Templer erfahren, statt dessen fühlte sie sich wie in einem Verhör. Es war so eine Art Versteckspiel, wobei beide sich gleichzeitig zu verstecken und zu suchen schienen. Irgendetwas war seltsam an dem Mönch und Sophie spürte diese Widersprüchlichkeit, die ihn umgab. Sie war sich ganz sicher, dass er etwas verheimlichte, aber sie hätte nicht sagen können, ob er ihr misstraute, oder ob er sie aushorchen wollte. Sie hatte irgendwie den Eindruck, dass der Mönch auf der Suche nach etwas war.

»Ich würde gerne von Ihnen etwas über die Templer erfahren«, erwiderte sie. »Das war eigentlich der Grund, warum ich mich mit Ihnen getroffen habe.«

Frey Antonio sah sie an, überrascht von ihrer Direktheit.

»Ich mache Ihnen einen Vorschlag«, fuhr Sophie fort. »Wir gehen hoch auf die Dachterrasse. Dort ist es schattig. Ich besorge uns eine Erfrischung und Sie erzählen mir endlich das, was ich gerne wissen möchte. Anschließend erzähle ich Ihnen dann noch mal über den Fund.«

Frey Antonio zögerte einen Moment. »In Ordnung«, stimmte er dann zu.

Eine leichte Brise bauschte die cremefarbenen Leinenvoiles unter der schattigen Überdachung. Sie standen unter einer Art gemauertem Pavillon, dessen teakbraune Holzläden an den terrakottafarbenen Wandpfeilern das grelle Mittagslicht milderten, das von den cremefarbenen Fliesen der Dachterrasse reflektierte. Überall standen große Terrakottatöpfe mit Zitronen- und Orangenbäumen, deren pralle Früchte in der Sonne glänzten. Zwischen den dunkelvioletten Bougainvilla hindurch sah man auf die Kathedrale und die Bucht von Palma und zu ihren Füßen lagen die Dächer der Altstadt.

»Hier ist es wie im Paradies!«, hatte Frey Antonio überwältigt gesagt, als er die Dachterrasse betreten hatte und Sophie hatte zum ersten Mal das Gefühl, dass er sich nicht hinter seinen Worten versteckte.

Jetzt saßen sie bequem über den Dächern von Palma und der Pater begann zu erzählen: »Der Orden der ›Armen Soldaten Christi‹ wurde zu einer Zeit gegründet, die dafür idealer nicht hätte sein können. Es war eine echte Marktlücke, denn diese Mischung aus christlichem Glauben bis zur Selbstverleugnung und heroischem Heldenrittertum war das, was alle Menschen zu Begeisterungsstürmen hinriss.

Der Oberste des Ordens war der Großmeister, die Rangnächsten, die Großkomture. Sie verwalteten die vielen Komtureien, die Klostergebiete. Sobald es durch die Kirche geweiht worden war, verbreitete sich das Mönchsrittertum rasant. Die Templerfestungen schossen wie Pilze aus dem Boden und es galt bald als höchste Ehre ein Templer zu sein. Sie wurden oft kopiert und nie erreicht. Ihr Machtstatus, ihre Privilegien und ihr Reichtum waren unermesslich. Sie unterstanden nur dem Papst, sonst niemandem, und hatten mehr Privilegien als Fürsten und Könige. Sie hatten riesige Ländereien, den ersten bargeldfreien Zahlungsverkehr und verwalteten meist sogar die Gelder der allerobersten Herrscher.

Anfangs kämpften sie hauptsächlich im Heiligen Land. Später, als die Festungen der Christen dort so nach und nach wieder an die Araber zurückfielen, suchten sie ihre Existenzberechtigung durch Kriege in Europa zu untermauern, in denen sie gegen vermeintliche und wirkliche Gegner des Christentums mitfochten.

Sie hatten den Ruf ausgezeichnete Kämpfer zu sein, mit taktischer Brillanz im Angriff, exzellent und todesmutig in der Verteidigung, wie die Löwen. Ihr Stern stieg auch jetzt weiter, trotz einiger Niederlagen gegen die sogenannten Feinde Gottes, trotz des Neides und auch trotz mancher moralischer Verfallserscheinungen, die ein solch privilegierter Reichtum vereinzelt immer mit sich bringt.

Aufgrund der Streitigkeiten mit dem tyrannischen Wadi Abu Yahiya, Herrscher von Mallorca, hatte König Jaime, bei einer Versammlung der Adligen, sicher nicht ohne wirtschaftlichen Hintergedanken, zum Kreuzzug gegen den diesen aufgerufen.

Der Adel Aragons brachte eine Flotte von 155 Schiffen zusammen und segelte am 5. September mit dem gerade 21jährigen König Richtung Mallorca. Auf diesem Kreuzzug kamen einige Templer mit dem charismatischen König Jaime zusammen auf die Insel. Bei Santa Ponça betraten sie Mallorca zum ersten Mal und kämpften sich in teils verlustreichen Schlachten zur Medina Mayurca, dem heutigen Palma vor. Die Stadt erlebte ein grausiges Massaker, nachdem Jaime unter dem Druck einiger Adeliger das Angebot Abu Yahyas zur friedlichen Übergabe der Stadt bei freiem Abzug der Inselbewohner nach Afrika, abgelehnt hatte. Der

Wadi hatte König Jaime für jeden einzelnen, der beinahe achtzigtausend Inselbewohner, das Gewicht von vier Hühnern, in feinstem arabischen Gold, geboten. Aber Jaime musste sich dem Willen der adligen Geldgeber beugen, die den Tod der Montcadas, zweier Adeliger, die in der Schlacht von Porto Pi gefallen waren, rächen wollten.

Ströme von Blut sollen wie Wasserbäche durch die Straßen geflossen sein, als die Spanier am Silvestertag des Jahres 1229 die verzweifelt kämpfenden Bewohner niedermetzelten und Stadt und Insel zu ihrem Eigentum erklärten. Die Insel wurde unter den adeligen Eroberern aufgeteilt und auch die Templer erhielten ihre Anteile, die immens groß waren.

Die Christen, deren Wissensstand weit hinter dem der Araber zurücklag, bemächtigten sich natürlich sehr gerne der brillant ausgereiften landwirtschaftlichen Strukturen und wissenschaftlichen Errungenschaften der ›sarraïns‹, der Araber. So lebten die Templer auf Mallorca geachtet und in Freundschaft verbunden mit dem König, bis das unbegreiflichste Drama in Frankreich beginnend, seinen Lauf nahm. Im Oktober 1307 schickte Philipp IV. von Frankreich, scheinbar aus heiterem Himmel, an alle seine Fürsten und Vertreter in den Provinzen Schreiben, deren Siegel erst am Morgen des 13. Oktobers gebrochen werden durften und deren Anweisungen sofort Folge zu leisten waren. Im Morgengrauen des 13. Oktober 1307 wurden in einer Großaktion alle Templer im Pariser Tempelbezirk verhaftet und ins Gefängnis geworfen. Die Anklage lautete auf Gotteslästerung, Sodomie und Homosexualität.

Jacques Molay, der letzte Großmeister der Templer hatte sich in einer ersten, völlig unverständlichen Reaktion angeblich- und heute historisch gesichert- der Anklagepunkte schuldig bekannt. Auch später hat er sich noch einmal dazu bekannt, und das sogar vor seinen Mitbrüdern, Und er hat sie aufgefordert das Gleiche zu tun. Die Geständnisse der anderen Templer konnten aber zumeist nur unter schlimmen Folterungen erpresst werden.

In diesem dubiosen Prozess, dessen einzige Zeugen zwei Männer waren, die einst aus dem Orden verstoßen wurden, gibt es unzählige Fragen und Ungereimtheiten. Da die Templer eigentlich nur dem Papst unterstanden, war diese Aktion Philipps tatsächlich illegal.

Innerhalb von wenigen Stunden erlebte die Geschichte die Zerstörung eines Ordens, dessen Macht sich über Europa erstreckte und die etwa mit der des heutigen Vatikans vergleichbar ist. Drahtzieher der Aktion war Philipp IV. der Schöne, König von Frankreich, intelligent, machtgierig und mit genügend Druckmitteln gegenüber Papst Clemens, den er wohl maßgeblich mit auf den Papststuhl gebracht hatte.

Auf so unglaubliche Weise wurden die Templer innerhalb von wenigen Stunden ihrer ganzen Macht beraubt. Nirgends wurde so gründlich gefoltert und vernichtet wie in Frankreich. Die anderen Länder folgten unter dem Druck des Papstes weniger vehement, so wie Spanien, oder gar nicht, so wie England.

Am 18. März 1314 wurde Jacques Molay zusammen mit Geoffroy de Charnay, dem Großpräzeptor der Normandie, auf der Ile de la Cité in Paris auf dem Scheiterhaufen verbrannt, und er hat vorhermehrmals seine Aussage widerrufen. Auf dem Scheiterhaufen soll er, brennend, Gott noch um Vergebung für seine Falschaussage angerufen und sich in allen Punkten als nicht schuldig bekannt haben.

Es gibt Berichte, deren Historizität allerdings zweifelhaft sind, wonach Jacques de Molay dem Papst und dem König prophezeite, sie würden sich noch in diesem Jahr vor dem Richterstuhl Gottes verantworten müssen. Beide, Papst und König, starben noch im selben Jahr. Diese Prophezeiung ist aber wie gesagt nicht historisch gesichert und wohl eher später entstanden.

Auf Mallorca wurden die Templer auch verfolgt und zum Teil hingerichtet, aber es gab auch einige, die flohen oder in andere Orden überwechselten, vorwiegend zu den Hospitalitern. Jaime II, der Sohn von Jaime dem Ersten, der zu der Zeit König von Mallorca war, hatte eine zu gute Beziehung zu den Templern, um Philipp sofort Folge zu leisten. Er löste so nach und nach den Orden der Templer auf, schuf aber den Orden von Montesa und stattete ihn mit den Gütern des Templerordens aus. Die Gründung geschah hauptsächlich zu dem Zweck, den Templern Unterschlupf zu gewähren.

Es wird behauptet, dass nur ein Teil des Reichtums, den die Templer besaßen, gefunden und verteilt wurde und diese den Rest der Schätze gut versteckt haben. So gibt es immer wieder Menschen, die nach dem ominösen Schatz der Templer suchen, aber keiner weiß so recht, woraus dieser Schatz überhaupt besteht. Natürlich ist bekannt, dass die Templer Gold und Geld in Mengen hatten und genauso hartnäckig hält sich das Gerücht, dass ein goldener Kelch mit dem Blut Christi, der heilige Gral, ein Teil ihres Schatzes ist.

Unzählige Bücher, Krimis, Filme und Romane ranken sich um diesen Schatz. Aber bis heute hat ihn niemand gefunden.«

Die Gläser waren leer geworden und Sophie ließ das letzte Stück, das von ihren Eiswürfeln übrig war, im Mund zerlaufen.

»Und Sie? Was glauben Sie?« fragte sie und legte den Kopf leicht schief. »Haben die Templer einen Schatz versteckt, oder nicht?«

Frey Antonio ließ sich Zeit mit der Antwort. Schließlich sagte er: »Für mich besteht der Schatz des Templerordens in dem Geheimnis seines Unterganges. Wenn das gelüftet ist, dann ist der Schatz gehoben. Überhaupt steckt die Zeit, in der der Orden existiert hat, voller geschichtlicher Schätze. Und wenn man genauer nachhakt, dann ist er auch übersät von Kriminalgeschichten, deren spannendste Story sicherlich das Ende des Ordens ist.«

Die Worte klangen wohlüberlegt, aber Sophie hatte den Eindruck, dass Frey Antonio noch mehr wusste. Warum schwieg er? Oder bildete sie sich das nur ein?

»Gibt es denn keine alten Dokumente über das Ende des Ordens?«

»Doch, aber keine, die Klarheit bringen, was der wirkliche Grund für die Vernichtungsaktion König Philipps war. Man vermutet, dass die Templer ihm zu mächtig wurden und man weiß, dass er Geld brauchte. Es existieren Briefwechsel mit verschiedenen Machthabern und Templern, die Molay kurz vor seiner Verhaftung noch geschrieben hat. Aber auch darin findet sich kein Hinweis auf bevorstehende Katastrophen. Es gibt definitiv kein Dokument, das expressis verbis darstellt, was Philipp der Schöne in Gedanken bewegte.«

»Sind denn alle Dokumente, die über den Prozess existieren, bekannt?«

Frey Antonio sah abwesend in die Ferne. Die Stadt flimmerte in der Sonnenglut, wie eine Fata Morgana. Nur wie von Weitem drangen das Hupen der Autos und der Lärm der Stadt zu ihnen herauf.

Nach einer Weile wandte er ihr den Kopf wieder zu. »Weiß man denn schon, ob es nicht irgendwo versteckt oder unbeachtet in alten Bibliotheken Dokumente gibt? Sicher ist nur, dass der Vatikan geheime Prozessakten besitzt, die aber ein gewöhnlicher Sterblicher sicher nie zu Gesicht bekommen wird. Die Dokumente, die im Kronarchiv von Barcelona liegen, darunter viele Briefwechsel, sind zum großen Teil bekannt und publiziert. Aber auch sie geben letztendlich die ganze Wahrheit nicht preis.«

Sophie schwieg nachdenklich. »Wissen Sie, was ich nicht verstehe?«, sagte sie schließlich. »Wenn ein Mann, der einer solchen Organisation vorstand, Taten bezichtigt wird, die er nie begangen hat, warum gibt er sie dann zu? Ist er gefoltert worden?«

Frey Antonio schüttelte den Kopf. »Genau das ist es, worüber sich die Wissenschaft den Kopf zerbricht. Sehen Sie: der Großmeister hatte einen scheinbar recht positiven Kontakt zu Philipp dem Schönen. Zwar war Molay nicht immer besonders diplomatisch, aber in den Briefwechseln mit dem französischen König findet sich keinerlei Missstimmung zwischen den beiden wieder. Aus heiterem Himmel wird er verhaftet und bekennt sich der Anklage schuldig und zwar gleich mehrmals hintereinander, obwohl er vermutlich nicht gefoltert wurde.«

»Es gibt genug Wege, jemanden zu einer Falschaussage zu bringen, ohne ihn direkt zu foltern«, gab Sophie zu bedenken.

»Sicher. Aber ein Mann mit solch einem Status, der nur

den Papst über sich, aber dafür eine gigantische Macht hinter sich hatte, ist nicht so einfach erpressbar.«

»Vielleicht hat der König ihm etwas versprochen, wenn er sich schuldig bekennt oder er hat ein Komplott mit dem Templer geschmiedet, und es dann dazu benutzt, um die Templer zu vernichten?« Sophie neigte den Kopf überlegend zur Seite. »Man müsste eine Zeitreise machen können«, seufzte sie. »Aber das ist leider nur theoretisch möglich. – Was schreiben Sie eigentlich für eine Publikation?«, fragte sie dann übergangslos.

»Ich schreibe über die Templer auf Mallorca in den letzten Jahren des Ordens.«

»Und was haben Sie da herausgefunden?«

»Nichts, was die Wissenschaft nicht schon wüsste. Ich habe nur das vorhandene Wissen zusammengetragen, wie das bei wissenschaftlichen Arbeiten so üblich ist.«

»Dann können Sie mir also auch nicht erklären, was es mit dem Siegel aus der Zisterne auf sich hat?«

Frey Antonio zögerte einen winzigen Augenblick und es sah einen Moment lang aus, als wolle er etwas sagen. Aber dann schien er seine Meinung geändert zu haben, denn er schüttelte den Kopf. »Nein.«

»Aber irgendwie muss das Siegel doch da hineingekommen sein«, bohrte Sophie weiter. »Wenn der Großmeister nie hier war, dann hat er es vielleicht jemandem mitgegeben, um einen wichtigen Auftrag zu erfüllen, oder vielleicht kam er Inkognito auf die Insel.«

Der Mönch sah Sophie durchdringend an. »Woher wollen Sie wissen, ob das möglich war?«

»Keine Ahnung«, gestand Sophie. »Ich habe einfach nach Antworten gesucht.«

Der Mönch sah sie forschend an und wandte dann sein Gesicht ab. Sie schwiegen lange und jeder hing seinen Gedanken nach.

Irgendwann stand Sophie auf, ging an die Bar und holte frische Getränke aus dem Kühlschrank. Sie schob ihm eine Flasche hin, holte dann umständlich ein Stoffpäckchen aus der Tasche ihrer Jeansshorts und faltete es auf. Darin lag das Siegel. Sie legte es vor den Mönch auf den Tisch. Er nahm es vorsichtig zwischen seine Finger und betrachtete es lange und eingehend. Schließlich sagte er: »Erzählen sie mir, wie Sie es gefunden haben.«

Sophie beobachtete ihn genau, während sie die Geschichte des Fundes schilderte. Frey Antonio drehte das Siegel in seinen Fingern. Sein Blick war dabei so durchdringend, als wolle er dem Stück Metall sein Geheimnis erpressen und er ließ Sophie trotz der Hitze frösteln.

Er schien bemerkt zu haben, dass Sophie ihn beobachtete, denn er sah auf und jetzt lag in seinen Augen nichts Hartes mehr, sondern eher Gleichgültigkeit. Aber es war wieder dieses vertraute Gefühl, das bei seinem Blick in Sophie hochkam und sie überlegte krampfhaft, an wen sie diese Augen erinnerten. Es fiel ihr nichts dazu ein, außer dass es merkwürdig war, dass trotz dieses Gefühls, das sie immer wieder hatte, sein entstelltes Gesicht sie jedes Mal wieder innerlich zusammenzucken ließ. Und dann war da noch seine seltsame Art. Sophie spürte, dass irgendetwas an ihm nicht stimmig war, aber sie konnte nicht in Worte fassen, was genau sie störte. Nur in einem war sie sich sicher: Frey Antonio wusste mehr, als er ihr sagte.

13

Natalio Baco lenkte seine Schritte bedächtig in Richtung ›Passeig del Borne‹. Es war viel zu heiß, um zügig zu laufen und selbst im kurzarmigen Hemd waren die Sommertemperaturen für ihn als Mallorquiner immer wieder eine Herausforderung. Palmas Avenidas – die großen Ringstraßen – lagen im Flimmern der glühenden Nachmittagshitze und dagegen war der Schatten, den die Platanen über dem ›Borne‹ spendeten, eine Oase der Erholung.

Nachdenklich legte Natalio Baco den Kopf in den Nacken und blickte in das Schattenspiel der Platanen, die leise im Südwind flüsterten, übertönt vom Motorenlärm der Autos, dem Hupen der Mopeds, begleitet vom Klappern der Pferdehufe einzelner Droschken und dem Plaudern, Rufen und Lachen der unzähligen Menschen, die den Platz übersäten.

Baco sah auf seine Armbanduhr, als er die Treppe der ›Costa de la Seu‹ hinter sich gebracht hatte. Rechts von ihm lagen der Almudaina-Palast und die Kathedrale.

Es war vier Uhr und gerade recht, um seine Arbeit wieder aufzunehmen. Vor der Türe des Archivs blieb er kurz stehen, zog sein Taschentuch aus der Hosentasche und wischte sich den Schweiß von der Stirn. Hier, in der Almudainastraße, waren um diese Zeit wenig Touristen unterwegs.

Aus dem Augenwinkel nahm er flüchtig eine Bewegung wahr und wandte sich um. In den Schatten eines Hauseingangs gedrückt, stand ein Jugendlicher. Er schien ihn zu beobachten, aus Augen, die zu engen Schlitzen zusammengezogen waren, den Kopf schräg nach unten gesenkt. Baco kam das Gesicht irgendwie bekannt vor. Aber der Blick des Jungen ließ ihn frösteln.

»Hola!«, grüßte er. »Du bist doch der Sohn von ...«

Wie von einer Tarantel gestochen schoss der Junge aus der Türnische, rannte die Straße hinunter und verschwand jenseits des Almudainabogens.

Baco war sich gar nicht sicher gewesen, zu wem der Junge gehörte. Es war nur ein Versuch gewesen ihn in ein Gespräch zu verwickeln. Aber das war gründlich schief gegangen. Er zuckte die Schultern und schloss die Tür zum Archiv auf. Doch ein seltsames Gefühl blieb zurück.

»Hola Natalio!« Ein kleiner, hagerer Mallorquiner dessen sonnengebräuntes Gesicht so runzlig war wie die Schale einer Walnuss, stakste krummbeinig auf den Archivar zu. »Gut, dass du wieder da bist. Ich würde jetzt gleich Feierabend machen, wenn das in Ordnung ist. Meine Frau hat angerufen, dass unsere Tochter überraschend von Tarragona gekommen ist, um uns zu besuchen und sie will morgen wieder zurückfliegen.«

Baco lächelte. »Na klar, Fernando. Ich habe hier sowieso noch einiges zu tun und werde erst später gehen.«

»Super, Natalio!« Er schlug Baco auf die Schulter. »Danke! Und bis morgen.«

»Gerne, Fernando. Bis morgen! Und grüß deine Frau und deine Tochter von mir.« Baco sah Fernando Alvarez nach, wie er das Archiv verließ und ging dann durch den von Sandsteinsäulen getragenen Innenhof langsam die Steintreppe hinauf.

In Gedanken ließ er noch einmal den gestrigen Tag an sich vorbeiziehen. Er hatte zufällig mitbekommen, wie ein kleiner, ihm unbekannter Mann, eine junge Frau beobachtet hatte. Es war kein männliches Interesse gewesen. Seine Augen hatten Mordlust in den Pupillen gehabt. Natalio sah ihn noch vor sich. Er war klein und dürr gewesen, ein Gesicht wie eine Spitzmaus und Augäpfel, die beinahe aus den Höhlen herauszufallen schienen, mit einem Blick so stechend wie Messer. Baco war ihm gefolgt. Er hatte Bruchstücke von einem Telefonat des Mannes mitbekommen und das, was er da gehört hatte, war alles andere als harmlos gewesen.

Unglücklicherweise hatte der Mann ihn bemerkt. Baco hatte es gerade noch geschafft, zu verschwinden. Er kannte die Schleichwege der Stadt und der Mann schien fremd zu sein. Jedenfalls hatte Baco ihn noch nie hier gesehen. Vor seinem geistigen Auge sah er ein verstümmeltes Gesicht und sein Blick wurde düster. Er musste so bald wie möglich mit seinem Freund Rodriguez reden. Wenn das alles miteinander zusammenhing, dann brauchte er die Hilfe des Kommissars dringend.

Baco rückte seine Nickelbrille auf der Nase zurecht und betrat sein Büro.

Erst als er spät am Abend das Archiv verließ, dachte er wieder an die Ereignisse – zwangsweise.

Unter der Türe hatte jemand ein Blatt Papier durchgeschoben. Und darauf stand in fetten Buchstaben gedruckt: SCHWEIG ODER STIRB!

*

Auf der Dachterrasse wurde es langsam drückend. Es war schon nach vier Uhr und die Hitze der Straßen kroch erbarmungslos an den Häusern hoch.

Sophie war bisher nicht wirklich zufrieden mit dem, was

sich aus der Unterhaltung mit dem Mönch ergeben hatte. Sie hatte gehofft, mehr über das Siegel in Erfahrung zu bringen. Aber der mysteriösen Herkunft des Siegels war sie, durch Frey Antonio, noch keinen Schritt näher gekommen. Vielleicht konnte sie wenigstens noch mehr über den Ursprung des Ganges erfahren.

Einer spontanen Idee folgend, beschloss sie ihn herauszufordern. »Das Wasser in der Zisterne ist wirklich ziemlich kalt gewesen. Es hatte höchstens zehn Grad«, erzählte sie im Plauderton, während sie sich noch etwas Bitter Lemon nachgoss. »Sonst wäre ich vielleicht noch in den Gang hinein geschwommen.« Unter den gesenkten Augenlidern sah sie, wie der Mönch seine ruckartige Kopfbewegung schnell wieder abbremste und das Siegel weiter hin und her bewegte.

»Ach, die Zisterne hat einen Gang?«, fragte er in scheinbar beiläufigem Ton.

»Ja«, sagte Sophie selbstsicher. »Ganz genau. Sie hat einen Gang und das wissen Sie auch.«

Frey Antonio hob überrascht den Kopf. »Ich betrete dieses Haus heute zum ersten Mal und Sie wollen mir unterstellen, ich wüsste, dass es eine Zisterne mit Gang darin gibt.«

»Nun, Ihre Reaktion war so, dass ich annehmen musste, dass Sie es wissen«, insistierte Sophie.

Der Mönch beugte sich über den Tisch zu ihr. »Sophia«, sagte er und ihr wurde bewusst, dass er zum ersten Mal nicht Señorita, sondern nur Sophia gesagt hatte. Die raue Wärme, mit der er ihren Namen aussprach, löste in ihr ein Gefühl aus, das sie lieber nicht gehabt hätte.

Sie schlug die Augen nieder, um nicht seinem Blick begegnen zu müssen. Und wie mit einem Blitzschlag erkannte sie im gleichen Moment, warum Juan ihr so viel bedeutete: er weckte keine wirklichen Emotionen in ihr. Sie hing nicht an ihm, sondern lebte entspannt neben ihm her. Ja, im Grunde lebte jeder von ihnen sein Leben. Sie gingen zwar zusammen aus, sie schliefen häufig miteinander, sie redeten und lachten miteinander, aber eines taten sie nicht – sie ließen nicht zu, dass ihre Seelen sich berührten. Vielleicht konnten sie sich gar nicht berühren, weil sie viel zu verschieden waren, so wie die Pluspole zweier Magneten, die sich immer wieder abstoßen.

Aber genau das war es, warum sie mit ihrer Beziehung zu Juan zufrieden war: es gab keine tiefe Verbindung zwischen ihnen, die sie wirklich verletzten könnte. Denn das wollte sie nie mehr zulassen.

»Hören Sie mir überhaupt zu?« Sophie schreckte aus ihren Gedanken hoch und sah Frey Antonio verwirrt an.

»Tut mir leid«, sagte sie entschuldigend. »Ich wollte nicht unhöflich sein, aber ich war tatsächlich gerade in Gedanken. Was hatten Sie gesagt?«

»Ich habe Sie gefragt, warum Sie mich mit hierher genommen haben, wenn Sie mir so misstrauen. Diese Zisterne, die Sie in Ihrem Haus haben ist seit hunderten von Jahren in keinem Schriftstück mehr aufgetaucht. Kein Mensch weiß von ihr und keiner kennt sie. Woher soll dann ausgerechnet ich mehr über die Zisterne wissen, als Sie, die sie entdeckt und sogar erforscht hat?«

»Woher wollen Sie wissen, dass niemand die Zisterne kennt?«, fragte Sophie misstrauisch.

»Señorita, ich kenne hunderte von Unterlagen aus dem Archiv. Es gibt unzählige Ausarbeitungen über Wasserrechte der Adeligen im alten Palma. Es gibt ein umfassendes

Werk über Palma um 1229. In keinem dieser Werke wird erwähnt, dass sich an diesem Ort eine alte römische Zisterne befindet. Sie war seit hunderten von Jahren vergessen.«

»Was haben denn die Templer mit den Wasserrechten des Adels zu tun?«

»Nichts, wie sich herausgestellt hat.«, sagte der Mönch gelassen. »Es war nur jede Menge Arbeit. Für nichts.«

Erneut hatte Sophie den Eindruck, dass er ihr nicht alles erzählte, was er wusste und sie ärgerte sich, weil ihr Versuch, Frey Antonio aus der Reserve zu locken, so kläglich misslungen war.

Der Mönch schob ihr das Siegel zu. »Bewahren Sie es an einem sicheren Ort auf. Ich glaube nicht, dass Sie jemals herausfinden werden, warum es in ihrer Zisterne lag. Aber ich hätte eine Bitte: bevor Sie es den Archäologen oder an die Stadt geben, lassen Sie es mich wissen. Ich würde es gerne vorher noch einmal anschauen.«

Sophie nickte. »Gerne.« Sie sah ihn an und zum ersten Mal fiel ihr auf, dass der Mönch einen sehr fein geschwungenen, sinnlichen Mund hatte, dass das halblange dunkle Haar, das unter der Kapuze seiner Kutte herauschaute, seinem kantigen Gesicht etwas von der Härte nahm, und dass die dichten Brauen seinen Augen eine faszinierende Tiefe gaben. Sie fühlte ein leichtes Kribbeln in ihrer Magengegend und hastig zwang sie sich, an das Siegel zu denken.

»Und Sie glauben nicht, dass man herausfinden kann, was damals passiert ist?«, fragte sie, noch ein wenig erschrocken von ihrer eigenen Reaktion.

»Ich halte es für ziemlich unwahrscheinlich. Dazu müsste man erstens einmal wissen, wann es in die Zisterne gefallen ist und zweitens ist es fast unmöglich, ein Ereignis zu rekonstruieren, von dem man nicht einmal Bruchstücke einer Information hat.«

Sophie seufzte. »Man müsste eine Zeitreise machen können. Das wäre einfach gigantisch.«

»Würden sie das tatsächlich machen, wenn es möglich wäre?« Der Mönch sah sie fragend an.

»Sofort!«, antwortete Sophie, wie aus der Pistole geschossen. »Schon als ich klein war habe ich mich für Zeitreisen interessiert. Meine Brüder haben immer Science Fiktion Romane gelesen und mir dann davon erzählt.

Damals wollte ich von meiner Mutter wissen, wie denn das geht mit den Zeitreisen. Sie hat versucht mir zu erklären, dass es Zeitreisen nicht wirklich gibt, sondern dass es ein Wunschtraum der Menschen ist. Aber, so sagte sie weiter, ein gewisser Albert Einstein hätte durch seine Relativitätstheorie unabsichtlich bewiesen, dass es zumindest theoretisch möglich sei, solche Zeitreisen zu unternehmen.

Natürlich wollte ich wissen, wie das möglich sein könnte, denn ich hatte beschlossen, alles zu versuchen, um eine solche Reise unternehmen zu können.

Sie versuchte mir also die Krümmung von Zeit und Raum so zu erklären: man legt ein Tuch über einen Kochtopf und einen Apfel darauf. Der Kochtopf ist der Raum, das Tuch die Zeit und der Apfel die Masse. Wenn also nun der Apfel das Tuch krümmt, dann ist das so, als ob die Masse die Zeit und den Raum krümmt. Allerdings habe ich damals lange gerätselt, wie man mit Hilfe von einem Kochtopf, einem Tuch und einem Apfel eine Zeitreise machen kann.«

Frey Antonio lachte laut auf. Es war ein tiefes, raues Lachen und es war das erste Mal, dass sie ihn lachen hörte. Im gleichen Moment stieg ein Bild in ihr auf und diesmal war es klar und deutlich. Sie sah zwei Männer an einem Lagerfeuer am Strand sitzen. Der Himmel war trüb und wolkenverhangen und das Meer dunkel und bedrohlich. Sie lachten und der eine klopfte dem anderen auf die Schulter.

»Immerhin haben sie das Wesentliche begriffen.« Im gleichen Moment, als der Mönch das sagte war das Bild vor ihrem geistigen Auge verschwunden.

Sophie versuchte sich das Gefühl einzuprägen, das sie dabei gehabt hatte.

»Ist irgendwas nicht in Ordnung?« Der Mönch sah sie forschend an.

»Doch, doch«, versicherte Sophie hastig. »Ich habe nur gerade an etwas denken müssen.« Sie war ganz verwirrt von dieser Erinnerung, die sie irgendwie nicht in ihr Leben einordnen konnte.

»Haben sie denn später immer noch den Wunsch verspürt eine Zeitreise in einem Kochtopf anzutreten?«

Sophie grinste: »Nein, denn dann habe ich erfahren, dass man dazu durch diese Wurmlöcher reisen muss und zwar mit ziemlich hoher Geschwindigkeit. Da mir aber bereits schlecht wird, wenn ich das Wort Achterbahn nur höre, habe ich den Traum abgehakt.«

»Na ja, ich denke einfach auch, dass ein normaler Mensch eine solch geballte Ladung Energie nicht überleben könnte.

Im Übrigen bin ich überzeugt, dass der Mensch, der ja die Vergangenheit gut genug kennt, um aus ihr lernen zu können, schon damit völlig überfordert ist, die Zukunft positiv zu gestalten. Und er würde mit Sicherheit total durchdrehen, sollte er auch noch die Zukunft der Vergangenheit ändern können. Wahrscheinlich würde er das ganze kosmische Gefüge aus der Bahn werfen.«

»Da lobe ich mir doch Hawkins Bemerkung, die besagt, dass die Naturgesetzte verhindern, dass makroskopische Körper Informationen in die Vergangenheit tragen können.«

»Genau, und damit wäre die praktische Durchführung einer Zeitreise in dieser Form ad acta gelegt.«

Sophie lachte: »Den Fall hätten wir also gelöst. Darauf müssen wir anstoßen. Darf ich ihnen einen Prosecco anbieten?« Sophie war schon auf dem Weg zur Bar und der Mönch lachte »Gerne.«

»Auf die Relativität der Zeit«, sagte Sophie, als sie sich zuprosteten.

Nachdem sie die Gläser wieder abgesetzt hatten, schwiegen sie einen Moment und genossen die leichte Brise, die durch den Raum strich und die Vorhänge bauschte. Sophie fühlte die unbeschwerte Leichtigkeit, die über dem Nachmittag hing und sie hatte das Gefühl, dass der Mönch seine Vorbehalte ihr gegenüber aufgegeben hatte. Und sie hatte das Gefühl, dass ihr das aus irgendeinem Grund wichtig war.

»Warum sind sie eigentlich Mönch geworden?«, fragte Sophie nach einer Weile. Das Gesicht des Mannes nahm einen verschlossenen Ausdruck an. Sophie stöhnte innerlich auf. Sie hatte das falsche Thema erwischt.

Sein Ton war so abweisend, wie seine Miene, als er antwortete: »Ich habe mich dazu berufen gefühlt.«

Sophie versuchte hastig das Gespräch in eine andere Richtung zu bringen. »Ich bewundere Menschen, die ihre Berufung so deutlich spüren und dann auch die Stärke haben, einen Weg zu gehen, der sicher nicht immer einfach ist.« *Sophie, was für ein Blech redest du da!,* stöhnte sie innerlich auf, als ihr bewusst wurde, was sie gerade gesagt hatte.

Frey Antonio setzte das Glas an die Lippen, leerte es in einem Zug und sagte hart: »Sie entschuldigen mich, aber ich muss zurück ins Kloster. Man erwartet mich dort. Vielen Dank für ihre Gastfreundschaft.«

Ein Regenguss aus heiterem Himmel hätte für Sophie nicht ernüchternder sein können. Frustriert folgte sie dem Mönch die Treppen hinunter zum Ausgang. Sie ärgerte sich grenzenlos darüber, dass sie die entspannte Stimmung mit ihrer Frage verdorben hatte. »Danke für ihren Besuch«, sagte sie betont locker.

Frey Antonio erwiderte jedoch nur ein kurzes »Adios« und zog die Kapuze der Kutte weit ins Gesicht.

Im Hinausgehen drehte er sich noch einmal zu Sophie um und fügte hinzu: »Übrigens: es wäre besser für Sie und für mich, wenn Sie über unsere Bekanntschaft Stillschweigen bewahren würden.« Damit wandte er sich um und verschwand die Straße hinunter.

14

»Ihr dürft das nicht«, winselte Pablo. »Bitteee, ihr dürft das nicht!«

Torian war kurz vor dem Explodieren. »Halt endlich dein Maul du Pisser! Wir entscheiden, was wir dürfen. Halt dich da raus.« Er schnaufte. »Samuel, wir müssen endlich unsere Pläne mit mehr Druck verfolgen. Die Zeit rinnt uns durch die Finger und ich hab keinen Bock mehr mich mit diesem Kinderkram aufzuhalten.«

»Torian, wir können nur Schritt für Schritt gehen«, erwiderte Samuel betont ruhig.

»Das sind doch nur Phrasen, mit denen du mich abwimmeln willst«, fauchte Torian. »Ich hab die Schnauze voll von deinem Gesäusel. Ich will jetzt Fakten und zwar sofort.«

»Du hast keinen Grund so genervt zu sein«, herrschte Samuel ihn an. »Die Gruppe von etwa zweihundert Salafisten, die ich zu Anführern ausgebildet habe, sind überzeugend und sehr manipulativ. Sie folgen mir blind, haben jeder schon selbst ein paar tausend Leute hinter sich und werben weitere Leute an.

Auch in den anderen europäischen Ländern funktioniert es ähnlich. Die Jugendlichen kommen in Scharen, weil man ihnen suggeriert, dass ihr alter Staat versagt hat und sie ihm egal sind. Aber im neuen Gottesstaat, den der Islam schaffen wird, ist jeder von ihnen wichtig und jeder von ihnen, der dafür kämpft, kommt ins Paradies.

Mit meinen manipulativen Fähigkeiten habe ich mich hochgearbeitet und Kontakt zu den obersten Anführern bekommen.

So habe ich uns die Möglichkeit verschafft, durch einen

Deal mit den zentralen Führern der radikalen Islamisten in Syrien, viel Geld zu bekommen.

Wenn wir den Schatz in den Händen halten und ich diesen Fanatikern dann die Waffe gegen das Christentum und die westlichen Staaten auf einem silbernen Tablett serviere, dann kann es uns egal sein ob die westliche Welt untergeht, denn wir haben dann Geld ohne Ende und bei den Islamisten beste Kontakte.«

»Tatsächlich?«, unterbrach ihn Torian in spöttischem Ton. »Und das willst du schaffen, wenn es dir nicht einmal gelungen ist eine kleine Familie komplett aus dem Weg zu räumen und an das Dokument zu kommen. Ich denke es ist Zeit, dass ich das Ruder mehrheitlich übernehme.«

Samuel knirschte innerlich mit den Zähnen. Tarek war schuld. Er hatte die Sache letztes Jahr in Afrika vermasselt. Er hätte einfach nur das Dokument beschaffen sollen. Es war doch ein Kinderspiel, so eine ungeschützte Familie, ohne Verwandte, aus dem Weg zu räumen. Aber nein. Tarek musste es in den Sand setzen. Keine Dokumente und zwei seiner Leute waren tot. Torian hatte getobt. Er hatte mit einem Stuhl auf die Wand eingedroschen, bis dieser in tausend Stücke zerborsten war.

»Das war schlecht. Ich weiß«, gab Samuel zerknirscht zu. »Aber es war nicht mein Fehler. Tarek hat es vermasselt. Das hier, ist jetzt etwas ganz anderes. Wir sind auf einem guten Weg. Wir wissen wo das Dokument ist und wir haben das Stück Mantel mit dem Blut.«

Er musste Torian auf gute Gedanken bringen, bevor dieser wieder ausrastete. Ein zerstörter Stuhl war da noch ein winziger Schaden, gegen das was Torian anrichten konnte. Er wusste wozu Torian fähig war, wenn er außer sich geriet. Und das konnte alle ihre Pläne gefährden. Die einzige Möglichkeit war, ihm immer wieder ins Gedächtnis zu rufen, dass ihre Pläne nur dann gelingen würden, wenn er, Samuel, die Sache in der Hand behielt und Torian im Hintergrund blieb. Glücklicherweise wusste Torian das im Grunde. Samuel konnte mit seiner umgänglichen und hilfsbereiten Art die Leute gewinnen. Torian brauchte Samuel – noch. Und Samuel verdrängte im Moment noch den Gedanken an das, was passieren würde, wenn sie ihr Ziel erreicht hatten und Torian ihn vielleicht nicht mehr brauchen würde.

»Ja, das Stück vom Mantel. Das verdankst du ja auch nur mir«, lachte Torian gehässig.

»Stimmt«, gab Samuel ihm recht. »Und das war eine geniale Aktion.«

Samuel spürte, dass Torian geschmeichelt war und setzte hinzu: »Und Tarek weiß inzwischen, wo der Mann mit dem Dokument ist. Der Typ ist anscheinend dabei, das Dokument zu entschlüsseln. Wir beobachten ihn und setzen ihn ein wenig unter Druck. Sobald wir merken, dass er mehr weiß, schnappen wir ihn uns, und damit den Schatz und können beide Blutproben abgleichen. Dann können wir damit an die Öffentlichkeit gehen und die Bombe platzen lassen.

Ich suche gerade für uns im Internet Flüge nach Palma. Heute ist es schon zu spät, aber morgen würde ich zum Flughafen gehen und gleich die Tickets kaufen. Ich zahle sie in Bar. Das ist sicherer. Wir könnten diese Woche noch nach Mallorca fliegen und die Sache angehen. Ich möchte mich, mit deiner Hilfe, selbst um das Dokument kümmern.«

Torian schien etwas ruhiger zu werden. »Dann such jetzt die Flüge raus und sag Amir, er soll Waffen besorgen«, befahl er. Einen Moment schwiegen alle drei. Dann setzte er hinzu: »Und Fatima brauchen wir jetzt auch nicht mehr. Die kannst du mir überlassen. Sozusagen als Wiedergutmachung für deinen Fehler mit dem Dokument.«

Torians Stimme klang grausam und brutal. Samuel sah sofort ein Bild von Fatima vor sich, in den Händen von Torian.

Da schrie Pablo auf: »Nein, nein! Bitte, das dürft ihr nicht!« Aber Torian lachte nur gehässig.

Samuel versuchte einzuwenden: »Wenn du Fatima nicht in Ruhe lässt, dann wird das unsere Pläne gefährden.«

Torian lachte wieder. Diesmal war es ein überhebliches Lachen. »Ja, so wie ihr zwei es machen würdet, würde es bestimmt unsere Pläne gefährden. Aber ich bin ein Profi. Außerdem, Samuel, können wir deine nette Nachbarin nicht mit nach Mallorca nehmen und auch nicht in unsere Pläne einweihen. Also ist sie uns im Weg. Ich werde mich um sie kümmern.«

Pablo wimmerte. »Hör auf zu jammern und halt's Maul«, fauchte Torian ihn an.

Samuel überlegte verzweifelt, wie er Fatima davor bewahren könnte. Er liebte sie nicht. Dieses Gefühl war ihm fremd. Aber trotzdem wollte er sie nicht einfach Torians Grausamkeiten überlassen. »Wenn Fatima jetzt verschwindet, dann schöpfen sie vielleicht Verdacht. Und außerdem könnten wir sie später hier in Barcelona für unsere Tarnung noch brauchen«, versuchte er erneut Torian umzustimmen.

Torians Augen blitzten wütend. »Wir brauchen sie nicht mehr, hab ich gesagt. Sie gehört mir. Aber gut. Wir nehmen sie mit nach Mallorca und dann kümmere ich mich dort um sie. Und jetzt will ich davon nichts mehr hören.« In Torians Stimme schwang Wut und Zorn.

Samuel wusste, dass es jetzt keinen Sinn mehr hatte, weiter zu verhandeln. Immerhin hatte er etwas Zeit gewonnen. Er würde Flüge suchen und Tarek beauftragen, sie am Flughafen zu buchen und bar zu zahlen. So blieb er selbst im Hintergrund, falls es Probleme geben sollte.

»Ist wenigstens die Sache mit dem Labor geklärt?« bohrte Torian mit genervter Stimme, weiter.

»Ja klar«, beeilte sich Samuel zu bestätigen. »Tarek wird es diesmal perfekt machen. Er sucht gerade ein altes Fabrikgebäude. Morgen will er uns die neuesten Infos vom IRB bringen, dem Institute for Research in Biomedicine ...«

»Ich bin nicht blöd«, unterbrach Torian ihn hart. »Ich weiß was das IRB ist. Und jetzt schau, dass du die Flüge buchst.«

»Ja, natürlich. Das mache ich gleich«, beruhigte ihn Samuel und ärgerte sich, weil Torian der Einzige war, vor dem er kuschen musste und bei dem er nicht so souverän sein konnte, wie bei allen anderen, auch wenn diese noch so dominant auftraten. Sie hatte er alle in der Hand. Nur Torian nicht.

»Ach ja«, Torian lächelte fies, als er hinzufügte: »Und vergiss nicht, für unsere kleine Fatima mit zu buchen.«

In diesem Moment klopfte es.

»Samuel« klang eine fragende Stimme von der anderen Seite der Türe.

»Ja», erwiderte er unwirsch, noch genervt und gestresst von der Diskussion mit Torian und den Heulattacken von Pablo.

Die Türe öffnete sich und Fatima trat ein. Sie wirkte immer sehr zart und zerbrechlich in ihrem Hijab, dem Schleier der islamischen Frauen.

»Ist alles okay?« fragte sie unsicher. »Ich hab dich mit jemandem reden hören.«

»Ja alles okay«, erwiderte Samuel kühl. »Ich hatte nur ein Videotelefonat.«

15

Donnerstag 23. August 2012

»In Madrid hat es heute einen terroristischen Anschlag auf eine Produktionsfirma für medizinische Geräte gegeben. Dabei wurden, nach bisherigen Erkenntnissen, fünf Menschen getötet, unter ihnen auch der Attentäter. Mindestens zwanzig Menschen wurden zum Teil schwer verletzt. Ein Teil des Gebäudes brach durch die Detonation ein. Inzwischen geht die Polizei von einem islamistischen Hintergrund des Attentats aus ...«

Samuel verfolgte mit selbstgefälligem Lächeln den Bericht des Nachrichtensprechers. Torian war zufrieden. Das spürte er.

Irgendwo im Hause ertönte muslimischer Gesang. Samuel hatte als Klingelton seines Handys einen Kampf-Nasheed. Es war eine gute Sache, dieser Gesang, der zum Kampf gegen die westliche Welt aufrief. Er verteilte sie als Klingelton fleißig weiter, um die jungen Anhänger immer wieder an die eigentliche Sache zu erinnern, für die sie kämpften: ›Bleibt nicht Teil dieser demokratischen Gesellschaft, die euch ausnützt, und für die ihr wertlos seid, sondern werdet Teil des Gottesstaates. Dann seid ihr auf dem richtigen Weg und euch winkt das Paradies‹.

So brachte man den Jungen mit jedem Klingeln ihrer Handys immer wieder ins Gedächtnis, dass jeder von ihnen ganz wichtig für den neuen Gottesstaat war und motivierte sie dazu, im Namen Gottes zu kämpfen. Und die Gesänge waren zudem noch eine gute Möglichkeit für eine weitere Verbreitung der islamistischen Ideologie unter den europäischen Jugendlichen. Und ihm, Samuel, verlieh der Fanatismus der Anhänger eine unglaubliche Macht.

Tarek war am anderen Ende: »Ich habe einen Platz gefunden, der sich perfekt eignet. Es ist ein erst kürzlich pleite gegangenes Labor in einem ziemlich heruntergekommenen Gebäude. Es liegt in der Nähe eines Industriegebietes im Nordosten von Barcelona, gut erreichbar über die Autovia del Nord-Est, etwas abgelegen, an einer Sackgasse und perfekt abzusichern.«

»Gut gemacht, Tarek«, lobte Samuel. »Und wie ich gehört habe, hast du die Geräte auch besorgt.«

Man hörte das zufriedene Grinsen förmlich, als Tarek erwiderte: »Ja, wir konnten sie heute Nacht entwenden und heute Morgen, da hat es bei der Produktionsfirma leider einen kleinen Unfall gegeben. Sie werden eine Weile brauchen, bis sie den Verlust der Geräte bemerken, wenn sie das bei der ganzen Zerstörung überhaupt checken.

Jedenfalls hat das mit dem Attentat geklappt. Unsere zwei jungen Anhänger sind mutig in den Tod gegangen und haben einen großen Beitrag geleistet, um den Gottesstaat über die Welt zu verbreiten.«

»Sehr gut, Tarek,« bestätigte ihn Samuel nochmals. »Komm wieder zurück und bring die Geräte mit. Wir sagen dir hier, wie es weiter geht.«

Er legte auf und sein starrer Blick verharrte noch eine Weile auf dem Handy. Torian hatte alles bekommen, was er wollte und die ganze Sache lief nach Plan. Trotzdem war er in der vorletzten Nacht wieder völlig ausgetickt und hatte Samuel gezwungen, Fatima mit zärtlichen Worten zu einem nächtlichen Stelldichein zu bewegen.

Er hatte sich nicht an sein Wort gehalten, Fatima mit nach

Mallorca zu nehmen. Ja er hatte es nicht einmal vorgehabt. Am gleichen Tag noch hatte er seine Worte Lügen gestraft. Es war, als hätte Torian ihnen beiden klar machen wollen wer das Sagen hatte.

Vor Samuels geistigem Auge tauchte ein Bild auf.

Pablo wimmerte: »Warum tut ihr das?«

Samuel zwang sich an den Plan zu denken und ignorierte die Stimme.

16

Sophie drängte sich durch den zähen Strom spärlich bekleideter Touristen. Sie hatte den ganzen Morgen an einer dringenden Übersetzung gearbeitet und wollte nun in der Bar Bosch einen Kaffee trinken.

Es gibt nichts Besseres als Sommer, dachte sie, als sie, vom Klappern ihrer Flip-Flops begleitet, die Treppen zum ›Plaça de la Reina‹ hinunterlief.

Überall standen die ›lebenden Statuen‹ herum – zumeist Jugendliche, die sich damit ihr Geld verdienten, dass sie von Kopf bis Fuß einfarbig bemalt, stundenlang regungslos in glühender Hitze verharrten, um nur dann kurz zum Leben zu erwachen, wenn eine Münze in den dafür vorgesehenen Topf fiel. Dann gab es diejenigen, die als riesige Bäume verkleidet umherliefen oder sich als gigantische Hände bewegten. Trauben von Menschen standen um die Figuren herum und ergötzten sich an ihrem Anblick und den kurzen Späßen, die sie darboten, wenn das Klingen der Münzen für wenige Minuten ihre Lebensgeister weckte.

In der Bar Bosch waren alle Tische belegt und die Ober versuchten mit mallorquinischem Gleichmut nicht ins Schwitzen zu kommen und trotzdem das Geschäft einigermaßen am Laufen zu halten, was nicht ganz leicht war, denn die Urlauber hatten schließlich keine Zeit, lange im Café zu sitzen. Letztendlich war die Bar Bosch auch nur eine der ›Sehenswürdigkeiten, die man erlebt haben musste‹.

Sophie sah sich nach einem Tisch um, der vielleicht frei werden würde, als eine junge Frau auf sie zulief und sie herzlich begrüßte.

»Louisa!« rief Sophie überrascht, »wie schön, dich zu

sehen. Wie geht's dir denn? Ich hab schon öfter an dich gedacht.«

Die kleine, zierliche Spanierin mit dem glatten dunklen Haar lachte fröhlich. »Mir ging es genauso. Hast du gerade Zeit? Dann lass uns doch schnell einen Kaffee trinken.«

»Ja, super!«, erwiderte Sophie. »Ich glaube dort drüben wird gerade ein Tisch frei.«

»Wie geht es deinem Haus?«, fragte Louisa, als sie am Tisch Platz nahmen.

Sophie lachte hell auf. »Die meisten Menschen fragen ›wie geht es dir?‹. Nur die Archäologen fragen ›Wie geht es deinem Haus?‹ «

Louisa musste ebenfalls lachen. »Ja, es hat mich einfach irgendwie fasziniert, mit seinem besonderen Zauber. Ich würde es gerne mal wieder anschauen.«

»Und das sagt jemand, der so viele Häuser kennt wie du«, grinste Sophie. »Da muss es ja ein besonderes Haus sein … Nein aber im Ernst. Ich finde auch, dass das Haus einen besonderen Charme hat, aber ich dachte immer, dass ich das so empfinde, weil es mir gehört.«

»Vielleicht hast du ja schon mal in dem Haus gelebt«, meinte Louisa grinsend.

»Du meinst als Fliege oder Moskito in meinem früheren Leben.«

»No me moleste mosquito … «, summte Louisa und lachte.

»Jaja, ich geh ja schon«, witzelte Sophie und stand auf. »Glaubst du tatsächlich an Wiedergeburt?«, wollte Louisa wissen.

»Eigentlich nicht«, sagte Sophie und setzte sich wieder. »Es ist zwar in Europa modern, daran zu glauben, aber es widerspricht ja eigentlich dem Erlösungsgedanken des Christentums. Wenn ich erlöst bin, muss ich nicht immer wieder geboren werden, um mich selbst zu erlösen.

Andererseits schätze ich den Glauben der Hindus zu sehr, als dass ich ihn als falsch erklären würde. Der ursprüngliche Gedanke der Wiedergeburt ist ja das Kämpfen um das geistliche Wachstum und den damit verbundenen Aufstieg in der Hierarchie der Lebewesen. Möglicherweise ist ja beides wahr.«

Louisa nickte. »Ich sehe das genauso. Die Wiedergeburt ist nicht etwas, das man unter dem Aspekt der Lebensverlängerung sehen darf, sondern nur unter dem religiös-geistlichen Aspekt. Sicher würden die meisten Menschen sofort auf die Wiedergeburt verzichten, wenn man ihnen voraussagen würde, dass sie im nächsten Leben nicht als Rockefeller, sondern als Aidskranker in Afrika geboren werden.«

»... oder als Ober in der Bar Bosch«, ergänzte Sophie, die den mürrischen Blick des Obers aufgefangen hatte, den sie versucht hatte auf sich aufmerksam zu machen.

»Weißt du, was ich dich schon lange mal fragen wollte?«, begann Sophie, als sie bestellt hatten.

»Ja, sicher«, Louisa nickte ernst und setzte dann flüsternd hinzu: »Ich habe doch diesen Kurs belegt: Gedankenlesen für Analphabeten.«

Sophie lachte: »Na wunderbar. Also was ist damit?«

»Naja, nicht schlecht. Ich meine ... kann man machen. Möglicherweise ... nun ... perfekt, würde ich sagen.«

»Ah, das klappt ja ausgezeichnet«, nickte Sophie grinsend. »Komm ich gebe dir ein Stichwort. Wie wäre es mit: archäologischer Bericht meines Hauses.«

»Oh, Madonna mia. Das war doch ganz klar. Genau das

habe ich gelesen ... in deinen Gedanken ... äh, neulich in meinem Terminkalender. Ich bring ihn dir vorbei. Den Bericht, meine ich.«

»Gab es eigentlich etwas Besonderes über das Haus?«, fragte Sophie neugierig.

»Nun, außer dem römischen Turm, der einst ein Turm der Stadtmauer war und nun fragmentarisch in deinem Treppenhaus zu besichtigen ist, außer den vielen alten Zisternen, die du in wunderschöne Räume umfunktioniert hast, außer der alten römischen Zisterne und außer der erstklassigen Lage in einem Gebiet, das König Jaime der Erste schon nach der Eroberung für sich selbst reservierte, weil es so traumhaft lag, nein, außer diesen unbedeutenden Dingen gab es nichts. Mensch Sophie! Du hast ein Kleinod. Ist dir das eigentlich klar?«

»Das ist mir natürlich klar«, gab Sophie zu »aber ich wollte einfach etwas mehr über die Geschichte des Hauses erfahren.«

»Puh, also das liest du am besten nach, wenn ich dir den Bericht gebracht habe, denn so genau weiß ich das jetzt nicht mehr auswendig. Wir hatten viel Arbeit in letzter Zeit. Die Untersuchungen am ›Mercat de l‹Olivar‹ waren abartig intensiv. Dazu kamen einige Umbauten, die Untersuchung des unterirdischen Ganges, die Ausgr ...«

»... unterirdischer Gang?«, unterbrach Sophie sie. »Wo soll der sein?« »Der soll nicht sein«, erwiderte Louisa, »sondern der ist. Und zwar zwischen dem Castillo Bellver und dem Almudaina-Palast. Es ist mehr eine Höhle, an welche Gänge anschließen. Genauer gesagt sind es zwei Höhlen, die nicht natürlichen Ursprungs sind und eine Größe von 20.000 m^2 haben. Diese Gänge führen der Legende nach zum Almudaina-Palast. Zudem ist dort ein Gang von etwa dreihundert Metern, der aber in keinem guten Zustand ist. Daran arbeiten wir gerade. Er soll in Verbindung stehen mit dem Gänge System unter dem Calatrava-Viertel, das es fragmentarisch noch gibt, sowie mit den Gängen zwischen dem Almudaina-Palast und dem Haus der Templer.«

»Und was habt ihr an Gängen gefunden?« Sophie bemühte sich um einen entspannten Ton, während sich ihre Gedanken überschlugen.

»Wir konnten den Gang unter dem Castillo Bellver nicht begehen, denn er ist in großen Bereichen eingestürzt und es wäre zu gefährlich dort zu forschen. Man hat es einfach wieder einmal versucht, wie schon vor Jahren, aber ohne neue Erkenntnisse. Jetzt will man die Höhlen sichern. Wie gesagt, das meiste über die Geheimgänge weiß man eigentlich nur der Überlieferung nach, und gefunden hat man nur den am Castillo, der Burg Bellver, und einen Stollen in der Nähe der Kathedrale.«

»Aber wozu waren die Gänge gedacht?«

»Ach«, Louisa zuckte die Schultern. »Möglicherweise gab es diese Gänge schon zur Zeit der Römer. Da waren sie Kanäle zur Wasserversorgung. Später wurden sie von den Arabern und dann den Templern genutzt und dann von den Juden. Die Höhle unter dem Castillo wurde von Jaime dem Zweiten angelegt. Wie geheim das alles aber zu der Zeit war, weiß man nicht genau. Ich könnte mir vorstellen, dass mindestens der Hof davon gewusst hat und somit viele andere auch. Aber es gibt da …«

Louisas Handy surrte auf dem Tisch. Sie hob es ans Ohr: »Si! … si! Vale, vale! Ich komme sofort.« Sie steckte das Handy in die Tasche und wühlte nach ihrem Geldbeutel.

»Tut mir leid Sophie, aber ich muss weg.«

Sophie legte ihr die Hand auf die Schulter. »Schon in Ordnung. Das ist übrigens meine Einladung, also lauf los.«

Louisa umarmte Sophie. »Danke und ich lass dir den Bericht schicken. Hasta luego! Bis bald!«

Sie war sofort im Getümmel verschwunden.

Sophie versuchte ihre Aufregung über diese neue Information in logische Überlegungen zu verwandeln. Es waren also Gänge bekannt. Frey Antonio musste davon gewusst haben und hatte es ihr verschwiegen. Bei dem Gedanken an seinen gestrigen Abschied stöhnte sie auf. Was war er nur für ein Mensch und was für Ziele verfolgte er? Für kurze Zeit hatte sie geglaubt, er hätte sogar positive Emotionen, aber er hatte sie prompt eines Besseren belehrt. Sophie hasste es, wenn Menschen so unberechenbar und undurchschaubar waren. Es gab ihr immer das Gefühl mit verbundenen Augen Achterbahn zu fahren.

Frey Antonio hatte ihr also bewusst die Gänge verschwiegen. Konnten sie mit ihrer Zisterne zu tun haben?

Einem plötzlichen Gedanken folgend zahlte sie hastig und schlug den Weg nach Hause ein. Wie bekannt mochte die Existenz der Geheimgänge sein?

Sie lief die Treppen am Almudaina-Palast hoch und blieb erstarrt stehen, als es ihr wie ein Blitz durch den Kopf schoss: Die Zisterne! Der Palast hatte eine Zisterne, die in einem Teil des Innenhofes stand. Er war abgeriegelt und von Militär bewacht. Im Gegensatz zu ihrer Zisterne hatte er einen oberirdisch gemauerten Brunnenschacht. Sophie war sich sicher, dass der Palast eine alte römische Zisterne haben musste, nicht nur einen Brunnen, wie die meisten der Herrenhäuser Palmas. Schon zu Zeiten der Römer war an dieser Stelle ein ›Palast‹ gestanden und deshalb war dort sicher auch eine Zisterne gewesen, um die Herrscher mit Trinkwasser zu versorgen.

Ein neuer Gedanke schoss ihr durch den Kopf.

Sie rannte die letzten Meter zum Haus, schlug die Tür hinter sich zu und eilte in ihr Büro. Sie fand den Stadtplan, legte ein Lineal darauf und sank fassungslos auf ihren Stuhl. Die Verbindungslinie zwischen dem Tempel und dem Almudaina-Palast lief genau neben ihrem Haus vorbei.

Bleib cool, Sophie. Du musst jetzt ganz genau überlegen.

Aber eigentlich gab es da nicht viel zu überlegen. Einer der Geheimgänge konnte zumindest in der Nähe ihres Hauses liegen. Dass der Gang in ihrer Zisterne nicht ein Teil des Geheimganges sein konnte war klar, denn auch wenn er hinter der Biegung in beide Richtungen laufen würde, so wäre er doch mit Wasser gefüllt. Und ein Geheimgang, in dem man schwimmen muss, wäre sicher keine geniale Erfindung gewesen.

Aber was braucht ein unterirdischer Gang nötiger, als frische Luft und zwar auf möglichst unauffällige Art und Weise. Vielleicht sind die Zisternen ein Teil vom Belüftungssystem des Geheimgangs.

Ich muss einfach noch einmal da runter! Aber alleine war es unmöglich und sie kannte niemanden auf der Insel, dem sie ihr Leben so bedingungslos anvertraut hätte. *Gut, es hilft alles nichts, ich werde also so lange anderweitig Informationen sammeln müssen, bis Steffen und Oliver wieder einmal hier sind.*

Sophie sah auf die Uhr.

Es war fünf Uhr nachmittags. Steffen war vermutlich gerade nach Hause gekommen und wurde sicher von seinen Kindern belagert.

Sie nahm das Telefon zur Hand. Es war Zeit, ihm von den neuen Erkenntnissen zu erzählen.

»Das ist ja wirklich faszinierend«, sagte Steffen, als sie ihre Vermutungen geschildert hatte. Dann überlegte er einen Moment. »Könnte es nicht sein, dass es sich nur ganz banal um eine Art Zisternenverbund handelt und der Gang in deiner Zisterne einfach mehrere Zisternen untereinander verbindet und das Trinkwassersystem der alten Stadt sozusagen wie ein System kommunizierender Röhren funktioniert hat?«

»Natürlich wäre das möglich.« Sophie runzelte die Stirn, als sie weiter laut überlegte. »Also wäre es denkbar, dass unser Haus durch die Zisterne mit dem Almudaina-Palast verbunden ist. Man müsste einmal einen Blick hineinwerfen. Bei mir kann man, wenn man aus einem bestimmten Winkel hineinschaut und weiß, dass dort ein Gang sein muss, sehen, dass die Zisterne weitergeht. Vielleicht kann ich einen von den Wachleuten becircen, dass er mich hineinschauen lässt?«

»Ich glaube nicht, dass das möglich ist, Sophie. Denn wenn ich mich recht erinnere, dann hat der Brunnen einen Deckel aus Metall.«

»Stimmt, du hast Recht!« Sophie schlug sich mit der Hand an die Stirn.

»Ja, und da gibt es zwei Möglichkeiten, warum das so ist. Die Erste ist, damit niemand reinfällt und die Zweite, damit niemand hineinklettert und auf die Art vielleicht unter, beziehungsweise in den Palast gelangen kann.«

»Du glaubst also auch, dass der Geheimgang irgendwas mit den Zisternen zu tun hat?« fragte Sophie.

»Ich weiß es nicht. Möglich wäre es schon, aber wirklich

wissen tun wir gar nichts. Wir arbeiten ständig nur mit Hypothesen. Aber hast du dir damals bei der Führung nicht vielleicht eine Broschüre über den Palast mitgenommen? Du nimmst doch überall sonst so ein Zeugs mit. Vielleicht steht dort ja mehr drin.«

»Ich glaube ja, ich habe eine. Aber das Beste wäre, ihr würdet bald wieder mal kommen und mich da runter abseilen. Dann wüssten wir sicher mehr.«

»Tut mir leid Sophie, aber ich kann vorläufig wirklich nicht kommen. In der Arbeit ist so viel los, dass ich mich unmöglich absetzen kann. Ich habe nicht einmal zwischen Weihnachten und Neujahr Urlaub. Aber wie wäre es, wenn du über Weihnachten nach Hause kommst? Irina und die Kinder würden sich sehr freuen. Oliver hat auch schon nachgefragt.«

»Hmm.«, Sophie sah unschlüssig aus dem Fenster. »Bis dahin ist ja noch ziemlich viel Zeit. Ich überlege es mir und sag dir noch Bescheid.«

»Ja mach das, Sophie. Lass mich doch auch wissen, wenn du was Neues herausgefunden hast. Vielleicht kannst du mal im Stadtarchiv nach Informationen graben.«

»Keine schlechte Idee. Da werde ich mal vorbeischauen. Also dann Ciao, Steffen. Grüß Irina und die Kinder.«

»Mach ich! Tschüss, Schwesterherz!«

Sophie stöberte in ihrem Bücherschrank und zog tatsächlich aus der hintersten Ecke ein kleines Heftchen über den Almudaina-Palast heraus. Sie musste nicht lange blättern, um das zu finden, was sie suchte. Es gab eine Abbildung mit dem Brunnen. Er hatte tatsächlich einen Metalldeckel. Im Anhang war ein Vermerk: Zisterne unter dem Waffenhof.

Nachdenklich schlug Sophie die Broschüre zu und ging hinunter ins Büro. Sie legte sich auf den Boden und sah in die Zisterne hinab. Sie hatte so viele Fragen, und die Antwort lag so nah, aber war doch so unerreichbar.

Ich sollte Frey Antonio fragen, ob er mir in der Stadt ein paar Orte zeigen kann, die in Zusammenhang mit den Templern stehen. Vielleicht bekomme ich so irgendeine neue Information.

17

Freitag 24. August 2012

Im IMLCFC, dem Rechtsmedizinischen Institut von Katalonien, in der Gran Via de les Corts Catalanes, 111 in Barcelona, klemmte sich Maria Gonzales den forensischen Bericht unter den Arm, den sie soeben abgeschlossen hatte.

Maria war klein, aber ein Energiebündel und ihre aufrechte Haltung hätte ohne ihre anmutigen Bewegungen etwas Militärisches an sich gehabt. Ihre dunklen Augen schienen hinter den dicken Brillengläsern immer zu funkeln, und ihre Kollegen behaupteten, dass sie die Menschen so durchdringend anschauen konnte, als würde sie eine Obduktion in vivo – am Lebenden – machen und, dass sie deren Schwächen so schnell analysierte wie die Todesursache ihrer Leichen.

Jetzt lief sie zügig durch die Flure des Institutes, während die Absätze ihrer Schuhe lautstark den Boden malträtierten. Ihre schwarzen Locken hatte sie zu einem Pferdeschwanz hochgebunden, der bei jedem Schritt energisch hin und her schwang.

So energisch wie ihre Erscheinung war auch ihre Persönlichkeit. Wenn sie sich etwas in den Kopf gesetzt hatte, dann biss sie sich so lange daran fest, bis sie ihr Ziel erreicht hatte. Das machte sie zu einer hervorragenden Forensikerin. War etwas nicht schlüssig bei einer Obduktion, dann forschte sie so lange nach und bewegte es hin und her, bis sie es herausgefunden hatte.

Im Moment waren ihre Gedanken bei der Leiche, deren Bericht sie unter dem Arm trug.

Sie hatte an der Toten, wie auch am Tatort, kaum Spuren gefunden, kein Sperma, keine Hautpartikel, nur zwei Teilabdrücke von Fingern. Und der Mann, der das getan hatte, war offensichtlich noch nicht aktenkundig, denn es gab in den Datenbanken keine Treffer von dem Teilabdruck, den sie sichergestellt hatten.

Dazu kam, dass sie kein richtig gutes DNA-Profil erstellen konnten, da der Täter anscheinend eine sehr geringe genetische Offenbarung hatte. Sie liebte die Täter, bei denen es genügte, dass sie einen Gegenstand berührten, damit sie daraus ein perfektes DNA-Profil erstellen konnte. Aber leider war es bei diesem Täter wohl nicht so. Nicht nur dass er ›sauber‹ gearbeitet hatte. Selbst aus den Spuren, die sie hatten, ließ sich nichts machen.

Und genauso unbekannt war die Tote, die anscheinend gar nicht in Spanien gemeldet war. Ihr einziges Glück war gewesen, dass man sie schon wenige Stunden nach ihrer Ermordung gefunden hatte, weil sich ihre Handfesseln an einem Haken der Mole verheddert hatten, an welche die Strömung sie getrieben hatte. So waren die wenigen Spuren noch nicht alle vom Meerwasser zerstört worden und es gab vielleicht, mit dem was sie hatten, eine Chance, ihren Mörder zu finden.

»Dieser Mann ist eine Bestie«, Maria knallte dem Leiter der Forensik, Señor Francesco Amengual, die Mappe auf den Schreibtisch.

Sie schauderte bei dem Gedanken an das, was die Frau erlitten hatte.

»Meine Ergebnisse grob zusammengefasst: Das Opfer, eine etwa 30jährige Frau, Name unbekannt, vermutlich arabischer Herkunft, wurde mehrfach brutal vergewaltigt.«

Marias sachliche Stimme spiegelte in keiner Weise das wieder, was sie empfand.

»Der Körper ist außerdem mit sechsundsiebzig Schnitten und zweiundvierzig Verbrennungen übersät, die dem Opfer kurz vor seinem Tode zugefügt wurden. Die Schnittwunden sind nur oberflächlich, sollten vermutlich nur dazu dienen das Opfer zu quälen. Genauso wie die Verbrennungen, die der Frau vermutlich mit Zigaretten zugefügt wurden. Im Blut sind weder Medikamente noch irgendwelche Drogen nachweisbar. Sie war also bei vollem Bewusstsein.

Die Würgemale an ihrem Hals, die von einem Schal oder Tuch herrühren, sind breit und so beschaffen, dass man davon ausgehen muss, dass sie mehrmals kurz vor dem Ersticken war.

Sie hat Fesselspuren an den Händen und Füßen, verursacht durch dünne Nylonstricke. Auch das sollte ihr wohl größtmögliche Schmerzen zufügen. Die Art der Fesselspuren lässt darauf schließen, dass sie anfangs mit gespreizten Armen und Beinen gefesselt war. Vermutlich für die Vergewaltigungen.

Ihre Lippen weisen Reste von Klebespuren auf, was darauf schließen lässt, dass man ihr zeitweise den Mund zugeklebt hat.

Es sind keine Abwehrspuren an ihrem Körper zu finden und auch keine Hautpartikel oder fremde DNA unter den Fingernägeln. Das lässt den Rückschluss zu, dass sie ihren Mörder gekannt hat.

Außerdem hat der Täter ihren Körper nach den Misshandlungen mit scharfen Reinigungsmitteln behandelt um eventuelle Spuren zu verwischen. Diese waren besonders noch an den Wundrändern nachweisbar.

Der Tatort war ein verfallenes Warenlager im Poligono Industrial Pratens. Es liegt etwas abseits, direkt am Wasser und weit genug von den anderen Lagern entfernt um nicht aufzufallen. Auch dort sind kaum Spuren auffindbar, da alles gereinigt wurde. Offensichtlich war der Boden auch mit einer Folie abgedeckt worden.

Der Tod der Frau trat ein durch Ertrinken. Sie wurde gefesselt und ins Meer geworfen. Der Schaumpilz in den Atemwegen bestätigt, dass sie zu diesem Zeitpunkt noch gelebt hat. Todeszeitpunkt war vorgestern Nacht gegen 23 Uhr.«

18

Sie hatten für den Nachmittag ausgemacht, dass Frey Antonio ihr ein paar Bauten aus der Zeit der Templer zeigen würde und trafen sich diesmal vor der Kirche San Francesco.

Der Mönch hatte wieder die Kapuze der Kutte auf und hielt den Kopf gesenkt.

Sophie fragte sich, wie er sie überhaupt hatte kommen sehen können, denn er begrüßte sie bereits, als sie noch einige Meter weit weg war.

»Vielen Dank, dass Sie mich begleiten«, sagte Sophie, als sie bei Frey Antonio angekommen war. »Haben Sie ihre anderen Erledigungen in Palma erfolgreich geschafft?«

»Ja, danke«, erwiderte der Mönch einsilbig.

Sie liefen die ›Carrer de Ramon Llull‹ hinunter und Sophie bemerkte eine der lebenden Statuen, die an einem Hauseingang stand. Es war eine der weißen Figuren und sie wunderte sich darüber, denn es gab kaum Touristen in diesem Winkel.

»Das ist die ›Carrer del Temple‹ und dort vorne steht das, was von dem früheren Tempel noch übrig ist«, begann der Mönch.

Sophie sah ein Haus, dessen Front dreigeteilt war. Rechts und links war jeweils ein turmartiges Gebäude mit fünf Stockwerken und in der Mitte befand sich ein niedrigeres, vierstöckiges Bauteil, dessen Erdgeschoß durch einen Durchgangsbogen ersetzt wurde. Der Dachbereich war mit zinnenartigen Spitzen umrandet, so dass es wie eine alte Burg wirkte.

Es erinnerte sie sehr an die Fassade und den Eingang des Almudaina-Palastes.

Durch seine trüben Fenster starrte das Gebäude wie mit hohlen Augen auf sie herunter und ließ die Läden, an denen die Farbe abblätterte, schlaff herabhängen. Einige Fenster hatten wohl kein Glas mehr und waren stattdessen mit transparenter Folie versehen worden, deren Ecken sich bereits gelöst hatten, und das heraus sickernde Dunkel noch trostloser erscheinen ließen. Der Balkon war mit blauer Plastikfolie abgedeckt und auf die Fassade hatte jemand einen Pinguin aufgesprayt.

Das Ganze machte einen trübsinnigen und heruntergekommenen Eindruck. Rechts und links schlossen sich direkt weitere Wohnhäuser an, deren Zustand nur unwesentlich besser war.

»Zur Zeit der Templer standen nur die zwei Türme mit dem Verbindungsteil in der Mitte. Das war der Tempel«, erklärte Frey Antonio. »Alles andere war Garten und Friedhof. Nur im hinteren Teil des Grundstücks stand noch eine Kapelle, die ›Hogares de Temple‹. Sie steht noch heute.

Inzwischen ist aber der ganze Bereich und auch der Tempel mehrmals umgebaut und renoviert worden, so dass außer der Kapelle, der Fassadenstruktur und einigen alten Mauerresten nichts mehr aus der Zeit der Templer übriggeblieben ist.

Die ganze Almudaina Gumara, wie der Bereich vor der Eroberung genannt wurde, war von Mauern umgeben. Von vorne wurde er wohl durch die ›alte‹ Stadtmauer von 1100 begrenzt, von hinten durch die ›neuere‹, etwa um 1150 gebaute Außenmauer der Stadt. Seitlich wurden auch in der Zeit um 1150 Grenzmauern mit Türmen gebaut, so dass es einen abgegrenzten Bereich innerhalb der Stadt ergab. Er war eine Art heiliger Bereich für Anbetung und religiöse

Feste der Mauren. Nach der Eroberung erhielten die Templer diesen Bezirk und er wurde umbenannt in Almudaina Temple.«

Sophie war erstaunt über Frey Antonios ausführliche Erklärung. »Hm, das ist ja schade, dass heute nicht mehr viel von dem ursprünglichen Gebiet zu sehen ist«, meinte sie.

»Kommen Sie, wir gehen durch den Bogen, dann können Sie sich wenigstens die Kapelle ansehen. Sie hat noch viel Ursprüngliches, zum Beispiel die gotischen Kapitelle rechts und links vom Bogen der Eingangstüre.«

Sie gingen durch den großen Torbogen, über dem sich ein Doppelfester maurischer Form befand und darunter die Hausnummer neun. Ein Weg, eingefasst von zwei hohen Sandsteinmauern, über die ein paar hohe Büsche schauten, führte direkt an das Eingangstor der Kapelle, dessen feine Reliefs verschiedener Muster dem Eingang etwas Ehrwürdiges gaben. Unterstrichen wurde dies durch das schmiedeeiserne Tor, mit dem die Kapelle verschlossen werden konnte. Sie betraten den Vorraum und gingen auf den gotischen Spitzbogen zu, der den Eingang der Kapelle bildete.

Frey Antonio drückte die Klinke der Eingangstüre hinunter, aber das Tor war verschlossen.

»Schade!«, sagte Sophie enttäuscht und bückte sich, um durch das Schlüsselloch zu schauen. Der Raum war so dunkel, dass sie kaum was erkennen konnte.

»Wissen Sie, ob hier auch Gottesdienste stattfinden?«, fragte Sophie, während sie sich suchend umblickte. »Nein«, erwiderte er. »Aber man kann die Kapelle besichtigen, wenn man einen Termin ausmacht.«

Sie verließen den Vorraum wieder.

»Dann werde ich das machen.« Sophie hatte ihm den Rücken zugewandt und blinzelte durch den Spalt einer alten Holztür, die links der Kapelle einen Zugang verschloss. Dahinter lag ein Garten mit einer alten halbhohen Steinmauer und Treppen. Am Ende der Steinmauer stand ein Torbogen, ähnlich, wie der am Eingang zum Tempel. Sie versuchte ein paar Meter weiter vorne einen Blick über die dort niedrigere Mauer in einen anderen Garten– wenn man das eingemauerte Stück Grün überhaupt so nennen konnte– zu werfen.

»Suchen Sie was Bestimmtes?« Der Mönch, der bereits am Ausgang zur Straße stand beobachtete sie halb ernst, halb belustigt.

»Ja«, sagte Sophie im Herankommen. »Ich wollte sehen, ob man noch erkennen kann, wo einmal die Zisterne stand.«

»Die Zisterne?«

»Ja, ich nehme an, dass die Templer in ihrem Tempel auch eine Zisterne hatten.«

»Ja, aber die stand weiter weg, also auf jeden Fall vor dem Tor.«

»Und innen?«

Er zuckte nur die Schultern.

»Und wo ist sie hingekommen?«, insistierte Sophie.

Er zuckte erneut die Schultern.

Sophie runzelte die Stirne. Sie hatte gehofft, Frey Antonio würde auch bei diesem Thema heute etwas gesprächiger sein. Sie war sich sicher, dass er es genau wusste und beschloss, später noch einmal darauf zurückzukommen.

Eine Weile liefen sie schweigend nebeneinander her. Sie überquerten den ›Plaça Cort‹, voller Menschen und hupender Autos, und schlugen den Weg Richtung ›Carrer de Sant Nicolau‹ ein.

»Meinen Sie, dass die Zisterne, die am alten Tempel

stand, auch ein Teil der Geheimgänge unter dem Calatrava-Viertel war?«, fragte Sophie plötzlich, als sie die Treppen hinunterliefen.

Der Mönch hob abrupt den Kopf, blieb stehen und sah sie an. Seine Augen waren ein tiefschwarzes Funkeln und sein entstelltes Gesicht unter der Kapuze sah bedrohlich aus im Halbschatten der engen Häuserzeilen.

»Nein«, erwiderte er und im Gegensatz zu seinem Blick, klang seine Stimme gelassen und ruhig. Dann senkte er den Kopf wieder und ging weiter.

Sophie wartete eine Weile, dass er etwas sagen würde, aber er schwieg hartnäckig.

Vor der Iglesia San Nicolau blieb Sophie stehen.

»Ich würde gerne kurz hineingehen.«

Er nickte und ging langsam ein paar Schritte weiter die Straße hinunter.

Sie hatte, nach seiner Reaktion auf ihre Frage, keine Lust verspürt, ihm zu erzählen, dass sie hier getauft worden war.

Sophie schob die schwere Holztüre auf.

Ihre Augen mussten sich einen Augenblick an das Dunkel der Kirche gewöhnen. Der riesige goldene Altar, geflankt von den Figuren des Heiligen Petrus und Paulus, glänzte im Licht. Eine ältere Frau ging leise murmelnd an ihr vorbei. Sophie stellte immer eine Kerze für ihre verstorbenen Eltern auf, wenn sie an der Kirche vorbeikam. Und für Tom und Marco…

Es war jetzt zwei Jahre her… Tom hatte Marco im Auto dabei gehabt. Er war bei seinen Eltern außerhalb der Stadt gewesen und wollte Sophie von der Arbeit abholen. In einer Kurve war er ins Schleudern gekommen und gegen einen Baum gefahren. Sie waren sofort tot gewesen. Alle beide.

Für Sophie war es die Hölle gewesen. Und jedesmal, wenn sie daran dachte, spürte Sophie den Schmerz immer noch beinahe so heftig, wie damals.

Sie blinzelte und wischte sich die Tränen weg. Es war ein Gefühl, das sie nicht unterdrücken konnte. Sie versuchte, nicht ständig daran zu denken, denn Stück für Stück war es leichter, alles zu verarbeiten.

Sie hatte irgendwann begriffen, dass sie das Geschehene nicht ändern konnte. Sie musste ihr Leben weiterleben. Und das gelang ihr mit jedem Tag ein klein wenig besser. Aber trotzdem fehlte ihr Tom in jeder Minute. Und Marco, ihr Baby.

Sie verließ die Kirche und blinzelte in das grelle Licht der Sonne.

Ihre Augen suchten den Platz nach Frey Antonio ab.

Es dauerte einen Moment, bis sie ihn sah. Er stand, mit dem Rücken zu ihr, vor dem Geschäft des Herrenausstatters London. Aber er war nicht alleine.

Ihm gegenüber stand ein Mann, der nach mallorquinischer Art eine korrekt sitzende, dunkle Anzughose trug und passend ein hellblaues Hemd mit kurzen Ärmeln. Im Gegensatz dazu erweckte sein zerzaustes graues Haar, das seitlich vom Kopf abstand, den Eindruck eines zerstreuten Professors, unterstrichen durch die Nickelbrille, die ihm fast von seiner Nasenspitze zu rutschen drohte. Er wirkte klein neben dem Mönch, aber seine Haltung ließ eine starke Persönlichkeit erahnen. Im Moment sah er verärgert aus und gestikulierte wild mit den Händen.

Der Mönch packte ihn heftig an der Schulter, als wolle er ihn schütteln. Mit wütendem Blick schleuderte der

›Professor‹ ihm ein paar Worte ins Gesicht, schüttelte die Hand des Mönches ab, drehte sich um und lief die Straße hinunter in Richtung Borne.

Sophie sah, dass der Mönch sich umwandte und drückte sich schnell rückwärts in den Eingangsbereich der Kirche. Dort verharrte sie einen Moment und atmete tief durch.

Das was der Mann gerufen hatte, hatte so geklungen wie »Nein, niemals!«. Was war das für ein merkwürdiges Verhalten des Mönches und wer war der Mann gewesen?

Sophie atmete noch einmal tief durch, setzte eine unbekümmerte Miene auf und lief die Stufen hinunter auf den Platz.

Der Mönch stand, den Kopf wie immer gesenkt, noch am gleichen Fleck, aber jetzt zu ihr gewandt. Er wirkte noch verschlossener als sonst.

»Die Kirche gefällt mir immer wieder gut«, begann Sophie ein unverfängliches Gespräch.

»Hmmm. Möchten sie jetzt noch in die ›Carrer del Aigua‹, oder ist unser Rundgang hier beendet?«

Sophie war erstaunt über diese Frage. «Es würde mich schon interessieren, aber ich kann natürlich auch alleine hingehen, wenn Sie mir beschreiben, wo die Straße ist.«

«Ich gehe mit Ihnen noch zur Bar Bosch vor. Sie brauchen dann nur die Jaime III hochgehen und dann die zweite Querstraße rechts.«

»Kein Problem«, erwiderte Sophie unbekümmert. »Das finde ich. Aber ich hätte trotzdem noch eine Frage.«

Sie wusste, dass sie ihn vielleicht so bald nicht wiedersehen würde und auch wenn die Stimmung vielleicht nicht ganz günstig war, musste sie das jetzt los werden.

»Warum haben Sie mir nichts über die unterirdischen Geheimgänge erzählt? Sie haben doch genau davon gewusst.«

»Ja, natürlich wusste ich davon«, erwiderte der Mönch gelassen.

»Sie haben mir diese Information also bewusst vorenthalten.« In Sophies Stimme klang echte Verärgerung mit.

»Nein«, der Mönch klang genervt. »Aber ich wusste nicht, dass es Sie so brennend interessiert.«

Sophie schnaubte. »Das glauben Sie doch selber nicht. Sie haben doch ganz genau gewusst, wie sehr mich so etwas interessiert.«

»Nein!«, die Stimme des Mönches hatte einen harten kalten Ton. »Denn die Geheimgänge wurden nicht nur von den Templern genutzt, sondern auch später von den Juden, und zwar einige Jahrhunderte lang. Vermutlich so lange, bis die Einsturzgefahr zu groß wurde. Und deshalb wird niemand dort mehr irgendwelche bedeutsamen Dinge in Bezug auf die Templer finden. Auch Sie nicht. Und deshalb ist das Ganze für Sie völlig uninteressant.«

»Und das Siegel?«, fragte Sophie triumphierend. »Ist das nicht bedeutsam?«

»Ich bin mir inzwischen ziemlich sicher, dass es eine spätere Fälschung ist.«

Frey Antonio sagte es mit einem so herablassenden Tonfall, dass Sophie spürte wie ihr die Zornesröte in die Wangen stieg.

Sie bogen aus der Stille der kleinen Gasse auf den ›Plaça Rey Juan Carlos‹. Die Bar Bosch war brechend voll, wie immer und eine sommerlich fröhliche Stimmung lag über dem Platz. Sophie bemerkte es nicht einmal.

»Wenn Sie mir nichts sagen wollen, dann werde ich es eben im Archiv herausfinden. Aber herausfinden werde ich es. Mit Sicherheit gibt es dort genug Informationen über die Templer und die Geheimgänge ... Oh, Entschuldigung!« Sie hatte im Vorbeilaufen eine der lebenden Statuen angerempelt, aber der Mann brummte nur.

Frey Antonio war so schnell vorangegangen, dass Sophie in dem Gedränge alle Mühe gehabt hatte ihm zu folgen, während sie mit ihm redete. Bei Sophies letzten Worten blieb er plötzlich stehen, drehte sich um und packte sie am Arm. Seine Augen blitzten wütend und seine Stimme klang drohend.

»Hören Sie, Señorita, ich empfehle Ihnen eines: halten sie sich aus diesen Dingen heraus, die Sie nichts angehen und vergessen Sie alles, was Sie wissen, sonst könnte es sein, dass Sie echte Schwierigkeiten bekommen. Und nun gehen Sie nach Hause. Adios.« Mit diesen Worten ließ er sie los und verschwand in der Menge.

Sophie stand da und starrte ihm entgeistert nach. Sie wusste nicht einmal, ob sie das jetzt richtig gehört hatte. Sie war wie vor den Kopf gestoßen. Betäubt lenkte sie ihre Schritte den ›Passeig del Borne‹ hinunter und registrierte nur nebenbei, dass sie im Vorbeigehen wieder von einer der weißen Statuen angerempelt wurde.

Die Blätter der Platanen rauschten leise im warmen Wind und ein paar ältere Mallorquinerinnen saßen auf den Bänken am Rand und unterhielten sich lautstark. Sophie sah auch sie nicht. Sie war so wütend, dass sie ihre durcheinander wirbelnden Gedanken kaum sortieren konnte. In ihre Überlegungen versunken, setzte sie sich auf eine der Bänke.

Wie kommt er eigentlich überhaupt dazu, mir zu drohen. Es geht ihn überhaupt nichts an, womit ich mich beschäftige ... Irgendetwas stimmt nicht mit dem Typ ... Verdammt, warum sollte er mich überhaupt interessieren. Ich kann genauso gut alleine meine Nachforschungen machen ... Denk ganz ruhig nach, Sophie. Eine Drohung bedeutet meistens, dass mehr hinter der Sache steckt. Ich werde also dranbleiben. Das Archiv ist ja genau in meiner Nachbarschaft.

Sie warf einen Blick auf ihre Uhr.

Vielleicht ist noch jemand dort. Ich versuche es einfach. Das wäre doch gelacht. Ich lasse mich nicht so leicht ins Bockshorn jagen - nicht von so einem dahergelaufenen Mönch.

Sophie stand auf und lief den Borne hinunter, wild entschlossen weiter zu forschen. Sie gestand es sich nicht ein, aber die Zusammenkünfte mit dem Mönch waren ihr, trotz seines oft abweisenden Verhaltens, wichtig gewesen. Sie hatte immer ein vertrautes Gefühl gehabt, wenn sie mit ihm zusammen war und die Enttäuschung darüber, dass es ihr nicht gelingen wollte ein freundschaftliches Verhältnis zu ihm aufzubauen, nagte an ihr. Es fiel ihr normalerweise leicht, mit anderen Menschen Kontakte zu knüpfen und deren Vertrauen zu gewinnen. Nur bei Frey Antonio hatte sie immer das Gefühl, dass er sich genau in dem Moment, in dem er sich versehentlich so zeigte, wie er wirklich war, sofort wieder hinter einer Fassade verschanzte.

Als sie zum Archiv kam, sah sie gerade, wie ein hagerer Mann das Tor zusperrte. Sie eilte hin und sprach ihn an.

»Bitte entschuldigen Sie, Señor, aber vielleicht können Sie mir sagen, an wen ich mich wenden kann. Ich stelle gerade ein paar Nachforschungen über die Templer an.«

Der Mann drehte sich zu ihr um. Sein sonnengebräuntes Gesicht war freundlich, aber faltig, wie das einer hundertjährigen Schildkröte.

»Buenas tardes, Señorita. Ich würde Ihnen gerne weiterhelfen. Aber das ist nicht mein Metier. Schade, dass Señor Baco heute schon früher gegangen ist. Er ist derjenige, der sich gerade ausgiebig mit dem Thema auseinandersetzt und könnte Ihnen dazu bestimmt einige interessante Dinge erzählen. Ich weiß nicht, ob er heute Abend noch einmal ins Archiv kommt. Aber wenn Sie morgen Vormittag wiederkommen, dann ist er hier. Sagen Sie ruhig, dass Sie schon mit mir gesprochen haben. Mein Name ist Fernando Alvaréz.«

»Vielen Dank, Señor. Das ist wirklich sehr nett von Ihnen.«

»Gerne geschehen, Señorita und Hasta luego.«

Sophie schüttelte ihm die Hand und ging nachdenklich die Straße hinunter nach Hause.

19

Der Wissenschaftler Mateo Ramirez schloss die Türe zu seinem Labor ab. Es war ein langer Arbeitstag gewesen und er war müde. Wie so oft war er länger im IBR, im Institut für Biomedizin, geblieben.

Die Studien an der DNA waren für ihn der faszinierende Einblick in eine mikroskopische Welt, die den ganzen Erdball im Griff hatte.

Bei den neuesten Forschungen beschäftigten sie sich gerade damit, heraus zu tüfteln, über wie viele Generationen hinweg die genetischen Informationen in den Erbanlagen verankert sein könnten. Dabei waren sie darauf gestoßen, dass nicht nur Körpermerkmale, Fähigkeiten und Neigungen vererbt wurden, sondern vermutlich auch Erinnerungen.

Das war ein gigantischer Schritt in der Forschung und würde, wenn es sich bestätigen ließe, ungeahnte Möglichkeiten eröffnen, etwas über die Vergangenheit der Vorfahren herauszufinden. Natürlich müsste man einen Weg finden, um diese dann irgendwie in das Bewusstsein holen zu können. Hypnose könnte möglicherweise einer dieser Wege sein, auch wenn man bisher davon ausgegangen war, dass die Leute im hypnotisierten Zustand von ihrem früheren Leben erzählen würden. Im Lichte der neueren Forschung bekam das ein anderes Gesicht. Es war also noch ein riesiger Berg an Arbeit, bis man alles wissenschaftlich ergründet haben würde.

Aber er war schon einen Schritt weiter gegangen.

Noch kannte zwar niemand seine Studien, die er darüber bereits gemacht hatte und die in einem Safe gut verwahrt waren, aber er war dabei einen wichtigen Schlüssel zu diesen Erinnerungen zu erarbeiten.

›Memoriam prodere‹ hatte er seine Forschung betitelt. ›Erinnerung weitergeben‹.

Eines Tages würde er sie vielleicht publizieren und damit Einsteins Theorie, die Zeitreisen in die Phantasie der Menschen gebracht hatte, um vieles realer machen.

Mateo liebte seine Arbeit und machte öfter Überstunden.

Und zudem gab es, seit Carla gestorben war, für ihn nicht mehr so viele Gründe, rechtzeitig nach Hause zu kommen. Er seufzte. Sie fehlte ihm. Nicht dass es immer gut gelaufen wäre zwischen ihnen, aber sie hatten einander geschätzt und viele schöne Zeiten zusammen verbracht. Jetzt war er alleine. Und immer öfter fragte er sich, ob er eigentlich noch gerne lebte. Es fühlte sich alles grau an, seit Carlas Tod. Sicher, seine Arbeit erfüllte ihn und die Kinder kamen oft vorbei und sahen nach ihm. Aber sie hatten alle auch ihre eigenen Familien und das Alltägliche, das sie beschäftigte, und er wollte ihnen nicht zur Last fallen.

Doch auf morgen freute er sich, denn da würde er früher aufhören zu arbeiten und sich wieder mit seinen alten Freunden zum Petanca treffen, der spanischen Version des Boule.

Er öffnete die Haustüre und knipste das Licht an. Als er den Mantel aufhängte, stutzte er. Normal strich Blanca, seine Katze, ihm sofort um die Beine, sobald er hereinkam und verlangte schnurrend nach ihren Streicheleinheiten.

»Blanca?« Er schnalzte mit der Zunge. Nichts war zu hören. Besorgt ging er in Richtung Wohnzimmer. Dort hatte sie ihren Schlafplatz.

Im Türrahmen blieb er stehen und drückte den Lichtschalter. Ein Laut des Entsetzens entrang sich seiner Kehle.

Blanca hing mit aufgeschlitztem Bauch am Deckenleuchter. Sie war an den Hinterbeinen aufgehängt und ihre Eingeweide lagen unter ihr am Boden. Eine rote Spur von Blut zog sich über ihr schneeweißes Fell und tropfte langsam auf den hellen Teppich.

Mateo hatte das Gefühl als würde ihm jemand das Herz zusammendrücken. Sein Magen begann sich umzudrehen. Er würgte, rannte ins Bad und erbrach sich ins Waschbecken.

Es dauerte einen Moment, bis er sich wieder gefangen hatte. *Wer tut so etwas Grausames und warum?* Vor seinem geistigen Auge sah er, wie in Zeitlupe, wieder das Blut tropfen. Mateo wusch sein Gesicht eiskalt ab. Das Blut ... Es war frisch. Sie musste jetzt erst getötet worden sein. Und derjenige war vielleicht noch ...

Er nahm eine Bewegung im Augenwinkel wahr. Panisch drehte Mateo sich um. Da packte ihn jemand von hinten und drückte ihm ein Tuch auf Mund und Nase. Verzweifelt versuchte er sich aus dem Klammergriff zu befreien. Er wandte alle Kraft auf. Panik erfüllte ihn. Er wollte noch nicht sterben. Verzweifelt trat er mit den Beinen, aber er war nicht mehr jung und der Angreifer war stark und hatte ihn fest im Griff. Es roch süßlich. Dann wurde es schwarz um ihn.

20

Maria Gonzales wählte die Nummer des Comisariá General de Policía Científica, kurz DGP. Sie wusste, dass sie als Rechtsmedizinerin nicht jederzeit vollen Einblick in die laufenden Ermittlungen bekommen konnte, aber sie hatte einen Freund bei der Policía Nacional. Und der schuldetet ihr noch einen Gefallen.

»Hier spricht Maria Gonzales vom IMLCFC. Ich habe noch eine Neuigkeit im Fall der Leiche von gestern. Bitte verbinden sie mich mit Señor Carlos Bauzá.« Maria hatte den ganzen Vormittag keine Ruhe gehabt. Immer wieder ging ihr der Fall der jungen Araberin durch den Kopf.

»Maria, du weißt, dass wir erst mit den Ermittlungen angefangen haben und ich dir noch nicht viel sagen kann.« Die Stimme des Mannes klang genervt.

»Natürlich«, erwiderte Maria beschwichtigend. »Ich will mich nur kurz in Ruhe mit dir darüber unterhalten. Vielleicht können wir uns ja bei einem Abendessen treffen. Dann plaudern wir ein wenig.«

Am anderen Ende der Leitung war Schweigen. Dann kam ein Seufzen.

»Es ist Freitag, Maria und ich hab eigentlich keinen Bock, den Fall mit ins Wochenende zu nehmen.«

»Carlos«, setzte Maria bittend hinzu, »komm sei kein Spießer. Du schuldest mir außerdem noch einen Gefallen und bestimmt brauchst du auch wieder mal eine Info von mir.«

»Hm.«

»Jetzt komm, Carlos. Ich lade dich auch ein.«

Die Stimme am anderen Ende klang widerstrebend.

»Also gut. Aber sei nicht sauer, wenn ich dir noch nicht viel sagen kann.«

»Treffen wir uns um sechs beim Inder, da in der Nähe vom Parc Joan Miró? Du weißt schon …«

»Ja.«

»Danke, Carlos«, sagte Maria, aber es hatte schon geklickt. Carlos hatte aufgelegt.

Maria schüttelte lächelnd den Kopf. Das war so typisch Carlos. Er war brummig, kurz angebunden und abweisend, oft sogar schroff. Viele hielten ihn für launisch, was er in gewisser Hinsicht auch war. Aber nur nach außen hin. Im Grunde war er so, wie er auch aussah: ein gutmütiger Bär, der sich nur mit seiner rauen Art oft unbeliebt machte. Es war seine Methode geworden, sich vor dem zu schützen, was beruflich auf ihn einstürmte. Und auch privat hatte er es nicht immer leicht gehabt. So hatte er sich angewöhnt, sich hinter seiner rauen Fassade zu verstecken.

Aber Maria kannte ihn schon lange und wusste, der Mensch dahinter war ein anderer: einfühlsam und klug und manchmal sehr verschmitzt.

Zwei Stunden später saßen sie im Tandoor. Nachdem sie gegessen und etwas Small Talk gemacht hatten, hatte Maria das Gefühl, dass Carlos schon etwas zugänglicher geworden war und schnitt das Thema an, das sie eigentlich hierhergeführt hatte.

»Sag mal Carlos, was wisst ihr eigentlich über die Tote aus dem Poligono?«

Carlos nahm einen Schluck Weißwein und spülte bedächtig das letzte Stück Hühnchencurry hinunter.

»Maria, ich habe dir doch schon zu erklären versucht,

dass wir noch nicht genug Zeit hatten um großartige Ermittlungsfortschritte zu machen.«

Sie saßen an einem der kleinen Tische an der rustikalen Ziegelwand. Sie hatten ihn gewählt, weil die Tische rechts und links daneben frei gewesen waren und so konnten sie ungestörter reden. Das Klappern der Bestecke auf den Tellern, das Klirren der Gläser und die Gespräche der anderen Gäste bildeten eine Kulisse von Basisgeräuschen, die mit ihrer Normalität und Unbeschwertheit einen krassen Kontrast zu ihrem Thema bildeten, aber verhinderten, dass andere von ihrem Gespräch etwas mitbekamen.

»Natürlich, Carlos. Das weiß ich. Aber mich lässt dieser Fall einfach nicht los.«

»Maria, das war irgendeine junge Frau, die vermutlich als Flüchtling hierherkam. Warum interessiert sie dich so. Du kennst sie nicht und jede Woche sterben unzählige solcher Menschen im Krieg und auf der Flucht.«

Maria nickte und musste schlucken. »Ja, schon. Aber gerade, weil sie hier eine Unbekannte war und scheinbar niemand sie vermisst, will ich einfach wissen wer sie war und warum sie so grausam sterben musste. Sie hat offensichtlich niemand anders, der ihr Gerechtigkeit verschaffen kann.« Dann schenkte sie Carlos einen bittenden Augenaufschlag. »Vielleicht kann ich euch ja irgendwie helfen.«

Carlos schüttelte den Kopf. »Was willst du uns da helfen? Du hast deine Arbeit hervorragend gemacht. Der Rest ist reine Ermittlungsarbeit.«

»Du vertraust mir nicht«, konstatierte Maria.

»Maria«, Carlos griff nach ihrer Hand, aber ließ sie gleich wieder los. »Du weißt, dass ich dir vertraue. Aber wir haben tatsächlich keinerlei Hinweise auf den Täter. Wir wissen weder, wer der Mörder war, noch wer die Frau ist. Ich kann dir nicht viel sagen.«

Maria warf ihm einen fragenden Blick zu.

Carlos seufzte. »Ich weiß nicht mehr, als du, Maria. Die junge Frau war arabischer Herkunft, wie du richtig festgestellt hast, und illegal in Spanien. Wir wissen weder, wo sie herkam, noch wer sie war. Die Nachrichten heute Abend werden über den Mord berichten, allerdings ohne Details. Vielleicht erkennt ja jemand die Frau und kann uns etwas über sie sagen und hoffentlich auch über die Personen, mit denen sie Kontakt hatte. Wenn sie allerdings ganz neu nach Spanien gekommen ist, dann hatte sie möglicherweise noch keine Verbindungen zu irgendjemandem und dann haben wir Pech gehabt.«

Maria runzelte die Stirn. »Sie muss doch irgendetwas getan haben, weshalb man ihr das alles angetan hat.«

Carlos zuckte mit den Schultern: »Oder sie war zur falschen Zeit am falschen Ort.«

21

Sophie stand auf dem Berg vor der alten Ruine der Templerfestung. Tiefschwarze Gewitterwolken bedeckten den Himmel. Es goss in Strömen und es war so finster, dass sie die Hand kaum vor den Augen sehen konnte.

Verzweifelt tasteten ihre Finger über die Mauer der Ruine, auf der Suche nach dem Templerzeichen. Sie musste es finden. Sie wusste, dass es wichtig war, aber konnte sich nicht mehr genau erinnern, warum.

Das Haar hing ihr in nassen Strähnen ins Gesicht und die Kleider klebten ihr am Leib. Sie zitterte vor Kälte. Die grell zuckenden Blitze tauchten das alte Gemäuer in ein gespenstisches Licht und die schwarzen Bäume reckten drohend ihre kahlen Äste in den Himmel.

Ein Geräusch ließ sie herumfahren und sie blickte direkt in das Gesicht eines Mannes. Sein Blick war hart wie Stahl und in seinen grünen Augen wanden sich rote Schlangen züngelnd auf sie zu. Sie erschrak und er lachte ein grausames, höhnisches Lachen. Sie wollte weglaufen, aber ihre Füße gehorchten ihr nicht. Sie wollte schreien, aber kein Laut kam aus ihrem Mund. Langsam kam er auf sie zu und streckte, hysterisch lachend, die Hände nach ihr aus. Da zuckte ein Blitz und mit einem Donnerknall spaltete er das Gesicht in zwei Hälften.

Schreiend fuhr Sophie aus dem Schlaf hoch.

Draußen tobte ein Gewitter. Der Regen prasselte hart auf die Glaspyramide. Sophie presste die Hände auf ihr jagendes Herz. Der Puls dröhnte ihr in den Ohren. Sie versuchte langsam und tief zu atmen, um sich zu beruhigen. Der Traum stand noch so real vor ihr.

Mit zitternden Händen knipste sie das Licht an, stand auf und ging in die Küche. Immer noch wirbelten die Bilder des Traumes in ihrem Kopf. Fröstelnd angelte sie den Tee aus dem Regal und setzte das Wasser auf.

Wie kam sie zu so einem grausigen Traum? Langsam verblassten die Bilder und zurück blieb nur ein leises Gefühl von Unbehagen.

Mit einem heißen Tee stieg sie hinauf auf die überdachte Terrasse, machte das Radio an und kuschelte sich mit einer Decke in ihren Schaukelstuhl. Durch die Fenster sah sie auf die hell erleuchtete Stadt, den Hafen und die Kathedrale. Sie spürte die Geborgenheit der vielen Lichter, die die Stadt erhellten. Im Radio sang Bryan Adams. Nach und nach zuckten die Blitze seltener über den Nachthimmel, Donner und Regen wurden leiser und Sophie schlief ein.

22

Samstag 25. August 2012

Es war einer dieser merkwürdigen Tage, an denen man schon beim Aufwachen spürt, dass es kein wirklich erfolgreicher Tag sein wird.

Sophie spürte eine unangenehme Stimmung in sich rumoren und ärgerte sich sofort darüber. Sie widerstand dem Wunsch, sich die Decke noch einmal über den Kopf zu ziehen und schwang gähnend die Beine aus dem Bett.

Über ihre Schulter zog sich ein weißer verschmierter Streifen, wie von einer Schminke. Ihr fiel die lebende Statue ein, die sie angerempelt hatte und sie rubbelte unmutig das weiße Zeug weg.

Das Handy klingelte irgendwo im Haus. Sophie machte sich auf die Suche. Als sie es endlich gefunden hatte, verstummte das Klingeln, ohne dass der Anrufbeantworter angesprungen war. Auf dem Display stand ›Unbekannt‹.

Der Himmel über der Insel war grau und wolkenverhangen. Es war der richtige Tag für ein gemütliches Frühstück im ›Colonial‹, fand Sophie.

Ich muss sowieso noch ein Geschenk für Juanita besorgen und die Übersetzung beim Verlag vorbeibringen. Ihre Stimmung stieg bei dem Gedanken an die Beachparty von Juanita.

Beim Verlassen des Hauses bemerkte sie etwas Weißes im Briefkasten. Sie fischte es heraus. Es war ein unbeschrifteter, weißer Umschlag. Verwundert öffnete sie ihn und zog ein Blatt heraus:

LASSEN SIE IHRE NACHFORSCHUNGEN,
SONST WERDEN WIR SIE DARAN HINDERN

Sophie starrte erschrocken auf das Blatt. Wer sollte so etwas schreiben? Sie las es ein zweites Mal. Der Mönch, schoss es ihr durch den Kopf. Aber sie war sich nicht wirklich sicher. Doch wer sonst sollte sie von ihren Nachforschungen abhalten wollen? Und warum?

Nachdenklich legte sie den Zettel auf die Balustrade des Kellerabganges und zog die Tür hinter sich zu. Im gleichen Moment durchzuckte es sie heiß: der Schlüssel! Sie hatte ihn innen auf den Briefkasten gelegt! »Sch …!« Sie schlug sich mit der Hand an die Stirn und stöhnte. Juan! Sie musste Juan anrufen.

Normalerweise hatte ihre Nachbarin, Maria Fuster, einen Ersatzschlüssel, aber die hatte ihr gestern erst erzählt, dass sie heute zu einer Untersuchung im Krankenhaus war.

Sophie wühlte in der Tasche nach ihrem Handy.

»Holá, Juan, Sophie hier. Gut, dass ich dich erreiche. Ich habe mich ausgesperrt und bräuchte dringend den Ersatzschlüssel von dir.«

»Oh, holá cara, ich bin gerade etwas in Eile, weil wir hier im Verlag noch eine Konferenz haben, aber in einer Stunde kann ich ihn hier an der Rezeption hinterlegen.« Sophie hörte im Hintergrund ein paar Frauen kichern.

»Danke, das ist super!«, seufzte Sophie erleichtert. »Ich werfe ihn nachher wieder in deinen Briefkasten. Holst du mich heute Abend ab, zu Juanitas Beachparty?«

Juan zögerte einen Moment. »Äh, ich muss heute vielleicht länger im Verlag sein. Besser wir treffen uns dort. Geh du doch etwas früher hin und hilf meiner Schwester. Also dann bis später.«

Sophie legte gefrustet auf. Juan hatte seiner Schwester versprochen, ihr zu helfen und jetzt schob er es einfach auf sie ab. Als sie sich kennen gelernt hatten, war Juan der perfekte Gentleman gewesen und hatte sie beinahe auf Händen getragen. Inzwischen kam es immer häufiger vor, dass er Dinge, die er erledigen sollte, auf sie abwälzte. Und das auf eine unbekümmerte Art ohne ›Bitte‹ und ›Danke‹.

Graue Wolken trieben über die Insel und ein heftiger Wind fegte durch die Straßen und trieb Papierfetzen und sonnenverdorrte Blätter vor sich her.

Sophie empfand eine wohlige, entspannte Geborgenheit, als sie das ›Colonial‹ betrat. Pepe schien nicht da zu sein. Aber Ernesto, das Telefon zwischen Ohr und Schulter eingeklemmt, hantierte an der Kaffeemaschine. Er winkt ihr zu und deutete, er würde gleich kommen.

Sie nahm am Tresen Platz. Irgendwie war ihr heute nicht nach Alleinsein zu Mute. Der Brief beunruhigte sie. Wer konnte von ihren Nachforschungen wissen und was war daran so brisant, dass man ihr drohte?

Am anderen Ende des Tresens las ein älterer Herr seine Morgenzeitung und hinten an den Tischen saßen zwei junge Frauen gelangweilt in ihren Stühlen zurückgelehnt.

»Holá, Sophie! Cómo estás? Wie geht's? Du warst lange nicht da.« Ernesto schob ihr einen Café con leche hin.

»Danke Ernesto.«

»Was möchtest du dazu?«

»Einen Ensaimada, bitte.«

Es war warm hier drinnen und es roch so unbeschwert nach Kaffee und frischem Gebäck. Sophie spürte, wie der heiße Kaffee ihre Lebensgeister wieder erweckte und sie entspannte sich. Sie dachte an den Brief.

Irgendetwas stimmt da nicht. Alles, was ich weiß sind Dinge, die allgemein bekannt sind - außer das, was meine Zisterne be-

trifft. Von der wissen außer mir nur meine Brüder, Juan, Louisa und Frey Antonio – oder jemand, der es von Juan, Louisa oder Frey Antonio erfahren hat.

Sie seufzte und riss ein Stück Ensaimada ab. Das Problem ist, dass ich nicht einmal weiß, was so wichtig ist, dass man mich derart abschrecken will.

Der ältere Herr faltete seine Zeitung zusammen, legte sie auf den Tresen, nahm seinen Spazierstock und verabschiedete sich. Ernesto schob Sophie die Zeitung hin.

»Magst du?«

Sophie nickte. Ihr Blick fiel auf das Foto eines Mannes. Es war der Mann, mit dem der Mönch gestern gesprochen hatte. Ihr stockte der Atem. *Natalio Baco ermordet,* stand fett gedruckt darüber. In fieberhafter Eile überflog sie die Zeilen. ›Gestern in den späten Abendstunden wurde der Archivar Señor Natalio Baco tot in der ›Carrer del Almudaina‹ aufgefunden. Ein Passant hatte ihn entdeckt und die Polizei verständigt. Der Kopf des Archivars wies schwere Verletzungen auf und die rechte Hand fehlte. Die herbeigerufenen Notärzte konnten nur noch den Tod des Mannes feststellen. Der genaue Tathergang liegt noch im Dunkeln. Señor Baco war seit 27 Jahren Chefarchivar der Stadt Palma ... ‹

Nun folgten die Aufzählungen seiner Verdienste.

Sophie sah auf und starrte aus dem Fenster. Ihr war speiübel.

»Alles in Ordnung, Señorita?« Ernesto betrachtete sie besorgt.

»Si, si«, würgte Sophie heraus. Sie musste an den Archivar denken. Er war eine sympathische Erscheinung gewesen. Heute hätte sie ihn persönlich kennen gelernt. Plötzlich schossen ihr die Tränen in die Augen. Sie versuchte sie wegzublinzeln, während sie in ihrer Tasche nach dem Geldbeutel kramte. Sie legte die Münzen neben die Tasse.

»Gracias, Ernesto. Darf ich die Zeitung mitnehmen?«

»Si, natürlich, Sophia! Einen schönen Tag und Hasta luego!«

»Hasta luego!«

An der Tür des Archivs hing ein Zettel: ›Wegen Todesfall heute geschlossen‹.

Sophie sah es, als sie nach Hause ging.

23

Samuels Handy schrie in voller Lautstärke den Kampfgesang durchs Haus. Genervt hob er ab.

»Ich hoffe du hast gute Neuigkeiten, Tarek.«

»Ja, Chef.« Tareks Stimme triefte förmlich vor Zufriedenheit. »Wir haben den Wissenschaftler vom IBR entführt und er befindet sich jetzt in unserem provisorisch aufgebauten Labor im Poligon Industrial. Den Stoff haben wir ihm bereits unter die Nase gehalten. Er arbeitet fleißig daran. Er will ja nicht, dass seinen Enkelkindern was zustößt.« Den letzten Satz hatte Tarek langsam und genüsslich gesagt.

Dann fügte er sachlich hinzu: »Amir hat sich von Mallorca gemeldet. Da ist so eine Frau, die sich jetzt öfter mit dem Mann trifft. Amir beobachtet sie und setzt sie ein wenig unter Druck. Wir wissen nicht, was sie vorhat.«

»Wenn sie sich weiter mit ihm trifft, dann gib mir Bescheid«, verlangte Samuel. »Und schick mir so bald wie möglich die DNA-Analyse und den Bericht des Wissenschaftlers.«

»Du willst mir aber damit nicht sagen, dass deine Leute die Frau noch nicht beseitigt haben, oder?«, zischte Torian wütend, kaum dass Samuel aufgelegt hatte. »Sie trifft sich mit dem Mann und ihr lasst das einfach zu. Seid ihr eigentlich völlig unfähig?«

»Beruhige dich erst mal«, versuchte Samuel ihn zu beschwichtigen. Torian bekam sofort einen Anfall, wenn etwas nicht genauso lief, wie er es wollte. Und dann war er, Samuel, immer mit schuldig.

»Die Dokumente sind verschlüsselt. Das Mädel ist anscheinend jetzt erst aufgetaucht und hilft dem Mann vielleicht bei der Suche nach dem Code. Das kann uns nur weiterbringen. Amir und seine Helfer beobachten die beiden und machen Druck. Lass uns abwarten und dann im richtigen Moment zuschlagen.«

»Du immer mit deinem idiotischen Abwarten. Die Frau ist uns im Weg und ich will, dass sie beseitigt wird. Hab ich mich klar genug ausgedrückt?«

Samuel seufzte. Torian konnte schrecklich sein. Er warf mit seinem Hass immer alle Pläne wieder um.

»Amir und seine Leute haben doch jetzt erst den Typ vom Archiv erledigt. Das ist doch schon mal gut. Lass uns doch mit der Frau wenigstens warten, bis wir auf Mallorca sind. Dann können wir uns selbst ein Bild machen«, wandte er dann ein.

»Nein!« Torians Blicke schienen Blitze zu schleudern. »Ihr schafft sie aus dem Weg. Und zwar so schnell, wie möglich. Und so gründlich wie möglich. Und ich will einen genauen Bericht darüber, was deine Leute mit dem Archivar gemacht haben. Wir hinterlassen keine Spuren. Ist das klar.«

Samuel versuchte Torian zu beruhigen. »Unserem jungen Anhänger, der den Archivar getötet hat, haben wir erzählt, dass er dies im Dienste des IS macht. Er hat sich selbst, nach getaner Arbeit, mit einer Kugel ins verdiente Paradies befördert. Es ist also alles sicher. Und das mit der Frau werde ich gleich weitergeben. Es wird in deinem Sinne erledigt.«

Samuel verstand immer noch nicht, wieso Torian den Archivar hatte umbringen lassen. Der hätte vielleicht helfen können, den Code zu entschlüsseln und dann hätten sie ihr Ziel erreicht. Den Archivar hätte man dann immer noch töten können. Er hatte zwar einiges über sie herausgefunden, aber es war in Samuels Augen zu wenig gewesen, um ihnen zu schaden. Torian hatte das natürlich anders gesehen.

Samuel seufzte. Es wurde immer schwieriger mit Torian. Das Schlimmste war, dass er Torian nicht loswerden konnte. Genauso wenig wie Pablo. Sie waren ein Teil von ihm. Sie waren das, was von seinem bisherigen Leben übriggeblieben war.

Sie waren ER.

24

Der Wind hatte die Wolken vertrieben und die Sonne brannte heiß vom strahlend blauen Himmel.

Sophie saß auf dem Dach und ließ ihren Blick über die Bucht schweifen. Sie wünschte sich, es würde regnen. Die unbeschwerte Heiterkeit des Sonnentages vertrug sich mit ihrer Stimmung genauso wenig, wie mit ihren düsteren Gedanken.

Eines war sicher: Frey Antonio hatte einen Streit mit dem Archivar gehabt. Ihr selbst hatte er anschließend gedroht und war dann abrupt weggegangen. Kurz darauf wurde der Archivar tot gefunden und sie selbst hatte heute morgen einen Drohbrief bekommen. Konnten das alles Zufälle sein?

Sie barg das Gesicht in den Händen, zu aufgewühlt, um klar zu denken.

Das Handy surrte. Sophie zögerte einen Moment, bevor sie abnahm.

»Holá, Sophie, Juanita hier. Weißt du zufällig, wo mein Bruder steckt? Er hatte versprochen mir beim Aufbau zu helfen, aber er ist daheim nicht erreichbar und am Handy ist auch nur die Mailbox dran.«

Sophie seufzte. »Ja, Juanita, tut mir leid, Juan hat wieder mal Stress im Büro. Er hat mich gebeten, dir zu helfen, aber ich wusste nicht, dass ihr euch schon so früh verabredet habt.«

»Das ist doch wieder typisch.« Juanita schnalzte mit der Zunge. »So ein Macho. Ich wette, er hatte einfach keine Lust. Aber ich hab schon vorgesorgt. Ein paar Freunde von mir kommen gleich. Könntest du vielleicht noch Angelo anrufen? Dann schaffen wir das lässig.«

Sophie grinste in sich hinein. Juanitas unbekümmerte Art tat ihr gut und lenkte sie von ihren schwermütigen Gedanken ab.

»Alles klar, Juanita. Ich komme gleich und bringe Angelo im Schlepptau mit.«

»Oh, Sophie, du bist ein Schatz. Bis gleich.«

Sophie trug ein Kleid in changierenden Blau- und Türkistönen, dessen pailettenbestickte Korsage von zarten Spaghettiträgern gehalten wurde.

Langsam lief sie über den Strand, Richtung Meer, und spürte bei jedem Schritt den warmen Sand zwischen ihren Zehen hindurch gleiten.

Die untergehende Sonne färbte Himmel und Meer purpurn. Zwei Fischerboote zogen ihre Bahn durch das glutrote Meer. Sie waren so tiefschwarz wie die Hügel des Ponent, über denen die untergehende Sonne hing wie eine riesige Orangenscheibe. Ein paar Möwen flogen durch das Orange, wie Augenbrauen so schwarz.

Als Kind war sie fast jeden Abend auf der Dachterrasse gestanden und hatte diese Sonnenuntergänge bestaunt, von denen einer schöner war als der andere und jedes Mal hatte sie dabei Ruhe und Glück empfunden und das Gefühl eins zu sein mit dieser Natur, deren faszinierende Schauspiele sie immer wieder fesselten.

Auch heute noch gaben ihr diese mallorquinischen Sonnenuntergänge das Gefühl, als wäre sie in einer anderen Welt, weit ab von allen Sorgen und Problemen und trotzdem ganz im Jetzt.

Noch lagen die letzten Überreste der Tageshitze wie ein warmer Hauch über dem Strand. Die schwarze Silhouette eines Segelschiffes fuhr hinter den Fischerbooten durch die glühende Sonnenscheibe. Tief atmete Sophie den Geruch des Meeres nach Salz, Sommer und Seetang ein. Leise rauschend umspülten die Wellen ihre Füße und zogen den Sand unter ihnen weg, hinaus ins Meer. Im Hintergrund perlten Klänge aus der Lautsprecherbox: baila, morena baila.....

Sie drehte sich um, hob eine Hand voll Sand auf und spürte wie er durch ihre Hände rieselte, während sie sich das Bild dieses unbeschwerten Moments tief einprägte:

Juanita saß barfuß, in knappen, weißen Spitzenshorts und pinken Top, auf einem leeren Weinfass, die Gitarre in der Hand und trällerte ein Lied. Ihre langen dunklen Locken waren windzerzaust. Um sie herum tanzten Angelo, Christina, Pepe und Eugenia Free Style und bogen sich vor Lachen über Pepes Verrenkungen. So sollte das Leben immer sein, dachte Sophie bei sich.

Im Augenwinkel nahm sie eine Bewegung wahr. Ein Mallorquiner stand an den Mast der Strandflagge gelehnt und musterte sie unverhohlen. Er war so etwa an die dreißig, hatte dunkelbraune kurze Haare, das weiße Hemd, dessen obere Knöpfe er lässig geöffnet trug, entblößte eine muskulöse, braungebrannte Brust und das Lächeln in seinem Gesicht war genauso unverschämt, wie seine Ausstrahlung erotisch war. Mit einer geschmeidigen Bewegung stieß er sich vom Mast ab und ging lässig auf Sophie zu.

»Hey Raoul!« Sophie ging ihm entgegen. »Cool, dich mal wieder zu treffen.«

Raouls Grinsen verstärkte sich. »Da ist doch die Freude ganz auf meiner Seite, wenn ich die schönste Frau am Strand begrüßen darf.«

Raoul war genau das, was man sich unter einem Macho vorstellte. Sophie war ihm schon öfter begegnet. Seine Familie war befreundet mit der Familie de Togores, Juans Eltern. Daher kannten sich Juan, Juanita und Raoul von klein auf. Raoul liebte Frauen und wechselte sie entsprechend oft. Er konnte nicht treu sein, aber er war witzig, großzügig und charmant. Und man konnte mit ihm Pferde stehlen.

»Komm, lass uns den anderen helfen.« Sophie stapfte in Juanitas Richtung.

Das Fest hatte begonnen. Jeder hatte irgendwelche Tapas mitgebracht und auf den alten Holztisch gestellt. Getränke gab es an der provisorischen Strandbar, deren schilfgedecktes Dach so löchrig und strähnig war, wie ein alter Hut. Auch hier war Selbstbedienung angesagt. Um das große Feuer saßen Grüppchen scherzend und lachend. Die spanischen Rhythmen der Musik dröhnten über den Strand.

»Komm, wir tanzen auch.« Juanita zog Sophie im Vorbeigehen mit sich zu der von Fackeln gesäumten Holzplattform.

Einer der Tänzer rief: »Die Sevillanas!«

»Yuuuu« echoten die anderen.

»Raoul und Eugenia sollen tanzen!«, schrie jemand.

Ein paar Männer rollten Fässer an die Tanzfläche und nahmen mit ihren Gitarren darauf Platz. Raoul sprang auf die Tanzfläche und zog Eugenia hinter sich her. Gekonnt begannen sie die Schrittfolgen des ersten copla und die anderen klatschten im Takt. Es war eine sehr erotisch-lustige Vorstellung, die die beiden da abgaben und alle schrien und jubelten bis die vier coplas zu Ende waren.

Raoul sprang von der Plattform, landete auf den Knien

vor der lachenden Sophie und flehte gespielt: »Schenke mir die Sevillanas, schönste aller Frauen.«

Sophie grinste. »Ich kann die Sevillanas nicht.«

»Wie?« Raoul stand auf und klopfte sich den Sand von der Hose. »Du kennst diesen typisch mallorquinischen Tanz nicht?«, fragte er.

Sophie schüttelte den Kopf.

»Pass auf. Du hast es ja gesehen: Er besteht aus vier Tanzformen, den Sevillanas: la primera heißt el encuentro, das Treffen; la secunda ist la seducción, die Verführung; la tercera ist la pelea, der Streit und la cuarta ist la reconciliación die Versöhnung.

Der ganze Tanz symbolisiert eine Liebesbeziehung. Jede copla dauert drei Minuten. Also los geht‹s. Du brauchst nur locker sein und dich führen lassen. Ich sag dir die Schritte beim Tanzen an.«

Er legte den Arm um ihre Taille und zog sie nah an seinen Körper heran. Dann schob er sie ein wenig von sich weg und die Musik begann zu spielen.

Mit Raoul zu tanzen, war wie schweben. Oder es lag an den verschiedenen Cocktails, die Sophie schon getrunken hatte? Die Sevillanas waren zu Ende und irgendjemand rief: »Eine Salsa!«

Aus den Augenwinkeln sah sie, dass Juan mit Eugenia tanzte und anscheinend genauso viel Spaß dabei hatte.

Raoul zog sie von der Tanzfläche. Er wirbelte sie über den Strand, ließ sie dann langsam nach hinten kippen, bis ihr Haar den Sand berührte, beugte sich ein wenig vor und zog sie mit einer Drehung wieder zu sich her. Dabei streifte er sanft mit seinen Lippen über ihr Ohr und flüsterte: »Du bist wunderschön, Sophia. Schenke mir eine einzige Nacht mit dir und ich bin der glücklichste Mann auf dieser Insel.«

»Raoul«, wehrte sich Sophia mit einem prickelnden Lachen. »Du bist ein Charmeur und Herzensbrecher und ich bin in einer festen Beziehung. Also vergiss es.«

Seine frechen Blicke verrieten ihr, dass er genauso viel Spaß an diesem Spiel hatte, wie sie. Sie empfand nichts für ihn, außer Freundschaft und einen Hauch erotische Anziehung. Aber die hatte Raoul einfach im Übermaß.

»Lass es mich wissen, wenn du solo bist«, flüsterte er sonor und zog sie enger an sich.

Sophia löste sich, drehte sich, und als er sie wieder zu sich zog, flüsterte sie leise lachend in sein Ohr: »Vergiss es!«

Auch wenn sie solo gewesen wäre, hätte sie sich nicht in die Reihe von Raouls One-Night-Stands einsortiert, aber in einer festen Beziehung war das für sie schon gar kein Thema.

Die Nacht hatte längst unzählige Sterne über das schwarzblaue Firmament gesät, als Sophie eine Tanzpause einlegte. Sie lehnte sich an die Bar. Juan kam auf sie zu. Sie lächelte, aber das Lächeln verschwand von ihren Lippen, als sie sein Gesicht sah.

»Was ist los, Juan?» Sie sah ihn fragend an.

Juan packte ihren Arm und zischte ihr ins Ohr. »Lass dich doch von Raoul gleich am Strand flachlegen, wenn du ihn so toll findest.«

Sophie schüttelte den Kopf. »Juan, jetzt bleib mal auf dem Teppich. Wir haben nur getanzt. Und du kennst Raoul. Er flirtet mit jedem Wesen, das auch nur im entferntesten Ähnlichkeit mit einer Frau hat. Das heißt aber noch lange nicht, dass ich darauf eingehe. Ich will nichts von ihm.«

Juan schob ihren Arm weg. »Das hat aber völlig anders

ausgesehen. Beinahe wäre er dir ins Dekolleteé gefallen. Hat er dir auch unter den Rock geschaut?«, schnaubte er.

»Juan, jetzt reicht's.« Sophie war sauer. »Ich habe nichts getan und er auch nicht. Wir waren die ganze Zeit auf der Tanzfläche, so wie alle. Also lass es. Wir müssen diesen schönen Abend nicht mit unsinnigen Eifersüchteleien verderben.«

Juan presste die Lippen zusammen, drehte sich um und ging zur Bar. Sophie seufzte. Sie hasste solche unnötigen Szenen und es verdarb ihr ein wenig den Abend.

Sie schlenderte, ihren Mojito in der Hand, langsam zu Juanitas Gruppe und mischte sich in das ausgelassene Lachen und Plaudern. Aus dem Augenwinkel sah sie Juan mit Eugenia tanzen und Raoul hatte sich wohl mit einer anderen ›schönsten Frau am Strand‹ getröstet. Jedenfalls ließen die heißen Küsse, die er mit ihr austauschte, darauf schließen. Sophie grinste. Das war echt Raoul.

Irgendwann löste sich die Feier auf. Sophie sah Juan nicht mehr und ging später mit Christina, die um die Ecke wohnte, heim.

25

»Letzter Aufruf für den Flug VY 7678 nach Palma de Mallorca. Bitte begeben sie sich zum Ausgang A 20.« Das blecherne Scheppern der Lautsprecherstimme schallte kaum verständlich durch die Halle des Flughafens ›El Prat‹ in Barcelona.

Samuel nahm es nur am Rande wahr. Er war kurz vor dem Einstieg ins Flugzeug und konzentrierte sich darauf einen unauffälligen Eindruck zu machen. Seinen Bart hatte er abrasiert, so dass er jetzt auch in dieser Hinsicht nicht auffiel. Das Wichtigste war, dass Torian ruhig blieb.

Die Stewardess nickte ihm zu, als er seine Bordkarte zeigte. »F15, vorne rechts«, sagte sie freundlich.

Er schenkte ihr ein charmantes Lächeln.

Torian murmelte: »Glaubt die wir sind doof?«

Samuel drehte sich um, ob die Stewardess ihn gehört hatte, aber die war bereits auf den nächsten Fluggast konzentriert. »Torian halt jetzt die Klappe!«, zischte Samuel. »Du gefährdest unsere Pläne. Und wenn es schief geht, dann sag ja nicht, ich hätte es vermasselt.«

Samuel quetschte sich auf den Sitz am Fenster. Der Platz neben ihm war leer.

»Ist doch super, dass du neben dir einen freien Platz hast«, feixte Torian. »Magst du nicht Danke sagen?«

Samuel blendete die Bilder aus, die ihm durch den Kopf schossen.

Pablo wimmerte.

Ein Mann setzte sich auf den Sitz am Gang und nickte ihm zu. Samuel nickte freundlich zurück und vertiefte sich in die Zeitung.

Am Flughafen schallte es durch den Lautsprecher: »Letzter Aufruf für die Passagierin Fatima Karim. Flug VY 7678 nach Palma de Mallorca. Bitte begeben sie sich zum Gate A 20.«

Als das Flugzeug startete, ließ Samuels Anspannung etwas nach. Es war nicht lang bis Palma. Und der Platz neben ihm blieb leer.

26

Sonntag 26. August 2012

Sophie stöhnte, als sie wach wurde. Ihr Kopf fühlte sich an wie eine faule Wassermelone. Als ihr Blick auf die Uhr fiel, stöhnte sie erneut. Es war noch nicht einmal halb acht. Sie stöhnte noch einmal, als sie an den Streit mit Juan dachte. Wie unnötig war das gewesen. Sophie hasste Unstimmigkeiten. Wenn Juan vielleicht schon im ›Colonial‹ wäre, könnte sie den Streit mit ihm gleich aus der Welt schaffen.

Die schlimmen Ereignisse des letzten Tages, die Drohung im Briefkasten und der Tod von Señor Baco waren so weit in die Ferne gerückt, als wären sie aus einer anderen Welt.

Auf dem Weg ins ›Colonial‹ fragte sie sich, ob sie den Geschehnissen mit den Drohungen und dem Tod des Archivars vielleicht zu viel Bedeutung beigemessen hatte. Immer wieder gab es Raubüberfälle auf der Insel und vermutlich war es ein dummer Zufall gewesen, dass der Archivar kurz nach dem Zusammentreffen mit Frey Antonio erschlagen worden war. Und der Drohbrief an sie war vielleicht doch von Frey Antonio, der sie, aus welchem Grunde auch immer, von ihren Nachforschungen abhalten wollte. Alles in allem war sie heute morgen eher gewillt, dem Ganzen keine so schwerwiegende Bedeutung beizumessen.

Juan war nicht im ›Colonial‹ und er kam auch nach einer halben Stunde nicht. Sophies Handy lag irgendwo daheim. Also konnte sie ihn nicht einmal wecken.

Müde rührte sie in ihrem Kaffee.

Die ›Carrer del Palau Reial‹ wirkte verschlafen, ohne den Werktagsverkehr. Ein Kutschpferd schüttelte gelangweilt seine Mähne, schnaubte und scharrte mit dem Huf auf dem Pflaster. Dichte Wolken hüllten die Stadt in ein stilles Grau. Eine Zigeunerin in zerlumptem Gewand schlurfte müde vorbei, das schwarze Haar windzerzaust.

Irgendwann machte sich Sophie auf den Weg, um Juan zu wecken. Ihre Absätze klapperten laut in der stillen ›Carrer de Colom‹, in der die eisernen Gitter der Geschäfte noch alle heruntergelassen waren.

Die kleine Apotheke hatte Sonntagsdienst und Sophie beschloss, noch schnell ein paar Kopfschmerztabletten zu kaufen.

»Bitte sehr, einhundertfünfzig Gramm säurefreier Schwefel.« Die Verkäuferin legte dem Mann vor ihr eine Tüte auf den Tresen und fügte dann verlegen hinzu: »Darf ich neugierig sein? Wofür brauchen Sie so viel Schwefel?«

»Na für die Kakerlaken. Wissen Sie das denn nicht?« Die Stimme des Mannes vor ihr klang überrascht.

»Nein«, erwiderte die Verkäuferin und hob erstaunt die Brauen, »das habe ich nicht gewusst.«

»Doch!« Der Mann beugte sich ein wenig zu ihr vor und flüsterte verschwörerisch: »Es ist ein altes Hausrezept meiner Oma. Kakerlaken hassen Schwefel. Es vertreibt diese ekligen Viecher für lange Zeit. Probieren Sie es aus. Es hilft sicher.«

Sophie sah ihn von der Seite verstohlen an. Er wirkte freundlich, hatte eine weiche angenehme Stimme und sah nicht einmal schlecht aus. Als hätte er ihre Gedanken gespürt, wandte er sich zu ihr um und lächelte sie an. Sie lächelte zurück. Aber irgendetwas war in seinen Augen, was Sophie innerlich erschauern ließ.

»Also dann noch einen schönen Tag.«, verabschiedete

sich der Mann und zwinkerte der Verkäuferin zu. Dann wandte er sich zum Gehen.

Sophie blickte ihm nach.

»Von solchen Männern müsste es einfach mehr geben«, schwärmte die Verkäuferin verzückt dem Mann hinterher und wandte sich dann in sachlichem Ton an sie, »wie kann ich Ihnen helfen?«

Sophie, die im Hinblick auf diesen Mann völlig anderer Meinung war, nickte nur geflissentlich. Mit dem Rücken zu ihm hatte sie das Gefühl gehabt, als würde es ihr eiskalt zwischen den Schulterblättern hinunterlaufen. Sie drehte sich noch einmal schnell um. Aber der Mann war schon zur Tür hinaus. Der Laden war leer.

»Ich hätte gerne Paracetamol«, sagte Sophie und dachte, als sie die Apotheke verließ: *So jung und schon Wahnvorstellungen: Sophie, du solltest weniger trinken.*

Sie bog in die ›Carrer de les Monges‹ ein, in der Juan wohnte. Der Schlüssel knackste im Schloss, als sie ihn umdrehte und mit ihrem ganzen Körpergewicht schob sie die schwere, dunkle Tür des großen Holztores auf, hinter dem der Innenhof mit dem Treppenaufgang in diffusem Dunkel lag. Erst als sie die Wohnungstür öffnete, warf das bunte Licht der Jugendstillampe einen warmen Schein auf das alte Gemäuer. Sie legte die Zeitung auf die Garderobe.

»Juan?« Irgendwoher kam ein leises Knarren.

»Juan?« Sie öffnete die Tür zum Schlafzimmer. Für einen Moment glaubte sie nicht, was sie da sah. Sie starrte nur fassungslos auf Juan – und dann auf Eugenia. Sie brauchte einen Moment weniger, als Juan, um sich zu fangen.

»Nun,«, sagte sie kühl, »eines ist sicher. Von heute an kannst du dir deine Eifersuchtsszenen mir gegenüber sparen. Viel Vergnügen noch.« Damit drehte sie sich um und ging.

»Sophie!«, rief ihr Juan hinterher.

Aber sie drehte sich weder um, noch beschleunigte sie ihren festen Schritt. Das ließ ihr Stolz nicht zu. Und sie wusste, dass Juan in seinem Aufzug nicht einfach hinter ihr her laufen konnte.

Erst in der Dunkelheit der ›Carrer de l'Estudi General‹ blieb sie stehen und lehnte sich leer und müde an eine Hauswand. Sie fühlte sich elend. Nicht etwa, dass sie verzweifelt war, so wie nach dem Ende einer großen Liebe. Nein, es war eher die Demütigung, die sie schmerzte und die bittere Erkenntnis, dass Juan sie eiskalt ausgetauscht hatte, obwohl er ihr gestern Abend noch den eifersüchtigen Geliebten vorgespielt hatte.

Tränen liefen über ihr Gesicht. Eine Frau mit Pudel lief vorbei und sah sie seltsam an. Aber es war ihr egal. Sie überlegte was sie machen sollte. Sie wollte jetzt nicht nach Hause gehen. Sie wollte den Kopf wieder freibekommen und die Seele auch. Und so tat sie das, was sie schon als Kind immer getan hatte, wenn sie traurig oder unglücklich gewesen war: sie suchte das Meer.

*

Samuel lehnte sich lässig in den bequemen Sessel der Hotelbar zurück, nippte an seinem Kaffee und langte nach der Tageszeitung, deren Lektüre er am Morgen versäumt hatte. Er war zufrieden. Der Tag hatte gut begonnen. Torian hatte sich den Schlüssel geholt und die Zutaten für den Sprengstoff hatte Samuel auch schon. Jetzt gönnte er sich eine Pause.

Das Hotel Can Alomar hatte er bewusst ausgewählt, weil er Luxus liebte und weil es zentral in Palma am ›Passeig del Borne‹ lag. Bald würde er sich noch viel mehr leisten können.

Auch wenn er seit dem Tod seines Adoptivvaters nicht hatte sparen müssen, wollte er sich doch nicht mit dem für ihn viel zu kleinen Vermögen begnügen, zumal es mit der Zeit natürlich auch weniger wurde.

Die zwei Frauen in seiner Nähe waren scheinbar so in ihr Gespräch vertieft, dass sie ihn gar nicht zu bemerken schienen. Sie diskutierten lautstark über eine Ausgrabung in Ägypten, die, aufgrund der politisch angespannten Situation im Land, nicht zustande gekommen war.

»Es wäre der größte Fund des Jahrhunderts, messbar mit der Entdeckung vom Grab des Tut-Anch-Amun«, erklärte die junge Ägyptologin, die anscheinend das Grab aufgrund eines alten Papyrus entdeckt hatte. Sie schüttelte den Kopf und ihre rotblonden, langen Locken fielen ihr ins Gesicht. Sie schob sie energisch hinters Ohr.

Samuel sah ihr Gesicht nur aus den Augenwinkeln, aber es fiel ihm sofort das Bild von Botticelli ein, ›Geburt der Venus‹.

»Amenophis der Erste ist einer der wichtigsten Herrscher gewesen und man hat noch überhaupt nichts von seinen

Schätzen gefunden. Also muss sein Grab ziemlich unversehrt sein. Ein Freund von mir besitzt eine wunderschöne Sammlung von Cremes, Schminkutensilien und Parfum, das der Frau dieses Pharaos gehört hat. Allein diese Teile sind ein Vermögen wert. Was würde erst auftauchen, wenn man das Grab des Pharaos selbst öffnen könnte.« Sie seufzte.

»Warte ab, Lillian«, versuchte die Freundin sie zu vertrösten, »irgendwann werden sie die politische Situation schon wieder in den Griff bekommen und dann kannst du dort buddeln.«

Die ›Venus‹ lachte hell auf.

Da klingelte Samuels Handy. Er erhob sich, lief zügig die vielen Treppen hinunter zum Ausgang und nahm das Gespräch erst an, als er auf der Straße stand.

Die Information der jungen Ägyptologin hatte er in seinem Gehirn gespeichert. Manche Dinge erwiesen sich ungeahnt als nützlich.

»Boss?« Tareks Stimme klang gestresst. »Was gibt es denn Tarek?« fragte er gereizt. Er hasste unangenehme Neuigkeiten und das hier schien eine davon zu sein.

»Vorgestern Abend ist in den Nachrichten ein Bild von deiner Nachbarin, Fatima, gezeigt worden. Sie wurde anscheinend ermordet und jetzt suchen sie jemanden, der Fatima kennt. Ich wollte nur mal anfragen, ob ich was unternehmen soll.«

Samuel runzelte die Stirn. »Nein, unternimm nichts. Ich habe damit nichts zu tun. Aber halte mich trotzdem auf dem Laufenden, falls es was Neues gibt.«

»Mach ich Boss. Die DNA-Analyse wird übrigens morgen früh fertig sein. Dann gebe ich dir Bescheid.«

Samuel legte wortlos auf und starrte auf das geschäftige Treiben am ›Passeig del Borne‹ ohne es wirklich wahr zu nehmen. Er hatte nicht erwartet, dass sie Fatima so schnell finden würden. Das war gar nicht nach Plan gelaufen, aber nicht zu ändern. Er musste so schnell wie möglich an den Kelch kommen. Amir hatte die Sache mit dem Mädel hoffentlich jetzt schon erledigt.

Langsam ging er ins Hotel zurück und auf sein Zimmer. Er musste den Plan noch einmal genau durchgehen. Am besten bei einem Cognac.

Golden floss der Magno über die Eiswürfel.

Samuel hielt das Glas gegen das Licht, schwenkte es langsam und ließ das Eis leise klimpern.

Seine Gedanken schweiften zu dem Abend, an dem er das Dokument zum ersten Mal gesehen hatte. Er hatte gehört, wie sich sein Vater mit dem Freund unterhalten hatte, und etwas von einem Schatz mitbekommen. Da hatte er gelauscht. Von einem chiffrierten Dokument der Templer hatte der Freund geredet und war sich sicher, dass es sich dabei um den Schatz der Templer und um den Heiligen Gral handelte, den Kelch mit dem Blut Christi. Samuel hatte sich das Dokument spät nachts genau angesehen, als die Männer noch in ihre Gespräche vertieft gewesen waren. Der Freund konnte Recht haben mit seiner Vermutung. Er selbst war sich damals auch sicher gewesen, dass das chiffrierte Dokument, das Versteck des Heiligen Gral beschrieb. Und er, Samuel, hätte das Dokument damals schon klauen sollen. Aber er hatte seinen Vater nicht enttäuschen wollen.

Nach der Adoption hatte Torian sich fast völlig zurückgezogen gehabt. Samuel hatte bei seinen Adoptiveltern ein ruhiges, fast glückliches Leben geführt. Das einzige, was diese Zeit belastet hatte, waren Pablos Ängste und Panik gewesen. Er, Samuel, hätte sogar die Gelegenheit gehabt, sich wegen seiner Probleme mit Pablo und Torian therapeutisch behandeln zu lassen, aber das hatte er nicht nur abgelehnt, sondern sogar boykottiert, obwohl er wusste, worauf er sich damit einließ.

Ihm war klar gewesen, dass Torian irgendwann zurückkommen würde, und dann würde er die Macht übernehmen wollen.

Einerseits hatte Samuel diese Vorstellung beunruhigt, aber auf irgendeine Art hatte er Torian auch immer bewundert. Torian hatte ihn befreit und er war die Kraft, die ihn jetzt unbesiegbar machte. Und deshalb hatte er nichts unternommen, um ihn zu stoppen, obwohl er genau gewusst hatte, was es bedeutete, sein ICH mit ihm und Pablo zu teilen.

Es war auch dann genau so gekommen. In dem Moment, als sein Vater starb, war Torian wieder da gewesen. Und aggressiver, als je zuvor.

Samuel zwang seine Gedanken wieder zurück zum Plan.

Der Radiocarbontest, den der entführte Wissenschaftler gemacht hatte, hatte klar bewiesen, dass der Mantelstoff, den er von der Reliquie des Heiligen Joseph entnommen hatte, aus der Zeit um Christi Geburt war. Zwar war die Methode, wegen der hohen CO^2- Emissionen inzwischen etwas umstritten, aber da der Stoff, als Reliquie, von Umwelteinflüssen abgeschlossen gewesen war, konnte man den Faktor vernachlässigen. Die plus-minus dreißig Jahre, die Meßtoleranz der Methode, würden auch genau zu der Zeit um die Geburt Christi passen.

Jetzt analysierte der Wissenschaftler gerade noch die

DNA aus dem Blutfleck, der sich auf dem Mantelstoff befunden hatte.

Alles lief noch im Bereich des Plans. Das Wichtigste war jetzt, dass es so reibungslos weiter ging.

27

Der Strand von Es Trenc, an dem Sophie viele Tage ihrer Kindheit verbracht hatte, lag weit und verlassen im trüben Grau. Kein Mensch war zu sehen. Der Wind stob fauchend durch das silbergrüne Gras der Dünen und ließ weiße Schaumkronen auf den Wellen tanzen. Dem sonst so strahlenden Strand hatten die dunklen Wolken ein schmutziges Braun übergezogen und einzelne Regentropfen malten traurig ihre Ringe in den Sand. *Emotional Landscape.*

Langsam lief sie am Meer entlang. Der Wind peitschte ihr die kühle Gischt ins Gesicht und vermischte diese mit ihren Tränen. Sie grub ihre Füße in den feuchten Sand.

Warum hatte Juan das getan? Sie verstand es nicht. Sie hätte nie gedacht, dass er sie betrügen würde, eher, dass er ihre Beziehung einfach beenden würde. Wütend warf sie einen Stein in die Wellen. Ausgerechnet Betrug. Ausgerechnet das, was am meisten demütigt. Sie warf noch einen Stein. War es Rache gewesen, weil sie mit Raoul getanzt hatte? Gekränkter Stolz? Oder war er ihrer einfach überdrüssig gewesen?

Sophie spürte, wie die Enttäuschung und der Schmerz über diesen Verrat in ihr nagten. Sie versuchte langsam ihre Gedanken und Gefühle zu ordnen.

Ihr war bewusst, dass sie nie eine wirklich enge Beziehung gehabt hatten. Es war immer so halb Affäre, halb Beziehung gewesen. Jeder war seines Weges gegangen. Sie hatten tollen Sex miteinander gehabt, aber im Grunde hatten sich ihre Herzen nie berührt. Sie hatten einander gebraucht und auch gemocht, aber vielleicht hatte sie, Sophie, den Punkt verpasst, wo man sich wieder loslassen muss, weil man erkennt, dass es keine Liebe ist, die einen miteinander verbindet.

Es war immer schmerzhafter, abgeschoben zu werden, als miteinander das Ende einer Beziehung zu setzen. Das war eigentlich das, was ihr wehtat. Und die Art, wie diese, im Grunde schöne Zeit, jetzt geendet hatte.

Jemand kam von der anderen Seite des Strandes in Ihre Richtung gelaufen. Es war ein Mann. Sophie bemerkte ihn erst jetzt, und kehrte aus ihren Gedanken in die Wirklichkeit zurück. Er war schon ziemlich nah. Sophie war nicht sehr weit gelaufen, aber doch ein ganzes Stück von ihrem Auto entfernt. Und sie war mutterseelenallein an diesem riesigen Strand.

Ob ich umkehre? — Sophie, sei nicht albern! Da geht jemand spazieren, so wie du.

Trotzdem wurde sie ein mulmiges Gefühl nicht los. Sie blieb zögernd stehen und tat, als blicke sie hinaus aufs Meer. Aus den Augenwinkeln beobachtete sie den Mann. Er schritt kräftig aus und kam zügig näher.

Er kann unmöglich von der anderen Seite des Strandes kommen. Das ist völliger Unsinn bei dem Wetter. Er muss aus den Dünen gekommen sein und er geht hier nicht nur einfach spazieren! Wie ein Blitz schoss ihr die Erkenntnis durch den Kopf und im gleichen Moment rannte sie los. Der Mann war nur noch wenige Meter entfernt.

Sophie wandte kurz den Kopf und sah, dass er ebenfalls rannte – ihr hinterher.

Ihr Herz begann wie wild zu hämmern. Sie konnte gut rennen, aber der weiche Sand unter ihren Füßen rutschte bei jedem Schritt weg und kostete sie Kraft und Zeit. Sie hörte schon das Keuchen des Mannes hinter sich und sie wusste, dass er näher und näher kam. Schon fast war sie am Ende des Strandes, aber sie hatte noch mindestens zweihundert Meter bis zu ihrem Auto. Die Panik griff wie eine kalte Hand nach ihr und gab ihr noch mal Kraft schneller zu rennen. Da packte sie eine Faust und schleuderte sie brutal zu Boden. Es fühlte sich an, als hätte sie ein Auto gerammt. Sie rang nach Luft, ihr Kopf dröhnte und sie wollte sich wegrollen, aber der Mann war schon über ihr, drückte ihre Arme in den Sand und setzte sich auf ihre Beine.

»Du kleine Ratte. Hab ich dich doch erwischt. Wir haben dich gewarnt, du sollst mit deinen Schnüffeleien aufhören. Aber du willst wohl spüren, was es heißt, uns in die Quere zu kommen.«

Sophie war wie gelähmt vor Entsetzen. Sie dachte an Señor Baco. Angst schnürte ihre Kehle zu. Der Mann, der über ihr kniete, war zwar kaum größer als sie selbst, doch die Muskelpakete, die beinahe sein T-Shirt zu sprengen schienen, zeigten, dass er kein Verlierer war. Aber er war hässlich wie die Nacht und sein Gesicht erinnerte sie an das Bild ›Der Schrei‹ von Edward Munch.

»Du glaubst wohl, wir wissen nicht, was du alles machst. Das ist ein Irrtum. Wir kennen jeden deiner Schritte und unsere Leute stehen an den höchsten Positionen.« Sein Gesicht verzog sich zu einem höhnischen Grinsen. »Leider hast du deine Nase zu tief in Angelegenheiten gesteckt, die dich nichts angehen. Deshalb müssen wir dich aus dem Verkehr ziehen.«

Sophie fühlte eine Todesangst in sich hochsteigen. Ihre Kehle wurde eng, als würde sie von einer eisernen Hand zugepresst, und sie konnte kaum zu atmen. Der Mann ließ eine ihrer Schultern los, packte sie an ihren Haaren und zog ihren Kopf zur Seite. Sophie schrie auf und ihre Hand grub sich vor Schmerz in den Sand. Sie spürte etwas Hartes unter ihren Fingern. Ein Stein.

Einen Moment lang überlegte sie damit zuzuschlagen, aber sie wusste, dass der Kopf des Mannes zu weit weg war, um ihn wirklich zu verletzen.

»Nun«, sein höhnisches Grinsen verstärkte sich noch und er sah sie mit einem schmierigen Blick an. »Mein Vergnügen werde ich vorher natürlich auch noch haben.«

Mit einer Hand drückte er ihr den Hals so zu, dass sie gerade noch etwas Luft bekam. Mit der anderen begann er an seiner Hose herumzufummeln.

Sophies Herzschlag dröhnte. Nein bitte Nein, flehte sie innerlich. Der Griff des Mannes an ihrem Hals, ließ eine wilde Panik in ihr hochsteigen. Sie würde qualvoll ersticken, wenn er noch ein wenig fester zudrücken würde. Ihr wurde schwindlig. *Nein du darfst nicht ohnmächtig werden!* Der Himmel verschwamm vor ihren Augen und schwarze Flecken flimmerten. *Das kann nicht das Ende sein. Nein!* Sie schrie innerlich.

Der Mann beugte sich näher zu ihr. Aus seinem Mund kam ein Gestank wie faules Fleisch. Sie sah seinen lüsternen Blick. Der Druck auf ihren Kehlkopf wurde stärker und sie röchelte. Das Flimmern vor ihren Augen wurde stärker. *Ich will nicht sterben!*

In dem Moment schoss ein Gedanke durch ihren Kopf. Sophie schloss ganz kurz die Augen und zwang sich ruhig zu bleiben. Der Mann senkte den Kopf noch ein wenig.

Da ließ Sophie ihre freie Hand vorschnellen und bohrte dem Mann ihren Zeige- und Mittelfinger in beide Augen. Der Mann schrie auf, ließ sie los und griff an seine Augen.

Im gleichen Moment traf ihn Sophies andere Hand mit dem Stein voller Wucht an der Stirn. Sophie wusste weder wie sie hochgekommen war, noch was mit dem Mann passiert war. Sie rannte nur. Sie rannte und rannte um ihr Leben. Ihre Lungen schmerzten und brannten und sie fühlte, wie ihre Arme taub wurden. Es wurde ihr schwarz vor Augen und sie schrie sich innerlich selber an: *Du musst durchhalten*. Die verlassene Strandbar flog an ihr vorbei wie eine Fata Morgana. *Lauf! Lauf!* Sie musste gleich an den Häusern sein. Die harten Felsen bohrten sich wie Messer in ihre Fußsohlen und die Welt begann vor ihren Augen zu verschwinden. Da sah sie eine offene Haustüre, wie durch dichten Nebel, stürzte hinein und schlug sie hinter sich zu.

Dann schrie sie um Hilfe.

»Tal sort! So ein Glück! Sie kommt wieder zu sich.« Das Gesicht einer alten Mallorquinerin schwebte über ihrem. Sie musste wohl ohnmächtig geworden sein. Ihr war speiübel, ihr Kopf schmerzte und jeder Knochen tat ihr weh. Vorsichtig versuchte sie sich aufzusetzen. Ihr Kopf dröhnte.

»Bitte, sie dürfen niemanden reinlassen«, flehte Sophie verzweifelt. »Er will mich umbringen.« Sie wünschte sich, dass alles nur ein böser Traum gewesen war, aber sie wusste, dass es nicht so war.

»Wir holen die Polizei, Señorita«, versuchte sie die alte Mallorquinerin zu beruhigen. Ihr Mann, der neben ihr stand, nickte.

»Nein, bitte nicht, um Gottes Willen. Dann töten sie mich erst recht«, rief Sophie voll Panik.

Die beiden sahen sich an und Sophie wusste, dass sie glaubten sie wäre etwas verwirrt. Sie konnte es ihnen nicht einmal verübeln. Da kam an einem friedlichen Fleckchen Erde, mitten am Tag völlig aufgelöst eine junge Frau in ein Haus gerannt und behauptete, sie solle ermordet werden.

Sophie sah an sich herunter. Ihr Kleid war schmutzig vom nassen Sand. An ihrem linken Arm war eine weiße, schmierige Spur. Sie hatte keine Ahnung was das sein konnte. An irgendwas erinnerte sie das, aber sie wusste beim besten Willen im Moment nicht, woran. Sie bemerkte, dass sie eine Strickjacke trug, die vermutlich von der alten Mallorquinerin war. Tränen füllten ihre Augen. Sie war froh, erst einmal in Sicherheit zu sein

»Bitte«, sagte sie, »mein Auto steht vorne am Pinienwald. Ich möchte gerne nach Hause fahren, aber ich habe Angst und brauche jemanden, der mich dorthin begleitet.«

Der Mann sah aus dem Fenster. »Hier steht kein Auto«, brummte er. »Jedenfalls keines, das ich nicht kenne.«

Sophie versuchte aufzustehen. Stöhnend hielt sie ihren dröhnenden Kopf und stützte sich vorsichtig hoch, bis sie endlich in der Senkrechten war. Sie sah aus dem Fenster. Ihr Auto war weg. Und erneut stiegen ihr die Tränen in die Augen. Sie fühlte sich so einsam und ausgeliefert wie nie vorher.

Die alte Mallorquinerin hatte Sophie beobachtet und zog sie in ihren Arm. »Nicht verzagen, Kindchen. Die Sache wird sich schon wieder richten lassen. Haben Sie denn niemanden, der Sie abholen kann?«

Sophie schüttelte den Kopf und die Tränen rollten ihr über die Wangen. Ihr fiel beim besten Willen niemand ein, dem sie in diesem Zustand begegnen wollte.

»Tonio«, sagte die Señora, »Ruf doch mal zu Julio rüber. Er soll das Mädel heimfahren.«

Sie führte Sophie zu dem Sofa zurück, auf dem sie gelegen hatte und reichte ihr ein Glas Wasser.

»Julio ist unser Schwiegersohn. Er ist Polizist. Da sind Sie ganz sicher, bis Sie daheim sind.«

Julio entpuppte sich als lebenslustiger, braungebrannter Mallorquiner, den man eher als Animateur eingeschätzt hätte. Aber er war feinfühlig genug, um sie nicht zum Reden zu drängen.

Seine Schwiegereltern hatten noch kurz angedeutet, dass Sophie von einem Mordversuch gesprochen hatte und er hatte sich bemüht mehr darüber herauszubekommen, was Sophie zugestoßen war, aber sie hatte nur geantwortet: »Bitte! Ich kann jetzt nicht reden.«

Er hatte es mit freundlichem Schulterzucken hingenommen und erwidert: »Falls Sie mich brauchen sollten, können Sie jederzeit gerne zu mir kommen.«

Den Rest der Fahrt hatte er leise vor sich hin gesummt und Sophie hatte geschwiegen und aus dem Fenster gesehen, zu geschockt, um noch einen klaren Gedanken fassen zu können.

Julio hatte sie am ›Colonial‹ aussteigen lassen, denn er hatte keine Genehmigung weiter in die Stadt hinein zu fahren.

Sophie war schon unzählige Male durch die ›Carrer de l'Estudi General‹ gelaufen, aber heute hatte sie zum ersten Mal Angst davor und zum ersten Mal kam ihr die Dunkelheit der engen Gasse bedrohlich vor. Sie holte tief Luft und rannte los, so schnell sie konnte. Sie biss die Zähne zusammen, um die Schmerzen in ihren Füßen und ihrem Kopf auszublenden. Sie rannte, bis sie vor ihrem Haus ankam.

Im gleichen Moment trat eine dunkle Gestalt aus dem Eingang. Sophie schrie auf.

»Sophia, um Himmels willen!« Frey Antonio war vor Schreck zusammengezuckt. Dann sah er sie an. »Wo in Gottes Namen waren Sie?«

Sophie zitterte am ganzen Körper und war den Tränen nah. »Jemand hat ver ...«

Plötzlich schoss ihr der Gedanke an Natalio Baco durch den Kopf.

»Señor Baco! Sie haben ihn ...«

Sie brach ab und drehte sich um, erneut auf der Flucht. Der Mönch packte sie gerade noch am Handgelenk. Verzweifelt versuchte sie sich loszureißen.

»Sophia, hör mir zu«, sagte Frey Antonio bittend. »Natalio Baco war mein Freund. Ich habe ihm nichts getan.«

Sophie hörte überrascht auf, sich zu wehren. Sie sah den Mönch an und erst jetzt fiel ihr auf, dass sein Gesicht bleich war und dass er müde und übernächtigt wirkte – und, dass er sie geduzt hatte.

»Ich habe mir Sorgen um dich gemacht«. Er duzte sie immer noch. »Du bist seit gestern Mittag nicht mehr an dein Handy gegangen und hast mich auch nicht zurückgerufen, obwohl ich dich darum gebeten hatte. Das hat so gar nicht zu dir gepasst. Deshalb wollte ich nach dir schauen.«

»Ich hab vergessen das Handy mitzunehmen«, antwortete Sophie tonlos.

»Was ist mit Ihnen passiert?« Frey Antonio klang besorgt, aber jetzt benutzte er wieder das förmliche ›Sie‹.

»Jemand hat versucht, mich umzubringen.« Sophies Stimme zitterte.

Der Mönch wurde noch eine Nuance bleicher und seine Stimme klang rau, als er sagte: »Das ist vollkommen wahnsinnig! Sie dürfen auf gar keinen Fall hierbleiben, Sophia. Das ist viel zu gefährlich. Kommen Sie mit mir. Ich werde Sie ins Kloster bringen. Dort sind Sie vorläufig sicher.«

Als Sophie zögerte, setzte er hinzu: »Bitte!«

Sophie meinte wirkliche Sorge aus seinen Worten herauszuhören. Sie war außerstande einen vernünftigen Gedankengang zusammenzubringen und sie sehnte sich nach einem Ort, wo sie sich in Ruhe ausschlafen konnte. Erschöpft nickte sie.

Wenig später fuhren sie im Auto des Klosters Richtung Randa.

Der Regen trommelte unablässig auf das Autodach und hüllte die Insel in ein undurchdringliches, tristes Grau. Sie schwiegen beide und Sophie horchte auf die eintönige Melodie von Regen und Wind.

Sie wartete, dass Frey Antonio etwas sagen würde, aber der Mönch starrte abwesend vor sich hin und schien über irgendetwas zu grübeln und sie selbst fühlte sich zu erschöpft, um ein Gespräch zu beginnen.

Die weiße Spur an ihrem Arm fiel ihr wieder ein. Sie betrachtete sie und überlegte. Plötzlich blitzte eine Erinnerung durch ihren Kopf. Eine der weißen Figuren, die sie auf der ›Plaça del Rey Juan Carlos‹ angerempelt hatte, hatte an ihrer Schulter die gleiche Spur hinterlassen. Da war sie mit Frey Antonio zusammen gewesen.

War der Mann am Strand diese weiße Figur gewesen? Und hatte er sich nur deshalb maskiert, um sie beide zu beobachten? Sie war sich jetzt ziemlich sicher. So hatte er sie verfolgen und beobachten können, ohne selbst aufzufallen.

Sophie spürte, wie sehr sie unter der Belastung der letzten Stunden stand und sehnte sich nach Ruhe.

Als das Auto auf den bekiesten Vorplatz einbog, ließ Sophies Anspannung ein wenig nach. Das alte Kloster strahlte eine tiefe Geborgenheit aus, eng angeschmiegt an die rauen Felswände des Berges Randa.

Sie stieg aus dem Auto und fühlte wie ihre Knie weich wurden. *Reiß dich zusammen, befahl sie sich mit zusammengebissenen Zähnen.* Aber ihre Knie gehorchten ihr nur unter dem Aufgebot der höchsten Kräfte.

Frey Antonio sah sie an. Mit einem schnellen Schritt war er neben ihr, schlang den Arm um sie und führte sie langsam die Stufen hinauf ins Kloster.

»Sie können sich hier ein wenig ausruhen. Ich denke das haben Sie nötig.«

Sophie befand sich in einem freundlichen Raum mit großen Bogenfenstern, der dem ihres letzten Aufenthaltes genau glich. Dieser war nur anders eingerichtet. Als erstes fiel ihr Blick in der hinteren linken Seite des Zimmers auf ein großes Bett, dessen Ecken von gewundenen Holzstäben mit cremefarbenen Vorhängen aus Leinenvoile geflankt wurden. Auf einem runden Tisch in der Mitte des Zimmers waren, wie im Vorbeigehen abgelegt, ein paar Zeitschriften und Bücher verteilt und daneben luden zwei gemütlich aussehende Ledersessel zum Entspannen ein. Das rechte Raumeck beherrschte ein gusseiserner Ofen hinter dessen Glasfenster an kalten Tagen vermutlich ein freundliches Feuer loderte. Der Raum war warm und heimelig und Sophie spürte eine tiefe Erschöpfung in sich aufsteigen.

»Ist … ist das Ihr Zimmer?« fragte Sophie vorsichtig.

Der Mund des Mönches verzog sich zu einem spöttischen Lächeln.

»Nein. Ich habe nämlich nicht nur das Keuschheits-, sondern auch das Armutsgelübde abgelegt. Dies ist eine Art Gästezimmer. Sie können also beruhigt schlafen. Hier nebenan ist ein Bad.« Der Mönch wies linker Hand auf eine Türe. »Dort können Sie sich frisch machen. Es sind auch Schlafanzüge im Schrank. Sicher wird Ihnen einer davon passen.«

Sophie nickte kraftlos. »Danke!«

»Übrigens: ich werde Ihnen gleich noch eine Tasse Tee bringen. Er wird ihnen guttun. Wir machen ihn frisch aus den Kräutern des Klostergartens.« Mit diesen Worten verließ er das Zimmer.

Langsam konnte sie die Ereignisse des Tages ein wenig sortieren und ihre Gedanken begannen sich vorsichtig zu regen. Bilder stiegen auf: Es Trenc, Señor Baco, das Kloster, Frey Antonio. Sie setzte sich in den Lehnstuhl und fuhr sich mit den Händen über das Gesicht. Langsam bekamen ihre Emotionen wieder Boden unter die Füße. Ihre Erinnerungen begannen sich zu ordnen und ihre Gedanken kreisten nicht mehr so wirr in ihrem Kopf.

Sie stand auf und trat an die großen Rundbogenfenster. Man konnte keine Insel sehen und kein Meer. Wie ein Vorhang lag das dichte Regengrau über der Insel. Gedankenverloren malte ihr Finger die lange Tränenspur eines Regentropfens nach, der an der Scheibe hinab lief.

Sie hatte zwei klare Drohungen bekommen und der Archivar war getötet worden. Beide hatten sie Kontakt mit Frey Antonio gehabt und sich mit den Templern beschäftigt.

Frey Antonio hatte behauptet ein Freund von Señor Baco gewesen zu sein. War das wahr? Was hatte Señor Baco gewusst, was so wichtig war, dass man ihn getötet hatte? Was wusste sie, was so wichtig war, dass man auch sie hier weghaben wollte?

Sie grübelte weiter. War es ihr Kontakt zu Frey Antonio? Waren die weißen Statuen die Beobachter gewesen? Und wenn ja, wer steckte dahinter? Und warum wurde sie beschattet?

Sie fuhr eine weitere Regenspur nach und verfolgte den Gedanken, der gerade irgendwo in ihrem Kopf entstand. Frey Antonio! dachte sie, als sie sich zurück in den Ledersessel setzte. Er musste der Schlüssel sein. Vielleicht hatte er etwas, das für jemanden von großer Bedeutung war.

Oder er war in etwas verstrickt, das er ihr verschwieg und jeder, der mit ihm zu tun hatte war in Gefahr. Sie konnte sich zwar nicht vorstellen, dass er etwas wusste, das wichtig genug war um dafür zu töten, aber es war das einzige Denkmodell, das momentan einen Sinn machte. Sie musste unbedingt mit ihm reden.

Es klopfte und Frey Antonio brachte den Tee. Er stellte ihn vor sie auf den Tisch und sofort verbreitete sich ein köstlicher Duft nach exotischen Gewürzen im Zimmer. Der Mönch blieb einen Moment vor ihr stehen. Beide schwiegen und man hörte nichts, als das Trommeln der Regentropfen, wenn sie an die Scheiben schlugen und das leise Klirren des Löffels, mit dem Sophie in ihrer Tasse rührte.

Endlich räusperte sich Frey Antonio.

»Warum verfolgt man Sie?«

Sophie schnappte vor Überraschung nach Luft und schob die Tasse ein wenig zur Seite. Sie hatte erwartet, der Mönch würde sich zum Tod des Archivars und den Umständen, die dazu geführt hatten, irgendwie äußern.

»Das würde ich gerne von Ihnen wissen«, platzte sie heraus. »Ich habe keine Ahnung, was irgendjemand von mir wollen könnte.«

Frey Antonios Gesicht behielt diesen lauernden Ausdruck, den sie schon so oft bei ihm bemerkt hatte. »Sie müssen doch eine Vermutung haben?«, fuhr er fort. »Warum sind Sie so hartnäckig mit ihren Nachforschungen über die Templer? Sagen Sie mir doch einfach, wer Sie wirklich sind und was Sie vorhaben.«

»Nun,« Sophie bemühte sich nicht im Geringsten, die Verärgerung in ihrer Stimme zu unterdrücken, »wenn Sie nicht derart misstrauisch wären, dann hätten Sie vielleicht bemerkt, dass ich Ihnen bereits alles Wesentliche erzählt habe. Leider glauben Sie mir anscheinend nicht. Was vermuten Sie denn? Dass ich einen geheimen Auftrag habe oder dass ich mich selber umbringen lassen wollte?«

»Nein.« Die Stimme des Mönches klang herablassend, was Sophie verärgert zur Kenntnis nahm. »Ich glaube nur einfach, dass Sie nicht das sind, was Sie vorgeben zu sein. Warum sollten Sie sich grundlos so intensiv mit den Templern beschäftigen, ohne einen Profit davon zu haben und warum sollte jemand versuchen Sie auszuschalten, wenn Sie angeblich nichts wissen?«

Sophie spürte, wie Zorn und Enttäuschung in ihr hochstiegen. Sie hatte geglaubt das Eis zwischen ihnen wäre gebrochen und der Mönch würde nun sein Misstrauen aufgeben. Sie wäre beinahe umgebracht worden und er unterstellte ihr schon wieder, sie würde ihn täuschen. Ihre Augen verengten sich und funkelten dunkel. Mit kühler, beherrschter Stimme sagte sie: »Wissen Sie was? Sie haben einen Verfolgungswahn. Sie sind ja gar nicht in der Lage, klar zu sehen. Ich will Ihnen jetzt mal was sagen: Es gibt durchaus Menschen, die Ideale haben und Interessen, ohne an den Profit zu denken, Menschen, die einfach an den Dingen interessiert sind, die um sie herum geschehen. Ich habe nichts zu verheimlichen, oder zu verbergen. Ich arbeite für niemanden und bin auch nicht käuflich. Sie werden mir das vielleicht auch nicht glauben, aber es ist tatsächlich so. Und wenn Sie wissen wollen, warum mich jemand loswerden will, dann kann ich Ihnen nur eines sagen: ich weiß es nicht! Aber wenn Sie überlegen, vielleicht finden Sie dann eine Erklärung, denn mit dem, was ich weiß, kann ich diese Ereignisse nicht deuten – aber Sie vielleicht?!« Sophie hatte den Blick fest auf den Mönch gerichtet und senkte ihn auch nicht, als sie geendet hatte. Sie bemerkte erstaunt, dass Frey Antonio einen Moment lang verunsichert wirkte. Doch wie immer hatte er sich sofort wieder im Griff. Er setzte sein Pokerface auf und sagte.

»Nun, wir werden ja sehen. Jedenfalls werden Sie sich in Zukunft besser aus dieser Sache heraushalten.«

Sophie sah ihn immer noch mit dem gleichen festen Blick an, als sie sagte: »Glauben Sie im Ernst, dass ich mich von Ihnen einfach so abschrecken lasse?«

Frey Antonio tat, als hätte er nicht verstanden, was sie da gesagt hatte. Er erwiderte ruhig: »Ich werde jetzt gehen, damit Sie sich erst einmal ausruhen können. Schlafen Sie gut.« Dann wandte er sich um und verließ das Zimmer.

Sophie war froh, alleine zu sein. Sie war völlig erschöpft und wollte wirklich nur noch eines: ihre Ruhe und schlafen, schlafen, schlafen.

28

Er stand auf der Dachterrasse des Hotels und blickte hinunter auf den ›Passeig del Borne‹. Sanft wogten die Platanen im Wind und von der Straße tönte ein Cocktail von Autos, Stimmen und Musik herauf. Der Springbrunnen am ›Plaça de la Reina‹ ließ tausende von Diamanttropfen durch die Luft tanzen und das Blau des Himmels widerspiegeln.

Samuel sah von alledem nichts. *Ich wusste Torian würde uns in Schwierigkeiten bringen mit dem Mord an Fatima. Wenn die Vermieterin sie erkennt, dann werden sie bald nach mir suchen. So ein Idiot.*

Sein Handy klingelte. Es war Amir.

»Chef, ich habe schlechte Nachrichten. Das mit der Frau ist schiefgelaufen. Unser Mann konnte sie nicht beseitigen. Er hat eine Kopfverletzung und liegt hier bei mir.«

Samuel spürte wie Torian wütend wurde und bevor die Situation eskalieren konnte, sagte er schroff: »Wir treffen uns um dreiundzwanzig Uhr am Hafen. Und zwar am Ende der alten Mole. Bring den Mann mit.«

»Boss«, wandte Amir ein. »Er kann kaum laufen.«

»Du bringst ihn mit«, bellte Samuel in den Hörer. Dann legte er auf.

Im Zimmer zurück begann Torian zu toben. Samuel hatte alle Mühe ihn zu beherrschen.

»Du bekommst ihn. Also beruhige dich. Wir packen das Ganze jetzt selbst an und dann läuft das schon.«

»Und wir verlassen heute Abend noch das Hotel.«

Torians Stimme schlug Funken.

»Lass uns noch abwarten bis morgen.«

»Wir gehen. Und damit Schluss. Es ist zu unsicher

geworden, seit sie Fatima im Fernsehen gezeigt haben.«

»Das war nicht mein Fehler, Torian. *Du* hast Mist gebaut.«

Torian packte ein Glas und warf es zu Boden wo es in tausend Scherben zersplitterte. »Es war kein Fehler. Es war notwendig. Reines Pech, dass man sie zu früh gefunden hat. Und deshalb gehen wir jetzt.«

Samuel schwieg und wusste er hatte wieder einmal klein beigegeben. Aber er wusste auch, dass Torian diesmal Recht hatte.

29

Der Raum, in dem er sich befand, musste irgendein ehemaliges Labor sein. Mateo hatte mehrmals versucht, es ein wenig mit den Blicken zu erkunden, wenn er unbeobachtet war. Oft war das nicht. Außerdem waren die Fenster verklebt und so drang nur spärlich das Licht von außen herein. Nur sein Platz war sehr gut ausgeleuchtet.

Er hatte eine perfekte Ausrüstung bekommen, um die DNA-Analyse machen zu können. Die Geräte waren das Neueste, was es auf dem Markt gab und Mateo hätte es Spaß gemacht damit zu arbeiten, wenn er nicht gerade Gefangener dieser Männer gewesen wäre. Es machte ihm Sorgen, dass er keine Ahnung hatte, was ihr Plan war und er hoffte nichts inniger, als aus der ganzen Sache lebendig heraus zu kommen. Er bekam zu Essen und hatte eine Liege in dem fensterlosen Raum, in dem die Entführer ihn nachts einsperrten. Es ging ihm nicht schlecht. Aber er hatte Angst.

»Du arbeitest für uns, denn du möchtest doch nicht, dass deinen Enkeln etwas Schlimmes zustößt«, hatte einer der maskierten Männer mit einem fiesen Grinsen in der Stimme gesagt.

Man hatte ihn angewiesen ein Stück alten Stoffes zu datieren, so groß wie ein Daumennagel, und eine DNA-Analyse des Blutflecks zu machen, der sich darauf befand. Es war wirklich ein alter Stoff. Mateo hatte es kaum glauben können, als er die Ergebnisse des Radiocarbondatierung in den Händen hielt. Der Stoff stammte aus der Zeit um Christi Geburt. Wo auch immer seine Entführer ihn her hatten, er war etwas Besonderes. Die DNA-Analyse würde noch etwas dauern, aber morgen könnte er das Ergebnis liefern. Und wie würde es dann weiter gehen? Würden sie ihn gehen lassen?

Das waren die Fragen, die ihn immer wieder so sehr quälten, dass ihm beinahe schlecht wurde.

30

Unruhig, wie ein Tier im Käfig, lief Frey Antonio im Zimmer auf und ab. Er hoffte, dass es richtig gewesen war, Sophie den Tee zu geben und er rief sich noch einmal Tajos Worte ins Gedächtnis: »…sie ist sehr wertvoll, diese Wurzel, denn sie kommt nur selten vor. Man nimmt sie, um jemanden nach einem Schock oder einem schlimmen Erlebnis in einen tiefen Schlaf zu versetzen. Aber gebrauche sie mit Umsicht. Sie kann manchmal auch eine Tür zu den Ahnen öffnen.«

Er hatte es sich lange überlegt und extra weniger von der Wurzel hergenommen. Er hatte Sorge Sophie könnte sterben, wenn sie zu viel von der Wurzel bekam, aber sie sollte gut und tief schlafen und schnell wieder erholt sein. Er brauchte wichtige Informationen, die sie ihm vielleicht geben konnte, wenn er geschickt vorging. Er musste jetzt endgültig herausfinden, ob sie ihn täuschte und was sie wusste.

Eigentlich schien alles an ihr so ehrlich und die Angst in ihren Augen, als er sie vor ihrem Haus gefunden hatte, war sicherlich echt gewesen. Für einen Augenblick hatten ihn die Emotionen überwältigt als er sie so gesehen hatte und er hätte beinahe seine Vorbehalte ihr gegenüber vergessen. Erst im Auto hatte er seine Gefühle wieder im Griff gehabt und er fragte sich: wusste sie wirklich nicht, warum man sie verfolgte? Oder hatte sie ihn mit dem Mordversuch an sich getäuscht? War sie wirklich alleine, oder handelte sie doch im Auftrag? Warum verfolgte sie die Sache der Templer mit solchem Nachdruck, wenn nicht für diese Mörder? War sie vielleicht als Köder für ihn bestimmt?

Er musste irgendwie Gewissheit über ihre Ziele bekommen. Es gab so viele Ungereimtheiten.

Sie war auf einmal hier in Palma aufgetaucht, weil sie angeblich ein Altstadthaus von ihrer Mutter geerbt hatte. Sie behauptete, in einer tiefen Zisterne ein goldenes Siegel des Templergroßmeisters gefunden zu haben und sie interessierte sich so sehr dafür, dass nicht einmal der Angriff auf ihr Leben sie davon abhielt weiter zu forschen. Und das alles machte ihn misstrauisch. Es waren zu viele Zufälle, die da zusammenkamen.

Ein Klopfen an der Tür unterbrach seine Gedanken. Frey Miguel betrat mit besorgter Miene den Raum.

»Oh, hier bist du. Wie geht es der Señorita?«

Der Mönch hielt im Laufen inne. »Recht gut, für das, was sie erlebt hat. Sie scheint sich durch nichts unterkriegen zu lassen. Aber ich habe ihr trotzdem einen Tee aus Tajos Wurzel gemacht. Ich hatte das Gefühl, dass sie erschöpfter war, als sie zugegeben hat und sie hat nach dem Erlebnis einen tiefen, erholsamen Schlaf sicher bitter nötig.«

Frey Miguel runzelte die Stirn. »Du hast ihr wirklich von der Wurzel gegeben? Und das, ohne sie selbst vorher probiert zu haben?«

Frey Antonio sah ihn verärgert an. »Tajo hätte ich mein Leben anvertraut. Ich habe Sophie davon gegeben, weil ich der Meinung war, dass sie es wirklich braucht und nachdem ich nur wenig davon habe, bin ich auch nicht scharf darauf, sie sinnlos zu vergeuden.«

Frey Miguel schüttelte den Kopf. »Das weiß ich wohl. Aber meine Sorge galt eher der Wirkung der Wurzel, die weder du noch ich genau kennen.«

»Onkel Miguel, es gibt keinen Grund sich Sorgen zu

machen. Tajo hätte es mir gesagt. Señorita Sophia wird einfach tief und erholsam schlafen. Außerdem habe ich momentan wirklich andere Probleme.«

Er hatte keine Lust, Sophies Wohlergehen zu einem Thema werden zu lassen, denn er war sich beileibe nicht so sicher über die Wirkung der Wurzel, wie er es seinem Onkel gegenüber vortäuschte. Aber er hatte keine andere Wahl gehabt, wenn er sein Ziel nicht aus den Augen verlieren wollte. Sein Blick wurde hart und kalt bei dem Gedanken und seine Augen verengten sich zu schmalen Schlitzen.

Frey Miguel ging auf den Mönch zu und legte ihm die Hand auf die Schulter. »Ramon, ich kann dich verstehen. Aber willst du ehrlich weiter machen? Was hat es für einen Sinn? Genügt es nicht, dass nun auch Natalio Baco hat sterben müssen?«

Ramons Augen funkelten wütend. »Ja, genau. Und weil er sterben musste hat es noch mehr Sinn weiter zu machen. Ich werde niemals aufgeben, bevor nicht die Menschen gerächt sind, die unschuldig ihr Leben lassen mussten. Ich werde die Mörder finden, so wahr ich hier stehe.«

Frey Miguel seufzte. »Ramon, ich weiß wie du fühlst, aber es tut mir einfach weh, zu sehen, wie du dein Leben für eine Jagd wegwirfst, die dir das Verlorene nicht wiederbringt. Ich habe Angst um dich.«

Ramon drehte sich abrupt von seinem Onkel weg. »Du hast gesagt, du würdest mir helfen. Wenn du es nicht mehr willst, dann werde ich es alleine zu Ende bringen, aber zu Ende bringen werde ich es, egal wie.«

Schweigen hing über dem Raum, scheinbar endlose Sekunden lang. Dann sagte Frey Miguel müde: »Ich habe dir versprochen, dass ich dir helfen werde die Mörder zu finden, um sie der Polizei zuzuführen. Nicht, um selbst Rache zu üben. Ich hatte gehofft du würdest dich selbst wieder finden, aber nun muss ich zusehen, wie du dich zu Grunde richtest. Ich weiß nicht mehr, wie ich dir noch helfen kann. Das Ganze hat eine Dimension erreicht, die viel zu groß ist für uns. Das ist kein harmloser Einzeltäter, Ramon, sondern nur die Spitze des Eisberges und wir werden daran zerschellen, wenn wir uns überschätzen.«

Ramon wandte sich wieder seinem Onkel zu und sah ihn wütend an: »Du willst also, dass ich aufgebe, einfach aufhöre und so tue, als sei nichts gewesen und das nur, weil da jemand ist, der anscheinend mehr Macht hat als ich. Nein, Onkel, tut mir leid, aber das werde ich sicher nicht tun und ich hätte auch nie geglaubt, dass ausgerechnet du mir so einen Vorschlag machen würdest. Du hast mir doch beigebracht, dass niemand stärker ist, als der, der ein wichtiges Ziel verfolgt. Du warst doch der, der gesagt hat: alles ist möglich dem, der da will. Und dein bester Freund Natalio ist es doch, den die Schweine jetzt auch noch auf dem Gewissen haben. Und da willst ausgerechnet du mich zum Aufgeben bewegen? Ich sage dir: Nie! Nie werde ich aufgeben, bis ich sie nicht vernichtet habe. Nie!«

Frey Miguel wandte sich um und ging zur Türe. Er legte die Hand auf die Klinke und wandte sich noch einmal zu Ramon um: »Du hast recht, Ramon«, sagte er mit müder Stimme, »das habe ich immer gesagt, aber der Tod von Natalio Baco hat mich tief getroffen und ich habe Angst um dich und um meine Brüder, für die ich alleine die Verantwortung trage, und auch um Señorita Sophia, die jetzt ebenfalls in Gefahr ist. Ich werde dir trotzdem helfen, aber ich bin nicht wirklich überzeugt dabei.«

Ramon hörte das leise Klicken, als sich die Tür hinter seinem Onkel schloss. Einige Minuten verharrte er regungslos. Dann trat er vor den Spiegel, der neben der Tür hing, zerrte sich die Kapuze der Kutte vom Kopf und starrte auf sein Spiegelbild. Er zuckte ein wenig zusammen und wandte den Blick ab.

Es war seit langer Zeit wieder das erste Mal, dass er sein Gesicht ansah und er konnte es niemandem verdenken, wenn er bei diesem Anblick erschrak.

Sophie kam ihm in den Sinn. Er hatte gemerkt, wie sie am Anfang jedes Mal zusammengezuckt war, wenn sie ihn angeschaut hatte, aber inzwischen schien sie sein entstelltes Gesicht gar nicht mehr wahrzunehmen. Sie hatte irgendetwas, das ihn berührte. War es die Willensstärke, die in diesem so zart wirkenden Körper steckte, die Furchtlosigkeit oder die Gradlinigkeit, mit der sie ihren Weg verfolgte.

Er schüttelte unwillig den Kopf. Er wollte jetzt nicht an sie denken. Nein, er durfte auch nicht an sie denken. Sie musste ein neutraler Faktor in dieser Angelegenheit bleiben, ein Faktor ohne emotionale Belegung und er musste sich wieder bewusst machen, wofür er diesen Weg weitergehen wollte und er musste wachsam bleiben, bis er wusste was Sophia wirklich verfolgte.

Erneut blickte er in die verzerrte, entstellte Fratze, die der Spiegel ihm zeigte. Starr wurde sein Blick, und die Bilder stiegen in ihm auf. Er hörte die Schreie, diese verzweifelten Schreie nach Hilfe, spürte diesen rasenden Schmerz in seiner Brust, die Hände der Mörder, die ihn festhielten, schmeckte das Blut, das ihm über die Lippen lief. Sein Herz pochte wie rasend und er schrie vor Schmerz auf, wie von Sinnen.

»Ramon!« Sein Onkel stand plötzlich neben ihm. »Ramon, es ist vorbei.«

Schlagartig kehrte er wieder in die Wirklichkeit zurück und ihm wurde bewusst, dass er wirklich geschrien hatte.

Er sah Frey Miguel an, mit einem Blick, der gerade aus weiter Ferne zurückkam.

»Ich werde nicht aufgeben«, sagte er ruhig. »Nie.«

31

Diesmal hatte Carlos Maria angerufen. Sie schmunzelte in sich hinein, denn das war sehr ungewöhnlich für den brummigen Bär.

»Wir wissen, wer die Frau ist«, begrüßte er sie.

»Hallo Carlos.« Betont begann Maria das Gespräch mit der üblichen Begrüßung. »Bist du in der Arbeit?«

»Klar!«, brummte Carlos missmutig, »SOKO, Wochenende und immer darf ich ran.«

Maria grinste. Sie wusste, dass Carlos gerne arbeitete und er hätte es als Beleidigung aufgefasst, wenn er nicht dabei gewesen wäre. Aber das konnte er nicht zugeben und so versteckte er sich, wie so oft, hinter seinem unzufriedenen Brummeln. Sie wusste, er war ein guter Ermittler, der oft unkonventionell dachte und handelte, und auf Grund dessen auch besonders erfolgreich war, aber er war nicht sehr umgänglich. Man musste ihn zu nehmen wissen.

»Was hältst du von einer Kaffeepause?«, fragte Maria daher auch gleich, wohl wissend, dass er nur darauf gewartet hatte, denn der Gourmet Carlos liebte nichts so sehr wie gutes Essen.

Sie trafen sich im Rosa Negra, einem mexikanischen Restaurant genau gegenüber der Jefactura, der Polizeistation.

Es war total verrückt eingerichtet in Pink und Mint, mit Lampen aus bunten Blütenstoffen im Fransenlook, bunten geblümten Tischdecken aus Plastik und einem überdimensionalen Südseestimmungsbild an der Wand. Achtundzwanzig verschiedenfarbige Flip-Flops auf einem mit buntkariertem Stoff bezogenem Brett an der Wand, rundeten das mexikanische Flair noch ab.

Die mit Badeanzügen bemalten Puppen, die über der Bar hingen wurden nur noch von den verblichenen Bildern vom ›Herz Jesu‹, dem ›Einzug nach Jerusalem‹ und Greta Garbo getoppt, die in bunten Plastikbilderrahmen hinter der Bar aufgestellt waren.

Aber es gab dort den besten lauwarmen Schokokuchen der Stadt und hausgemachtes Vanilleeis zum dahinschmelzen gut. Zudem war um diese Zeit immer ein ruhiges Plätzchen auf der Empore frei.

Maria wusste, dass sie Carlos nichts fragen brauchte, bevor dieser nicht den ersten Schokokuchen weggespachtelt hatte. Als sie den Zweiten für ihn bestellte, huschte ein zufriedenes Lächeln über sein Gesicht. Er nahm einen Schluck von seinem cortado und begann gemächlich zu erzählen.

»Die Tote heißt möglicherweise Fatima Karim. Sie kam als Flüchtling nach Barcelona und war vielleicht auch eine unbedeutende Mitläuferin in der islamistischen Szene. Sie wohnte in einer Wohnung in der ›Carrer de Ferran‹. Die Vermieterin hat sie in den Nachrichten erkannt. Sie hat sie als ruhig und freundlich geschildert. Ihre Aufenthaltspapiere waren allerdings gefälscht, so dass wir nicht wissen, ob Fatima Karim tatsächlich ihr richtiger Name war. Sie ist zudem nicht in Spanien gemeldet.

Angeblich sind ihre Eltern auf der Flucht ertrunken. Aber auch das wird man vermutlich nie verifizieren können.«

Der Schokokuchen kam mit der hüftschwingenden Kellnerin und Carlos machte eine Pause.

»Bei ihr gegenüber in der Wohnung, wohnte ein gewisser Samuel Vidal«, fuhr er dann fort, während er den Kuchen teilte und die warme flüssige Schokolade cremig auf den

Teller lief, bis sie sich mit dem schmelzenden Vanilleeis vermischte.

»Wir haben ihn zur Fahndung ausgeschrieben. Die Vermieterin beschreibt auch ihn als freundlich und charmant, und er hat seine Miete immer pünktlich und in bar bezahlt. Die Papiere, die sie von ihm hatte, waren ebenfalls falsch, aber offensichtlich war sein Name der richtige: Samuel Vidal.

Wie wir feststellen konnten, war er der Adoptivsohn von Francesco Vidal, dem Besitzer der gleichnamigen Chemiefabriken, die nach dessen Tod umgehend von seinem Adoptivsohn Samuel für eine horrende Summe verkauft wurden. Dieser Samuel hat alles was er geerbt hat zu Geld gemacht, danach alle Brücken hinter sich abgebrochen und ist möglicherweise in der Islamisten-Szene untergetaucht.

Die Vermieterin hat mit Alonso, unserem Zeichner, ein Phantombild erstellt und es passt zu den wenigen Bildern, die von Samuel Vidal noch existieren. Wir können also davon ausgehen, dass dieser Samuel Vidal der Gleiche ist, der auch der Nachbar unserer Toten war.

Wir haben sein Leben unter die Lupe genommen. Es existiert kein einziges Papier mehr von seiner Adoption. Wir haben diese Info nur aus einem Zeitungsartikel von damals. Außerdem gibt es so gut wie keine Fotos von ihm und auch aus der Zeit vor der Adoption gibt es über ihn keine Informationen. Als wäre er vom Himmel gefallen.«

Maria unterbrach ihn indem sie anfing mit ihrer Gabel in der Luft herumzufuchteln. »Vielleicht war er auch eines von den geraubten Neugeborenen.«

Carlos sah sie irritiert an.

»Ja!«, bekräftigte Maria. »In den 80er Jahren zeigte man

in den Krankenhäusern den Eltern nach der Geburt tote Babys und behauptete, es wären ihre gewesen. Die in Wirklichkeit lebendigen Babys wurden dann für teures Geld an irgendwelche adoptionswilligen Eltern verkauft.

Erinnerst du dich nicht mehr daran, wie der Skandal aufgedeckt wurde?«

»Dunkel«, brummelte Carlos und führte seine Gedanken von vorher weiter.

»Wir wissen also weder woher er kam, noch was er für ein Mensch war. Wir haben ein paar widersprüchliche Informationen aus seiner Schulzeit, aber nichts was uns weiterführen würde. Samuel Vidal hat erwirkt, dass so gut wie alles gelöscht wurde, was über ihn gespeichert war. Geld macht viel möglich.

Aber wir wissen nicht wieso er das tat. Hatte er Feinde, die er so versuchte los zu werden? Wurde er zusammen mit der Frau ermordet und nur noch nicht gefunden? Oder ist er selbst der Mörder? Da tappen wir noch völlig im Dunklen.

In seinem Zimmer ist auf jeden Fall nicht der Hauch einer DNA-Spur zu finden gewesen. Es war penibel mit Chlor gereinigt. Da die Vermieterin nicht im gleichen Haus wohnt, konnte sie uns auch nicht sagen, wer dort sauber gemacht hat.

Bei Fatima Karim in der Wohnung gab es viele Spuren, aber nur weibliche DNA. Laut der Vermieterin machten die Beiden auch nicht den Eindruck, als hätten sie ein Verhältnis. Wir stecken also fest.«

Maria runzelte die Stirn und spießte energisch das letzte Stück ihres Schokokuchens mit der Gabel auf.

Carlos grinste und zeigte auf die Gabel.

»Ich möchte mal nicht auf deinem Obduktionstisch

liegen, so zärtlich wie du mit dem Schokokuchen umgehst.«

Maria musste lachen. »Da arbeite ich ja auch nicht mit Gabeln.« Dann wurde sie wieder ernst. »Glaubst du, dass man mit dem Phantombild weiterkommt?«

Carlos zuckte die Schultern. »Ich hoffe es. Sie wollen es auf jeden Fall morgen früh in den Nachrichten zeigen.«

32

Sophie lehnte sich bequem in den Ledersessel zurück und nippte an ihrer Tasse. Auf ihrem Schoß lag ein Reiseführer, der auf dem Tisch gelegen war. Sie hatte ein paar Zeilen von der Geschichte der Inseleroberung überflogen, aber sie war zu müde um weiter zu lesen.

Der Tee schmeckte scharf und würzig, ein wenig nach Orange, Ingwer und Schokolade, und er machte sie angenehm müde. Ihre Glieder durchströmte eine bleierne Schwere, aber gleichzeitig hatte sie das Gefühl zu schweben. Sie schloss für einen Moment die Augen.

Plötzlich war es Sophie, als würde sie ein sanftes Schaukeln spüren, gerade so wie früher, wenn sie als Kind mit ihren Eltern auf dem Boot auf's Meer hinaus gefahren war. Das Schaukeln wurde stärker und plötzlich sah sie eine riesige gleißende Woge auf sich zurollen, die sie erfasste und in deren Inneren sie in rasendem Tempo hinunterrutschte.

Dann wurde alles schwarz.

Ein plötzliches Geräusch ließ ihn aus dem Schlaf hochfahren und im Bruchteil einer Sekunde stand er mit gezücktem Schwert in der Dunkelheit. Erst jetzt erwachten auch seine Gedanken und er ließ das Schwert sinken.

Die schnelle Reaktion war während der Gefechte im Heiligen Land seine wichtigste Waffe im Kampf ums Überleben geworden und er hatte diesen Wachschlaf zu einem Teil seiner selbst gemacht.

Mit einem ärgerlichen Knurren steckte er das Schwert zurück in die Scheide. Das metallische Klirren, das ihn geweckt hatte, kam von Deck. Aber es bedeutete hier keine Bedrohung. Er fühlte das schwere Rollen des Schiffes und hörte von Ferne die Rufe der Besatzung. Die See war stürmisch und das Schiff schaukelte hart auf der rauen See. Er warf sich seinen weißen Umhang über, auf dem das Tatzenkreuz hellrot leuchtete, und ging hinauf.

Es war später Abend und man schrieb den 6. September 1229.

Ein heftiger Wind empfing ihn, zerrte an seinem Umhang und ließ diesen wild flattern.

Die Mannschaft eilte über das Deck. Befehle hallten hin und her. Er gewahrte eine Gestalt an der Reling stehen und ging, sich gegen die Wut des Sturmes auflehnend, in ihre Richtung.

»Maestre Ramon! Komtur Ramon!« Der Steuermann kam ihm von links sturmzerzaust entgegen. Sein voller Bart war weiß vom Salz der Gischt und sein salzverkrustetes Gesicht schien nur noch aus großen, wilden Augen zu bestehen, die feurig unter dem zerwühlten, weißen Haarberg funkelten.

»Bleibt besser unter Deck. Mit dem Wetter ist nicht zu spaßen.«

Der Angesprochene, den man auf Grund seines Gewandes sofort als Großkomtur der Templer erkennen konnte, machte eine beschwichtigende Handbewegung.

»Danke für Eure Warnung, Steuermann, aber mir macht dieser Sturm keine Angst. Ich habe schon ganz andere Stürme erlebt.«

Der Steuermann runzelte die Brauen und musterte den jungen Ritter missmutig. »Ihr Templer mögt harte Kämpfer sein, aber vom Meer versteht ihr nicht viel. Ihr seid zu jung um durch eine Unachtsamkeit sterben zu müssen. Bei uns hat es schon stämmigere Riesen einfach über Bord gespült. Die Wellen sind hoch und wir haben schon einige Brecher abbekommen, heute Nacht. So bindet Euch wenigstens an.« Seine Stimme klang wie Donnergrollen.

Der Ritter erwiderte den Blick des Seemanns freundlich, aber selbstbewusst. »Ich wollte Eure Erfahrung nicht missachten. Ihr seid ein Mann der See und kennt euch aus. Mag sein, dass man ein wenig leichtsinnig wird, wenn man zu oft siegreich gekämpft hat. Aber ich werde Euren Rat beherzigen und hoffe, der Sturm bringt uns dafür auch schnell an die Insel.«

»Hoffentlich bringt er uns überhaupt dorthin und nicht auf den Meeresboden«, grummelte der Steuermann missmutig.

Er knotete das Tau ab, das er sich umgeschlungen hatte und reichte es dem Ritter. »Ich war ja dafür, die Überfahrt zu verschieben, aber unser Herr und König hat es nun mal anders entschieden. Hoffen wir, dass sein Gottvertrauen hilft.« Mit diesen Worten verschwand der bärtige Seemann im Grau des peitschenden Regens, Richtung Steuer.

Der Ritter, den der Seemann mit ›Maestre Ramon‹ angesprochen hatte blieb nachdenklich stehen, breitbeinig gegen den Wind gestemmt.

Hatte König Jaime richtig entschieden, als er trotz der Warnungen der Bürger, der Mannschaft und des Kapitäns die Reise nicht abgebrochen hatte?

...wir gehen auf diese Fahrt im Glauben an Gott und wegen derer, die keinen Glauben haben. Wir ziehen gegen sie mit zwei Zielen: sie zu bekehren, oder sie zu zerstören und um jenes Reich dort zum Glauben an unseren Gott zu bringen. Und wenn wir im Namen Gottes ziehen, so haben wir Vertrauen, dass er uns beschützt. Die Worte des Königs klangen ihm noch in den Ohren.

Er dachte an den Verlust Jerusalems. Warum hatte Gott die Stadt den Feinden wieder in die Hand gegeben trotz des Glaubens, den das christliche Abendland in ihn, Gott, gehabt hatte? Gut, Kaiser Friedrich II hatte erst letztes Jahr mit dem ägyptischen Sultan al-Malik al-Kamil auf diplomatischem Weg nicht nur die Einrichtung eines Landkorridors zwischen Jaffa und Jerusalem erreicht, sondern auch den Christen freien Zugang zum Tempelberg ermöglicht.

Obwohl das islamische Heiligtum auf dem Tempelberg mit der Al-Aqsa Moschee und dem Felsendom unter muslimischer Verwaltung geblieben war, so hatten die Christen doch durch Friedrich eine Teilrückgabe Jerusalems erreicht.

Dass die Kontakte des Kaisers zu den Muslimen angeblich sehr freundschaftlich waren, rief in dem jungen Ritter zwiespältige Gefühle hervor. Einerseits war ihm aus seiner Zeit in Outremer die Wichtigkeit der Beziehungen zu den islamischen ›Feinden‹ sehr wohl bekannt. Andererseits waren sie trotz allem Feinde – Feinde der Christen und damit Feinde Gottes.

Ramon kehrte mit seinen Gedanken in die Gegenwart zurück, als sich die Gestalt an der Reling bewegte. Seinen Körper gegen den immer stärker werdenden Sturm lehnend, bewegte er sich auf diese zu. Die Luft schmeckte nach der salzigen Gischt und der Sturm heulte und klapperte in den Wanten.

Ramon hatte den Mann an der Reling fast erreicht, als dieser sich umwandte.

Ein Grinsen breitete sich über das Gesicht des Mannes an der Reling aus. »Wusste ich es doch, dass es nur einen außer mir gibt, der so verrückt ist, bei diesem Wetter an Deck zu gehen.« Er warf dem Mann ein Ende des Taues zu. »Da! Zurr dich irgendwo an, Ramon, sonst muss unser König zukünftig ohne deinen werten Rat zurechtkommen.«

Ramon schlug dem Mann auf die Schulter. »Wo in drei Teufels Namen soll ich mich anbinden? An dir vielleicht, Pedro, du Mastbaum, damit wir gemeinsam baden gehen?«

»Nun, wenn du deine salzverkrusteten Guckkästen öffnest, dann befindet sich genau vor dir ein Metallgriff.«

Die zwei Männer sahen sich so verblüffend ähnlich, dass man sie hätte für Geschwister halten können. Sie hatten beide dieses schmale Gesicht mit den markanten Wangenknochen, den gleichen fein geschwungenen Mund und unter den dichten Augenbrauen ausdrucksvolle dunkelbraune Augen. Beide trugen sie ihr leicht gewelltes, schwarzes Haar lang.

Ramon schlang das Tau um den Metallgriff. Plötzlich stutzte er. »Was ist das eigentlich für ein Licht, dem wir uns nähern?«

Er wies mit dem Finger Richtung Bug hinaus aufs Meer. Ein heller Lichtpunkt tanzte über dem Wasser auf und ab und das Schiff kam diesem zügig näher. Einige Matrosen kämpften sich mit einer Laterne, die das königliche Schiff als Nachhut auswies, über das Deck an die Reling vor. Sie hielten das im Sturm heftig schwankende Licht hinaus in die Dunkelheit.

»Maestre Ramon«, schrie einer der Seeleute zu ihm hinüber, »hoffentlich sind es keine Piraten! Sonst bekommen Eure Ritter richtig Arbeit.«

»Wer sollte es sonst sein?«, schrie ein anderer.

»Du Schwachkopf!«, tönte eine tiefe Stimme, »wer ist schon so blöd und greift eine Flotte von mehr als hundertfünfzig Schiffen an?«

»Die, die es in der Dunkelheit nicht sehen, du Hirnloser«, schrie ein dritter zurück.

Der Mann an der Reling, Pedro, legte die Handkante an die Stirn und sah angestrengt auf das dunkle Meer. Im Schein der Laterne zeichnete sich ein Schiffskörper ab und im Dunkel der Nacht wurden darauf Gestalten sichtbar, die ebenfalls eine Laterne schwenkten und gegen den Sturm anbrüllten: »Wer seid ihr?«

Pedro rief zurück: »Dies ist das Schiff eurer Majestät des Königs Don Jaime von Aragon, ich bin der Kapitän, Pedro de Massa, und wer seid ihr?«

Grölender Jubel war die Antwort der anderen. »Willkommen, willkommen!«, schrien sie immer wieder und man konnte sie mit den Armen wild in der Luft herumfuchteln sehen. »Wir sind das Schiff von Don Guillem de Montcada!«

In diesem Moment trug ein heftiger Windstoß das königliche Schiff weiter und das Rufen und Grölen der anderen ging im Fauchen des Windes unter. Der Kapitän und die Matrosen verließen die Reling wieder.

»Dieses Schiff hat die gleiche Kampfkraft wie sein König«, bemerkte Pedro als sie zum Steuermann hinüber gingen. »Als Nachhut der Flotte sind wir gestartet und nach nicht einmal zwölf Stunden haben wir unsere Vorhut überholt.«

»Na, wenn das kein gutes Omen ist.«, erwiderte Ramon trocken. »Da sollten wir einen drauf trinken.« Er zog aus einem Beutel unter dem weißen Umhang mit dem roten Tatzenkreuz eine Flasche hervor und reichte sie Pedro.

»Da, probier. Das ist feinster arabischer Arak. Das wärmt, und hebt den Kampfgeist.«

Pedro hob die Flasche. »Auf den Sieg!«, rief er, »... und auf den König!« Er nahm einen tiefen Zug aus der Flasche und setzte begeistert hinzu: »... und auf die Templer, die so ein Teufelszeug bei sich tragen.«

Der Sturm hielt die ganze Nacht lang an und als der Morgen kam, nahm er noch mal an Stärke zu. Auch den folgenden Tag tobte er, so dass es schon gegen acht Uhr abends war, als Ramon wieder an Deck kam und sich zum Kapitän an das Steuerrad vorkämpfte.

»Wie weit noch, Pedro?«, rief er ihm zu.

»Heute Nacht müssten wir die Insel Mayurca erreichen«, schrie der Kapitän zurück.

Ramon starrte in den grau-schwarzen Himmel, dessen Horizont ohne Übergang mit dem Meer verfloss. Es musste kurz vor Sonnenuntergang sein, aber das dunkle Grau von Meer und Himmel weckte den Eindruck tiefer Nacht.

Plötzlich flaute der Wind ab und das Meer begann sich zu beruhigen. Ramon blickte den Kapitän fragend an. Aber der sah nur mit gerunzelten Brauen schweigsam auf das Wasser hinaus. War das die Ruhe vor einem neuen Sturm? Mit einem Mal wurde es heller am Himmel und die Wolkendecke begann sich zu lichten. Fasziniert beobachtete Ramon diesen plötzlichen Stimmungswechsel der See.

Die Luke zu den Kajüten öffnete sich und eine große, schlanke Gestalt betrat in Begleitung mehrerer Männer das Deck. Der Mann überragte alle anderen um Haupteslänge. Seine Augen wirkten beinahe schwarz im Gegensatz zu den dichten blonden Locken, die ungebändigt unter seinem goldenen Drachenhelm hervor wallten. Das Gesicht war von einer ebenmäßigen Schönheit, wie das einer griechischen Statue, und den sinnlichen Mund umrahmte ein rot-blonder langer Bart.

Ramon war jedes Mal fasziniert bei seinem Anblick, und schenkte den Gerüchten über die vielen Liebschaften des Königs vollen Glauben. Es war nicht nur das Aussehen des Herrschers, sondern auch die anmutige und trotzdem selbstbewusste Art, mit der er sich bewegte, sein strategisches Können und seine unnachahmliche Fähigkeit, uneingeschränkter Herrscher und trotzdem Mensch zu sein, was ihm eine besondere Ausstrahlung verlieh.

Ein Schrei ertönte aus dem Mastkorb. Der Kapitän winkte den König heran, deutete eine Verbeugung an und wies mit dem Finger Richtung Horizont.

Ramon starrte in den Dunst. Er meinte ganz zart die Silhouette eines Felsenbandes zu sehen. Da riss plötzlich der Dunstschleier wie ein Vorhang auf und gab den Blick auf die Steilküste einer Insel frei. Durch ein Loch in den finsteren Wolken beleuchtete ein Bündel Sonnenstrahlen den Küstenstreifen und ließ ihn in intensiven Grün-, Blau- und Brauntönen schillern. Es war totenstill. Keiner sprach ein Wort.

»Mayurca«, sagte der König ergriffen.

Der Kapitän verbeugte sich tief vor dem Herrscher. »Mein König Ihr hattet recht mit eurem Gottvertrauen und ER möge euch auch weiterhin beistehen.«

Plötzlich kam Leben in das Schiff.

»Majestät, wir sollten die Segel einholen und die Laterne löschen, damit man uns nicht vom Ufer aus sehen kann«, sagte der Kapitän. Don Jaime nickte und gab dem Kapitän ein Zeichen. »Wir warten hier auf den Rest der Flotte«, entschied der König, »und wir hängen die Laterne so, dass man sie nicht von Land aussehen kann, aber wohl, dass der Rest der Flotte sie sehen und uns finden kann.«

Sofort hallte der Befehl über Deck. Das Scharren von Tampen, die über die Holzplanken gezogen wurden, mischte sich mit dem Dröhnen der Schritte, Quietschen der Ankerkette und den Befehlen, die hin und her schallten. Die Segel wurden eingeholt und das Schiff des Königs lag ruhig und wartend vor der Westküste Mallorcas.

Die Flotte hatte sich über Nacht wieder gesammelt. Der Morgen des 7 September 1229 brach an, und fand den Kapitän des königlichen Schiffes mit gerunzelter Stirn nach Westen blickend.

Man hatte begonnen die Segel zu setzen um Richtung Pollenza zu segeln.

Der König trat beunruhigt an seine Seite. »Ihr seid nicht zufrieden mit der See, Kapitän? Was ist Euch? Die Wolken am Himmel sehen doch nicht nach Unwetter aus.«

Pedro schüttelte den Kopf. »Das täuscht. Das Meer am Horizont ist rau. Es zieht ein Sturm auf, von Westen her. Wir sollten uns vorsehen.«

Er hatte noch nicht ausgesprochen, da erfasste aus dem Nichts heraus eine heftige Böe das Schiff. Die Segel blähten sich und das Boot begann sich zu drehen.

»Segel einziehen! Segel einziehen!«, schrie der Kapitän über Deck.

Die Mannschaft rannte über die Planken. Eine weitere Böe ließ die Segel wild schlagen. Der Wind trieb höhere Wellen vor sich her und Gischt peitschte die Schiffe, die wie wild auf dem stürmisch bewegten Wasser schaukelten. Jetzt rollten große Brecher heran, klatschten mit dumpfem Dröhnen an den Rumpf und schwappten über Deck.

Wer nicht dringend gebraucht wurde, war unter Deck geflüchtet. Dort hatten sich alle versammelt. Keiner sprach ein Wort. Totenstille lag über der Kajüte. Es schien das Ende der Mission zu sein. Sie konnten in diesem Sturm nicht nach Pollenza segeln. Da erhob sich der König und begann zu beten.

»Herr mein Gott, Du bist der Herrscher über diese Welt. Wir leben von Deiner Gnade und ich habe keine Zweifel gehabt, dass Du uns in diesem Abenteuer beistehen würdest. Ich habe von Geburt an Deine Gnade gespürt und möchte Dir jetzt die Ehre geben, gegenüber diesen bösen Menschen, die sich gegen uns aufrichten.

Mein Schöpfer, bitte hilf uns in dieser großen Gefahr, dass wir diesen wichtigen Kampf, den wir begonnen haben, nicht verlieren, denn wir würden ihn nicht alleine verlieren, sondern auch Du, denn ich habe diese Reise unternommen um den Glauben, den Du uns gegeben hast, zu verstärken und die zu zerstören, die nicht an Dich glauben.

Heilige Maria, ich schwöre Dir feierlich, aus einem Zehntel der Beute, eine Kathedrale zu errichten ...«

Es donnerte die Stiegen hinunter und mit einem Schlag sprang die schwere Türe der Kajüte auf. Berstend schlug sie gegen die Wand und Berenguer Gairan, der Navigator des Schiffes, stürmte herein. Sein Haar stand zu Berge vom Sturm zerzaust und weiß von Salz.

»Don Jaime!«, brüllte er gegen das Pfeifen des Windes und das Ächzen des Schiffes an. » Der Kapitän, Pedro de Massa, schickt mich. Ich kenne die Insel Mayurca. Wenn wir im Windschatten der Insel Dragonera Richtung Osten segeln, erreichen wir in Kürze eine kleine Insel Pantaleu. Von dort aus könnte man leicht an Land gehen und die Lage erkunden.«

»Herr Dir sei Dank!«, rief der König aus und bekreuzigte sich. »Nun so lasst uns denn aufbrechen.«

Sie lagerten zwei Nächte vor der Pantaleu, bis sie am Abend des 10. September bereits in der Bucht von Sanat Bunsa- Santa Ponça landeten. Die Schlacht konnte beginnen.

33

Don Nuño Sanç, Graf von Rousillon, Beschützer des Königs von klein auf, und der Templer Ramon Serra, lenkten ihre Pferde neben die schwarze Stute des Königs.

Sie hatten die Kuppe eines Hügels in der Sierra de Porto Pi erreicht. Hinter ihnen lag der Ort Sanat Bunsa und die pinienbewachsene Ebene der Insel, die von einzelnen Hügeln durchbrochen wurde und deren würziger Duft von Rosmarin, Pinienharz und Zistrosen sie seit der Landung begleitete. Vor ihnen lagen die bewaldeten Hügel der Sierra, die sie noch von der Hauptstadt trennten.

»Ein guter Tag für Euch und uns alle.« Don Nuño Sanç wandte sich dem König zu, während er beruhigend den Hals seines unruhig tänzelnden Pferdes klopfte. »Wir haben nicht nur die heutige Schlacht gewonnen, mein König. Gott ist mit uns, denn mit seiner Hilfe haben wir zuerst dem Sturm getrotzt und dann die Schlacht bei Sanat Bunsa gewonnen, wo wir mehr als 1500 Sarazenen getötet und die restlichen Feinde in die Flucht geschlagen haben. Jetzt sind wir schon auf der Sierra de Porto Pi und haben auch diese Schlacht erfolgreich geschlagen. Wir nähern uns der Stadt.«

Sie wendeten den Blick Richtung Osten und sahen über die bergige Landschaft in die Richtung der Medina Mayurca. Noch lag sie verborgen, aber vom nächsten Gipfel aus würde man sie sehen können.

Der König nickte zufrieden. Er ließ seinen Blick über die sanften Hügel der Sierra Porto Pi schweifen, bis auf das weite Meer hinaus, das hinter ihnen lag.

Sie schwiegen eine Weile und genossen die warme Brise des Herbstwindes, die den salzigen Meeresgeruch mit dem würzigen Aroma des Pinienharzes und dem der braunen Erde Mayurcas mischte.

Der Templer beobachtete den König, der schon eine Zeit lang konzentriert nach Südosten blickte. »Was seht Ihr, mein König?«

»Der Wadi Abu Yahiya ist aus der Stadt ins Gebirge gekommen. Vielleicht versucht er sich in Sicherheit zu bringen. Ich kann ihn auf diesem Hügel da vorne sehen, denn er ist in weiß gekleidet und reitet auf einem weißen Pferd. Wir können ihm und seinen Truppen jetzt den Weg abschneiden und auf diese Weise verhindern, dass er wieder zurück in die Stadt kann.«

Maestre Ramon und Don Nuño stimmten ihm zu. Vorsichtig lenkten sie ihre Pferde den Abhang hinunter, um zum Rest der Truppe zu stoßen. Noch waren sie nicht weit gekommen, da vernahmen sie von Ferne das Knacksen von Ästen und den Klang von Hufen. Sie zückten ihre Schwerter.

»Wer da?«, rief Don Nuño laut.

»Don Alemany!«, ertönte die Antwort und im gleichen Moment tauchte ein Reiter zwischen den Pinien auf.

Alemany war einer der Adeligen, die den Vertrauten des Königs, Guillem de Montcada, auf seinem Schiff begleitet hatten.

»Mein Herr und König, was wollt Ihr tun?«, rief er schon von Weitem.

König Jaime wartete einen Moment, bis der atemlose Alemany ihn erreichte. Dann zog der König die Brauen hoch: »Wir reiten zur Stadt und schneiden dem Wadi Abu Yahiya den Weg ab, damit er nicht zurück kann.«

»Herr, mein König«, erwiderte Alemany, und man sah

tiefe Verzweiflung in seinem Gesicht, »wir haben heute eine Schlacht gewonnen, aber wir haben sie verloren, obwohl wir sie gewonnen haben.«

Das Gesicht des Königs wurde sehr ernst. »Was wollt ihr denn damit sagen?«, fragte er und zog beunruhigt die Augenbrauen zusammen.

»Wir ritten gerade bergauf«, begann Alemany, »und näherten uns Schritt für Schritt der Stadt. Nach etwa einer Meile kam der Bischof zu uns und rief: ›In Gottes Namen, reitet nicht so schnell. ‹ Ich entgegnete ihm noch belustigt: ›Wieso nicht, wenn es so besser geht?‹ Aber er rief ernst: ›Ich muss mit euch reden. ‹ Wir warteten, bis er bei uns war und da brachte er uns unter Tränen die schreckliche Botschaft, dass die Montcada-Brüder im Kampf gefallen sind.«

Der König wurde kreidebleich. Tränen traten in seine Augen, und er senkte den Kopf als er sagte: »Ja! Heute haben wir wirklich alles verloren.«

34

Der Großkomtur der Templer, Ramon Serra, saß frierend in seinem Zelt. Er hatte nicht mehr schlafen können, denn seine Gedanken kreisten um die Frage, wann sie es endlich schaffen würden, die Stadt zu erobern.

Seit der Beerdigung der Montcada-Brüder waren mehr als drei Monate vergangen. König Jaime hatte nach dem Tod der beiden Adeligen sofort alle Kämpfe einstellen lassen und die Montcadas mit Ruhm und Ehre beerdigt, bis man sie nach dem Sieg über die Stadt einer würdigen Ruhestätte würde zuführen können. Danach hatte er für alle ein großes Mahl abhalten lassen. Zu Ehren des Königs und der Montcadas hatte man den Ort ›Ben-Dinat‹ genannt, der Ort an dem man ›gut gespeist‹ hatte.

Inzwischen aber war es richtig kalt geworden am Fuße der Tramuntana und die Soldaten froren. Die Rüstungen boten keinen Schutz vor den eisigen Winden, die über die Insel fegten. Ramon Serra, dem Templer, kam es vor, als wären es nun schon unendliche Tage, dass sie vor der Stadtmauer lagerten und versuchten, die Medina Mayurca einzunehmen. Es gab keine größeren Erfolge und die Soldaten verloren an Kraft und Begeisterung. Ohne die Inselbewohner der anderen Städte, die das Heer mit Lebensmitteln versorgte, um nach dem Sieg verschont zu bleiben, hätten die Truppen des Königs keine Chance gehabt, den hereinbrechenden Winter zu überleben. Aber auch wenn die Temperaturen auf der Insel immer noch im untersten Bereich der Plusgrade lagen, waren die Soldaten langsam am Ende ihrer Geduld und ihrer Kräfte. Es wurde Zeit diese Schlacht zu beenden.

Wir haben am Anfang nicht erkannt, dass die Mauren uns in Einzelkämpfe kleinerer Gruppen verwickelt haben. Sie hatten eine gute Strategie. Sie hatten die Hügel besetzt und das hat es uns unmöglich gemacht, eine klare Frontlinie zu bilden. Wenn wir das klar erkannt hätten, würden die Montcada Brüder noch leben. Und das ist es, was unseren König bedrückt.

Ramon hörte Schritte. Er verließ das Zelt, den Mantel eng um sich geschlungen und rieb seine eiskalten Hände, um sie zu wärmen. Die mondlose Nacht war still und sternenklar und kälter als die vorherigen. Es musste etwa drei Uhr morgens sein, am Tag des Heiligen Sylvester. Sein Blick wanderte über das Lager. Zwischen zwei Zelten sah er einen goldenen drachengeflügelten Helm gesenkt hin und her wandern. Der König. Er ging hinüber.

»Don Jaime! Ihr könnt auch nicht schlafen?«

Der König hob den Kopf. »Maestre Ramon! Nein. Ich bereite den heutigen Angriff noch einmal vor. Ich werde die Stadt in diesem Jahr noch erobern!«

»Nun,«, schmunzelte Ramon, »dann haben wir ja noch jede Menge Zeit.«

Ein Lächeln flog über das Gesicht des Herrschers.

»Ihr habt alles perfekt geplant, Don Jaime«, fuhr Ramon fort. »Heute wird es gelingen. Die Mauer und das Tor sind präpariert, so dass die Soldaten im Morgengrauen in die Stadt durchbrechen können. Dass die Mauren die Christen auf die Zinnen der Stadtmauer gebunden haben, damit wir sie treffen, wenn wir die Stadt beschießen, hat den Zorn der Soldaten nochmal verstärkt.«

Der König nickte. »Ich habe noch einmal darüber nachgedacht, ob wir das Friedensangebot des Wadi Abu Yahiya hätten annehmen sollen. Wir hätten mit jeder Menge Gold und

Schätzen abziehen können und die Stadt dazu bekommen. Wir hätten viel Blutvergießen gespart. Aber ich hatte keine Chance gegen den Widerstand der Adeligen, die aus Zorn über den Tod der Montcada Brüder nach Rache geschrien und den Tod von Abu Yahiya gefordert haben.«

»Mein König, es sind unsere *Feinde*, die wir da bekämpfen.«

Jaime sah ihn an. »Maestre Ramon, auch da sind Menschen dabei, die fühlen wie wir. Männer, die ihre Frauen und Kinder lieben und beschützen wollen. Denkt an die Mallorquiner außerhalb von Palma, die gekommen sind und uns mit Essen versorgt, sich uns als Untertanen unterworfen und uns jede Gastfreundschaft erwiesen haben. Das waren Christen *und* Moslems. Jeder unserer Kriege ist ein zweischneidiger Krieg.«

Ramon neigte den Kopf. »Ihr habt Recht, Don Jaime. Ihr seid der beste König, den Aragon je gesehen hat und ein guter Freund. Aber Herrscher, wie Abu Yahiya, der seit Jahren unsere Handelsschiffe ausgeraubt und versenkt hat, verdienen den Tod genauso wie jeder, der das Schwert gegen Euch und Gott erhebt.«

Der König lächelte. »Ich weiß Eure Treue zu schätzen, mein Freund. Lasst uns ein wenig ruhen, bevor der Bischof von Barcelona im Morgengrauen die Messe hält. Dann erobern wir mit Gottes Hilfe diese Stadt.«

Mit den ersten Sonnenstrahlen brach das ganze Heer auf. Die Helme glänzten golden im Licht der aufgehenden Sonne und während sie auf die Stadtmauer zuliefen, schrien sie im Chor: »Santa Maria! Santa Maria!«

Sie durchbrachen die präparierte Mauer und das Tor und

zwängten sich so schnell und so zahlreich, als möglich durch die engen Öffnungen in die Stadt.

Schwerter surrten und blitzten im Sonnenlicht, bevor sie aufeinander klirrten oder sich in die hellen und dunklen Körper bohrten. Im ersten Moment schienen die Mauren im Vorteil. Ein Spanier nach dem anderen fiel tot auf den hellen Sandsteinboden, der innerhalb von Minuten rot getränkt von Blut war. Doch jetzt waren auch die Reiter des Königs Jaime durch das Tor gekommen und halfen, die Verteidiger der Stadt niederzustechen.

Pedro zog das Schwert aus einem Sarazenen, der vom Pferd zu Boden fiel.

Er sah Don Jaime neben sich, der mit einem Mauren focht und wendete sein Pferd, um einen von rechts an den König heran reitenden Angreifer zu überwältigen. Da sah er, dass direkt hinter dem König, von einer Mauer verborgen, ein Sarazene auf einem Pferd saß. Der König musste vor dem vorderen Angreifer zurückweichen und geriet direkt an die Mauer. Der Sarazene schoss hervor und Pedro schlug seinem Pferd die Sporen in die Weiche. Es flog nach vorne und mit dem Schwert voraus, spießte er den Sarazenen auf. Dessen Schwert hatte des Königs Rüstung nur gestreift. Der König blickte sich um und der Angreifer vor ihm nutzte den Moment. Er stach zu, aber Pedro war schneller. Der Sarazene sank ebenfalls vom Pferd. Pedro nickte Jaime kurz zu, wendete sein Pferd und warf sich gegen den nächsten Angreifer.

Ein weißes Ross sprengte heran.

»Roddo! Roddo! Stoppt sie!« schrie der Mann, der darauf saß. Er hatte einen weißen Umhang und trug einen Bart: Abu Yahiya, der Herrscher von Mallorca.

Ramon kam von der anderen Seite geritten und schrie dem König zu: »Don Jaime, ich halte euch den Rücken frei! Verfolgt ihr Abu Yahiya!«

Zwei Araber hatten das mitbekommen und nahmen die Verfolgung von Don Jaime auf. Ramon versuchte, ihnen den Weg abzuschneiden, unterstützt von einem Templer, der gerade von der anderen Seite kam. Doch da stürzte ein Maure auf den anderen Templer zu und schlitzte mit seinem Krummschwert den Bauch des Pferdes auf. Das Tier fiel blutend zu Boden und der Templer stürzte mit. Sein Bein klemmte sich unter dem toten Tier ein. Ramon gab seinem Pferd die Sporen. Der Araber hob sein Schwert und stieß es auf den Templer nieder. Im gleichen Moment trennte Ramon mit einem horizontalen Schwertstreich den Kopf des Mauren ab. Aber es war zu spät. Der Körper des Mauren fiel auf den toten Templer und das Blut färbte seinen weißen Umhang tiefrot.

Ramon sah sich um. Jaime und Abu Yahia waren nicht mehr zu sehen. Er erblickte Pedro, der zu Fuß gegen zwei Araber kämpfte. Ramon ritt auf ihn zu. Ein Maure griff ihn von links an. Er streckte ihn mit einem Schwertstreich zu Boden und im gleichen Moment sah Ramon hinter Pedro einen Araber auftauchen. Pedro konnte ihn nicht sehen. Ramon sprengte heran. Der Araber holte mit dem Schwert aus. Ramon sah es, wie in Zeitlupe auf Pedro zustoßen. Er beugte sich herunter, riss Pedro im Vorbeireiten mit und zog ihn hinter sich auf sein Pferd.

Der Kampf tobte stundenlang.

In den Straßen der Medina Mayurca schwamm das Blut. Wohin man auch schaute, überall lagen verstümmelte Körper, abgetrennte Gliedmaßen, Tote und Verletzte.

Die Sarazenen sahen, dass sie die Schlacht verloren hatten und flohen in Scharen durch die Tore der Stadt ins Gebirge, wo sie Schutz in den Höhlen suchten.

Noch bevor die Sonne am letzten Tag des Jahres 1229 unterging, war die Medina Mayurca erobert.

35

Stille lag über der Medina Mayurca. Ein kalter Wind pfiff durch die leeren Straßen, auf denen der Regen immer noch nicht alles Blut abgewaschen hatte. Die dunkelgrauen Wolken ballten sich düster am Himmel, gaben dann und wann einen kurzen Regenschauer preis, um sich danach erneut zu verschließen. Langsam kroch die Abenddämmerung am Horizont herauf. Die Menschen hatten sich in ihre Häuser zurückgezogen.

Nur in der kleinen Sandbucht, jenseits des südöstlichen Eckturmes der Stadtmauer, loderte ein Feuer. Sein oranger Schein spiegelte sich in einem weißen Mantel mit Tatzenkreuz, der sanft im Wind flatterte, und wärmte die Gesichter der beiden Männer, die sich auf einem angeschwemmten Balken sitzend, unterhielten.

»König Jaime hat ausdrücklich gesagt, dass er nichts mit der Folter an dem Wadi Abu Yahiya zu tun hatte«, stellte Pedro bestimmt klar.

Ramon wiegte den Kopf. »Wir kennen den König beide und wissen, dass er es zumindest geduldet hat. Sie haben den Mann in Anwesenheit seiner Söhne grausam gefoltert und ihm dann den Kopf abgeschlagen.«

»Der Wadi Abu Yahiya war ein *Feind*«, konstatierte Pedro.

»... und das hat Don Jaime nicht daran gehindert, sich die Nächte mit dessen Töchtern zu vertreiben«, setzte Ramon dagegen. »Wo bleibt da die Konsequenz?«

»Das Feindbild unseres Königs schließt eben Frauen aus«, feixte Pedro. »Und eigentlich hat er Recht.«

«Das kann nur von dir kommen«, lachte Ramon. »Du legst dich ja diesbezüglich auch nicht fest.«

»Wozu auch. So ist es viel unkomplizierter. Aber da kannst du ja nicht mitreden.«

»Kein Bedarf, mein Freund. Das kann der König für mich mit erledigen.«

»Ja, sonst hätten wir heute Abend keine Zeit am Meer zu sitzen ...«

Ramon zog eine Flasche Wein unter seinem Umhang vor und ergänzte grinsend: »... und auf den Sieg anzustoßen.«

Pedro lachte schallend und schlug Ramon auf die Schulter. »Das lobe ich mir doch: Wein, Freundschaft, Freiheit. Mein Bruder, lass uns das Leben genießen.«

Der Wind trug ihr Lachen und Scherzen noch lange aufs Meer hinaus.

36

Er hatte unruhig geschlafen.

Noch weit bevor die Dämmerung anbrach stand er auf. Die Überfälle der letzten Tage ließen ihn gedanklich nicht zur Ruhe kommen. Es gab noch zu viele feindliche Sarazenen, die sich in den Bergen versteckt hielten und er würde nicht aufhören sie zu suchen, bevor die Insel nicht ein sicherer Ort für alle Bewohner war. König Jaime war mit ihm und einem Trupp Soldaten schon letzte Woche in der Tramuntana gewesen. Sie hatten ein paar hundert Sarazenen getötet. Aber nun wollte Ramon mit seinen Templer-Brüdern ein weiteres Mal die Berge durchkämmen. Die Hälfte von ihnen waren schon gestern in Richtung Valle de Mussa – Valdemossa– aufgebrochen. Der Rest sollte, die nächsten Tage, unter seiner Führung folgen und Ramon wollte heute schon einmal das Gelände erkunden.

Er sattelte sein Pferd, das müde den Kopf hängen ließ und Ramon klopfte aufmunternd seinen Hals.

»Auf, Estella. Das schaffen wir schon.«

Das Klappern der Hufe hallte laut über das Pflaster, als er zum westlichen Stadttor ritt. Dann lenkte er das Tier in Richtung Sóller.

Der erste helle Streifen Dämmerung war am Horizont sichtbar und das Schwarz der Nacht wich einem milden Grau. Die Luft war lau, jetzt Anfang April, und roch würzig nach Pinienharz, Rosmarin und Zistrosen.

Ramon hatte von ein paar Spähern erfahren, dass sich Sarazenen in den Höhlen der Sierra Alfabia versteckt hielten. Er hoffte, heute Genaueres in Erfahrung zu bringen und ritt ein Stück bergauf. Einige Steine lösten sich unter den

Hufen des Pferdes und Estella begann zu rutschen. Das Geröll polterte zu Tal. Ramon stieg ab und führte das Tier langsam am Zügel weiter, um die Feinde durch die Geräusche nicht zu warnen.

Ein Höhleneingang lag etwa hundert Meter vor ihm. Er band die Zügel des Pferdes an einen Baumstamm und musterte, geduckt hinter einem Strauch, die Umgebung. Die Büsche boten ihm zwar gute Deckung, aber möglichen Feinden ebenso.

Er verharrte eine Weile, während das Licht des einbrechenden Tages der Welt langsam Farben schenkte. Nichts regte sich. Gebückt schlich er sich zwischen den Sträuchern hindurch zum Eingang der Höhle. Sie war dunkel. Er lauschte. Ein leises Scharren war zu hören. Ramon zog behutsam das Schwert aus der Scheide und presste sich eng an den Felsen. Vorsichtig hob er einen Stein auf und warf ihn in das Innere. Ein unterdrückter Schrei hallte in dem finsteren Gewölbe. Dem Laut zufolge konnten nicht viele Menschen darin sein.

Mit gezücktem Schwert sprang er vor den Eingang und rief: »Ergebt euch, bevor ich euch töte!«

Er nahm eine schnelle Bewegung wahr und eine dunkle Gestalt warf sich gegen ihn. Er fasste nach ihr, aber sie schlug ihm die Faust ins Gesicht und hatte sich losgewunden, bevor er reagieren konnte. Er rannte ihr nach, packte sie, riss sie zu Boden und setzte ihr seinen Fuß und das Schwert auf die Brust.

Die Sonne schob sich am Horizont herauf und ihre ersten Strahlen fielen auf die Gestalt am Boden. Es war eine junge Frau. Ramon zog sein Schwert weg und trat zurück.

»Steh auf«, befahl er ihr.

Sie erhob sich anmutig und verschränkte trotzig die Arme vor dem Körper.

Noch nie hatte er eine so wunderschöne Frau gesehen. Dunkle lange Locken umflossen wie Wellen ihr ebenmäßiges Gesicht, dessen feine Haut in zartem Goldbraun schimmerte. Ihre tiefbraunen Augen hatten die Form von Mandeln und ihre vollen Lippen waren geschwungen und samt rot. Ramon schätzte, dass sie etwas jünger war, als er selbst. Sie war schlank und eher groß für eine Frau, kaum kleiner als er. Um ihre Brüste hatte sie ein buntes Tuch geschlungen und dazu trug sie ein cremefarbenes Hüfttuch, das wie eine Hose gebunden war. Ihre Perlenohrringe schimmerten im zarten Apricot der Morgenröte. Sie hatte noch keine Silbe gesprochen.

»Wie heißt du?«, fragte er.

Sie schwieg.

»Du bist in meiner Hand, also solltest du mich nicht herausfordern.« Ramons Ton war streng. Er wollte sie nicht merken lassen, wie sehr ihm ihr Mut imponierte.

Sie schwieg weiter.

»Ich könnte dich töten, wenn ich wollte.« Ramon zog sein Schwert. Aber sie zuckte nicht einmal mit den Wimpern. Da trat er einen schnellen Schritt vor und packte ihren Arm. Die Faust ihrer freien Hand schnellte vor, aber diesmal hatte er damit gerechnet und drehte den Kopf weg. Ihr Schlag ging ins Leere.

Ramon steckte sein Schwert zurück, packte auch ihren zweiten Arm. »Hör auf damit. Das hilft dir jetzt nichts. Ich will dir nichts Böses, ansonsten hätte ich dich längst getötet. Ich möchte nur, dass du mir sagst, wer du bist. Rede mit mir, dann lasse ich dich vielleicht laufen.«

Sie sah ihn mit ihren großen dunklen Augen an und Ramon hatte das Gefühl darin zu versinken.

»Ich bin Leila. Und ihr habt meine Familie getötet. Ich hasse euch und es ist mir egal, wenn ihr auch mich tötet. Aber ich werde euch verfluchen, wenn ihr es tut.«

Sie hatte eine weiche, warme Stimme und ihre Worte klangen, im Gegensatz zu dem, was sie sagte, wie eine Melodie.

Ramon nickte. »Tut mir leid für dich. Aber ich kann dir deine Familie nicht zurückbringen. In einem Krieg sterben immer Unschuldige. Ich habe auch zwei meiner Freunde verloren. Du hast jetzt die Wahl. Du kannst dich mir anvertrauen und mit mir reden, oder ich nehme dich mit und bringe dich zum König. Dann soll der entscheiden, was mit dir passiert.«

Sie sah einen Moment unsicher aus. »Du wolltest mich doch gehen lassen«, sagte sie dann und hob stolz das Kinn.

»Wo würdest du denn hingehen?«

»Hier bleiben«, erwiderte sie.

Er sah sie an. »Ja, so lange, bis die Soldaten des Königs dich finden und töten.«

Sie zögerte kurz. »Wer bist du eigentlich und was willst du von mir?«

Ramon sah sie erstaunt an. Sie war mutig und stark und doch weich. In seiner Jugend und all die Jahre als Tempelritter hatte er viele Frauen getroffen. Es hatte ihn nie eine von ihnen interessiert. Templer zu sein, sein Gelübde zu halten, für Gott zu kämpfen, das hatte ihn erfüllt. Er hatte nie Verlangen nach einer Frau gehabt. Es war das erste Mal, dass er so etwas wie Begehren spürte, und es verwirrte ihn. Er hatte keine Ahnung wie das enden würde.

»Ich heiße Ramon Serra und bin der Meister der Tempelritter.«

Sie neigte den Kopf. Die Sonne ließ ihre Locken glänzen und Ramon hatte einen Augenblick lang das Verlangen, ihr Haar zu streicheln. Es erregte und erschütterte ihn gleichermaßen. Er war einer der kampferprobtesten Templer, der König legte viel Wert auf seinen Rat und er hatte großes Geschick im Verhandeln mit Gegnern. Die vielen Toten, die er gesehen hatte, hatten ihn nicht aus dem Gleichgewicht bringen können. Jetzt war er zum ersten Mal nicht Herr seiner Gefühle. Er versuchte einen klaren Gedanken zu fassen. Gehen lassen konnte er Leila nicht. Er hatte Angst, sie nie wieder zu sehen oder wenn, dann tot. Er konnte auch nicht bei ihr bleiben. Ein banaler Gedanke schoss ihm durch den Kopf.

»Hast du Hunger?«, fragte er sie. Das würde ihm Zeit zum Überlegen geben.

Sie nickte.

»Ich hole jetzt mein Pferd her und dann essen wir zusammen. Danach werden wir weitersehen. Du bleibst hier vor der Höhle. Einverstanden?«

Sie nickte wieder.

Als er mit dem Pferd zurückkam, stand sie immer noch da, aufrecht, kämpferisch und stolz.

Ramon breitete die Pferdedecke in der Höhle aus und legte seinen Mantel darüber. Sie setzten sich schweigend und aßen den Proviant, den Ramon dabeihatte. Leila schien lange nichts gegessen zu haben. Sie verschlang mit Heißhunger das frische Brot und dazu Oliven, Mandeln, Schinken und Datteln. Immer wieder warf sie ihm einen kurzen Blick zu.

Als sie fertig waren, räumte er die Reste in seine Satteltasche und ging zurück in die Höhle.

Leila stand da und zurrte an dem Knoten ihres Oberteils.

»Was tust du da?« Ramon war irritiert.

Sie sah auf. »Das wolltest du doch«, sagte sie. »Deshalb hast du mir doch zu Essen gegeben und mich nicht getötet, damit ich dir dann Liebe gebe.«

Ramon hielt ihre Hand fest. »Nein, Leila. So funktioniert das nicht.« Er war wie vor den Kopf gestoßen. »Liebe ist etwas anderes. Das kann man sich nicht erkaufen. Das was du meinst ist Sklavendienst. Das will ich nicht. Wie kommst du denn überhaupt darauf?«

Sie sah ihn fassungslos an. »Das ist bei uns so. Der Mann, dem wir gehören, den machen wir glücklich.«

»Aber du gehörst mir nicht.«

Leila lächelte. »Du hast mich nicht getötet, also gehöre ich dir.«

»Leila, kein Mensch gehört einem anderen. Du musst niemandem dienen. Wenn überhaupt dann gehört man zusammen.«

Alleine die Vorstellung, Leila müsste sich jemandem unterwerfen, machte ihm übel.

»Außerdem geht das sowieso nicht«, fügte er dann hinzu. »Ich bin Tempelritter und habe geschworen keine Frau anzufassen.«

Sie sah ihn ungläubig an. «Aber warum dürft ihr das nicht?«

Ramon hatte jetzt endlich seine Gefühle wieder unter Kontrolle. »Komm setzt dich zu mir auf die Decke. Ich möchte nur einfach, dass du mir von dir erzählst. Wo hast du hier gewohnt?«

Leila begann zu erzählen. »Das Haus meiner Familie steht nicht weit weg vom Palast des Wali Abu Yahiya. Er war lange Zeit ein guter Herrscher, aber nach und nach wurde er ein Tyrann. Er ließ alle Leute hinrichten, die ihm nicht passten und presste immer mehr Geld aus seinen Untertanen heraus. Trotzdem war die Medina ein Paradies.«

Sie ließ Bilder vor seinen Augen aufsteigen von einer Stadt, in der das Leben bunt und voller Lebensfreude war. Von einer Stadt, die wie ein riesiger Paradiesgarten war, voller Parks mit schattenspendenden Bäumen, an denen Granatäpfel, Mandeln, Feigen, Zitronen und Orangen ihren aromatischen Duft verströmten. Springbrunnen plätscherten, riesige Dattelpalmen spendeten überall ihren wohltuenden Schatten und rauschten leise mit den Wellen des Meeres um die Wette. Unzählige Wasserspiele und Bewässerungsanlagen ließen die Gärten der Stadt in üppigem Grün erstrahlen und die seltensten Pflanzen prahlten mit den schillerndsten Farben ihrer Blüten und Früchten um die Wette.

Die Stadt, ein einziges buntes Treiben, ein kosmopolitisches Schauspiel, mit Marktleuten und Händlern, die mit ihren Schiffen im Hafen vor Anker lagen, die Waren aus aller Herren Länder anboten: bunte Seiden- und Damaststoffe, Brokate, kunstvolle Handwerkswaren, Jagdvögel und seltene Gewürze. Er konnte fast das fröhliche Stimmengewirr der Katalanen, Araber, Mauren, Afrikaner, Franzosen, Italiener und Griechen, Juden, Christen und Moslems hören, die handelten und diskutierten und einträchtig beieinander saßen.

Und er sah im Geiste die Kinder, die fröhlich durch die engen Gassen rannten, die Männer, die vor den Häusern saßen und ihre Wasserpfeifen rauchten und die Frauen, die mit Krügen auf dem Kopf am Brunnen Wasser holten und sich unterhielten.

Er ließ sich treiben von den Erzählungen über die, von Leben sprühende Stadt und glaubte fast, den Duft der fremdländischen Gewürze riechen zu können, der sich mit dem der einheimischen Pflanzen und Früchte zu einem sinnlichen Cocktail südlichen Lebensgenusses vermischte.

Ramon hätte ihr stundenlang zuhören können.

»Abu Yahiya war kein guter Herrscher, aber was ist euer König für ein Mann?« fragte sie und unterbrach seine Bilder.

»Don Jaime ist ein sehr guter Herrscher«, antwortete Ramon. »Er ist gerecht, schlau, hat Mut und ist ein guter Freund. Seine einzige Schwäche ist seine Leidenschaft für Frauen. Ich glaube das Wort Treue hat er noch nie gehört. Aber sein Volk liebt den König und schon seine Geburt war eine Besonderheit.«

Leila sah ihn zweifelnd an.

»Sein Vater, Pedro II., war ein Frauenheld, das hat sein Sohn wohl von ihm geerbt«, fuhr Ramon fort. »Glücklicherweise hat er sonst nichts von seinem Vater, denn Pedro war berechnend, egoistisch und menschenverachtend. Nicht einmal politisches Geschick hatte er. Pedros Frau, Maria von Montpellier, die er wegen des Besitzes geheiratet hatte, war ganz anders und beim Volk sehr beliebt.

Das ganze Königreich Montpellier wünschte sich nichts sehnlicher als einen Thronfolger, um zu verhindern, dass Pedro das Reich zugrunde richtete.

Da der König nichts von seiner Frau wissen wollte, ja sogar plante, sie zu verlassen, ersannen sich die Adeligen des Reiches, zusammen mit ihr, eine ausgeklügelte List.

Ein junges hübsches Mädchen, auf die er schon lange ein Auge geworfen hatte, tat, als wolle sie ihn erhören. Sie machte zur Bedingung, es müsse bei völliger Dunkelheit im königlichen Bett stattfinden.

In der Woche vor dem denkwürdigen Ereignis, wurden alle im Land zum Fasten aufgerufen. In allen Kirchen des Landes wurde gesungen und um einen Thronfolger gebetet. Pedro bekam mit, dass besonders viele Andachten und Gottesdienste stattfanden und bekam erklärt, dass man um eine gute Ernte beten würde. Was ja auch irgendwie stimmte.

In der besagten Nacht begleiteten zwölf Minister, zwölf ausgewählte Bürger und Adelige, zwölf Hofdamen, zwei Äbte und der Stellvertreter des Bischofs die Königin in ihr Schlafgemach und versteckten sich dann im Nebenzimmer, um dort Wache zu halten. Der König kam, seine junge Geliebte vermutend, in das königliche Bett und verbrachte eine leidenschaftliche Nacht mit seiner Ehefrau.

Im Morgengrauen öffneten die Zeugen die Tür. Der König zog sein Schwert, weil er dachte es wäre ein Überfall, aber da standen nur die neununddreißig Zeugen und der Vertreter des Bischofs, der sagte: ›Gnade sei eurer Güte und Eurem Herrscherblick, der bitte zur Kenntnis nehme, wer neben euch lagert‹.

Die Notare schrieben noch am Bett den Tatbestand auf und ließen Pedro unterschreiben.

Voller Wut setzte sich Pedro danach auf sein Pferd und ritt davon.

Neun Monate später wurde Jaime I geboren. Seine Mutter zündete unter den Bildern der zwölf Jünger, zwölf gleich große Kerzen an und betete zur Jungfrau Maria, sie würde dem Kind den Namen geben, dessen Kerze am längsten brenne.«

Ramon machte eine Pause.

»Seine Kindheit war dann eher schrecklich«, fuhr er nach einem Moment fort. »Pedro nahm Maria das dreijährige Kind weg, gab es mehr als Geisel, denn als Kind, in die Familie von Simon de Montfort und verlobte Jaime mit der Tochter Montforts, die zu dem Zeitpunkt auch noch ein Kleinkind war.

Pedro hat es perfekt verstanden, sich unbeliebt zu machen, weil er nur Macht und Geld im Kopf hatte. Schon seine neugeborene Tochter hatte er ein paar Jahre vorher ohne Marias Einverständnis verlobt um an Besitz zu kommen.

Jetzt versuchte er auf hinterlistige Weise seiner Frau ihr Reich wegzunehmen und ihre Ehe durch eine Lüge zu annullieren und erklärte zwei Jahre nach der Verlobung seines dreijährigen Sohnes dessen Familie den Krieg. In diesem starb er durch die Hand von Simon de Montfort.

Jaime war fünf Jahre alt und Vollwaise, da seine Mutter kurz davor in Rom gestorben war. Somit war er König von Aragon und Herrscher von Montpellier.

Er wurde auf die Burg Monzon gebracht, wo er vom Templerorden betreut und erzogen wurde. Mit zehn Jahren verließ er Monzon auf eigenen Wunsch um Kampferfahrung zu sammeln.«

Sie erzählten abwechselnd. Mal Leila, mal er, und Ramon hatte das Gefühl, sie schon ewig zu kennen. Sie hatten noch einmal etwas gegessen und inzwischen war die Dämmerung hereingebrochen.

Ramon wusste, dass er gehen sollte, aber er konnte sich nicht aus ihrem Zauber lösen.

»Bist du verheiratet?« fragte er.

Leila schüttelte den Kopf. »Ich war jemandem versprochen.«

»Hast du ihn geliebt?«

»Danach fragt uns keiner«, lächelte Leila. »Unsere Eltern suchen uns einen Mann. Wir gehen dann eine Weile in die Bäder zu den weisen Frauen.«

»Was macht man bei denen?«

Leila schüttelte ihre Locken und legte den Kopf in den Nacken. Dann beugte sie sich zu ihm und flüsterte: »Ich zeige es dir.«

Er spürte, wie sich ihre Hand sanft zwischen seine Oberschenkel schob und ihre Lippen sich auf seine legten. Sie schmeckte nach Pfirsich und Sonne. Seine Hand wanderte an ihre Brüste. Sie löste ihr Tuch.

Langsam sickerte die Morgendämmerung in die Höhle. Er lag immer noch wach, spürte Leilas Körper an sich geschmiegt. Ihre Haut roch nach Sommermorgen und er brannte diesen Moment tief in seine Erinnerung ein, um ihn niemals wieder zu vergessen.

Vor der Höhle färbte die aufgehende Sonne die Natur in Orangetöne und ließ die braune, mallorquinische Erde golden schimmern.

Leila bewegte sich leicht. Er küsste sanft ihre nackte Schulter und sie schlug die Augen auf. Der Blick ließ ihn alles vergessen. Sanft zog er sie zu sich und streichelte ihre Haut.

Erst als die Sonne schon hoch am Himmel stand, lösten sie sich voneinander.

Ramon stand auf und starrte hinauf zur Höhlendecke. Leila neigte den Kopf abwartend, erhob sich dann und sah ihn fragend an.

»Du bist nicht glücklich?«, brach sie schließlich das Schweigen. Ramon sah sie an. Sein Herz fühlte sich an als wäre es erfroren.

»Leila, du bist das Wunderbarste, was mir jemals begegnet ist und ich liebe dich mehr als mein Leben. Aber wir können nicht zusammenbleiben.« Er sah, wie ihre Augen sich mit Tränen füllten und es schnürte ihm die Kehle zu. Er verfluchte den Tag, an dem er seinen Eid geschworen hatte. Nie hätte er geglaubt, dass sein Leben durch eine Frau eine völlig neue Dimension bekommen würde, dass er so tief empfinden könnte. Er nahm sie in den Arm und streichelte ihr Haar. Ihre Tränen zu sehen tat ihm weh.

»Es bricht auch mein Herz«, er konnte kaum das Zittern in seiner Stimme unterdrücken, »aber ich würde dein Leben zerstören, wenn wir zusammenblieben.«

»Nein.« Sie hob den Kopf und löste sich aus seiner Umarmung. »Du zerstörst mein Leben, wenn du nicht bei mir bleibst.« Eine einzelne Träne rann über ihre Wange.

»Leila«, er nahm ihre Hand, »ich habe einen Eid geschworen, meinem Orden und Gott treu zu bleiben und wenn ich ihn breche, dann bin ich ein Ausgestoßener: ein Niemand, ein Mann ohne Namen, ohne Beruf, ohne Geld. Ich kann dir nichts, aber auch gar nichts bieten.«

Leila schwieg. Dann senkte sie den Kopf und sagte leise: »Das ist mir egal. Ich möchte einfach nur bei dir sein.«

Ihre Worte fühlten sich an, wie Messerstiche in sein

Herz. Er nahm sie fest in seine Arme, flüsterte in ihr weiches Haar.

«Ich will auch nur bei dir sein, Leila. Aber du brauchst einen Mann, der für dich sorgen kann und bei dem es dir gut geht. Mit mir hättest du das nicht. Und auch wenn es dir jetzt egal ist. Irgendwann würde es dir fehlen. Glaube mir.«

Er spürte, dass sie zitterte und wusste, dass sie weinte.

Seine Tränen flossen erst, als er sein Gesicht in ihren Haaren vergrub.

37

Das Schwert des Königs blinkte im Sonnenlicht auf, als er es durch die Luft schwang und blitzschnell auf den Mann niedersausen ließ, der vor ihm kniete. Ein Raunen lief durch das Volk, als der König mit einem Ruck das Schwert in der Luft abbremste und es vorsichtig auf die Schulter des Mannes legte.

»Hiermit verleihe ICH, Jaime, der König von Aragon, Graf von Barcelona, Herr von Montpellier und Herrscher von Mallorca für heute, und für die Zukunft, dem ersten Admiral und Statthalter der Medina Mayurca, Pedro de Massa, für seine Verdienste im Kampf gegen die Almohaden zu Land und zu See, den Titel: Graf von Carroz.«

Der Applaus hallte durch die Straßen der Stadt. Der Platz vor dem Almudaina-Palast war überfüllt von Menschen, die sich freuten über ein fröhliches Ereignis, nach der langen, harten Eroberungszeit. Der Bischof hatte eine Messe in der neuen ›Kathedrale‹ gehalten. Sie entstand aus dem Umbau der ehemaligen Moschee des Almohadenkönigs Wadi Abu Yahiya. Die Bauarbeiten an der Moschee hatten bereits begonnen und ließen erahnen, wie prachtvoll diese Kathedrale einmal aussehen würde.

Jetzt ritt König Jaime in Richtung Palast, gefolgt von Don Nuño, dem Bischof und den ganzen Adeligen und Würdenträgern.

Die Templer bahnten ihnen den Weg durch die Menge, die begeistert immer und immer wieder grölte: »Vive el rey! Vive el rey! Es lebe der König!« Sein Drachenhelm glänzte so golden in der strahlenden Sonne wie seine blonden Locken, die ihm über die Schultern fielen.

»Möge der Herr uns weiterhin mit seinem Segen begleiten«, rief der König mit erhobenen Armen.

»Glückwunsch, Pedro!« Als sich die Menge verlief, ging Ramon grinsend auf den frisch ernannten Grafen zu und schlug ihm auf die Schulter.

»Tja mein Lieber, das heißt ab heute Graf von Carroz, wenn ich bitten darf«, gab ihm der zurück. Sie umarmten sich freundschaftlich.

»Du hast es wirklich verdient«, bemerkte Ramon. »Der König verdankt dir mehrfach sein Leben.«

»Einfach Glück, dass ich in der Nähe war.« Pedro zuckte die Schultern. »Genauso, wie du für mich da warst. *Dir* verdanke *ich* mein Leben.«

»Nun, das fällt unter Freundschaft, würde ich sagen«, grinste Ramon. »Lass uns was trinken gehen. Ich habe gehört, dass in der Nähe einer der christlichen Siedler der Stadt noch Wein ausschenkt. Wir müssen die Geburt des Grafen Pedro Carroz feiern.«

38

Ramon war in den letzten zwei Jahren oft mit seinen Templerbrüdern in den Bergen unterwegs gewesen. Erst vor kurzem hatten sie die letzten Widerstandskämpfer in der Tramuntana getötet. Er kannte sich in dem Gebirge inzwischen gut aus. Nur das Gebiet um die Höhle hatte er seitdem gemieden.

Immer wieder dachte er an diese Nacht. Sie war unendlich lang und doch so kurz gewesen. Und er hatte gewusst, dass er sich entscheiden musste zwischen Leila und dem Orden.

Immer wieder hatte er die Momente in Gedanken durchlebt, als sie im Morgengrauen in seinen Armen gelegen hatte und er ihr erklären musste, warum sie nicht bei ihm bleiben konnte. Immer wieder hatte er in den vergangenen Jahren nachgedacht, ob es nicht doch eine Lösung hätte geben können. Aber er hatte auch in der langen Zeit danach keine gefunden. So hatte er das Einzige getan, was noch irgendwie Sinn machte: er hatte Leila nach dieser Nacht zu seinem Bruder Francesco gebracht. Der König hatte Francesco für seine Verdienste ein wunderschönes Landgut bei Soller zugesprochen und Ramon wusste, dass Leila es dort gut haben würde.

Er hatte sie seitdem nicht mehr gesehen und sein Leben hatte alle Farben verloren. Noch nie hatte er jemanden so schmerzhaft vermisst. Noch nie hatte er sich gefühlt, als wäre sein Leben nicht vollständig. Sie fehlte ihm in jedem Augenblick, aber das Leben ging weiter und er ergriff jede Möglichkeit, um sich abzulenken. Doch die Nächte waren es, die so endlos lang waren, in denen immer wieder ihr

Gesicht in seinen Träumen auftauchte, und die Traurigkeit in seinem Herzen wachsen ließ.

Der König hatte ihm mit der Verwaltung seiner Güter und des königlichen Archives genug Aufgaben zugeteilt und das half ihm, nicht so viel nachdenken zu müssen.

Sein Bruder Francesco hatte schon öfters versucht, sich wieder einmal mit ihm zu treffen, aber jedes Mal, wenn Francesco in die Stadt kam, hatte er Gründe gesucht, um ihn nicht sehen zu müssen. Er wollte nicht an Leila denken, nicht von ihr hören und sie nicht sehen. Erst recht nicht als Frau seines Bruders.

Die Vollmondnacht war lau und sternenklar. Der Mond hing wie eine riesige Laterne hinter der großen Dattelpalme und aus der Ferne waren Lautenklänge und Stimmen zu hören, die sich mit dem leisen Rauschen der Wellen und dem melodiösen Zirpen der Zikaden vermischten.

Ramon saß am offenen Fenster und schrieb den Archivbericht für den König, denn die Templer verwalteten neben dem königlichen Archiv, auch das Geld des Monarchen.

5 de juliol de 1234, setzte er das Datum auf die Seite. Es klopfte an der Türe.

»Maestre Ramon!« Die Stuhlfüße scharrten über den Marmorboden, als er aufstand.

»Ja.« Er öffnete die Türe.

Frey Arnau stand vor ihm. »Ihr Freund Pedro wartet unten.«

»Danke. Schick ihn herauf, Bruder.«

Die zwei Freunde fielen sich in die Arme.

»Wo steckst du denn immer, Weltreisender?« Ramon schlug ihm die Faust gegen die Schulter.

»Na, das fragt ja gerade der Richtige. Jedes Mal, wenn ich vorbei komme, bist du auf dem Festland, oder eroberst gerade mit dem König Menorca, oder du bist in Frankreich, oder sonst wo.«

Sie lachten beide.

»Hast du Zeit für einen Vino?«

Ramon nickte: »Nichts lieber als das.«

Sie waren in der kleinen Weinschänke gegenüber vom Königspalast eingekehrt, hatten getrunken, gelacht und gescherzt, bis der Wirt an der Theke eingeschlafen war. Jetzt gingen sie durch die stillen, vom Vollmond erhellten Gassen Richtung Templerhaus. Die leichte Meeresbrise trug den Geruch von Salz und Seetang und die Zikaden zirpten. Leise rauschten die Wedel der Palmen im Hauch des Abendwindes und eine Mischung aus dem Geruch von Orangen, Zitronen und Jasmin lag in der Luft.

»Ramon«, begann Pedro, »ich bin nicht nur gekommen, um dich zu sehen. Es gibt da etwas, das ich dir erzählen muss. Wo können wir ungestört reden? Ist nur für dich bestimmt, was ich dir sage.«

Ramon blieb stehen und sah Pedro an. »Da müssen wir an einem Ort reden, wo wir nicht nur ungestört sind, sondern ganz alleine.«

Sie erreichten das Haus der Templer. Wie eine Burg stand es da, erhaben und wehrhaft in den Mauerring eingefügt, der es an die Stadtmauer anschloss. Der Pförtner sah auf, als Ramon und Pedro eintraten. Ramon nickte nur und er nickte zurück. Dann vertiefte er sich wieder in seine Schriften.

Ramon griff sich im Vorbeigehen eine der Öllampen, die aus den vielen Nischen heraus mit warmem Flackern die

Gänge erhellten, und führte Pedro die Stufen hinunter in einen Keller.

»Wein hatten wir doch schon«, grinste Pedro.

»Ja.« Ramon zwinkerte. »Jetzt kommt der volle Rausch.« Er holte einen imponierenden Schlüsselbund unter seinem Umhang hervor und nahm einen großen, verschnörkelten Schlüssel heraus. Er quietschte im Schloss, als Ramon die Tür aufsperrte. Sie betraten einen riesigen Weinkeller, dessen von Kreuzrippen gehaltenes Gewölbe an den Mittelpunkten mit dem Templerkreuz geschmückt waren. Unzählige Fässer, deren Reihen sich in den dunklen Tiefen des Raumes verloren, säumten die Wände und auf dem freien Platz in der Mitte standen ein paar Weinfässer aufrecht, einige davon mit einem runden Brett als Tischplatte.

Ramon sperrte die Türe hinter sich zu und steckte den Schlüssel wieder ein.

»Das muss ich mir merken, falls ich mal Durst hab«, konstatierte Pedro.

Ramon ging auf eines der stehenden Fässer zu. »Hilf mir mal.«

Sie packten es und schoben es zur Seite. Ein dunkles, wurmstichiges Holzbrett mit einem ziselierten Griff wurde sichtbar.

»Das ist nur für deine Augen bestimmt.« Ramons Stimme klang ernst. »Es ist der Fluchtweg zum Meer. Dort wird uns niemand belauschen. Ich will auch, dass du darum weißt, falls du es mal brauchen solltest.«

Pedro hob die Brauen »Nicht schlecht. Habt ihr noch mehr davon?«

»Vom Wein, oder vom Fluchtweg?«

»Von beidem.«

»Ja klar. Kann man doch immer brauchen oder?«

Sie lachten und Ramon zog das Holzbrett hoch. Helle Sandsteinstufen wurden sichtbar und führten in ein dunkles Nichts. Ramon griff die Öllampe und stieg die Stufen hinunter. Die Treppen endeten in einem Gang, der Richtung Südosten führte. Er war hoch genug um zu stehen, tunnelförmig angelegt und mit geglätteten Sandsteinquadern verkleidet, die das Erdreich abstützten.

Langsam gingen sie durch die Gewölbe. Pedro schätzte, dass sie etwa achthundert Meter gegangen waren, als sie plötzlich an eine weitere Türe kamen. Diese war geschlossen, hatte aber weder Griff noch Schloss.

»Hier kommt man ans Meer raus und wieder herein, wenn man weiß, wo der Mechanismus innen und außen versteckt ist.« Ramon zwinkerte. Er trat an die linke Seite der Wand und drückte mit seiner Hand gegen den Rand einer der Sandsteinplatten. Diese drehte sich und gab einen Hohlraum frei, in dem sich ein eigenartig aussehender Mechanismus befand. Ramon drückte auf einen Hebel an dieser Vorrichtung und die Türe schwenkte auf. Sie standen vor einem Felsblock.

»Halt mal kurz.« Ramon drückte Pedro die Lampe in die Hand zog am oberen Ende des Felsens. Dieser knirschte ein wenig und Ramon hielt einen großen Stein in den Händen, den er auf dem Boden ablegte. Durch die Öffnung leuchtete hell der Mond in den Gang und man hörte das Rauschen des Meeres.

»Wir scheinen nicht ganz verkehrt zu sein«, unterbrach Pedro die Stille. »Ihr Templer seid doch Schakale!«

Ramon lachte. »Ich dachte, das weißt du längst. Stell das Licht hier ab. Ich kletter zuerst raus.«

Jetzt erst sah Pedro die stufenförmigen Vertiefungen, die in den Felsen gehauen waren. Geschickt kletterte Ramon am Felsen hoch und schob sich durch die Öffnung. Pedro hörte, wie er auf der anderen Seite hinuntersprang und folgte ihm. Mit einem weiteren versteckten Mechanismus, hinter einem Felsen, verschloss Ramon die Tür zum Gang hin wieder.

Sie standen direkt am Saum des Meeres. Hinter ihnen ragte die Stadtmauer in den Himmel und die Flagge des Königs wehte im lauen Nachtwind auf den Zinnen des Almudaina- Palastes. Vor ihnen lag die Bucht. Kleine Wellen kräuselten sich funkelnd im Licht des Mondes und eine leichte Brise trug den Geruch nach Sand und Meer. Kein Laut war zu hören. Nur das leise Rauschen der Wellen, wenn sie am Sand ausrollten.

Pedro drehte sich zu Ramon. »Das ist doch der Platz, an dem wir nach der Eroberung gefeiert haben.«

Ramon lachte. »Den Gang hab ja auch *ich* angelegt.«

Pedro schlug ihm auf den Rücken. »Du bist ein Teufelskerl.«

Sie lachten beide und setzten sich auf zwei Felsen, die nebeneinander im Sand lagen.

»Nein, sag mal, habt ihr tatsächlich noch mehr Fluchtwege angelegt?«

Ramon grinste. »Ich bin Templer und war einige Zeit in Monzon. Das weißt du doch. Und Monzon ist dir doch bekannt für seine unterirdischen Gänge.«

Pedro hakte nach: »Dann ist es also nicht nur ein Gerücht.«

Ramon grinste immer noch.

Pedro schüttelte den Kopf.

»Du überlässt nichts dem Zufall oder?«

»Wenig«, entgegnete Ramon.

»Na dann weiß ich ja zu wem ich kommen kann, wenn es mal eng wird«, stellte Pedro fest.

»Abhängig davon was du mitbringst«, feixte Ramon. »Für ein Fässchen Wein kann man über vieles reden.« Er wurde ernst. »Aber eigentlich wolltest du mir ja was erzählen.«

Pedro fuhr sich übers Kinn. Er überlegte wie er beginnen sollte. Dann entschied er sich für die offensive Variante.

»Ich habe vor kurzem Francesco getroffen, deinen Bruder. Wir redeten eine Weile und er war sehr bedrückt darüber, dass ihr keinen Kontakt mehr miteinander habt. Du kennst nicht einmal deinen Neffen.«

Ramon zuckte innerlich zusammen. Es war die wundeste Stelle, die Pedro hätte treffen können. Leila hatte einen Sohn mit seinem Bruder. Der Gedanke an sie war wie ein Stich ins Herz.

»Ramon, der Junge ist dein Neffe und er trägt nicht nur deinen Namen, sondern sieht dir auch noch verdammt ähnlich. Francesco würde dich so gerne sehen und dir seinen Sohn vorstellen. Warum weichst du ihm immer aus?«

Ramon versuchte keine Gefühle und Gedanken in sich aufkommen zu lassen.

»Ich habe einfach viel um die Ohren gehabt«, erwiderte er und versuchte gleichmütig zu klingen. »Seit der König uns bei der Aufteilung der Güter den Bezirk der Gumara del Temple und eine Menge Häuser und Besitzungen in den anderen Städten der Insel geschenkt hat, und wir, nach der Eroberung Menorcas, dort auch noch reichlich Besitz erhalten haben, bin ich damit beschäftigt, das Ganze aufzubauen und zu strukturieren. Ich werde mich aber die nächsten

Wochen irgendwann einmal mit ihm treffen. Aber warum war dir die Sache so wichtig, dass wir unbedingt ungestört sein mussten?«

Pedro sah ihm in die Augen. »Ich weiß, es geht mich eigentlich nichts an, aber wir sind Freunde von klein auf. Ich verdanke dir mein Leben. Ich kenne dich so gut wie kaum ein anderer und habe gewusst, dass es einen Grund dafür gibt, dass du Francesco ausweichst. Hätte jemand uns zugehört, hätte er vielleicht Rückschlüsse gezogen. Dein Neffe ist dein volles Ebenbild und du hast Recht gehabt, Leila zu deinem Bruder zu bringen, denn glücklicherweise sieht dir dein Bruder Francesco ja auch sehr ähnlich. Dadurch kommen keine falschen Vermutungen bezüglich des Jungen auf.«

Ramon war bleich geworden. Jetzt verstand er Pedros Worte. Ramon war *sein* Sohn. Pedro war damals der Einzige gewesen, dem er erzählt hatte, dass er Leila zu Francesco gebracht hatte. Aber Pedro wusste nichts von seinen gemeinsamen Stunden mit Leila. Das war Pedros eigener Rückschluss gewesen. Die offizielle Version, die auch Francesco allen erzählte, war, dass Francesco Leila selbst in den Bergen gefunden hatte.

Pedro legte Ramon die Hand auf die Schulter. »Es wird nie jemand von mir erfahren. Und ich bin sicher, dass auch Francesco es nicht ahnt. Du hast für euch alle die richtige Entscheidung getroffen. Aber es ist unauffälliger, wenn du Kontakt zu deinem Bruder und deiner Familie hältst.«

39

Ramon hatte sich fest vorgenommen seinen Bruder aufzusuchen, aber am nächsten Tag erhielt er von einem Boten ein Schreiben, das ihn zu einer Versammlung der spanischen Komture auf die Burg Monzon berief. Ein Schiff nach Barcelona lag im Hafen. Er packte, sattelte sein Pferd und brach am gleichen Tag noch auf.

Erhaben und düster lag die riesige Burg Monzon auf dem Berg, wie eine drohende Faust. Uneinnehmbar, ihre Mauern um sich haltend wie ein Schild, rau und geheimnisvoll erschien sie ihm, als er auf sie zu ritt. Die dunklen Gewitterwolken des grauen Sommertages schienen sich beinahe zur Burg hinunter zu beugen und ließen sie trotz des hellen Steins, aus dem sie erschaffen war, düster und bedrohlich wirken.

Ramon ritt die Stufen hinauf, durch das große Tor. Das Dröhnen der Hufschläge hallte von den dicken Steinmauern zurück. Er dachte daran, dass König Jaime hier seine Kindheit verbracht hatte und nach den Ordensregeln erzogen worden war. Daher sein Spitzname ›der Templerkönig‹.

Ein Ritter wurde sichtbar. Ramon stieg ab. Es war sein Namensbruder und Verwandter Raymond Serra, der Großkomtur der Burg Monzon, der, zur Unterscheidung von ihm ›El Viejo‹, ›der Alte‹, genannt wurde. Ramon, den man demzufolge ›El Joven‹, ›der Junge‹ nannte, kannte ihn von der Wahl im letzten Jahr. Sie begrüßten sich herzlich.

»Bruder, es freut mich sehr euch wieder zu sehen. Hattet ihr eine gute Reise?«, fragte ›El Viejo‹.

Sie plauderten eine Weile und dann bezog Ramon das Quartier der Ritter.

Nach der Andacht und dem Abendessen trafen die, die bereits angekommen waren, sich mit den Templern der Burg Monzon im Rittersaal zur gemütlichen Runde. Erst am nächsten Tag würde die Versammlung sein. Ein Kelch Wein nach dem anderen wurde geleert und jeder wusste eine Geschichte zu erzählen. Das dröhnende Lachen der Männer hallte durch die Festung.

Es ging schon hoch her, als Frey Sancho dem Meister zurief: »... habt ihr noch von dem guten Wein Bruder, oder lagert ihr die Reste in den geheimen Gängen. Dann verlegen wir unseren Abend dorthin.«

»Nein«, rief ein Templer von Monzon zurück. »In den geheimen Gängen lagern wir nur die Delikatessen und die sind nicht für dich, du Saufkopf.«

Ein dröhnendes Lachen folgte, denn Frey Sancho war seiner Leibesfülle nach zu urteilen kein Kostverächter. Er stach deutlich aus der Menge der ganzen drahtigen, schlanken Männer heraus.

Erst nach Mitternacht flaute die Stimmung langsam ab und nacheinander legten sich die Ritter zur Ruhe.

Ramon erhob sich.

»Bruder, ich danke euch für eure Gastfreundschaft. Wenn Ihr nichts dagegen habt, werde ich noch einen kleinen Rundgang im Burghof gehen, bevor ich mich zur Ruhe lege.«

›El Viejo‹ nickte: »Ich freue mich, euch bei uns zu haben Bruder. Erlaubt mir, euch ein paar Schritte zu begleiten.«

Sie gingen schweigend durch den Hof.

Ramon unterbrach die Stille: »Es ist kein großes Geheimnis mehr, dass ihr Gänge unter der Burg angelegt habt.«

›El Viejo‹ schüttelte den Kopf. »Unsere Brüder dürfen es ja wissen, aber es gibt doch immer wieder einzelne, die es auch nach außen tragen, und so kommt es an die falschen Ohren.«

Ramon nickte. »Es ist nicht das Wissen um die Gänge an sich«, fuhr der Großkomtur fort, »es geht mir um das, was nicht in falsche Hände kommen darf. Und das macht mir Sorgen.«

Ramon sah ihn wartend an. Der Großkomtur schien zu überlegen. Dann sah er sich forschend um und sagte: »Frey Ramon. Ich weiß, dass unser König, Don Jaime, sehr großes Vertrauen in euch hat. Er bezeichnet euch sogar als Freund und diese Ehre verteilt er nicht oft. Deshalb möchte ich euch etwas anvertrauen. Die Zeiten sind im Moment noch sicher, aber immer wieder tauchen Neider auf, die es nicht ertragen, dass wir der reichste Orden von allen sind. Aus diesem Grunde war der Großmeister, Armand de Périgord, in den letzten Wochen hier und wir haben über den Verbleib verschiedener Wertgegenstände gesprochen. Allerdings ist es schwierig gute Plätze zu finden, an denen diese Dinge sicher sind. Hier in Monzon ist es nicht mehr möglich. Zu viele wissen um die geheimen Verstecke. Wir haben schon ein paar Lager in anderen Orten angelegt, aber uns fehlt noch ein Platz für unseren heiligsten Schatz.«

Ramon sog tief die Luft ein. Immer wieder wurde gemunkelt, die Templer hätten aus dem Heiligen Land den Kelch mit dem Blut Jesu mitgebracht. Und nur der jeweilige Großmeister wusste angeblich ob es wirklich so war. »Als wir sprachen, fiel euer Name«, fuhr ›El Viejo‹ fort. »Der Großmeister hatte viel von euch gehört. So kam uns der

Gedanke, dass es vielleicht einen Ort gibt, an dem keiner einen Schatz vermuten würde: eure Insel. Diese Versammlung morgen ist zwar wichtig, aber sie war eigentlich ein Vorwand, um euch unauffällig zu treffen.«

Ramon war einen Moment sprachlos. Dann gab er schmunzelnd zu. »Das ist euch gelungen. Nicht einmal ich selbst hätte hinter der Versammlung einen anderen Grund vermutet.« Der Großkomtur runzelte die Stirn. »Ich hoffe es. Aber seit einiger Zeit habe ich wiederholt den Verdacht gehabt, dass es Brüder unter uns gibt, die nicht loyal sind, um nicht zu sagen, Spitzel. Am Tag vor dem Treffen wurde Frey Sancho kurzfristig als Ersatz für seinen Meister geschickt, da dieser angeblich schwer erkrankt sei.

Es ist nicht üblich einen Ersatz zu schicken. Das wisst ihr ebenso wie ich, Frey Ramon. Aber ich hätte ihn nicht zurückschicken können, ohne dass es ein Affront gegenüber dem Komtur, dem Provinzialmeister, gewesen wäre. Es war, als hätte man ihn unbedingt hier haben wollen und ich finde, er verhält sich irgendwie seltsam.«

›El Viejo‹ legte eine kurze, nachdenkliche Pause ein und Ramon dachte an die Bemerkung Sanchos über die Geheimgänge. Hatte er provozieren wollen? ›El Viejo‹ unterbrach seine Gedanken.

»Aber zurück zum eigentlichen Thema. Wir suchen ein sicheres Versteck und nun frage ich euch: könnte das eure Insel sein?»

Ramon versuchte seine Stimme ruhig klingen zu lassen »Und was wäre das für ein Schatz, für den ihr so dringend ein Versteck sucht?«

Der Großkomtur beugte sich ein wenig vor und sagte ehrfürchtig: »Der heilige Gral«.

Ramon hatte das Gefühl, die Welt um ihn würde sich drehen. Es war irgendwie unwirklich. Sie standen unter dem wolkenverhangenen Nachthimmel auf einer düsteren Burg, und irgendwo in ihrer Nähe befand sich ein Zeichen von dem, was dem christlichen Abendland die Glaubensbasis gab: das Blut Jesu als er am Kreuz starb. Das was bisher als Mythos gegolten hatte, bekam plötzlich ein reales Gesicht. Es gab einen Gegenstand, der dem Glauben eine Gewissheit verlieh und den Geschehnissen um den Tod Jesu eine Realität, die er nicht für möglich gehalten hätte.

Er wandte sich dem Großkomtur zu. »Bruder, wenn das wahr ist, dann ist das wirklich der größte Schatz, den es gibt und man muss ihn sehr, sehr gut bewahren. Und deswegen möchte ich nicht derjenige sein, der entscheidet, wo er versteckt wird.«

Der Meister schüttelte den Kopf. Ich möchte von euch nur wissen, wo ihr ihn verstecken würdet und dann werde ich entscheiden, ob ich den Großmeister hierher bitte. Ramon überlegte einen Moment. Sie standen angelehnt an das äußerste Ende der Mauer. Der Wind wehte leicht von Süden her und so war er sich sicher, dass dieser nicht zufällig irgendwelche Worte an falsche Ohren trug.

»Auf Mayurca gibt es viele Höhlen. Diese sind an sich gute Verstecke, aber sie garantieren nicht, dass nicht zufällig einmal jemand darauf stößt. Das sicherste Versteck, das ich kenne, ist eine Kammer, die unter der Kathedrale in der Medina Mayurca liegt. Zu ihr führt einer der unterirdischen Gänge, die als Fluchtwege oder Verstecke dienen, und nicht von außen sichtbar sind.«

Der Komtur schwieg. Er schien zu überlegen. »Erzählt mir mehr«, bat er dann.

»Die Römer haben mit dem Bau ihrer Brunnen, Zisternen und Wasserwege gute Arbeit geleistet. Es gab schon zur römischen Zeit Wassersysteme, teils auch unterirdisch, die aber von den Arabern überbaut wurden und in Vergessenheit gerieten. Die Araber schufen ein neues Wassersystem, oberirdisch, das der König jetzt für die Bevölkerung übernimmt. Die arabischen Zisternen, die überall in der Stadt stehen, brauchen die Bewohner, um sich mit Trinkwasser zu versorgen. Die römischen Wasserwege wurden vergessen und sind nun unterirdische Systeme. Als wir begannen, unterirdische Gänge anzulegen, konnten wir uns daran orientieren oder da, wo sie nicht als Wasserleitungen dienten, diese auch nutzen.

Die alten römischen Zisternen verwenden wir, um unsere Geheimgänge über Querverbindungen belüften zu können. Man weiß nie, was für Zeiten kommen. Im Notfall muss man vielleicht sogar eine Weile dort bleiben. So gibt es ein paar Vorräte, Wasser, das man über die Zisternen bekommen kann und eine kleine unterirdische Kapelle. Es sind, wenn man so will, eine Art Katakomben.

Die wichtigsten unterirdischen Gänge bilden ein Dreieck zwischen Tempel, dem südlichen Turm der Stadtmauer und der Kathedrale.

Einer der Eingänge zu den unterirdischen Wegen befindet sich in dem Kellerraum des Tempels, in dem ich das Archiv des Königs eingerichtet habe, welches ich verwalte. Er ist im Boden versteckt und mit einer Steinplatte bedeckt, die sich von den anderen Bodenplatten in nichts unterscheidet. Nur dass man sie öffnen kann, wenn man weiß wo sie ist. Dieser Gang führt an der Kathedrale vorbei zum Almudaina-Palast. Man kann ihn zum Palast hin so verschließen, dass niemand zufällig, oder absichtlich, aus dem Palast in die Gänge kommen kann.

Vom Palast aus gibt es dann einen weiteren Gang zum Castillo Bellver rüber, welches gerade gebaut wird. Über diesen Weg könnte man in die Berge fliehen.

Ein zweiter Eingang liegt zwischen der Kathedrale und dem Templerbezirk. Es steht ein römischer Brunnen im Hof, unweit vom südöstlichen Tor der alten römischen Stadtmauer, wo man die Medina Major verlässt. Dort befindet sich zwischen der Mauer und dem Turm ein Loch im Boden, bedeckt von einem Holzbrett, Erde und Grün. Das ist ein weiterer Eingang.

Alle Eingänge, die nach außen führen, können so zugesperrt werden, dass man nicht hinein kommt, aber wer den Schlüssel hat, kommt von innen nach außen und kann notfalls fliehen. Mit oder ohne einen Schatz.«

Ein leises Lächeln stand auf den Lippen von ›El Viejo‹ als er fragte. »Und wer weiß von den Gängen?«

»Von dem Gang zwischen dem Tempel und dem Almudaina-Palast wissen meine Brüder.

Es gibt aber noch einen Gang. Der führt aus dem Weinkeller des Tempels ans Meer. Im Verlauf dieses Ganges befindet sich tief im Fels eine Türe, von der aus ein weiterer Gang und Treppen zu einer Kammer unter der Kathedrale führen. Über eine zusätzliche Verbindung, die im Fels versteckt ist, kann man notfalls von dieser Kammer aus auch in den Almudaina-Palast kommen, so dass man entweder übers Meer fliehen oder über den Palast in die Berge entwischen kann. Diese Gänge und die Kammer kennt niemand. Ich hielt es für besser darüber erst einmal Stillschweigen zu bewahren.«

Er verschwieg, dass Pedro den Gang kannte. Er hätte seine Hand dafür ins Feuer gelegt, dass dieser zu niemandem ein Wort darüber sagen würde. Er war ein Freund wie er nie mehr einen finden würde. Und Ramon wusste, sie würden füreinander ihr Leben geben.

»Und was ist mit denen, die den Gang geschaffen haben? Oder haben sie das auch alleine gemacht?« Die Stimme ›El Viejos‹ klang zweifelnd.

»Nein«, erwiderte Ramon und sah zur Seite, »zwei Sarazenen haben mir geholfen.«

»Und?« bohrte der Großkomtur weiter.

»Sie sind ziemlich hartnäckig«, bemerkte Ramon. »Vertrauen Sie mir. Die werden nichts sagen.«

Die Stimme des Komturs klang ärgerlich, als er sagte:

»Das ist mir zu wenig, wenn es um solche Werte geht.«

»Soviel zählt also mein Wort«, konstatierte Ramon.

»Nein«, lenkte ›El Viejo‹ ein, »aber ich muss es vor dem Großmeister vertreten. Also muss ich alles wissen.«

»Es waren zwei Sarazenen, die ich nach der Schlacht gerettet hatte. Sie hatten das Augenlicht verloren und waren taub. Ich nahm sie mit und pflegte sie. Die Gänge habe ich mit ihnen zusammen angelegt. Aber sie wussten natürlich nicht wo diese sich befinden.«

›El Viejo‹ sah ihn zweifelnd an.

»Als wir fast fertig waren, nahm ich sie mit nach Sóller. Ich wollte sie zu meinem Bruder auf die Finca bringen, damit sie dort Arbeit und Lohn bekommen würden. Wir machten einen Umweg am Meer entlang, da ich Verschiedenes erkunden wollte. Als wir Rast machten, ließ ich sie eine kurze Weile alleine.

Als ich zurück kam, fand ich sie erstochen in ihrem Blut

liegen. Es war in der Nähe von dem Ort, den die Araber buniola al-bahar nannten, kleiner Weingarten am Meer. Wir sagen heute Banyalbulfar.«

Beide schwiegen. Ramon sah die beiden Männer im Geiste vor sich. Sie waren zusammengewachsen, in der Zeit, in der sie die Gänge geschaffen hatten, Freunde geworden, und ihr Tod hatte ihn zutiefst getroffen. Er dachte an die Worte Jaimes vor der Eroberung. ›Sie alle sind auch Menschen ...‹

Er war froh, Komtur auf der Insel zu sein und dadurch auch die Seite der sogenannten Feinde kennengelernt zu haben. Seitdem hatte sich in seinem Weltbild vieles verändert. Die Feinde des Christentums befanden sich oft genug im eigenen Lager, während mancher gottesfürchtige Sarazene den Christen noch etwas beibringen konnte und umgekehrt. Überhaupt profitierten die Kulturen sehr viel voneinander, was Wissenschaft, Landwirtschaft und auch die übrigen Bereiche des Lebens betraf.

»Ich werde mit dem Großmeister reden«, sagte ›El Viejo‹ schließlich. Am Horizont zeigte sich schon der erste helle Streifen, der die nahende Morgendämmerung ankündigte und in der Ferne konnte man bereits die Berge erahnen. Der Wind hatte sich gelegt.

»Armand de Périgord weilt in Paris im Tempel und wartet auf Nachricht von mir. Er wird in wenigen Tagen hier sein. Bis dahin sind die anderen abgereist. Euch werde ich bei den Brüdern wegen einer Erkrankung entschuldigen. So wird es niemandem auffallen, dass Ihr noch hier bleibt.«

Ramon schmunzelte. »Es hört sich so an, als hättet Ihr schon einen Plan vorbereitet gehabt.«

»Nun«, der Großkomtur lächelte ebenfalls, »ich hatte die

Insel Mayurca schon in Erwägung gezogen. Das was ihr mir erzählt habt, hat mich überzeugt. Für mich klingt das nach einer idealen Lösung. Kein Mensch würde vermuten, dass man einen derartig bedeutenden Schatz vom sicheren Festland wegbringen würde.«

40

Er stand an der Reling und sah über das endlose Meer. Kleine Wellen tanzten über die Oberfläche und eine leichte Brise bauschte die Segel und trieb das Schiff vor sich her.

Ganz anders, als die Überfahrt bei der Eroberung, dachte er.

Sie hatten zu dritt um eine gute Reise gebetet: ›El Viejo‹, der Großmeister Armand de Périgord, und er. Armand de Périgord war sofort von der Sicherheit des Verstecks überzeugt gewesen. Der Transport des Heiligen Grals musste nun so unauffällig wie möglich passieren. Es war schon beunruhigend genug gewesen, was sich in den letzten Tagen auf der Burg Monzon zugetragen hatte.

Der dicke Templer, Frey Sancho, war plötzlich wieder in der Burg erschienen, angeblich weil er eine Botschaft hatte. Einer der Brüder hatte dann beobachtet, wie er Gespräche zwischen dem Großmeister Armand de Périgord und ›El Viejo‹ belauscht hatte. Als man ihn zur Rede stellen wollte, war er verschwunden und drei Tage später an einem Strand bei Tarragona aufgetaucht – als Leiche. Und niemand hatte in Erfahrung bringen können, was sich zugetragen hatte.

Die drei Templer hatten beschlossen, dass außer ihnen niemand anders eingeweiht werden sollte. Allerdings wollte der Großmeister Armand de Périgord eine schriftliche Dokumentation vom Versteck des Grals in dreifacher Ausführung. Eine davon sollte auf Mallorca bleiben, eine zweite in Monzon und eine dritte in Paris im Tempel. Letztere sollte von Großmeister zu Großmeister weitergegeben werden. Die anderen beiden dienten als Ersatz im Falle des Verlustes.

Ramon hatte eine Verschlüsselung der Dokumente vorgeschlagen, die ihnen in Outremer ein Araber gezeigt hatte. Man nahm ein Dokument und nummerierte die Wörter. Anhand der Nummerierung wurde für den Anfangsbuchstaben des entsprechenden Wortes, die jeweilige Zahl gesetzt. Um die Verschlüsselung noch schwieriger aussehen zu lassen, setzten sie zwischen die Zahlen noch willkürlich Buchstaben. Als Basisdokument hatten sie nicht die Ordensregeln gewählt, da es ihnen zu offensichtlich schien, sondern den Bibeltext von der Kreuzigung: Lukas 23,32.

Ramon hoffte, dass ihre Reise unverdächtig bleiben würde. Der Großmeister hatte sich in das einfache Gewand eines Tempelritters gekleidet, seinen Bart abrasiert und reiste inkognito unter dem Namen Frey Fernando. Genau wie ›El Viejo‹ war er offiziell ein einfacher Besucher des Tempels auf Mayurca.

Wie eine leise Ahnung begann jetzt am Horizont das Felsenband der Insel aufzutauchen und Ramon spürte, wie ihn eine Gänsehaut überlief. Der Anblick war wie eine Hoffnung, die aus dem Nichts auftauchte und neue Farben ins Leben brachte.

»Immer wieder ein grandioser Moment«, unterbrach eine Stimme seine Gedanken, deren Unterton Ramon aufhorchen ließ. Er wandte sich um und sah in die grünen Augen eines Mannes mit hagerem Gesicht, der den Rittermantel der Johanniter trug.

»Stimmt wohl«, bestätigte Ramon zurückhaltend.

»Wie ich gesehen habe, bringt ihr Besuch mit auf die Insel«, fuhr der Johanniter unbeirrt fort. Ramon wusste nicht, wie er die Worte des Mannes einordnen sollte. Sie klangen, als hätte er ein Ziel. Ramon war sich sicher, dieses Gesicht noch nie gesehen zu haben.

»Oh ja. Die Insel ist immer einen Besuch wert, nicht wahr«, blieb Ramon vage.

»Ja«, der Johanniter lächelte bittersüß, »und immer wieder überraschend hohen Besuch.«

Mit diesen Worten wandte er sich um und ließ Ramon stehen. Der schnappte nach Luft. Es war nicht möglich Armand de Périgord in dieser Aufmachung zu erkennen. Und es gab niemanden, der von ihrem Plan Kenntnis hatte. Wo hatte es eine Lücke gegeben?

Ramon war beunruhigt. Was wusste dieser Ritter sonst noch? Ramon überlegte kurz und beschloss dann, den anderen beiden nichts zu erzählen, bevor sie nicht auf der Insel gelandet waren und sicher, ohne Mithörer, im Tempel reden konnten.

Es war schon Nacht geworden. Bleich stand der riesige Vollmond am Horizont und das laute Zirpen der Grillen belebte die ansonsten ruhige Nacht. Der Großmeister und ›El Viejo‹ hatten auf das leise Klopfen von Ramon an ihren Türen gewartet und nun führte er sie in den Weinkeller.

Dort saßen sie nun um einen alten, mit Messingnägeln beschlagenen Holztisch, auf dessen dunkler Holzplatte der tiefrote Wein in den kristallenen Gläsern funkelte. Würzig eingelegte mallorquinische Oliven, Trauben, frisch gebackenes Brot, zarter hausgeräucherter Schinken, Rührei, Olivenöl, Tomaten und Salz ergänzten den kleinen Mitternachtsumtrunk der drei Templer.

Ramon kam ohne Umschweife zur Sache. Er schilderte den beiden anderen sein Erlebnis, das er mit dem unbekannten Johanniter auf dem Schiff gehabt hatte.

Schweigen senkte sich über den Raum. Keiner von ihnen hatte so etwas erwartet, nachdem sie mit größter Umsicht vorgegangen waren.

Der Erste, der seine Sprache wiederfand, war der Großmeister. »Ich denke wir können ausschließen, dass wir auf Monzon Mithörer über diese Aktion hatten. Der Tote, Frey Sancho, hatte uns zwar belauscht, aber wir haben vermieden über dieses Thema zu reden, seit er zurück kam.

Vielleicht hängt die Aktion von Frey Sancho ja aber auch mit den Geschehnissen in Paris zusammen. Denn im Pariser Tempel haben sich in der letzten Zeit ein paar Dinge ereignet, die mich schon eine Weile beunruhigen. Es gab einen Bruder, den wir aus der Gemeinschaft ausschließen mussten. Er ist uns schon seit längerem aufgefallen und sein Verhalten hat den Orden in Schwierigkeiten gebracht. Ich erwischte ihn einmal zufällig, als er eindeutige sexuelle Handlungen mit einem kleinen Jungen ausführte. Ich war entsetzt und bestrafte ihn. Er schwor, dass es nicht mehr vorkommen würde.

Kurz darauf beobachtete ich ihn, als er in der Kirche einen goldenen Kelch unter seinem Mantel verschwinden ließ. Ich brachte beide Verstöße vor das Tribunal, und nach deren einstimmigen Beschluss wurde der Bruder aus dem Orden entfernt.

Danach hatte ich öfter das Gefühl, dass ungute Dinge passierten, als ob jemand Rache ausüben würde. Aber es hätte alles auch Zufall sein können.«

»Glaubt ihr, dass der Bruder, der ausgeschlossen wurde, diese unguten Dinge selber getan hat, oder denkt ihr, er hat einen Verbündeten, der noch im Tempel weilt?«, hakte Ramon nach und nahm einen Schluck Wein.

Der Großmeister drehte sein Glas zwischen den Fingern. »Um ehrlich zu sein: ich weiß es nicht. Aber ich werde mich sofort darum kümmern, wenn ich zurück in Paris bin. Wir können nicht riskieren, dass jemand uns ausspioniert hat und um unsere Pläne weiß.«

»Schon, schon«, wandte ›El Viejo‹ ein, »aber was machen wir jetzt mit dem Johanniter, wenn er denn einer ist? Er weiß anscheinend, dass ihr hier seid, Maestre, und was er sonst noch weiß, davon haben wir keine Ahnung.«

Einen Moment herrschte Stille.

Dann ergriff ›El Viejo‹ erneut das Wort.

»Wir müssen auf jeden Fall versuchen den Heiligen Gral so schnell wie möglich in das Versteck zu bringen und dieses entsprechend zu sichern. Dabei sollten wir den Mann nicht aus den Augen lassen. Wir dürfen nicht riskieren, dass er noch irgendwo einen Spion unterbringt.«

Ramon sah nachdenklich in sein Glas.

»Ich würde für jeden einzelnen Mann hier meine Hand ins Feuer legen. Aber Geld hat schon so manchen ehrlichen Menschen zum Verräter gemacht. Wir sollten wirklich extrem vorsichtig sein.«

»Wer übernimmt die Beobachtung des Mannes?«, stellte ›El Viejo‹ die entscheidende Frage.

Ramon wickelte eine Scheibe Schinken um eine Dattel. »Ich habe einen Freund. Ihn könnte ich auf den Johanniter ansetzen, ohne dass ich ihm irgendwas erklären muss. Und auf Pedro ist hundert Prozent Verlass. Zudem kennt dieser Ritter meinen Freund nicht. Uns aber wohl.«

Ramons Vorschlag wurde einstimmig angenommen und sie beschlossen in der folgenden Nacht, die Gänge und das Versteck für den Heiligen Gral so vorzubereiten, dass man die Aktion in der dritten Nacht abschließen konnte. Die verschlüsselten Dokumente wollten sie in der Nacht, nach dem Versiegeln der Grals-Kammer, schreiben.

41

Die warme Sommersonne weckte die Inselbewohner. Es versprach, wieder ein heißer Tag zu werden und Ramon hatte schon weit vor Sonnenaufgang seinen Freund Pedro zu einem Ausritt über die Insel abgeholt.

Staub wallte unter den donnernden Hufen der Pferde auf, als sie aus der Porta Pintada hinausritten. Sie hinterließen eine lange Staubfahne, die die hohen Dattelpalmen hinter der Stadtmauer einhüllten.

Ramon wandte sich immer wieder um, ob ein Verfolger zu sehen war, aber er konnte niemanden entdecken. Erst als sie die Bergkette in Richtung Valle de Mussa – Valdemossa – erreichten, drosselte Ramon das Tempo.

Pedro lenkte sein Pferd neben Ramon. »Wirst du heute vom Teufel verfolgt, mein Freund?«, fragte er lachend und versuchte sein tänzelndes Pferd in der Richtung zu halten. »Du reitest, wie auf der Flucht.«

»Vielleicht tatsächlich«, erwiderte Ramon abwesend und sah mit gerunzelter Stirn forschend zurück, in Richtung der Medina. »Lass uns hinauf zur Kirche von Valle de Mussa reiten, dann erzähle ich es dir.«

Die Kirche war aus einer alten Moschee entstanden und Jaime hatte sie dem Heiligen Bartolomeu geweiht. Inzwischen brannte die Sonne heiß vom Himmel und die beiden Freunde suchten sich ein schattiges Plätzchen unter den Bäumen. Von dort aus hatten sie einen freien Blick hinunter zur Medina und waren vor Lauschern sicher.

Ramon hatte gleich bei der Ankunft eine Runde durch die Kirche gedreht. Aber die lag einsam und verlassen auf dem sonnenbeschienenen Platz.

»Pedro«, begann Ramon ernst, »ich brauche deine Hilfe. Es gibt da einen Mann im Gewand eines Johanniters, der meine Brüder und mich beobachtet. Ich weiß nicht, was er im Schilde führt, aber ich habe das Gefühl, dass es nichts Gutes ist. Ich befürchte, dass er versuchen wird irgendwelche Spione innerhalb unseres Tempels anzuheuern, und das darf ihm auf keinen Fall gelingen. Ich kann dir nicht genau sagen, warum, aber ich bitte dich einfach um deine Hilfe dabei, den Mann zu beobachten.«

Pedro hatte mit wachsendem Erstaunen zugehört. »Natürlich helfe ich dir«, erwiderte er ohne zu zögern und mit grimmiger Miene. »Sag mir wie der Mann aussieht und er wird sich wünschen, nie geboren zu sein, wenn er etwas gegen dich im Schilde führt.«

»Danke.« Ramon legte Pedro die Hand auf die Schulter. »Was am deutlichsten an ihm auffällt, sind seine Augen. Ich habe noch nie so grüne Augen gesehen. Wie eine Katze. Und auf zwölf Uhr ist ein oranger Strich in seinen Pupillen. Sein Gesicht ist hager, die Ohren etwas abstehend und sein Haar trägt er halblang. Es ist rötlich wie sein Schnurrbart, den er an den Enden nach oben gezwirbelt hat.«

Pedro grinste. »Ich sehe ihn förmlich vor mir. Also dann mal her mit ihm. Ich werde kein Auge von ihm lassen.«

»Da ist noch etwas«, fuhr Ramon fort. »Ich habe bei der ganzen Sache irgendwie ein ungutes Gefühl. Falls mir etwas zustößt musst du meinem Sohn was von mir geben. Du weißt, dass wir Templer keinen eigenen Besitz haben dürfen. Aber Don Jaime hat mir als Zeichen seiner Freundschaft ein goldenes Schwert geschenkt und einen Beutel Goldmünzen. Sie liegen, in einer Nische versteckt, am Ende des geheimen Ganges, den wir neulich ans Meer genommen haben. Bitte gib diese zwei Dinge meinem Sohn.«

»Ramon!«, Pedros Stimme klang rau. »Du wirst sehen, das ist nur ein Gefühl. Du bist jung und warum sollte dir was passieren. Die Schlachten sind alle geschlagen.« Er lachte auf, aber sein Lachen klang hohl und eine tiefe Sorge lag darin.

42

Es war weit nach Mitternacht und in dem unterirdischen Gang stand die Luft. Die drei Männer schwitzten, dass ihnen der Schweiß von der Stirn tropfte.

Sie hatten die Kammer unter der Kathedrale vorbereitet. Es war schneller gegangen, als gedacht, da die Kammer und die Gänge schon perfekt angelegt waren. Also hatten sie den Heiligen Gral gleich in der ersten Nacht in einer stillen heiligen Zeremonie in die Kammer getragen und eine Andacht gehalten. Dort stand er nun, in einem kleinen goldenen Altar, erhaben auf einem Marmorsockel. Daneben ein goldenes Kreuz, fein ziseliert und geschmückt mit Rubinen, Smaragden und einem großen Diamanten in der Mitte.

Ramon spürte eine ganz eigenwillige Ruhe in sich – ein Gefühl von Heimat und Geborgenheit, so stark wie er es noch nie empfunden hatte. Alle drei schwiegen ergriffen für einige Minuten. Dann schoben sie einen riesigen Steinblock vor die Öffnung, der sich so einpasste, dass man keine Veränderung im Felsen sah. Der Stein wurde mit einem doppelten Mechanismus gesichert. Man konnte ihn nur entsichern und damit den Felsen bewegen, wenn man das Doppelsiegel hatte, dass der Großmeister extra für sich hatte anfertigen lassen. Es hatte die Form einer Münze und war auf der einen Seite mit dem Siegel der Templer versehen. Die andere Seite zeigte den Felsendom von Jerusalem. Der Felsendom war das Siegel des allerersten Templergroßmeisters, Hugues de Payns, gewesen.

Feierlich verschlossen sie mit Hilfe des Siegels beide Verriegelungen im Felsen. Dann mauerten sie die Öffnung im Gang wieder zu und glätteten sie, so dass nicht mehr zu sehen war, dass an dieser Stelle ein Eingang lag. Sie gingen die Treppen wieder hinauf und verschlossen die Öffnung zum Gang hin, genauso unauffällig, mit einer Mauer.

»Ich bin noch zu wach, um jetzt schlafen zu gehen«, bemerkte Ramon, als sie den Rückweg in den Keller des Tempels antraten.

»Das geht mir nicht anders«, stimmte der Großmeister ihm zu und ›El Viejo‹ nickte.

»Dann lasst uns doch im Weinkeller noch ein Gläschen trinken«, lachte Ramon.

Es war zu einfach gewesen, dachte Ramon, als er vom Dach des Tempels aus über das Meer blickte, das in der Morgensonne glitzerte.

Pedro hatte sich nicht gemeldet, also war der Johanniter wohl nicht mehr aufgetaucht. Und der Heilige Gral war sicher versteckt. Vielleicht hatte er sich aber auch nur zu viele Gedanken gemacht. Heute Nacht würden sie die chiffrierten Schriftstücke erstellen und morgen würden Armand de Périgord und ›El Viejo‹ wieder abreisen und dann wäre alles fast wie vorher. Nur dass die Felsen der Insel nun einen besonderen Schatz in ihrem Inneren tragen würden. Er wandte sich um und stieg die kleine Treppe vom Dach hinunter in den Garten.

Auch dieser Tag und die folgende Nacht hatten nichts Aufregendes gebracht. Ramon hatte durch einen Boten eine Nachricht von Pedro erhalten. Der Brief enthielt nur ein Wort: ›Salou‹. Ramon war zufrieden.

Es war seine eigene geheime Art, mit Pedro Informationen auszutauschen.

Als die Flotte König Jaimes am 5.September in Salou

abgelegt hatten, um Mayurca zu erobern, war die See ganz ruhig gewesen und alles in Ordnung. Dafür stand ›Salou‹.

›Sanat Bunsa‹ stand für ›Kampf gewonnen‹, ›Ben Dinat‹ stand für ›Schlechte Nachricht‹ und ›Medina Mayurca‹ für ›Kampf steht bevor‹. Es gab noch eine Reihe anderer mallorquinischer Städtenamen, die alle ihre Bedeutung hatten. Jetzt war jedenfalls Entwarnung.

Ramon war normalerweise ein Kämpfer und immer für Abenteuer offen, aber im Moment freute er sich darauf, dass wieder Ruhe einkehrte, und auf einen feucht-fröhlichen Abend mit seinem Freund Pedro.

Das Schiff von Armand de Périgord und ›El Viejo‹ sollte bereits im Morgengrauen ablegen und so machten sich die drei Ritter nach der Morgenandacht, noch in der Dunkelheit, auf den Weg.

Ramon hatte es sich nicht nehmen lassen, den Großmeister der Templer und den Großkomtur von Monzon zum Schiff zu begleiten. Laut hallte das Klappern der Hufe durch die Gassen der Stadt und trommelte seinen gleichmäßigen Rhythmus. Plötzlich hielt Armand de Périgord sein Pferd an. Ramon ritt neben ihn.

»Maestre, was ist los?«

Der Großmeister durchwühlte seine Tasche und wurde bleich. »Ich habe das Siegel in meinem Zimmer auf dem Tisch liegen lassen. Ich wollte es extra in die Tasche unter meinem Umhang stecken und hab es deshalb auf den Tisch gelegt.«

Ramon wendete sein Pferd. »Reitet ihr schon mal zum Hafen. Ich hole das Siegel.« Er sprengte davon, voller Angst um den wertvollen Gegenstand.

Aber das Siegel lag, ungeachtet aller Sorgen Ramons, genau dort, wo der Großmeister es hatte liegen lassen. Ramon schob es in seine Tasche, lief hinaus und sprang auf sein Pferd.

Schon beim Aufsteigen hatte er das eigenartige Gefühl, beobachtet zu werden. Aber er hatte nicht genug Zeit, um langsamer zu reiten und so galoppierte er durch das innere östliche Stadttor. In dem Moment scheute sein Pferd völlig unerwartet und wich nach rechts aus. Ramon stürzte herunter und blieb auf dem Rücken liegen.

Das Pferd stob davon.

Ramon versuchte aufzustehen, da fuhr ein heftiger Schmerz wie ein Stich durch seinen Rücken. Er drehte sich und versuchte es noch einmal. Erneut durchzuckte ihn ein heftiger Schmerz. Er stöhnte aber ganz langsam gelang es ihm, sich aufzurichten.

Da sprang eine Gestalt aus dem Dunkel und ein gezücktes Schwert blinkte in den Strahlen des Mondlichts. Blitzschnell hatte Ramon, trotz seiner Schmerzen, sein Schwert in der Rechten. Aber nur mühsam gelang es ihm, die Schwerthiebe des Angreifers abzuwehren.

›*Das Siegel!*‹, durchfuhr es ihn, ›*Ich muss es in Sicherheit bringen!*‹. Mit dem Schwert den Gegner in Schach haltend, begann er langsam rückwärts zu gehen. Irgendwo hinter ihm musste der alte Brunnen sein. Dort konnte er das Siegel hineinwerfen. Es durfte auf keinen Fall in fremde Hände geraten.

Sein Rücken fühlte sich an, als würde er von Messern durchbohrt und er meinte seine Beine kaum mehr zu spüren. Er biss auf die Zähne.

Da stieß er plötzlich an Stein. Der Brunnen.

Der Angreifer hatte sich kurz nach hinten bewegt, aber jetzt näherte er sich wieder, langsam und mit erhobenem Schwert, als wäre er seiner Sache sehr sicher. Ramon griff mit der linken, freien Hand in seine Tasche, umfasste das Siegel und bewegte die Hand hinter seinen Rücken.

Der Angreifer sprang auf ihn zu, schwang sein Schwert unter Ramons Schwert hindurch und zog die Klinge über Ramons Arm.

Er schrie auf und ging in die Knie. Aus einer klaffenden Wunde quoll Blut über seinen Arm. Mit einer verzweifelten Bewegung richtete Ramon sich auf und ließ das Siegel in den Brunnen fallen. Dann parierte er einen weiteren Schwertangriff seines Gegners. Aber der Schmerz in seinem Arm lähmte seine Bewegungen. Der Mann stürzte vor, verpasste Ramon einen heftigen Stoß, so dass dieser an die Wand des Brunnens taumelte, entwaffnete ihn mit einem schnellen Streich und setzte ihm sein Schwert auf die Brust.

»Was wollt ihr von mir?«, keuchte Ramon.

Der Angreifer warf den Kopf in den Nacken und seine Kapuze fiel nach hinten. In der hereinbrechenden Morgendämmerung sah sein Gesicht noch hagerer aus, als auf dem Schiff und seine grünen Augen schienen zu glühen.

»Ihr habt meine Frage nicht beantwortet.«

Ramon spürte wie die Schmerzen in seinem Arm hochkrochen und wie heiße Schlangen seinen Körper durchbohrten.

»Ich will den heiligen Gral«, zischte der Johanniter und näherte sein Gesicht dem Ramons, »und Rache für meinen Freund.«

»Ihr habt den Falschen. Ich kenne euren Freund nicht.«

Ramon überlegte verzweifelt, wo die Zusammenhänge sein könnten.

»Stimmt«, der Mann grinste gehässig und seine grünen Augen funkelten böse, »aber euer Großmeister kennt ihn. Er hat meinen Freund vom Orden ausgeschlossen.

Euer ganzer Orden strotzt vor Selbstgefälligkeit und Arroganz, dabei seid ihr die mieseste Teufelsbrut. Ihr wagt es, euch über uns zu erheben, nur weil wir junge Männer lieben. Schon für die Römer hat es zur Kultur gehört. Aber ihr widerwärtigen Wichser gebt euch ja als die Übermenschen aus, die keine Sünden begehen und über andere urteilen dürfen. Und das werde ich jetzt bestrafen. Ich werde euer Heiligstes mitnehmen, zerstören und euch drei umbringen.

Und glaube ja nicht, dass dein geliebter Freund Pedro dir helfen wird. Er ist so dumm gewesen.«

Der Mann schnalzte bedauernd mit der Zunge.

»So dumm. Läuft doch glatt in eine Falle. Und leider muss er jetzt gerade elend verbluten, in einem Kellerloch. Wie dämlich aber auch.«

Ramon stöhnte und ein Schmerz wie Feuer durchzuckte seinen Brustkorb. Er war schuld, dass Pedro sterben musste. Hätte er ihn doch nur nicht auf den Mann angesetzt. Nie hätte er geglaubt, dass dieser so weit gehen würde, Pedro zu töten.

»Ich habe mit der Sache nichts zu tun«, versuchte Ramon den Mann zu beschwichtigen.

»Oh doch!« Der Mann bohrte die Spitze seines Schwertes mit leichtem Druck in Ramons Brust. Ramon stöhnte vor Schmerzen. »Du bist einer derer, die meinen, besonders gut zu sein, aber du bist der letzte Abschaum und deshalb wirst du jetzt sterben. Und du wirst nicht der Letzte sein. Irgendwann wird man euch alle mit einem Schlag vernichten, denn wir sind viele und wir werden noch mehr. Wir unterhöhlen eure Gemeinschaft, bis wir sie zerstören können.«

Der Johanniter hob das Schwert mit beiden Händen an, Ramon machte eine verzweifelte Drehung unter dem Schwert weg, aber der Johanniter war schneller und setzte ihm seinen Fuß und das Schwert auf die Brust. Ramon versuchte sich zu befreien, aber mit jeder Bewegung bohrte sich die Schwertspitze tiefer in seine Brust.

Da sah er eine Bewegung hinter dem Johanniter und dann Pedros Gesicht.

›Pedro ist nicht tot!‹, durchzuckte es ihn und er fühlte trotz Schmerzen, für den Bruchteil einer Sekunde, Erleichterung und Glück.

Im gleichen Moment durchdrang das Schwert des Johanniters seinen Brustkorb. Ein glühender Schmerz durchbohrte ihn und wie durch Nebel sah er Pedros Schwert aufblinken, in Zeitlupe von hinten, surrend auf den Kopf des Johanniters heruntersausen und mit einem Schlag spaltete er, wie ein Blitz, diesem das Gesicht in zwei Hälften.

Die Ränder von Ramons Welt wurden schon schwarz und kaum noch bei Bewusstsein, sah er den toten Johanniter fallen, den Mantel blutüberströmt und dann Pedros Gesicht über seinem.

»Ramon!«, rief Pedro verzweifelt, »Ramon! Bleib da. Du darfst nicht sterben!«

Er fühlte die Arme seines Freundes um sich und spürte salzige Tropfen, die auf sein Gesicht fielen.

»Pedro«, flüsterte Ramon. »Du lebst.«

»Ja! Und das musst du auch«, beschwor ihn Pedro.

Ramons Atem rasselte und Pedro drückte einen Teil

seines Umhangs auf Ramons Wunde, aus der bei jedem Pulsschlag Blut sprudelte. »Ramon, ich hole Hilfe.« Pedros Stimme klang flehend.

»Es ist zu spät«, flüsterte Ramon. »Ich warte dort drüben auf dich.« Sein Kopf fiel zur Seite.

Die Sonne ging glühend rot hinter der Tramuntana auf. Und tauchte die Insel in zarte, warme Farbtöne

43

Montag 27.August 2012

Noch verschwammen Tag und Traum sanft ineinander und wiegten sie in einem entspannten Zustand des Schwebens.

Wo bin ich? Wild tanzten Bilder durch ihren Kopf. Nur langsam, so nach und nach, nahm ihr Bewusstsein mehr Raum ein, bis Sophie bereit war, die Augen zu öffnen und zu schauen, wo sie eigentlich war.

Sie brauchte einen Moment, um sich zu orientieren, was das für ein Zimmer war, in dem sie lag, aber dann kam mit einem Mal die Erinnerung an das Kloster zurück. Ewig weit entfernt erschienen ihr die Geschehnisse, die sie ins Kloster geführt hatten, so als wäre es Lichtjahre her, als sie hier im Zimmer eingeschlafen war.

Noch ganz benommen versuchte sie, ihren Traum hinter sich zu lassen, aber die Bilder hielten sie fest und verblassten nicht einmal im Licht der hellen Sonne, die durch die Fenster schien. Sie sah ihn immer noch vor sich, Pedro, ihren Freund … Aber es war gar nicht ihr Freund, denn sie war auch nicht Ramon.

Sophie setzte sich auf und fuhr mit den Händen durch ihr Gesicht, als wolle sie die wirren Gedanken damit wegwischen. Ein Blick auf die Uhr sagte ihr, dass sie fast sechzehn Stunden geschlafen hatte. Es war halb neun Uhr morgens.

Kopfschüttelnd stellte sie fest, dass es ein merkwürdiger Traum gewesen war, den sie da geträumt hatte. Sie musste wohl alles, was sie über Mallorca je gehört hatte, mit viel Phantasie gemischt, im Schlaf verarbeitet haben. Sie fühlte den Nachhall der Stimmung, die sie aus dem Traum in die Realität gerettet hatte, und die sie noch immer gefangen hielt. Eine ganze Weile saß sie so da und ließ die Bilder noch einmal an sich vorüberziehen.

Erst als sie ein nagendes Gefühl in der Magengegend verspürte, erhob sie sich, um zu Duschen und sich anzukleiden.

Als sie zurück ins Zimmer kam, stand auf dem Tisch eine Karaffe mit Rotwein, der im Licht der Sonne rubinrot funkelte, eine Flasche Olivenöl, eine Karaffe mit Wasser und ein blau-weißer mallorquinischer Keramikteller mit einer silbernen Abdeckhaube. Neugierig hob sie diese. Auf einem Teller lagen liebevoll dekoriert Oliven, Serrano-Schinken mit gesalzenen Mandeln, etwas Käse, Tomaten, Rührei und frisches Weißbrot.

Sophie spürte, wie ihr das Wasser im Mund zusammenlief. Sie aß mit großem Hunger und immer wieder tanzten die Bilder des Traumes durch ihren Kopf. Wie verrückt konnte man träumen, dachte sie bei sich. Aber sie musste doch wieder in die Realität zurückkehren und überlegen, wie es weiter gehen sollte.

Vielleicht wäre es keine schlechte Idee, sich erst mal um ihr gestohlenes Auto zu kümmern.

Sie beschloss, die Gastfreundschaft der Mönche nicht länger zu beanspruchen und nach Hause zu gehen. Dort würde sie in Ruhe alles Weitere überlegen.

44

»Jhaaa?« Carlos nuschelte undeutlich ins Telefon.

»Carlos? Bist du es? Hier ist Maria.« Maria klang so energiesprühend, als hätte sie im Lotto gewonnen.

»Ja. Was gibt's?« Der Stimme nach zu urteilen war Carlos noch irgendwo zwischen Bett und Kaffeetasse hängen geblieben.

»Hör zu, Carlos. Ich habe eine Bekannte, die im Adoptionsamt arbeitet. Sie hat gestern noch für mich im Archiv gestöbert. Du weißt, das ist eine heikle Sache mit Informationen von dort, wegen der Neugeborenenraube in den Achtzigern. Aber sie war mir noch einen Gefallen schuldig.«

»Das scheint bei dir System zu haben, mit den Gefallen«, grummelte Carlos.

Maria überhörte es geflissentlich. »Catalina, also meine Bekannte, hat ein Schreiben gefunden. Es war von der Kinderklinik Sant Joan de Déu an die Familie Francesco Vidal gerichtet. Darin steht, dass der Junge, Pablo Ruiz, den sie adoptieren wollen, an einer Persönlichkeitsstörung leidet.

Ich hab dann in der Klinik recherchiert und es gibt dort tatsächlich Unterlagen von einem Pablo Ruiz, der am 20.August 1985 in Barcelona gefunden wurde.

Er kam aus einem völlig abgelegenen Hof, etwa zwanzig Kilometer außerhalb von Barcelona. Sein Vater hat die Mutter häufig vergewaltigt und schließlich getötet. Der Vater kam dann bei einem Treppensturz selbst ums Leben. Pablos jüngere Schwester lief weg. Man hat nie mehr was von ihr gehört. Pablo selbst ist auf der Suche nach seiner Schwester umhergeirrt, bis er völlig entkräftet nach Barcelona kam. Dort hat ihn dann ein Ehepaar gefunden, als er irgendwo am Straßenrand lag, und ihn ins Krankenhaus gebracht.

Zwei Jahre später wurde er adoptiert – als Samuel Vidal. In den Unterlagen der Klinik finden sich keine Informationen über seinen Gesundheitszustand. Sie enthalten nur die kurze Zusammenfassung von Pablos Vergangenheit, die ich dir gerade geschildert habe.

Die Ärztin, der ich die Unterlagen zeigte, meinte, es sei völlig unüblich, dass kein Gesundheitsbericht dabei ist. Sie vermutet, dass er entfernt wurde.

Der einzig auffindbare Hinweis auf eine Persönlichkeitsstörung ist der Vermerk in dem persönlichen Schreiben von der Klinik an das Ehepaar Vidal, das wir im Adoptionsamt aufgestöbert haben.«

Maria hörte wie Carlos am anderen Ende schnaufte.

»Da war jemand sehr bemüht, alle diese Informationen verschwinden zu lassen«, meinte er dann.

»Ja und rate mal warum«, hakte Maria nach.

»Das wirst du mir sicher gleich sagen.«

»Die Ärztin hat gemeint, dass man, wenn man den Brief nach dem derzeitigen Stand der Medizin interpretiert, davon ausgehen kann, dass Pablo, oder Samuel, wie er nach der Adoption genannt wurde, eine DIS hatte. Das ist eine Dissoziative Persönlichkeitsstörung. Ausgelöst durch schwere traumatische Erlebnisse, geschieht ein extremer Verdrängungsprozess in einem Menschen. Dieser Prozess schafft in ihm dann sogenannte Subpersönlichkeiten.«

Carlos schnaubte. »Kannst du das auch in Deutsch sagen, damit es geistig Eingeschränkte, wie ich, auch verstehen können?«

Maria schnalzte mit der Zunge.

»Für dich doch gerne«, erwiderte sie zuckersüß. »Also,

wenn jemand etwas Schreckliches erlebt, das er nicht verarbeiten kann, dann können in ihm eine oder mehrere Unterpersönlichkeiten entstehen. Es ist, als wären es zwei oder mehrere Menschen in Einem. Man kann es sich vorstellen wie eine Art Flucht, aus Angst und Schock, in eine oder mehrere andere Persönlichkeiten. Diese können plötzlich und schnell wechseln. Sie sind zumeist harmlos und ihre Existenz belastet den betroffenen Menschen selbst am Meisten.

Aber manchmal kann auch eine von ihnen gewalttätig und aggressiv oder auch kriminell sein. Ein Mensch kann bis zu hundert davon haben, aber meist sind es weniger als zehn. Eine der Persönlichkeiten zeigt sich meist häufiger.

Sie haben aber Beziehungen zueinander und oftmals kommunizieren sie auch miteinander. Ist das nicht heftig?

Ich denke dieser Samuel war bemüht, dass keine derartigen Informationen auffindbar sind. Das heißt aber auch, dass er intelligent ist – wenigstens eine seiner Persönlichkeiten. Und dass er einen Grund hat, warum er seine DIS verbergen will.

Vorher hat mir meine Bekannte aus der Kinderklinik eine Mail geschrieben, dass sie noch ein wichtiges Dokument gefunden hat. Ich treffe sie nachher und melde mich dann wieder.«

Sie hörte Carlos erneut schnaufen und dann sagte er: »Maria, da hast du perfekte Arbeit geleistet. Danke. Diese Information ist ein wichtiger Baustein im Täterprofil.«

Und mit einem Grinsen in der Stimme setzte er hinzu: »Ich sag es nicht gerne, aber du hast was bei mir gut.«

45

Es musste früher Vormittag sein. Die Männer mit den Masken hatten ihm seine Uhr abgenommen und so war er auf Schätzungen angewiesen. Die Tatsache, dass die Männer Masken trugen, wertete er als mögliche Chance für sein Überleben. Zumindest versuchte er es so zu sehen, um nicht völlig den Mut zu verlieren.

Inzwischen konnte Mateo die Maskierten auch an ihren Stimmen unterscheiden. Er hatte ihnen Spitznamen gegeben. Das half ihm dabei, seine Angst vor ihnen im Griff zu behalten. Da war ›der Bär‹, mit der tiefen Stimme, ›das Reibeisen‹ sprach etwas krächzend und ›die Nase‹, naja eben näselnd.

Der Bär war der einzige der drei, der keinen ausländischen Akzent hatte. Sie wechselten einander mit der Wache bei ihm ab. Meistens waren zwei von den Männern bei ihm, selten mal alle drei.

Ab und zu kam der Boss. Der Boss war ein schmieriger Typ. Klein, drahtig, mit einem schiefen Mund und einem fiesen Grinsen. Er hatte bei jedem Besuch eine Sonnenbrille und einen Hut aufgehabt und blieb immer am Eingang stehen, wo er sich flüsternd mit den Männern unterhielt, so dass Mateo nichts mithören konnte. Nur einmal, ganz am Anfang, hatte er mit Mateo gesprochen. Reibeisen hatte ihn am Arm zu ihm geführt und er hatte Mateo die Anweisungen gegeben, wie er die DNA-Analyse zu dokumentieren und beglaubigen hatte.

Nun hatte Mateo sie abgeschlossen und ausgedruckt.

»Hey!«, rief er. Reibeisen saß ein paar Meter entfernt in einer Fensternische, die Füße lässig auf einem Tisch abgelegt und schnippte mit einem Taschenmesser das Schwarze unter seinen Nägeln heraus.

»Du kannst deinem Boss sagen, dass die Analyse fertig ist.«

Der nickte und zückte sein Handy. Mateo spürte sein Herz schlagen, als der Mann wieder auflegte. Aber Reibeisen setzte ohne weitere Regung seine Nagelpflege fort. Mateo räusperte sich.

»Was ist jetzt mit meiner versprochenen Freilassung?« Reibeisen sah auf und schüttelte den Kopf. »Du noch was machen. Dann erst gehen.«

Mateo spürte wie die Enttäuschung in ihm aufstieg.

»*Wann* soll ich das denn machen?«, hakte er nach. Lange würde er die ständige Angst nicht mehr aushalten.

Reibeisen zuckte mit den Schultern. »Nix wissen.«

Mateo gab auf. Der Mann schienen wirklich keine Ahnung zu haben. Er hoffte, dass dieser Boss bald wiederkam.

Und tief in sich spürte er eine bohrende Angst.

*

Samuel hatte am Vorabend aus dem Hotel ausgecheckt. Seine weitere Bleibe, in der er es sich jetzt gemütlich machte, hatte er sich am Sonntag morgen schon organisiert. Und dazu ein neues Outfit mit Baseballkappe, Sonnenbrille, T-Shirt und hellbrauner Shorts. Ein Fotoapparat, Adiletten und Tennissocken als Ergänzung, würden ihn zum perfekten Touristen machen.

Von Barcelona hatte er eine Latexnase und eine Latexstirn mit Falten mitgenommen, um sein Gesicht verändern zu können. Diese hatte er in einem Geschäft für Theaterzubehör erstanden, zusammen mit der passenden Schminke und einer Perücke.

In der Nacht hatte Torian dann noch diesen Idioten zur Rechenschaft gezogen, der nicht fähig war, eine wehrlose Frau aus dem Weg zu räumen. Samuel ließ die Bilder noch einmal vor sich ablaufen.

Als er an die Mole gekommen war, stand Amir schon mit dem Mann da. Torian ging langsam auf die beiden zu. Mit einer Kopfbewegung bedeutete er Amir zur Seite zu gehen. Er packte den Mann am Kragen und zog ihn zu sich. Dann schob er ihn langsam, Schritt für Schritt nach hinten, bis an den Rand der Mole. Kein Wort kam über seine Lippen. Nur seine Augen, die sich vor Wut verengt hatten, blitzten. Er zog eine schallgedämpfte Pistole aus der Jacke, setzte sie dem Mann an den Kopf und drückte ab. Der Mann fiel rückwärts ins Meer.

Torian steckte die Pistole ein, drehte sich um und sagte ruhig im Weggehen zu Amir: »Wir sehen uns morgen.«

Dann verschwand er im Dunkeln.

Manchmal fand Samuel doch Gefallen an Torian.

46

Sophie verließ das Zimmer, um Frey Miguel und Frey Antonio zu suchen. Tiefe Stille füllte die Flure, deren Gewölbe ihre Spitzbögen über ihr falteten. Es roch nach frisch gekalkten Wänden und nach dunklem Holz. Kein anderer Laut war zu vernehmen, als der leise Widerhall ihrer Schritte, die sie durch die Gänge lenkte. Aus den Nischen blickten ihr Heiligenfiguren entgegen, zu deren Füßen sich liebevoll gebundene, üppige Blumensträuße verneigten.

Sophie bog um eine Ecke und verharrte in der Bewegung, als sie aus einer der Türen Stimmen zu vernehmen meinte. An einem feinen Lichtstrahl, der im Dunkel des Flures aufleuchtete, erkannte sie, dass eine der schweren dunklen Holztüren nur angelehnt war. Leise ging sie näher. Jetzt konnte sie deutlich zwei Männerstimmen hören, die sich miteinander unterhielten.

»... Bruder, wir haben einstimmig entschieden, dass er bleiben soll. Ihr dürft es so annehmen. Ich weiß wohl, dass Ihr die Last der Verantwortung für unser Kloster tragt und Ihr habt es stets aufs Beste verstanden, aber nun, da Ihr vor einer schwierigen Entscheidung steht, haben wir gemeinsam beschlossen, Euch diese zu erleichtern.«

Einen Moment herrschte Stille, dann antwortet eine Stimme, die Sophie als die, von Frey Miguel erkannte: »Ich danke Euch, Bruder für Eure Unterstützung. Sie ist mir wertvoller, als ich es mit Worten auszudrücken vermag, aber ich kann Ramon nicht weiter bei uns lassen und dadurch alle Brüder in Gefahr bringen. Er wird gehen müssen ...«

»Frey Miguel«, die Stimme des zweiten Mönches klang besorgt. »Das könnt Ihr nicht machen. Ihr wisst, dass Ihr euren Neffen in Lebensgefahr bringt, wenn Ihr ihn wegschickt.«

»Ich weiß es.« Die Stimme Frey Miguels klang, als drücke ein schwerer Stein auf seinen Hals. »Aber ich bin für das Kloster und euch verantwortlich und ich kann nicht, um einen Menschen zu schützen, das Leben vieler in Gefahr bringen. Ich bin zuerst Abt, und dann erst Onkel.«

Sophie hielt den Atem an. Was ging hier vor, in diesem Kloster? Und wer war dieser Ramon, außer Frey Miguels Neffe? Wurde er hier versteckt? Und wenn ja, wo? Und vor wem? War Frey Antonio deshalb so misstrauisch ihr gegenüber, weil jemand diesen Ramon suchte? Irgendwie gab das alles keinen zusammenhängenden Sinn.

«Frey Miguel, alle wollen, dass Ramon hier bleibt. So seid Ihr der Entscheidung enthoben.«

»Nein, Frey José, sie wissen jetzt, dass Ramon hier ist und werden vor nichts zurückschrecken.« Es war also Frey José mit dem er sprach, realisierte Sophie. »Wenn einem der Brüder etwas passiert, würde ich mich trotzdem dafür verantwortlich fühlen, auch wenn alle dafür entschieden haben, dass Ramon bleibt. Ich werde ...«

Sophie hörte Schritte den Gang entlang näherkommen und wurde sich bewusst, dass sie hier stand und einer Unterhaltung lauschte, die gewiss nicht für ihre Ohren bestimmt war. Suchend blickte sie sich um, aber es gab keinen Winkel, wo sie sich verstecken konnte. Die einzige Möglichkeit bot eine Tür auf der anderen Seite desjenigen Zimmers, in dem sich die zwei Mönche unterhielten. Aber Sophie wusste nicht, ob sich jemand darin aufhielt und außerdem musste sie, um dorthin zu gelangen, an der angelehnten Tür vorbei.

Die Zeit drängte, denn die Schritte wurden lauter und jeden Moment konnte der Herankommende um die Ecke biegen.

Sie hatte keine Wahl. Ihr Herz begann heftig zu pochen und hallte mit jedem Schlag in ihren Ohren wider. Jeder ihrer Schritte klang für sie wie ein Donnern, als sie an der angelehnten Türe vorbei schlich, die Klinke der angrenzenden Zimmertüre herunterdrückte, sich schnell um die Ecke hineinschob und die Türe schloss.

Schwer atmend blieb sie erst einmal, an die Wand angelehnt, stehen. Das Zimmer war leer. Ein Bündel heller Sonnenstrahlen, die sich gerade durch eine Wolkenlücke hindurch gemogelt hatten, fielen freundlich durch die hohen Fenster auf einen großen Schreibtisch, der mitten im Raum stand.

Langsam ließ Sophies Herzklopfen nach und sie blickte sich um. Es war ein einfaches Zimmer, in dem sonst nur noch ein Schrank und ein Bett standen. Sophies Blick wanderte zurück zum Schreibtisch und blieb an einem Bilderrahmen hängen. Das Foto zeigte einen sehr attraktiven Mann, der seine Arme um eine zierliche, blonde Frau und ein blondgelocktes Mädchen legte.

»Pedro?!« In dem Moment, wo Sophie das ausgesprochen hatte, wurde sie sich bewusst, dass es Unsinn war. Pedro war ein Traumgespinst und das Foto Realität. Aber welcher Mönch stellte ein Familienbild in seiner Zelle auf? Sophie ging an den Tisch und nahm den Rahmen. Der Mann erinnerte sie sehr an Pedro, und an noch jemanden. Er hatte halblange dunkle Haare und einen fein geschwungenen Mund, den Sophie als sehr sinnlich empfand. Plötzlich schoss ihr die Erinnerung an den Nachmittag mit Frey Antonio, auf der Dachterrasse, durch den Kopf. Dieser Mund – das war es. An *ihn* erinnerte sie das Foto. Und die tiefbraunen Augen mit den langen Wimpern, die unter den präzise geschwungenen Brauen warm glänzten, es waren *seine* Augen. Nur, dass diese Augen glücklich strahlten, in einem sonnengebräunten Gesicht, und dass keine verstümmelte Nase das bleiche, magere Gesicht narbig entstellte.

Sophie durchfuhr plötzlich ein mitleidsvoller Schmerz, als ihr bewusst wurde, dass es wirklich ein und derselbe Mensch war, der gut aussehende glückliche Familienvater und der bleiche, hässlich entstellte Mönch.

Es war also sein Zimmer, in dem sie sich befand. Er hatte eine Familie gehabt. Sie fragte sich, ob seine Gesichtsverletzung damit zu tun hatte, dass er Mönch geworden war. Vielleicht hatte er deshalb so seltsam reagiert, als sie ihn damals auf der Dachterrasse gefragt hatte, warum er Mönch geworden war.

Plötzlich hatte sie erneut das Gefühl, dass sie ihre Nase in etwas hineingesteckt hatte, was sie eigentlich nichts anging. Hastig stellte sie das Bild zurück. Dabei stieß sie mit der Hand an ein Etui, das unter einen Stoß Papiere rutschte. Sie hob die Schriftstücke an, um es wieder an seinen Platz zu legen und erstarrte. Da lag ein uraltes, halb zerfallenes Pergament mit einer scheinbar sinnlosen Anordnung von Zahlen und Buchstaben – ganz offensichtlich ein chiffriertes Schriftstück. In der linken, oberen Ecke war deutlich erkennbar ein rotes Tatzenkreuz auf weißem Grund und ein goldener Kelch darunter. Sophie wusste nicht, wie lange sie so dagestanden hatte, unfähig sich zu bewegen, oder einen klaren Gedanken zu fassen. Es war ihr ewig vorgekommen, aber es waren sicher nur ein paar Sekunden gewesen. Frey

Antonio besaß ein codiertes Schriftstück der Templer.

Ein Bild schoss durch ihren Kopf. Sie schob es weg, denn im gleichen Moment wurde ihr bewusst, dass sie so schnell wie möglich aus diesem Zimmer verschwinden musste. Hastig schob sie die Papiere wieder zusammen und legte sie auf das alte Dokument.

»Guten Morgen, Señorita!« Sophie fuhr zu Tode erschrocken herum und starrte in die vor Wut blitzenden Augen von Frey Antonio.

Sie hatte ihn nicht kommen hören. Nicht einmal das Öffnen der Türe hatte sie gehört. Ihr Herz schlug wie wild und sie war einerseits wütend über ihre Unvorsichtigkeit und andererseits hätte sie in den Boden versinken mögen, so peinlich war es ihr, dass er sie beim Schnüffeln erwischt hatte. Sie wusste selbst nicht, wie sie da hineingeraten war, denn eigentlich war es gar nicht ihre Art, in den Sachen anderer Leute zu wühlen. Es war nur das Foto gewesen, das sie so fasziniert hatte.

»Bitte entschuldigen Sie«, Sophie schluckte. »Es ist wirklich nur ein dummer Zufall gewesen, dass ich in Ihr Zimmer gekommen bin.«

Der Mönch stand da, das Gesicht kalt und starr wie aus Eis. Seine Stimme klang scheinbar ruhig und freundlich, aber es lag ein gefährlich drohender Unterton darin, als er erwiderte: »Finden Sie nicht auch, dass Sie den Zufall allmählich etwas überstrapazieren? Sie erben zufällig ein Haus mit einer römischen Zisterne, finden zufällig darin ein goldenes Siegel, interessieren sich zufällig bei mir dafür, werden zufällig verfolgt und landen jetzt zufällig in meinem Zimmer, wo Sie zufällig Dinge finden, die Sie überhaupt nichts angehen!«

Bei den letzten Worten war seine Stimme laut geworden und er machte einen drohenden Schritt auf Sophie zu.

Obwohl sie innerlich zitterte, setzte sie eine ruhige Miene auf und hob herausfordernd das Kinn.

»Ich weiß, dass das unwahrscheinlich klingt, aber es ist trotzdem so. Alles, was ich gesagt habe ist wahr«, sagte sie in einem fast trotzigen Ton.

»Wollen Sie mich zum Narren halten? Sie schnüffeln überall herum und wollen mir dann weismachen, Sie seien nur zufällig an den Templern interessiert?«

Der Mönch machte zwei schnelle Schritte auf sie zu, packte sie an den Schultern und drückte sie gegen den Schreibtisch. »Sie sind eine verdammt gute Lügnerin, aber entweder Sie sagen mir jetzt auf der Stelle, was Sie hier wollen, oder Sie werden dieses Kloster vorläufig nicht mehr verlassen.«

»Was wollen Sie tun?« Sophies Stimme klang spöttisch. »Mich hier wochenlang festhalten?«

Er ließ sie los, wandte sich wütend ab, lief ein paar Schritte in Richtung Fenster und drehte sich wieder zu ihr um.

»Also was nun? Ich warte darauf, dass Sie mir erzählen, was Sie hier wollen.«

Sophie schnaubte. »Ich habe Ihnen alles erzählt. Ich weiß nicht, wer mich verfolgt und warum. Ich kann Ihnen nur noch einmal das sagen, was ich ihnen bereits erzählt habe und ...«

»... und das soll ich Ihnen wohl glauben?«, unterbrach sie Frey Antonio spöttisch.

»Wenn Sie es nicht tun, dann kann ich es auch nicht ändern. Und selbst wenn Sie mich hundert Jahre hier festhalten würden, könnte ich Ihnen nichts anderes erzählen«, erwiderte Sophie. »Außerdem«, fuhr sie fort, »ist es doch seltsam, dass Sie mir nichts von sich erzählen wollen. Sie behaupten, Sie waren ein Freund von Señor Baco, aber woher soll ich wissen, ob das stimmt. Vielleicht waren ja auch *Sie* es, der mir den Drohbrief geschrieben hat.«

Frey Antonio runzelte die Stirn. »Sie haben einen Drohbrief erhalten? Wann?«

»Am Tag bevor man mich am Strand überfallen hat.«

»Was stand in dem Brief?«

»Ich soll die Nachforschungen aufhören, sonst wird man mich daran hindern.«

»Und…? Was haben Sie dann gemacht?«

»Sie horchen mich ja schon wieder aus«, bemerkte Sophie ärgerlich, »und dann werfen Sie mir doch nur wieder vor, ich würde Sie belügen. Warum soll ich Ihnen ständig beweisen, dass ich nichts Schlechtes im Schilde führe, aber *Sie* erzählen mir nie etwas über *Ihre* Motive. Warum vertrauen Sie mir eigentlich nicht?«

Der Mönch sah sie ungerührt an. »Sagen Sie mir einen guten Grund, warum ich das sollte«, entgegnete er.

Sophie senkte den Blick. Sie erinnerte sich plötzlich daran, dass sie es gewesen war, die ihm, ganz am Anfang einmal, genau diese Frage gestellt hatte. Und sie entsann sich genauso noch an ihre widerstreitenden Gefühle, die sie in diesem Moment gehabt hatte und, dass sie damals einfach aus dem Bauch heraus entschieden hatte. Sophie hob den Blick wieder und sah ihn an. Sein Blick war kalt und sein Gesicht hatte einen harten Ausdruck angenommen, aber Sophie hatte auf einmal den Eindruck, dass er nicht so eiskalt war, wie er vorgab.

«Vielleicht weil Ihnen Ihr Gefühl sagt, dass Sie es können«, sagte sie leise. Es herrschte völlige Stille im Zimmer und sie standen nur da und sahen sich schweigend an.

Sophie blickte in seine Augen, wieder fasziniert von der Tiefe, die sie hatten. Und erneut dachte sie an ihren Traum. Sie fühlte eine eigenwillige Verbundenheit mit diesem Mönch und sie war sich aus irgendeinem Grund sicher, dass es ihm ähnlich erging. Sie sah ein leichtes Flackern in seinen Augen und hoffte, er würde jetzt sein Misstrauen ihr gegenüber aufgeben.

Endlich brach Frey Antonio das Schweigen. »Gefühle trügen häufig«, sagte er kühl. »Man sollte sich lieber an Tatsachen halten.«

Seine Worte trafen sie, wie ein Schwall eiskalten Wassers. »Nun«, sagte sie und bemühte sich, ihrer Stimme einen gleichgültigen Klang zu geben, »wenn das so ist, dann ist es sicher besser ich suche Frey Miguel, um mich zu verabschieden. Im Übrigen brauchen Sie keine Sorge zu haben: ich werde mit niemandem über meinen Aufenthalt hier reden. Adios, Frey Antonio.«

Sie wandte sich um und ging zur Türe.

Im gleichen Moment ertönte ein Klopfen und eine Stimme fragte: »Ramon?«.

Die Türe öffnete sich und Frey Miguel stand vor ihr. Er schien erleichtert, als er sie sah.

»Gut, dass ich Sie gefunden habe, Señorita. Wir haben schon gedacht, Sie wären gegangen.«

Sophie lächelte und es wirkte ein wenig wehmütig. »Nein, das hätte ich nach der freundlichen Aufnahme bei Ihnen niemals getan. Ich wollte Sie gerade suchen, um mich zu verabschieden.«

Sie drehte sich noch einmal zu Frey Antonio um. Er

stand immer noch an der gleichen Stelle, regungslos, mit unbewegter Miene. *Er ist also Ramon,* dachte sie. *Und damit auch der Neffe von Frey Miguel. Vermutlich hieß er also Ramon, bevor er Mönch geworden ist.* Sie sah ihn wortlos an und wandte sich grußlos wieder um zu Frey Miguel. Doch noch bevor sie dazu kam sich zu verabschieden, hatte der Mönch schon das Wort ergriffen.

»Ich wollte Ihnen gerade anbieten, dass Sie noch eine Weile hier im Kloster bleiben können.«

Sophie dachte bei sich, dass sie das gerne angenommen hätte, wenn es nicht so schwierig gewesen wäre mit Frey Antonio auszukommen.

»Das ist wirklich sehr nett«, erwiderte sie »aber ich sollte dringend wieder nach Hause. Es war sehr großzügig, dass Sie mich hier aufgenommen haben. Vielen Dank für Ihre Gastfreundschaft.«

»Sie dürfen jederzeit gerne wiederkommen, Señorita. Ich werde Sie jetzt hinausbegleiten zu Frey José und er wird Sie in die Stadt zurückfahren.« Dann wandte er sich an Ramon. »Bitte warte kurz auf mich. Es gibt ein paar wichtige Dinge zu besprechen.«

Langsam gingen Sophie und Frey Miguel nebeneinander den hellen Gang hinunter. Nach einer Weile begann Sophie vorsichtig das Gespräch.

»Darf ich Sie etwas fragen?«

Der Abt lächelte freundlich. »Aber bitte, gerne.«

»Frey Antonio. Er ist Ihr Neffe Ramon?«

Frey Miguel schien keineswegs erstaunt über ihre Frage.

»Hat er Ihnen das erzählt?«

»Nein«, erwiderte Sophie.

»Er würde sich vermutlich lieber die Zunge abbeißen, als mir etwas von sich zu erzählen.«

Der Mönch schmunzelte. »Nun, er ist nicht gerade ein Entertainer, das stimmt.«

Jetzt konnte auch Sophie ein Lächeln nicht unterdrücken. »Nein, nicht wirklich«, sagte sie und zögerte einen Moment, bevor sie weitersprach. »Ich war im Flur, um Sie zu suchen, als ich unfreiwillig Zeuge ihres Gespräches mit Frey José wurde. Ich hörte, wie Sie von Ramon sprachen und, als Sie vorher an die Türe geklopft haben, sagten Sie ›Ramon‹. Daher weiß ich, dass es Ihr Neffe ist. Bitte entschuldigen Sie, ich wollte mich nicht in Dinge einmischen, die mich nichts angehen.«

Frey Miguel nickte bedächtig mit dem Kopf.

»Wissen Sie, es gibt Dinge, die erfährt man deswegen, weil man sie erfahren muss. Man erfährt sie nicht etwa, weil man danach sucht, sondern, weil sie einem begegnen, um einen zu einem bestimmten Ziel zu bringen. Anderes dagegen darf man nicht erfahren und deshalb findet man es auch dann nicht, wenn man noch so sehr danach forscht.«

Sophie sah den Mönch ungläubig von der Seite an. »Das ist eine eigenartige Betrachtungsweise.«

Frey Miguel nickte. »Zufall«, sagte er. »Wie Max Frisch es ausdrückt: Am Ende ist es immer das Fällige, was uns zufällt.« Sophie neigte den Kopf. Es war eine interessante Überlegung. Ob ihr Traum auch Zufall gewesen war?

»Ist es Ihnen noch nie so gegangen, dass Sie etwas Bestimmtes unbedingt wissen wollten und trotz intensiver Nachforschung nicht fündig geworden sind?«, unterbrach der Mönch Sophies Gedanken.

Sophie nickte. »Schon oft.«

»Dann war es für diese Information vielleicht einfach noch nicht der richtige Zeitpunkt. Oft sagt man dann rückblickend: ›Wenn ich das gewusst hätte!‹ Aber wäre das in jedem Fall besser gewesen? Meistens sind es die Umwege, die uns an das richtige Ziel führen. Die Umwege und die Informationen, die wir dann bekommen, wenn es Zeit ist.«

Sophie schwieg nachdenklich.

»Meinen Sie, dass alles, was wir erfahren, vorherbestimmt ist?«

Der Mönch schüttelte den Kopf. »Nein, das wäre zu einfach. Wir sind doch keine Marionetten Gottes, die tanzen wann und wie er will. Nein, wir sind hier, um durch unsere Entscheidungen unseren Lebensweg selber zu bestimmen. Aber manche Dinge erfahren wir, weil Sie uns auf unserem Lebensweg weiterbringen.«

Sie gingen weiter und schwiegen eine Weile. Sophie hing ihren Gedanken nach. Es fühlte sich gut an, mit Frey Miguel zu reden. Sie sah ihn von der Seite an und spürte die Herzenswärme, die von diesem Mann ausging. Es war ihr, als würde sie ihn schon ewig kennen.

»Wie kam Ihr Neffe eigentlich zu seiner schlimmen Verletzung?«, fragte sie dann.

»Hat er Ihnen das auch nicht erzählt?« Frey Miguel hob überrascht die Augenbrauen.

»Nein, er misstraut mir. Eigentlich weiß ich gar nichts über ihn, außer, dass er eigentlich Ramon heißt und ihr Neffe ist.«

»Ich wusste nicht, dass er Ihnen misstraut. Gibt es einen Anlass dafür?«

»Für ihn ist alles, was mich betrifft, ein Grund, mir zu misstrauen. Aber ich weiß ehrlich gesagt nicht wirklich, warum er mich für eine Lügnerin hält.«

Frey Miguel neigte den Kopf und schwieg einen Moment, bevor er antwortete. »Ich würde Ihnen gerne von Frey Antonio erzählen, aber ich kann es leider nicht.«

»Hat das auch mit Ihrer Idee vom richtigen Zeitpunkt einer Information zu tun?«, fragte Sophie zweifelnd und dachte, dass man diese Einstellung auch übertreiben konnte.

Der Mönch lächelte belustigt. »Sie haben jetzt sicher gedacht: der einfältige Alte übertreibt ein bisschen, mit seiner Idee vom richtigen Augenblick einer Nachricht. Nein, nein. So habe ich das nicht gemeint. Meine Idee bezieht sich nur auf Informationen, die man scheinbar zufällig erhält, so etwa, wie einzelne Puzzleteile, die sich plötzlich als Verbindungsstück herausstellen. Ich meine natürlich nicht, dass man selbst, in einer Art prophetischer Ekstase bestimmen soll, wann jemand eine Information erhalten darf. Das wäre wirklich absurd.

Aber um auf Frey Antonio zurückzukommen: das, was ihn betrifft, ist so persönlich, dass er es Ihnen wirklich nur selbst erzählen kann.«

Inzwischen hatten sie den Eingang des Klosters erreicht. Die große Holztür war nicht wie sonst offen, sondern angelehnt und niemand war an der Pforte zu sehen. Sophie war etwas verwundert darüber und ihr schien es, als würde Frey Miguel seine Schritte beschleunigen, als er auf die Türe zuging und sie aufzog.

Der Mönch war vor ihr und verdeckte ihr die Sicht, aber einen Augenblick später stand sie neben ihm.

Sie sah es, noch bevor der Mönch sie wegschieben konnte und ihr Aufschrei hallte durch die stillen Gänge des Klosters.

47

»Wir haben Neuigkeiten vom Flughafen.«

Carlos drehte sich zu seinem Kollegen Tonio um. »Endlich!«

»Unter dem Namen Fatima Karim war am Samstag ein Abendflug von Barcelona nach Palma de Mallorca gebucht. Die Passagierin ist aber nicht aufgetaucht.«

»Konnte sie schlecht«, maulte Carlos. »So als Tote ...« Dann befahl er: »Ich will alle Passagierlisten der Flugzeuge, die seit dem Todeszeitpunkt von Fatima Karim nach Mallorca geflogen sind. Und durchforscht zuerst die Maschine, auf der Karim gebucht war. Ich will den Lebenslauf von jedem Passagier auf meinem Tisch haben.«

»Carlos!«, er wandte sich zu seinem Kollegen Pedro auf der anderen Seite.

»Was gibt's, Pedro?« »Ich habe hier ein Bild von einer Gruppe Islamisten. Der Prediger sieht dem Phantombild von Samuel Vidal sehr ähnlich, aber es ist zu unscharf, um es mit Sicherheit zu sagen.«

»Verdammt!«, Carlos ballte kurz die Hand zur Faust. »Islamistischer Hintergrund. Es ist also doch so, wie wir schon vermutet haben. Das hat uns gerade noch gefehlt.« Er holte tief Luft. »Pedro, schau dir alle an, die im Verdacht stehen, der islamistischen Szene anzugehören. Vielleicht haben wir da einen Treffer.«

Er nahm noch einmal Marias Obduktionsbericht zur Hand. Irgendwie hatte er das Gefühl, dass etwas an dem Bild, das sie von Samuel Vidal hatten, nicht stimmig war. »Pedro, gib mir doch bitte noch einmal das Foto, auf dem der Mann als IS-Prediger drauf ist.«

Er musterte das Bild. Es wäre möglich. Aber er hatte das Gefühl, dass diese Tatsache nicht in das Profil des Mannes passte. Irgendetwas in seinem Inneren sagte ihm, dass sie sich nicht zu sehr auf den islamistischen Bereich fixieren sollten.

48

Der Klostergarten lag friedlich im Licht der Mittagssonne. Sie hatte sich, wie so oft auf der Insel, schnell aus dem kurzen Intermezzo der Regenwolken zurück gekämpft und diese geschmolzen, bis sie nur noch wie kleine Wattetupfen den Himmel verzierten.

Verärgert starrte Ramon hinunter und seine Gefühle passten ganz und gar nicht zur Stimmung der Natur. Er dachte an das Gespräch mit Sophie und fühlte, wie der Ärger in ihm brodelte. Ihre Ehrlichkeit war entweder ausgezeichnet gespielt, oder die Zufälle, von denen sie begleitet wurde, extrem ungewöhnlich. Jedes Mal, wenn er sie traf, hatte er das Gefühl, dass sie ihn täuschte. Natürlich hatte er alles, was er von ihr wusste, überprüft und es stimmte so, wie sie es gesagt hatte, aber trotzdem misstraute er ihr. Dazu kam, dass er schon seit längerer Zeit mit seinen Nachforschungen auf der Stelle trat. Er hatte weder eine Lösung für das geheimnisvolle Dokument, noch eine Spur zu den Leuten, die er suchte.

Unglücklicherweise wussten diese Männer jetzt auch noch, wo er war und dass er ihre Spur verfolgte. Fairerweise musste er zugeben, dass es die Zusammenarbeit mit seinem Freund Baco gewesen war, die ihn verraten hatte und nicht Sophie. Aber trotzdem bedeutete das nicht, dass sie nicht als Spionin für die anderen arbeitete. Und jetzt hatte sie auch noch in seinem Zimmer herumgeschnüffelt und das Dokument gesehen. Er musste dringend mit seinem Onkel über sie reden. Er war zu vertrauensvoll ihr gegenüber. Anschließend würde er sich dann ein neues Versteck suchen, denn es war jetzt für alle zu gefährlich, wenn er hier bliebe.

Aufgewühlt wandte er sich vom Fenster ab. Er empfand den Raum plötzlich als beengend und ging hinaus, um seinem Onkel entgegenzugehen. Es war die Stunde der Terz, die hier um elf Uhr morgens gebetet wurde, und die Brüder waren in der Kapelle versammelt. Kein Laut war in den Klostergängen zu hören. Nur das weiche Rascheln seiner Kutte begleitet ihn.

Da zerriss ein markerschütternder Schrei die friedliche Stille. Wie ein Blitz durchzuckte es den Körper des Mönches und sein Herz krampfte sich zusammen, als die Erinnerungen wie ein Film vor ihm abliefen. Er schmeckte Blut, sah diese verzweifelten Augen vor sich, spürte den tiefen Schmerz. Von Panik getrieben rannte er durch den Flur und riss die Türe zum Eingang auf.

Sophie stand mit dem Rücken zu ihm an den Türstock gelehnt und sah durch die Pforte nach draußen. Sie schien völlig entspannt dazustehen und eine ohnmächtige Wut stieg in Frey Antonio hoch. Er hatte Todesängste ausgestanden. Mit zwei schnellen Schritten war er bei ihr, packte sie am Arm und drehte sie zu sich.

»Sind Sie eigentlich völlig übergeschnappt, hier so herumzuschreien!«, fuhr er sie an und seine Augen funkelten schwarz in seinem wutverzerrten Gesicht. »Hat man Ihnen keinen Anstand beigebracht? Ich dachte, Sie wären jetzt weg und würden uns in Ruhe lassen, stattdessen veranstalten Sie hier ein Geschrei, dass man meinen könnte, das Schlimmste wäre passiert. Verschwinden Sie endlich und hören Sie auf Unruhe zu stiften und sich um Dinge zu kümmern, die Sie überhaupt nichts angehen.«

In seiner Wut, die sich vielmehr gegen die immer wiederkehrende Erinnerung in ihm richtete, als gegen Sophie, hatte er eine Weile gebraucht um zu realisieren, dass Sophie nicht entspannt aussah. Sie war bleich und ein ganz merkwürdiger Ausdruck lag in ihren Augen. Sie sah ihn an, mit einer Mischung aus Wehmut, Erstaunen und Verletzlichkeit, aber sie erwiderte kein Wort. Erst jetzt sah er, dass sein Onkel vor der Pforte stand, den Blick wie versteinert auf den Boden geheftet. Ramon folgte seinem Blick und erschauderte. Auf der untersten Stufe der Pforte lag die abgetrennte Hand eines Menschen. Sie trug einen Siegelring und ein Brief war ihr zwischen die erstarrten, grauen Finger gesteckt worden. Der Mönch blickte entsetzt zu seinem Onkel. »Natalio Baco«, stammelte er fassungslos.

Frey Miguel sah auf, die Augen zu einem schmalen Schlitz verengt. »Frey José, Sie bringen die Señorita bitte in die Küche und geben ihr einen Hierbas, einen Kräuterschnaps. Dann kommen Sie mit ihr in meine Zelle.«

Der Angesprochene nickte bleich und der Abt wandte sich zu seinem Neffen. »Und du, Ramon, kommst bitte gleich mit mir.«

Dann bückte er sich und wickelte die Hand des Toten in ein Stück seines Umhangs. Sophie spürte, wie ihr Magen zu rebellieren begann. Sie wandte sich um. »Ach und bevor ich es vergesse, Frey José«, fügte Frey Miguel, mit bleichem Gesicht, an den Pförtner gewandt hinzu, »bringen Sie doch den Kräuterschnaps mit, wenn Sie zu mir kommen. Nur für den Fall …«

»Onkel, du wirst doch die Señorita nicht in unsere Angelegenheit einweihen wollen.« Ramons Stimme klang verärgert. Er hatte nur mit Mühe seinen Protest zurückgehalten, bis er mit seinem Onkel in dessen Zelle war.

Frey Miguel ging auf ihn zu und umfasste mit der Hand Ramons Schulter. »Ramon, dein Misstrauen ist völlig unberechtigt. Señorita Sophia ist inzwischen genauso in die Sache involviert, wie alle hier im Kloster und sie muss endlich erfahren, was gespielt wird. Oder willst du ihr die Chance versagen sich schützen zu können?«

Ramon schnaubte verächtlich. »Sie kann sich sehr gut schützen, auch ohne unsere Hilfe und ich bin mir nicht ganz sicher, ob sie wirklich so ahnungslos ist, wie sie tut. Nicht nur, dass ich sie vorher dabei erwischt habe, wie sie in meinem Zimmer herumgeschnüffelt hat. Nein, ich finde es sind zu viele seltsame Zufälle, die sie hierhergeführt haben und ich traue ihr nicht richtig.«

Der Abt schüttelte den Kopf. »Nein, Ramon. Dein Misstrauen beginnt dich blind zu machen. Señorita Sophia ist absolut vertrauenswürdig und wir müssen sie einweihen.«

Ramon warf den Kopf in den Nacken.

»Tut mir leid, Onkel, aber das sehe ich anders. Die Gefahr, dass sie eine Spionin ist, ist zu groß und ich werde bestimmt kein Risiko eingehen, nur weil sie plötzlich auf der Bildfläche aufgetaucht ist und du das Gefühl hast, sie könnte in Gefahr sein. Sie braucht sich ja nur aus dem Ganzen herauszuhalten, dann wird ihr nichts passieren. Ich werde ganz sicher nicht wegen ihr meine Mission gefährden. Das Ganze geht sie nichts an und deswegen soll sie einfach wieder dahin verschwinden, wo sie hergekommen ist.«

Frey Miguels graue, dichte Brauen zogen sich zusammen und er ließ Ramons Schulter los.

»Ramon«, seine Stimme klang kompromisslos, »Frey José und die Señorita werden sicher gleich herkommen und sie werden bleiben, ob du es gut findest, oder nicht.

Du wirst die Hilfe der Señorita noch brauchen, auch wenn du es jetzt nicht wahrhaben willst. Ich weiß es und deshalb wird sie die Wahrheit erfahren.«

Ramon schwieg einen Augenblick, aber die Verärgerung über die offensichtliche Blindheit seines Onkels, bezüglich Sophia, rumorte in ihm.

»Woher nimmst du eigentlich die Sicherheit, dass sie so vertrauenswürdig ist, wie du sagst?«, bohrte er dann nach.

Der Abt blickte ihn von der Seite an. »Ich weiß es einfach. Warum vertraust du mir nicht?«

Ramon schüttelte den Kopf. »Weil ich ein ungutes Gefühl habe. Ihre ganze Geschichte ist irgendwie seltsam. Pepe von der Stadtverwaltung hat ihre Unterlagen für mich rausgesucht. Es stimmt alles, was sie gesagt hat, aber trotzdem stört mich an ihr irgendetwas, nur ich kann nicht genau bestimmen, was es ist.«

Er sah seinen Onkel an, dessen Augen sich zu schmalen Schlitzen verengt hatten und gedankenverloren in die Ferne zu blicken schienen. In dem Moment erinnerte Ramon irgendetwas an seinem Onkel an Sophie.

»Hörst du mir überhaupt zu, Onkel?«

Der Blick des Abtes bewegte sich nicht, als er erwiderte: »Du hattest schon immer ein gutes Gespür, Ramon, aber du musst aufpassen, dass dich dein übergroßes Misstrauen nicht in die falsche Richtung führt.«

Ramon runzelte die Stirn. Er hasste solche rätselhaften Aussagen seines Onkels, umso mehr, da er aus Erfahrung wusste, dass dieser meistens Recht hatte. »Wir sollten uns lieber den Brief genauer ansehen«, wechselte er deshalb das Thema. »Es sieht so aus, als wäre es eine weitere Drohung.«

49

Trotz der vielen Touristen, die in der Stadt waren, war es recht ruhig am Hafen. Sanft tanzten die Schiffe auf den leichten Wellen, die im Sonnenlicht glänzten und das scharrende Geräusch, wenn sie aneinander rieben, vermischte sich mit dem Kreischen der Möwen und den Rufen einiger Fischer, die an der Mole standen.

Er lief zwischen den Booten entlang, die Sonnenbrille auf der Nase und eine Schildkappe auf dem Kopf.

Ein junges Pärchen lud Proviant in einen Zweimaster. Samuel setzte sich auf einen Poller und sah zu.

Die junge Frau mit den kurzen blonden Haaren blickte ihn im Vorbeigehen an. Er lächelte ihr zu, und sie lächelte zurück.

Nach einer Weile stand er auf, lief ein Stück weiter und drehte dann irgendwann um.

Das Pärchen mühte sich, einen Wassertank aus dem Auto zu laden. Samuel ging hinüber.

»Lassen sie mal. Ich helfe Ihrem Mann. Das ist zu schwer für Sie«, sagte er freundlich zu der Frau.

Das Pärchen sah ihn dankbar an.

»Wie nett von Ihnen«, lächelte die Blondine.

Als der Tank verstaut war, wischte Samuel die Handflächen aneinander ab und meinte: »Schönes Boot, Ihre ›Meermaid‹.«

Der Mann blickte auf das Boot und dann zurück zu Samuel. »Ja, wir haben lange gespart. Es war schon immer unser Traum, eine Auszeit von einem halben Jahr zu nehmen und dann mit dem Segelschiff das Leben zu genießen. Jetzt haben wir es geschafft.«

Samuel nickte begeistert. »Das ist doch mal eine tolle Idee. Da wünsche ich Ihnen viel Spaß. Wann geht es denn los?«

»Heute Abend«, strahlte die Blondine.

»Nun dann werde ich an Sie beide denken, denn da bin ich gerade auf meinem Rückflug nach Barcelona.« Er lächelte freundlich »War nett sie kennengelernt zu haben. Gute Reise.«

»Gleichfalls!«, erwiderten die jungen Segler. »Und danke nochmal für Ihre Hilfe.«

Sie winkten einander zu und Samuel nahm den Weg zurück in die Stadt.

50

Sophie und Frey José erreichten die Zelle kurz nach dem Abt und seinem Neffen. Sophie hätte gerne ein wenig Zeit gehabt, um ihre Gedanken zu ordnen, die wie Puzzleteile wild in ihrem Kopf verstreut waren, aber die Zelle des Abtes lag nicht weit entfernt. Sie stand noch unter Schock und ihre Emotionen fühlten sich an, wie ein innerliches Karussell.

Der Raum war genauso schlicht eingerichtet, wie der von Frey Antonio, nur dass sich zusätzlich ein kleiner Tisch mit vier Stühlen darin befand. Der Abt bot ihnen Platz an, und sie saßen sich einen Moment schweigend gegenüber. Frey Miguel ergriff das Wort.

»Ramon, es tut mir leid, aber die Lage beginnt sich zuzuspitzen. Es hat ...«

»Entschuldige, Onkel«, unterbrach ihn Ramon, »aber die Señorita wollte sich vorher zurückziehen und ich denke, wir sollten sie nicht daran hindern.«

Einen Augenblick lang herrschte sprachlose Stille in der kleinen Zelle. Dann öffnete Frey Miguel den Mund um etwas zu sagen, aber Sophie kam ihm zuvor.

»Frey Antonio hat Recht. Bitte entschuldigen Sie mich, aber ich denke es ist besser, wenn ich jetzt gehe.«

Sie erhob sich, nickte den drei Männern zu und verließ den Raum.

Langsam und nachdenklich ging sie den Flur hinunter. Sie wusste, dass sie jetzt vermutlich verpasste zu erfahren, was es mit Frey Antonio, beziehungsweise Ramon, auf sich hatte, aber seine offensichtliche Abneigung gegen sie war ihr einfach zu viel gewesen und auch das Entsetzen über den grausigen Fund vor der Türe, saß ihr noch in den Gliedern.

Ihre Gedanken schweiften zurück zu dem Augenblick, als Frey Antonio in den Eingangsraum gestürzt war. Die abgetrennte Hand von Natalio Baco hatte sie so geschockt, dass ihre Knie nachgegeben hatten und sie sich an die Türe anlehnen musste.

Sie hatte Frey Antonio gar nicht kommen hören und sich zu Tode erschrocken, als er sie am Arm gepackt und herumgerissen hatte. Seine wütenden Worte waren eigentlich gar nicht bis in ihr Bewusstsein vorgedrungen, denn in dem Moment wo sie ihn angesehen hatte, war unvermittelt dieses Gefühl in ihr aufgetaucht, dieses Ziehen irgendwo zwischen Herz und Bauch. Sie hatte die Angst und das Entsetzen in seinen Augen gesehen und mit einem Schlag war ihr klar geworden, dass trotz seiner rauen Unbeherrschtheit, hinter der kühlen Fassade ein feinfühliger, empfindsamer Mensch steckte.

Sophie schluckte.

Sie hörte Schritte hinter sich und blickte sich um. Zu ihrem Erstaunen sah sie, dass es Frey Antonio war, der sich näherte. Nach dem Vorfall gerade eben verspürte sie nicht die geringste Lust ihn zu sehen, oder mit ihm zu reden.

»Sophia, warten Sie einen Moment.«

Sein Befehlston ärgerte sie und sie ging weiter, ohne ihre Schritte zu verlangsamen.

»Sophia!«, seine Stimme klang lauter. »So bleiben Sie schon stehen. Ich muss mit Ihnen reden!«

Sie wusste, dass er nicht zu der Sorte Mensch gehörte, die man dadurch abhängen konnte, dass man sie ignorierte. Er würde ihr folgen und sie einholen. Also war es das

Beste, es gleich hinter sich zu bringen, bevor sie in ihrem Gästezimmer mit ihm diskutieren musste.

Unwillig blieb sie stehen und verschränkte die Arme vor der Brust.

Der Mönch hatte gehofft Sophie noch auf dem Gang zu erreichen und war froh, als er sie in einiger Entfernung laufen sah. Eigentlich hatte er ihr gar nicht nachgehen wollen.

Als sie aus dem Zimmer gegangen war, war einen Moment Stille gewesen.

Dann hatte sein Onkel sich zu ihm gewandt.

»Ich habe gewusst, Ramon, dass dein Rachedurst inzwischen dein ganzes Sein bestimmt. Aber ich habe nicht gewusst, dass du dabei alle deine bisherigen Lebensgrundsätze und sogar die Regeln der Gastfreundschaft unseres Klosters mit den Füßen trittst.«

Enttäuschung und Ärger waren in den Worten seines Onkels mitgeschwungen und Ramon wusste, dass seine Frustrationstoleranz nicht mehr sehr groß war. Es war zu viel passiert in den letzten Wochen und Ramon erkannte plötzlich, wie wichtig es war, dass er in den weniger bedeutsamen Dingen seinen Onkel spüren ließ, dass er seinen Rat schätzte und auf ihn hörte. Frey Miguel war der Einzige, der ihm immer zur Seite gestanden war. Ramon wollte ihm nicht wehtun und was genauso wichtig war, er wollte seine Unterstützung nicht verlieren. Das war der Grund, warum er dann doch hinter Sophia hergegangen war.

Eigentlich vertraute er seinem Onkel, auch wenn er nicht immer einer Meinung mit ihm war. Der Abt war ein beängstigend guter Menschenkenner und auf seine Beurteilungen konnte man sich immer verlassen, besonders, wenn er sich so sicher gab, wie jetzt bei Sophie.

Ramon wusste selbst nicht warum er sich so in sein Misstrauen gegenüber Sophie verbissen hatte. Zähneknirschend stellte er fest, dass er seine Reaktion von vorher wieder gut machen musste, wenn er sie zum Bleiben umstimmen wollte. Und wahrscheinlich würde er dann keine andere Wahl haben, als Sophie einiges zu erzählen, zum Beispiel auch das, was damals passiert war und das passte ihm gar nicht.

Er hatte keinen Nerv für die von Frauen so typische Reaktion auf seine Geschichte: ›Oh, das ist ja furchtbar. Das tut mir aber leid ...‹ ... und so weiter und so weiter. Und im Grunde fanden sie ihn abgrundtief hässlich. Er hasste das. Er wollte alleine seinen Weg gehen und das, was er sich vorgenommen hatte, zu Ende bringen und dazu konnte er weiß Gott keine Frau gebrauchen, die ihm mit ihrem Gesäusel an den Fersen hing.

Es gab nur eine Frau in seinem Leben, die er jemals wirklich geliebt hatte und das war Micaela gewesen. Er liebte sie noch immer und manche Nacht, wenn er wieder einmal schweißnass aus seinem immer gleichen Traum erwachte, dann stellte er sich vor, es wäre alles wirklich nur ein Alptraum gewesen und er bräuchte nur die Arme um sie legen und sie zärtlich an sich ziehen. Er konnte ihren Duft noch riechen und seine Finger kannten noch genau das Gefühl, wenn er durch ihre weichen Locken fuhr. Ramon spürte bei diesen Gedanken wieder den feinen Stich in seinem Herzen und zwang sich, in die Gegenwart zurückzukehren.

Er musste diese Sache mit Sophie also möglichst schnell und ohne Emotionen hinter sich bringen und deshalb war er froh, sie einzuholen bevor sie in ihrem Zimmer angekommen war, denn der Flur als neutraler Ort war ihm angenehmer.

Sophie stand mit verschränkten Armen da und wartete, bis er sie erreicht hatte.

»Kommen Sie mit«, forderte er sie auf. »Ich muss verschiedene Dokumente aus meiner Zelle holen. Sie können mir helfen.«

Sie sah ihn an und glaubte nicht recht gehört zu haben.

»Tut mir leid, aber ich habe keine Zeit. Ich bin im Begriff aufzubrechen«, sagte sie kühl.

Der Mönch hob erstaunt die Augenbrauen. »Ich dachte, die Dokumente würden Sie vielleicht interessieren.«

Sophie spürte, wie ihre Neugier wieder erwachte. Er sprach vielleicht von dem chiffrierten Dokument, das sie gesehen hatte. Möglicherweise würde sie auch ein paar Antworten auf ihre Fragen bekommen. Aber im gleichen Moment warnte sie ihre innere Stimme. *Sei vorsichtig, Sophie. Lass dich nicht gleich wieder von seiner kurzzeitigen Freundlichkeit täuschen.*

»Haben Sie ihre Verschwörungstheorie aufgegeben oder nur die Strategie gewechselt?« Sophie bemühte sich nicht im Geringsten, ihre Verärgerung zu verbergen.

Der Mönch schien für einen Moment überrascht. Aber er hatte sich sofort wieder gefangen. »Weder, noch. Ich habe Sie vorher gekränkt und es tut mir leid. Vielleicht interessiert Sie die Sache aber trotzdem noch und vielleicht können Sie uns ja weiterhelfen. Also kommen Sie.« Als er sah, dass sie zögerte, setzte er hinzu: »Bitte.«

Sophie stellte fest, dass sie noch nie jemanden gekannt hatte, der eine Entschuldigung so vorbringen konnte, dass sie so klang, als wäre es keine und der selbst ein ›Bitte‹ mehr wie einen Befehl klingen lassen konnte, als wie eine freundliche Einladung.

Sie war eigentlich fest entschlossen gewesen zu gehen, aber da war es plötzlich wieder, dieses Gefühl in ihr. Und die Bilder ihres Traumes stiegen in ihr auf. *Verdammt, Sophie. Er ist nicht Pedro, sondern Ramon und er hat mit dem Mann aus deinem Traum nicht das Geringste gemeinsam.*

Sie wollte eigentlich sagen, dass sie jetzt heimfahren würde, aber stattdessen hörte sie sich sagen: »Also gut, ich komme mit. Aber heute Abend werde ich das Kloster verlassen.« Und sie wusste, dass sie wieder einmal ihren Gefühlen nachgegeben hatte, anstatt vernünftig zu handeln.

Frey Antonio nickte und streckte ihr seine Hand entgegen.

»Ich heiße übrigens Ramon.«

Sophie hob zögernd die Ihre und wusste nicht recht, was er jetzt gerade wieder vorhatte mit dieser neuen Offenheit. Also schwieg sie. Auch der Mönch schwieg einen Moment.

»Es gibt noch etwas, was Sie wissen sollten«, sagte er dann in das Schweigen hinein. »Ich bin kein Mönch. Frey Miguel ist der Freund meines Vaters. Für mich war er von klein auf mein Onkel. Er hat mir geholfen, mich hier eine Zeit lang zu verstecken.«

Jetzt war Sophies Schweigen kein Abwarten mehr, sondern echte Sprachlosigkeit. Frey Antonio, also Ramon, war kein Mönch! Sie brauchte einen Augenblick um das zu verdauen. Ihr war der Gedanke, dass er Mönch war, angenehmer gewesen. Es hatte irgendwie zu ihm gepasst und ihr einen gewissen emotionalen Abstand zu ihm gegeben. Sie spürte, dass sie ihn plötzlich kritischer sah. Er hatte die Kutte also gewissermaßen nur als Verkleidung genutzt.

»Wovor haben Sie sich versteckt?« Sophies Frage klang etwas zögernd, denn sie hatte noch zu gut seine abweisenden Reaktionen auf ihre persönlicheren Fragen in Erinnerung. Erstaunlicherweise antwortete Ramon ohne seine übliche Eiseskälte.

»Das ist eine längere Geschichte, aber wenn Sie einen Moment Zeit erübrigen können, werde ich sie Ihnen erzählen.«

Sophie nickte stumm. Sie befand sich gerade wieder einmal auf einer dieser berühmten Achterbahnfahrten mit diesem Mann, bei der sie überhaupt nicht wusste wie sie reagieren sollte und was er jetzt wieder vorhatte. Sie hasste es und dabei war sie selber schuld, dass sie nicht auf ihren Verstand gehört hatte und gegangen war. Warum war er plötzlich so freimütig? Das passte überhaupt nicht. Weder zu ihm noch zu der vorherigen Reaktion, als er sie förmlich aus dem Zimmer geworfen hatte. Hatte sein Onkel ihn überredet? Sophie verwarf den Gedanken sofort wieder. Frey Antonio, beziehungsweise Ramon, war kein Mensch, der sich einfach zu etwas überreden ließ. Es musste schon ein handfester Grund gewesen sein, der ihn dazu gebracht hatte, plötzlich so offen über sich zu erzählen. Vielleicht würde ihr das Gespräch mit ihm Aufschluss darüber geben, was seine Haltung ihr gegenüber so vollständig umgekrempelt hatte.

Jetzt wurden Stimmen in den Gängen hörbar und einige Mönche kamen den Flur entlang.

Ramon runzelte die Stirn. Die Gebetszeit der Terz war zu Ende und wenn er in Ruhe mit Sophia reden wollte, war er nun doch gezwungen, dies in seiner Zelle zu tun. Unwillig sagte er: »Kommen Sie, wir gehen in mein Zimmer. Dort können wir etwas ungestörter reden.«

Die Mittagssonne, die inzwischen die Wolken verdrängt

hatte, hatte den Raum in klare strahlende Farben getaucht und Sophie dachte, dass er völlig anders wirkte als vorher.

Ramon bot Sophie einen Stuhl an, trat ans Fenster und blieb mit dem Rücken zu ihr stehen, bevor er leise zu reden begann.

»Ich war mitten im Studium, als ich meine Frau kennenlernte. Sie zu treffen war das Beste, was mir in meinem ganzen Leben passiert ist. Sie war ein wunderbarer Mensch. Drei Jahre später heirateten wir. Da wir beide gerne im Ausland und sozial tätig werden wollten, bewarben wir uns für eine Stelle in Afrika und bekamen eine Zusage. Die Bewohner des Dorfes, das schnell zu unserer neuen Heimat wurde, nahmen uns freundlich und mit großer Herzlichkeit auf. Micaela arbeitete als Ärztin und ich als Lehrer.

Ein Jahr später wurde Julia, unsere Tochter geboren. Sie war der Sonnenschein unseres Lebens und wir verbrachten eine Zeit voller Glück miteinander, bis eines Nachts meine Hütte von fünf Männern überfallen wurde.

Ich saß mit Tajo, meinem Freund, noch am Lagerfeuer. Micaela hatte Julia zu Bett gebracht. Da hörte ich einen Schrei. Ich wusste sofort, dass es Micaela gewesen war.

Als ich an der Hütte ankam, lag meine Tochter bereits tot am Boden. Einer der Männer hielt Micaela ein Messer an die Kehle und forderte das Dokument meines Onkels von mir. Ich wollte nur eines: Micaela retten. Ich schwor, dass ich das Dokument nicht hatte und vor meinen Augen schnitt er Micaela die Kehle durch. Ich versuchte sie noch zu erreichen bevor er sie tötete, aber sie packten mich und einer schlug mir mit einer Machete ins Gesicht. Dann weiß ich nichts mehr. Tajo, mein Freund, hat mich zusammen mit den Männern des Dorfes da rausgeholt.

Zwei der Mörder und zwei Männer des Dorfes wurden getötet. Ich hätte gerne mit einem von ihnen getauscht.

Die Polizei sagte später es sei ein Überfall von entflohenen Häftlingen gewesen und hakte den Fall ab.

Seitdem suche ich nach den Mördern und den Hintergründen. Ich weiß, dass es mit dem Dokument und dem Schatz der Templer zusammenhängt und ich werde nicht eher ruhen, als bis ich sie gefunden und meine Familie gerächt habe.«

Seine Stimme war mit jedem Satz noch härter und kälter geworden und der Hass, der wie ein drohendes Grollen hinter den sachlichen Worten lag, jagte Sophie eine Gänsehaut über den Rücken. Mit einem Ruck wandte er sich zu ihr um und zog die Kapuze der Kutte vom Kopf. »Und das«, fügte er mit vor Hass bebender Stimme hinzu, »das erinnert mich jede Sekunde an diese Mission. Immer, wenn die Kraft nachlässt, dann reißt das die Wunden wieder auf und ich weiß, dass ich so lange suchen werde, bis ich die Mörder finde.«

Es war das erste Mal, dass sie ihn ohne Kapuze sah. Sein halblanges Haar, auf dem die Lichtreflexe der Sonnenstrahlen flimmerten, umrahmte schwarz glänzend sein Gesicht und gab seinen narbig verzerrten Zügen eine unerwartete Weichheit. Sophie spürte einen wehmütigen Schmerz in der Magengrube.

In dem kleinen Zimmer herrschte einige Augenblicke lang Totenstille.

Sophie dachte an das Foto auf dem Schreibtisch und spürte, wie ihr Hals eng wurde. Das also waren die Gründe für sein merkwürdiges Verhalten und dieses ständige Misstrauen, das ihn bewegte. Und das war der Grund, warum er sein Gesicht nicht hatte kosmetisch wiederherstellen lassen.

Sie verstand plötzlich so viele seiner Reaktionen.

»Es ist schlimm, dieses Gefühl«, sagte sie mit rauer Stimme. »Man verliert das Leben und ist dazu verdammt trotzdem weiterzumachen. Und jeder sagt, es würde besser, mit der Zeit. Aber das ist gelogen. Es ist immer gleich schlimm. Es kommt vielleicht weniger oft, das Gefühl, aber wenn es einen überfällt, dann schlägt es erbarmungslos zu und schmerzt, wie am ersten Tag.«

Sie starrte in die Ferne und dachte an die Nächte, in denen sie bei Juan still und leise gegangen war, während er tief geschlafen hatte, weil sie es nicht ertrug an Tom zu denken, während Juan neben ihr lag. Sie hatte es ihm nie gesagt, aber vielleicht hatte er es doch gespürt und es war ein Grund gewesen, warum er sie verlassen hatte.

Sie sah zu Ramon. Auch er schien weit weg mit seinen Gedanken und sie wusste, dass auch vor seinem geistigen Auge Bilder abliefen.

Sophies Worte hatten Ramon überrascht und trotzdem tief getroffen. Sie war die Erste, die genau das in Worte fasste, was er empfand. Ganz genau so fühlte er. Der Schmerz traf ihn jedes Mal, wenn er an Micaela dachte, mit unverminderter Heftigkeit und jedes Mal spürte er wieder diese Stiche in seiner Brust, diesen Hass und die stumme Verzweiflung.

»Ja, der Schmerz wird nicht aufhören, bevor ich nicht die Mörder gefunden und meine Familie gerächt habe. Mit der gleichen Grausamkeit, mit der man sie getötet hat, werde ich sie rächen und dann endlich werde ich wieder Ruhe finden und Micaela folgen können.«

Sophie erschauerte innerlich, aber sie verstand, was er empfand. Sie hatte selbst ähnliche Gefühle gehabt, nicht, was die Rache betraf, denn niemand trug die Schuld am Tod ihres Mannes oder des Babys, aber die verzweifelte Sehnsucht ihnen zu folgen, die hatte sie anfangs gut gekannt. Sie schwieg wieder und da auch Ramon nichts sagte wandte sie sich um und ging ans Fenster.

51

Mateo stand auf dem Deckel der Toilette und schob stochernd einen Draht zwischen den Fensterrahmen und das Mauerwerk.

Seine Gefangenschaft hatte ihm von Anfang an so zugesetzt, dass er verzweifelt einen Weg gesucht hatte, wenigstens eine minimale Fluchtchance zu finden, oder wenigstens die Illusion davon.

Das Fenster der Toilette war zu klein, als dass er hindurch gepasst hätte, aber ohne den Rahmen würde er vielleicht gerade so durch die Öffnung in der Wand hindurch passen.

Er hatte er einen kleinen Riss, um den Fensterrahmen herum, entdeckt und ein Stück Draht gefunden, das um den Abfluss des Waschbeckens gewickelt war. Mit diesem Draht hatte er angefangen im Mauerwerk neben dem Rahmen zu stochern.

Erleichtert hatte er festgestellt, dass die Wände alt waren und aus Ziegeln. So konnte er mit dem Draht immer einiges an Masse um den Rahmen herum herauskratzen.

Mateo hoffte, dass seine häufigen Toilettengänge nicht auffielen. Einmal hatte er entschuldigend mit den Schultern gezuckt und gesagt: »Tut mir leid, aber ich bin ein alter Mann. Da ist das nun mal so.«

Die Mauerbrösel feuchtet er jedes Mal mit Spucke an, bevor er die Toilette verließ und schmierte sie in die entstandenen Lücken. Das abgeblätterte Weiß der Wand benutzte er, um die Ziegelfarbe zu überdecken. So fiel es nicht auf und da das mit einem Schloss verriegelte Fenster sowieso nie geöffnet wurde, würde auch niemand bemerken, dass der Rahmen lockerer war.

»Was brauchst du denn da so lange?« Die Stimme von Bär klang ungehalten.

»Bin schon fertig!« Mateo spülte, wickelte den Draht wieder um das Abflussrohr, wusch sich die Hände und ließ sich von Bär zu seinem Platz zurückbringen.

Hoffentlich blieb ihm noch genug Zeit um das Fenster zu präparieren oder noch besser, man würde ihn frei lassen.

Aber so richtig glaubte Mateo inzwischen nicht mehr daran.

52

Ramons Räuspern riss sie aus ihren Gedanken.

Sie stand auf.

»Und wie soll es nun weitergehen?«

»Vielleicht können Sie mir mit ein paar Informationen weiterhelfen«, erwiderte Ramon mit sachlichem Tonfall. Er hatte die Kapuze seiner Kutte hochgezogen und war wieder der nüchterne Jäger, ohne Emotionen.

»Um entscheiden zu können, ob ich Ihnen überhaupt helfen kann, brauche ich aber noch ein paar mehr Fakten. Und dann weiß ich immer noch nicht, warum ich eigentlich plötzlich mit in dieser Sache stecke, denn das tue ich ja wohl, so wie es aussieht. Und ich weiß auch nicht, was Sie an Informationen haben, die ich nicht habe.«

Ramon verschränkte die Arme vor der Brust. »Gut, also fragen Sie.«

Sophie war mehr als überrascht, aber sie ließ es sich nicht anmerken. »Diese Leute, die Señor Baco getötet haben, sind das die gleichen, hinter denen *Sie* her sind?«

Ramon nickte.

»Woher wollen Sie das wissen? Haben Sie inzwischen Näheres über sie herausgefunden? Und wieso war das Dokument in diesem Kästchen so wichtig, dass man ihre Familie dafür getötet hat?«

Ramon überlegte einen Augenblick, ob er ihr alles erzählen sollte, aber er entschied, dass ein Teil auch genügte.

»Mein Onkel hat in der Nähe des Klosters Kräuter gesucht. Nach einem Gewitter war ein Teil des Felsens abgerutscht und in einem Felsspalt, der dadurch wohl frei wurde, hat er ein Holzkästchen gefunden.

Er fand ein chiffriertes Dokument darin. Da er wusste, dass ich mich während meines Studiums mit Codes und Chiffrierung befasst hatte, reiste er zu uns nach Afrika und zeigte mir das Dokument.

Eigentlich wollte er es bei mir lassen, aber ich fand, es wäre bei ihm sicherer – vielleicht wäre sonst meine Familie noch am Leben.«

Ramon machte eine kurze Pause.

»Ich wusste bald, dass die Mörder meiner Familie nicht ruhen würden, bis sie das Dokument hätten. Ich musste die Zeit nutzen, um dahinter zu kommen was an diesem Schriftstück so wertvoll ist. Der Geldwert des Papiers allein, konnte es nicht sein. Also musste es eine Information sein, die so bedeutend ist, dass es sich lohnt, dafür Menschen zu töten. Deshalb versteckte ich mich hier bei meinem Onkel im Kloster.

Natalio Baco war der beste Freund meines Onkels. Ich glaube mein Schicksal hat ihn mehr getroffen, als er zugab, denn er setzte alles daran, mir zu helfen.

Schon seit geraumer Zeit beschäftigte er sich mit der Geschichte der Templer auf Mallorca. Zwar waren sie nicht der einzige Orden hier, und der Sitz auf Mallorca war gegenüber vielen anderen Komtureien bedeutungslos, aber die Tatsache, dass die unterirdischen Gänge, für die Sie sich so interessieren, damals hauptsächlich von den Templern genutzt wurden, und angeblich ein riesiges unterirdisches Netz bilden, macht diese Insel interessant.

Natalio datierte das Dokument, das noch im Original im Besitz meines Onkels war, etwa auf die Zeit um 1300, also die Zeit, bevor die Templer durch König Philipp von Frankreich verhaftet wurden.

Zu dritt, Natalio, Onkel Miguel und ich, versuchten wir nun, die Chiffrierung zu knacken und die Bedeutung des Dokumentes herauszufinden. Wir waren überzeugt, dass es sich um den Verbleib des Templerschatzes handelt und, da auf dem Pergament ein Kelch gezeichnet ist, vermutlich um den Heiligen Gral.

Aber die Dechiffrierung des Codes gestaltete sich, wider Erwarten, sehr schwierig. Am Tag seines Todes traf ich Natalio zufällig in der Stadt und er erzählte mir von einer wichtigen Entdeckung, die er gemacht hatte.«

Sophie erinnerte sich an das eigenwillige Bild vor der Kirche San Nicolau und an den fast wütenden Señor Baco. Es stimmte also, was Ramon sagte. Er hatte ja nicht gesehen, dass sie ihn damals beobachtet hatte.

»Er wollte mir nicht sagen, was er entdeckt hat,« fuhr Ramon fort, »aber er wollte sich mit mir am gleichen Abend noch treffen. Ganz kurz erwähnte er auch, dass er am Abend vorher eine Morddrohung erhalten hatte. Er sollte seine kompletten Forschungsergebnisse an einem ausgemachten Platz hinterlegen. Ich beschwor ihn, sofort zur Polizei zu gehen und sich dann vorläufig zu verstecken. Aber er wurde regelrecht wütend.«

Ramon schlug mit der Faust auf den Tisch und Sophie zuckte vor Schreck zusammen.

»Dieser Sturschädel. Ich habe ihm immer gesagt, er soll sich nicht öffentlich mit mir treffen. Aber er hat immer nur das getan, was er wollte. Und er hat nur gelacht, wenn ich ihn zur Vorsicht gedrängt habe.«

Sophie schluckte.

»Warum sollten diese Männer jemanden töten, der das gleiche Ziel hat, wie sie selbst, nämlich den Code zu knacken. Ohne den geht doch nichts, wenn ich das richtig verstanden habe.«

Ramon nickte. »Ja. Denn wenn sie es nur auf das Dokument selbst abgesehen hätten, dann hätten sie *mich* töten müssen.«

»Können Sie das Dokument denn dechiffrieren?«

Ramon schüttelte den Kopf.

»Ist das so schwer?« fragte Sophie erstaunt.

»Eigentlich müsste es mit dem Wissen von heute und der modernen Technik ein Kinderspiel sein. Aber es gibt auch Codes, die sich nicht einmal mit Hilfe von Technik knacken lassen. Wissen sie etwas über Codes?«

»Nein«, Sophie schüttelte den Kopf. »Aber Sie könnten mir die Dokumente einmal zeigen.«

Ramon blickte sie misstrauisch an: »Warum sind Sie eigentlich so wild darauf in diese Geschichte hineingezogen zu werden? Das Ganze betrifft Sie doch gar nicht. Da geht es überhaupt nicht um Sie, sondern allein um meine ganz persönliche Angelegenheit und Sie haben mein Leben kurz gestreift und sind dadurch unglücklicherweise kurzzeitig auch zur Zielscheibe dieser Leute geworden. Aber noch können Sie sich aus dem Sog dieser Geschichte befreien und ein ganz normales Leben weiterführen. Ziehen Sie sich da raus, Señorita und verschwinden Sie für einige Zeit. Gehen Sie eine Weile zurück nach Deutschland. Dort wird man Sie in Ruhe lassen und Sie werden bald das Ganze dankbar als kurzes Abenteuer sehen, in das Sie Gott sei Dank nicht hineingezogen wurden.«

»Wovor fürchten Sie sich, Señor Ramon, dass Sie mir so Angst machen müssen?«

Ramons Gesichtszüge wurden hart und seine Augen bekamen wieder diesen kalten Glanz, den Sophie inzwischen schon so gut kannte. Er ging einen schnellen Schritt auf sie zu und packte sie am Arm. »Señorita, Sie haben anscheinend immer noch nicht begriffen, was hier gespielt wird. Das ist keine harmlose Geschichte, bei der es darum geht, sich zu beweisen, sondern ein lebensgefährliches Unterfangen. Und: Ja! Ich habe Angst, sogar große Angst. Und wissen Sie auch wovor? Davor, dass noch mehr Menschen meinetwegen sterben müssen, obwohl sie gar nichts mit dem Ganzen zu tun haben. Davor, dass noch mehr Leid geschieht und mich irgendwann so weit bringt, dass ich aufgeben muss, ohne meinen Plan vollendet zu haben, weil ich es nicht mehr verantworten kann, noch ein Menschenleben geopfert zu haben. Das ist meine Angst und das ist auch der Grund weshalb ich nicht will, dass Sie weiterhin Ihre Nase in diese Angelegenheit stecken.«

Abrupt ließ er ihren Arm los, wandte sich um und ging zum Schreibtisch hinüber.

Sophie rieb unbewusst mit der Hand über die Stelle wo Ramon ein wenig zu fest zugepackt hatte. Sie spürte, trotz seiner heftigen Reaktion, eine immer tiefere Verbundenheit zu Ramon. Es war wie eine alte Freundschaft, obwohl sie sich noch nicht lange kannten.

»Ich möchte Ihnen kein zusätzlicher Ballast sein«, sagte sie schließlich leise. »Das ist der einzige Grund, weshalb ich gehen werde. Ich habe keine Angst vor diesen Leuten und ich hätte Ihnen gerne geholfen. Ich habe gedacht, zwei kreative Gehirne finden vielleicht schneller eine Lösung, als nur eines. Aber trotzdem: ich respektiere Ihren Wunsch.

Nur eines noch, bevor ich gehe: Sie haben sich damals für diesen Gang in der Zisterne interessiert.

Ich habe ihn nicht erfunden, sondern es gibt ihn wirklich.«

Ramon stand mit dem Rücken zu ihr und bewegte sich nicht.

»Ich konnte damals nicht hinein«, fuhr Sophie fort »da er sehr schmal ist und das Wasser zu kalt zum Schwimmen war. Aber ich habe mir viele Gedanken dazu gemacht. Wenn unter dem Calatrava-Viertel, zwischen Almudaina-Palast und dem Tempel damals ein riesiges System unterirdischer Gänge existiert hat, dann musste dies irgendwie belüftet werden. Und was würde sich unauffälliger dazu eignen, als die bestehenden Zisternen?« Sophie zuckte mit den Schultern. »Es war eine Idee von mir, die nicht richtig sein muss, die mir aber plausibel erscheint, zumal ich einmal, während eines Festgottesdienstes in der Kathedrale, den Geruch von Weihrauch bemerkt habe, der aus der Zisterne kam. Der Gang führt auch nach Nordwest, also in Richtung der Kathedrale. Vielleicht hilft Ihnen das irgendwie bei ihrer Suche weiter.«

Ramon drehte sich langsam zu ihr um. »Sind Sie sich da völlig sicher?«

Sophie nickte. »Absolut. Ich habe den Gang gesehen, aber er macht einen Knick nach Süd-Ost, so dass man das Ende nicht sehen kann. Und er hat eine Verbindung irgendwo nach außen, weil eine Kerze flackert, wenn sie in der Zisterne hängt.«

Ramon rieb sich nachdenklich mit der Hand über das Kinn. »Dann hatte Miguel also doch recht«, murmelte er vor sich hin. »Er hat gemeint, dass es eine Verbindung gibt, zwischen den Geheimgängen und den römischen Zisternen und, dass die Templer diese besser zu nutzen verstanden, als wir uns heute erträumen. Aber wir hatten keine Möglichkeit, das zu verifizieren, da die Gänge extrem einsturzgefährdet sind und offiziell niemand hinunter darf. Vielleicht würden wir viel mehr wissen, wenn wir das Dokument endlich entschlüsseln könnten.«

In Sophies Gehirn blitzte kurz ein Gedanke auf, aber er war gleich wieder verschwunden.

53

Samuel saß bequem auf der Dachterrasse seines neuen Domizils und sonnte sich bei einem Drink. Er war zufrieden. Sehr zufrieden sogar. Bis jetzt lief alles nach Plan, außer dass sie Fatima zu früh gefunden hatten.

Amir hatte das geklaute Auto der kleinen Sophie zwei jungen Junkies gegeben und sie beauftragt, in Randa die Spur des Mönches und der Frau zu verfolgen, sobald diese aufbrechen würden. Das Geld, das sie dafür bekamen, war eine stattliche Summe. Er, Samuel, ließ sich nicht lumpen. Es hing viel davon ab, dass die beiden Junkies Amir gut informierten. Wenn sie, wovon Samuel ausging, alle nach Palma kämen, würde Amir dann den Rest übernehmen. Die Junkies würde sowieso niemand vermissen.

Und die kleine Sophie und der Mönch ... Samuel lächelte in sich hinein. Er hatte doch etwas von Torian gelernt. Das würde er ihm zeigen.

Amir war gut in dem, was man ihm auftrug, aber Samuel war sich bezüglich seiner Loyalität bei Weitem nicht so sicher, wie bei der von Tarek.

Er hatte beide in der Islamistenszene kennen gelernt und schnell erkannt, dass sie eines mit ihm gemeinsam hatten: Sie hatten keine religiöse Überzeugung, nur den Drang andere zu beherrschen und damit Geld zu verdienen.

Allerdings war er, Samuel, ihnen weit überlegen was Kreativität, Skrupellosigkeit und Umsetzungsvermögen anging, denn er hatte ja noch Torian. Amir und Tarek hatten sich ihm als Helfer angeschlossen und er hatte ihnen einige Aufträge gegeben, sie gut bezahlt und beobachtet. So hatte sich ein Arbeitsverhältnis entwickelt.

Tarek würde für ihn alles tun, das wusste er. Aber Amir ... da war er sich nicht so sicher.

*

»Gibt es denn so viele Möglichkeiten, ein Dokument zu verschlüsseln?«, fragte Sophie.

»Ja.« Ramon schnaubte. »Zu viele. Kommen Sie, ich werde es Ihnen kurz erklären.«

Ramon wusste selbst nicht, wie sie ihn immer wieder dazu brachte, ihr Dinge zu erklären, obwohl er sie weit weg gewünscht hätte. Aber irgendetwas an ihr zog ihn immer wieder in den Bann.

Er nahm das alte Dokument unter dem Stapel Papier hervor, faltete es auf und knipste die Schreibtischlampe an.

»Sehen Sie her«, sagte er, als Sophie neben ihn getreten war. »Geheimschriften gab es, seit es Menschen gibt. Die Menschen erfanden unzählige Möglichkeiten, sich Botschaften zu überbringen, die geheim bleiben sollten. Dabei gab es eine Menge Variationen.

Erstens, man versteckte sie gut und schrieb sie ganz normal. Dann konnte die Nachricht aber, im Fall, dass sie gefunden wurde, von jedem sofort gelesen werden. Also suchte man nach Lösungen.

500 vor Christus, da rasierte man zum Beispiel einem Boten den Kopf, brannte die Nachricht in seine Kopfhaut, wartete bis die Haare nachgewachsen waren und schickte ihn dann zum Empfänger. Der musste diesem nur den Kopf rasieren um die Botschaft zu lesen. Für diese Art Ge-

heimbotschaft durfte die Nachricht aber nicht gerade dringend sein.

Die zweite Möglichkeit war, dass man sie verschlüsselte. Das war der Beginn der Kryptographie. Die Araber waren darin sehr weit und vielleicht haben die Templer damals viel übernommen.

Man ersetzte nach einem bestimmten System einen Buchstaben durch einen bestimmten anderen. Entweder man schiebt zwei übereinander liegende Zeilen einfach ineinander, wie einen Reißverschluss oder man ersetzt einen Buchstaben des Alphabets durch Verschieben. Also wenn man um eine Stelle verschieben würde, dann wäre jedes A ein B und jedes B ein C und so weiter. Natürlich kann man auch um zwei oder drei Stellen verschieben, bis zu fünfundzwanzig eben. Wenn man das Alphabet aber irgendwie beliebig mischt, und so den Code festlegt, dann hätte man vierhundert Quadrillionen Möglichkeiten, die man durchprobieren müsste. Durch eine Häufigkeitsentschlüsselung könnte man den Text vielleicht dekodieren, aber das würde schon dauern.

Dann gibt es noch es die Möglichkeit, Zahlen als Codes zu benützen, oder einen Text anhand eines anderen Textes zu verschlüsseln.

Nachdem der Text auf unserem antiken Dokument aus Zahlen und Buchstaben besteht, schien es uns am Wahrscheinlichsten, dass der Schlüsselcode ein Text ist.

Das war der Stand, als ich Natalio Baco zuletzt traf.

Dieses System beruht darauf, dass man einen Text hernimmt und die Wörter nummeriert. Jede Zahl ist dann Stellvertreter für den Anfangsbuchstaben des jeweiligen Wortes. Das Problem ist, dass man dazu wissen muss welches der

Schlüsseltext war. Vielleicht gibt es diesen gar nicht mehr.«

Sophie hatte Ramons Ausführungen ruhig zugehört. Aber in ihrem Inneren brodelte es. Bilder aus ihrem Traum tauchten auf.

Sie wischte sie weg. *Es ist ein Traum gewesen.*

»Warum sollten die Templer den Heiligen Gral, also das Wertvollste, das sie hatten, auf so einer kleinen Insel verstecken?« In dem Moment, als Sophie die Frage stellte, blitzte erneut eine Erinnerung in ihrem Kopf auf. Und noch bevor Ramon den nächsten Satz beendet hatte, überrollten sie die Bilder ihres Traumes.

»Möglicherweise ahnten die Templer, dass sie in Gefahr waren, oder sie wollten ihn aus Vorsicht in Sicherheit bringen. König Jaime der Zweite hat einmal gesagt ›... verhältnismäßig haben die aragonesischen Templer den umfangreichsten Besitz auf der ganzen Welt‹. Da mussten sie das Wertvollste, das sie hatten und vielleicht auch einen Teil ihrer Geldmittel irgendwo verstecken. Mallorca lag nicht weit vom Festland, war seit der Eroberung nicht mehr im Blickfeld der Mächte und bot gute Verstecke. Und die Templer waren klug und wehrhaft.«

Sophie war es plötzlich, als würden sich Traum und Wirklichkeit verbinden.

»Armand de Périgord«, murmelte sie vor sich hin.

Ramon hob ruckartig den Kopf.

»Was haben Sie gesagt?«

»Armand de Périgord«, wiederholte Sophie.

»Wie kommen sie auf den Namen?«

Sophie biss sich nachdenklich auf die Unterlippe und neigte verlegen den Kopf.

»Es war jemand aus meinem Traum. Er war der Komtur

der Templer von Monzon und er hat mir den Heiligen …«, Sophie brach ab.

»Es war nur ein Traumgespinst«, sagte sie verlegen lächelnd und wischte mit der Hand eine Haarsträhne aus dem Gesicht. Es musste töricht in Ramons Ohren klingen, wenn sie in der ich-Form von dem Mann in ihrem Traum redete.

»… eine Tür in die Vergangenheit …« Plötzlich hallten Tajos Worte in Ramons Kopf wider und der Widerhall schien mit einem Mal den ganzen Raum auszufüllen, wie ein Echo, das von den Wänden hundertfach zurückgeworfen wurde.

Ramon schluckte. «Armand de Périgord«, sagte er dann mit rauer Stimme »war der Großmeister der Templer, 1232-1244, kurz nach der Eroberung der Insel Mallorca.«

Jetzt war er sich ganz sicher. Sophie hatte nicht nur geträumt. Er erinnerte sich an ein Gespräch, das er einmal mit Tajo geführt hatte. Er hatte es immer für eine ›wilde Eingeborenenidee‹ gehalten. Damals hatte Tajo behauptet, dass jeder Mensch viel mehr in sich trüge, als nur sein eigenes ›Ich‹, nämlich das Leben aller seiner Vorfahren. Die Erinnerung daran sei ganz tief verborgen und äußere sich nur im Wesen und Verhalten eines Menschen. Er, Ramon, hatte es nicht begriffen, aber jetzt wurde ihm klar, wie viel mehr Tajo gewusst hatte, über die Menschen und ihre Seele.

Ramon spürte, wie sich die Gedanken in seinem Kopf drehten. Er musste es Sophie sagen, das war er ihr schuldig – ihr und Tajo.

»Sophia«, begann er vorsichtig, »es gibt da etwas, das du wissen solltest. Bitte hör mir erst zu, bevor du etwas sagst.

Ich habe einen Freund in Afrika, Tajo. Er ist Eingeborener eines sehr alten Stammes und wie alle seine Vorfahren Medizinmann.

Er gab mir zum Abschied eine extrem seltene Wurzel, die nach einem Schock oder nach schlimmen Erlebnissen hilft. Sie versetzt Menschen in einen tiefen Schlaf. Aber er sagte noch etwas dazu, was ich damals nicht so richtig verstanden habe. Er sagte: sie kann manchmal eine Tür in die Vergangenheit öffnen. Ich habe das für eine Floskel gehalten und als ich gesehen habe, wie fertig du warst, habe ich dir einen Tee aus der Wurzel zubereitet, denn ich hoffte, du würdest dich dadurch besser erholen. Ich habe nicht gewusst, was dieser Tee bewirken würde.

Schon damals hatte ich große Zweifel an Tajos oft eigenwillig klingenden Behauptungen und wir haben einmal darüber diskutiert. Er sagte, unsere Vorfahren haben uns allen ein wertvolles Erbe hinterlassen, und das sei tief in uns verankert. Dieses Erbe verbindet uns mit unseren Vorfahren und mit der Vergangenheit. Das ist Vererbung, Sophia. Das meinte Tajo. Er konnte es aber nur in seiner Sprache sagen: Man erbt nicht nur Augenfarbe und Veranlagungen. Man erbt auch Erinnerungen, die genetisch ganz tief verankert sind. Das, was du geträumt hast ist wahr. Es hat sich genau so zugetragen und wenn du das vorher nicht gewusst hast, dann gibt es, auch wenn es unbegreiflich scheint, nur eine Erklärung dafür: es muss ein Teil aus der Vergangenheit deiner Vorfahren sein.

Tajo sagte: ›Jeder Mensch trägt die Erinnerung an das Leben seiner Vorfahren wie ein großes Buch in seinen Zellen, nur dass er es nicht weiß. Aber seine Seele kann darin lesen und erinnert sich, auch wenn das Gehirn es nicht weiß‹.«

Sophie hatte mit wachsendem Erstaunen zugehört. Als er geendet hatte schwieg sie einen Moment nachdenklich. Dann benutzte sie auch das vertraute ›Du‹, in das Ramon gewechselt hatte, als sie fragte: »Bist du dir ganz sicher, dass es nicht nur Zufall ist. Ich meine, es könnte doch sein, dass ich als Kind irgendwann einmal den Namen gehört habe und dann in den Tiefen meines Gehirns gespeichert habe und nun ist es, vielleicht durch diese Wurzel wieder aufgetaucht, und ich habe es in meine Träume eingeflochten.«

Ramon wiegte zweifelnd den Kopf. »Theoretisch wäre es möglich, aber von wem solltest du es denn gehört haben? Es ist wahrscheinlicher, dass du mit jemandem von hier verwandt bist.«

»Meine Vorfahren sind aber nicht von hier«, wandte Sophie ein. «Meine Eltern sind Deutsche, meine Vorfahren mütterlicherseits sind zum Teil aus Russland, die väterlicherseits alle Deutsche. Wir haben einen Stammbaum, der sich bis ins 17. Jahrhundert zurückverfolgen lässt, aber da tauchen keine Spanier auf«, gab Sophie zu bedenken. »Vielleicht war alles doch nur Zufall?«

»Vielleicht«, Ramons Stimme klang zweifelnd. »Hast du eigentlich sonst noch etwas geträumt?«

Sophie lächelte. »Allerdings. Ich glaube ich habe einen ganzen Roman geträumt.«

Der Mönch sah sie fragend an. »Würdest du mir davon erzählen?«

Sophie zuckte die Schultern. »Warum nicht.«

Sie fuhr sich mit den Fingern über die Stirn und ihr Blick schweifte in die Ferne, als wolle sie dort die Bilder noch einmal heraufbeschwören. Dann begann sie leise zu erzählen: »Ich bin im Traum als Templer auf dem Schiff von Jaime dem Ersten nach Mallorca gereist. Wir wollten die Insel erobern und ich sollte dort der erste Großkomtur sein. Ich hieß Ramon Serra ...«

Ramon fuhr hoch. »Sophia, das kannst du unmöglich irgendwo gehört haben. Frey Ramon Serra war tatsächlich nach der Eroberung der Insel der erste Großkomtur der Templer auf Mallorca. Und das steht in den Archiven und man kann es in dem Buch ›Nobiliario Mallorquin‹ nachlesen, in dem alle Adeligen aufgeführt sind, die zur Zeit der Eroberung und danach auf der Insel gelebt haben.«

Er beugte sich zu ihr und umfasste ihr Handgelenk. »Sophia, das ist kein Traum. Du hast ein Stück Vergangenheit erlebt und einer deiner Vorfahren muss Ramon Serra gewesen sein.«

Sophie sah Ramon an, und plötzlich spürte sie wie dieses Gefühl, das sie bei der ersten Begegnung mit ihm hatte, erneut in ihr aufstieg. Sein Gesicht schien sich zu verändern und sie sah diese Wärme in seinem Blick, die ihr so vertraut war. »Pedro Carroz ...«, sagte sie leise. Ramon starrte sie entgeistert an. »Was sagst du da?« Er glaubte, seinen Ohren nicht trauen zu können.

»Ich habe den Namen des engsten Freundes von Ramon Serra genannt.« Sophie wurde bewusst, dass sie jetzt beide an einem Punkt angekommen waren, wo sich ihre Lebenslinien berührten. Irgendwie hatte sie Angst, er würde diese vorsichtige Annäherung im Keim ersticken, aber Ramon war viel zu aufgewühlt, um diese Berührung überhaupt zu realisieren. Er stand auf, ging zum Fenster, kam zurück und stützte die Hände auf der Stuhllehne ab.

»Mein Name«, sagte er, und seine Stimme klang rau, »mein Name ist Ramon Carroz und ich stamme von einer sehr alten Familie ab. Meine Vorfahren kamen mit Jaime dem Ersten nach Mallorca.

In unserem Familienstammbaum steht Pedro Carroz als Begründer der Dynastie Carroz und als Vertrauter von König Jaime I.« Sophie riss die Augen auf. «Ja, ganz genau! Er war ein guter Freund von Jaime und der König hat ihn auf dem Platz vor der Almudaina zum Ritter geschlagen.« Ramon nickte, benommen von der Tragweite der Entdeckung. »So ist es historisch überliefert.«

Ein Klopfen an der Türe unterbrach sie. Frey Miguel betrat den Raum. Sein Gesicht war ernst und er sah müde aus. »Ramon«, sagte er, »es tut mir leid, dass ich euch stören muss, aber wir müssen unbedingt miteinander reden. Wie du schon vermutet hast, enthält der Brief von heute eine neue und anscheinend letzte Drohung an dich.« Er reichte Ramon einen Briefbogen. »Wir müssen das Dokument an diese Leute übergeben. Sonst bringen wir alle hier in Gefahr.«

Ramon überflog das Papier und reichte es seinem Onkel zurück. »Sophia«, sagte er dann, zu ihr gewandt. »Wir sollen das Dokument morgen Mittag in der Kathedrale hinterlegen. In der ›Capella de la Pietat‹ steht auf der linken Seite eine Truhe. Darunter sollen wir es in einem braunen Umschlag legen. Wenn es Punkt zwölf nicht dort ist, oder wir die Polizei einschalten, dann töten sie uns alle.«

Er machte eine kurze Pause und fuhr sich mit der Hand über die Stirn. Dann setzte er hinzu: »Weißt du wo der Schatz versteckt ist?«

Sophie neigte den Kopf, wie immer, wenn sie konzentriert nachdachte und nickte dann leicht. »Ich denke schon«, sagte sie langsam.

»Weißt du auch wie man da hin kommt?«

Sie wiegte den Kopf. »In etwa. Ich kann mich wieder an den Traum erinnern. Aber es sieht heute alles anders aus und ich weiß nicht, ob die Wege noch begehbar sind. Und ich glaube es wird sehr schwierig sein.«

Ramon sah auf die Uhr. »Es ist jetzt elf Uhr vormittags. Wir haben Zeit bis morgen Mittag um zwölf. Das sind mehr als 24 Stunden. Wir holen uns den Schatz bevor sie es tun. Sophia, bitte erzähle uns alles. Dann überlegen wir einen Plan.«

»Warte mal, Ramon«, unterbrach Frey Miguel. »Woher sollte Señorita Sophia das wissen?«

»Tajos Wurzel hat in ihrer Erinnerung Erlebnisse aus der Vergangenheit geweckt.« Er schilderte seinem Onkel was Sophie erzählt hatte. »Wir wissen zwar nicht, warum sie diese Erinnerung hat, denn sie hat keine spanischen Vorfahren, aber alles was sie bisher erzählt hat stimmt genau.«

Frey Miguel setzte sich auf einen Stuhl. Er war bleich.

»Alles in Ordnung, Onkel Miguel?« Ramon näherte sich ihm mit besorgtem Gesicht.

Der Mann nickte schwach. Er schien weit weg zu sein mit seinen Gedanken.

»Sag doch was Onkel.« Ramon kniete sich vor ihn.

Frey Miguel holte tief Luft. Sein Gesicht war immer noch bleich. Erst jetzt schien er den vor ihm knienden Ramon zu bemerken. Er stand auf und räusperte sich. Es sah aus, als wolle er etwas sagen. Dann schüttelte er den Kopf.

»Es ist nichts. Nur eine Erinnerung.«

Er sah Sophie an und ein liebevolles Lächeln überflog für einen Moment sein Gesicht. Doch es war nur ein Moment bevor er sofort wieder ernst wurde.

»Ich mache mir Sorgen um euch. Diese Männer beobachten euch und sie schrecken vor nichts zurück. Sie sind Mörder. Und das Ganze ist kein Spiel. Wir wissen weder wer sie sind, noch was sie vorhaben. Ihr habt keine Chance gegen sie.«

»Ich weiß, dass du Angst um uns hast, Onkel Miguel«, entgegnete Ramon ruhig. »Aber wir sind so nah dran, den Gral zu finden. Wenn wir nichts tun, haben wir den Gral verloren, die Mörder gehen lassen und meine Familie ist umsonst gestorben.«

»Ihr werdet mit Sicherheit von ihnen beobachtet. Sie werden euch folgen und ihr seid in Lebensgefahr. Wieso gebt ihr ihnen nicht die Dokumente. Dann ist das Ganze vorbei. Diese Leute können sie vermutlich auch nicht entschlüsseln.«

Ramon schüttelte den Kopf. »Nein, Onkel. Ich werde nicht aufgeben. Es ist mir auch egal, wenn die Mörder die Dokumente nicht entschlüsseln können. Ich werde derjenige sein, der den Schatz der Templer triumphierend in den Händen hält und das wird nur ein Teil meiner Rache sein.« Er wandte sich um »Sophia?« sagte er.

Sophie sah zu ihm, dann zu Frey Miguel und dann wieder zu Ramon. Sie wusste, dass sie sich jetzt gegen einen von beiden entscheiden musste und sie hatte Angst vor dem, was passieren könnte, wenn sie diesen Irren in die Hände geraten würden. Frey Miguel hatte Recht. Es war lebensgefährlich, sich nicht auf die Forderung der Mörder einzulassen. Aber Sophie verstand auch Ramon. Und hinzu kam, dass sie unbedingt in Erfahrung bringen wollte, ob das, was in ihrem Traum passiert war, wirklich eine Erinnerung an tatsächliche Ereignisse gewesen war. Sie zögerte.

»Frey Miguel«, sagte sie dann, »Ihr habt Recht. Es ist lebensgefährlich. Aber wenn wir diesen Leuten nicht zuvorkommen, haben sie mit Sicherheit eine Möglichkeit uns so unter Druck zu setzen, dass wir ihnen irgendwann den Schatz überlassen müssen.

Selbst wenn wir ihn der Polizei übergeben, werden sie vielleicht so wütend sein, dass sie uns trotzdem töten.

So können wir den Schatz holen und in Sicherheit bringen. Wenn wir dann unter Druck geraten und ihnen den Ort des Schatzes verraten müssen, können wir nichts dafür, wenn er weg ist. Er könnte ja auch in der Vergangenheit abhanden gekommen sein. Deshalb glaube ich, dass Ramon Recht hat. Wir müssen es riskieren. Auch wenn ich selbst nicht einmal sicher bin, dass er dort ist, oder *noch* dort ist, wo ich geträumt habe.«

Frey Miguel nickte müde mit dem Kopf. »Wenn ihr so entscheidet, dann müsst ihr das wohl. Aber ich kann eure Entscheidung nicht gutheißen. Diese Männer sind eiskalte Mörder. Ich gebe euch Zeit bis heute Abend um sechs. Dann alarmiere ich die Polizei.«

54

Sie hatten immer noch keine Ergebnisse, was den Aufenthalt von Samuel Vidal betraf und Carlos war beunruhigt.

Sie wussten inzwischen, dass er ein Anführer der Salafisten gewesen war. Und es war nicht gut, gar nicht gut, wenn ein Anführer der Salafisten untertauchen konnte …

Sie hatten die Passagierlisten aller Flugzeuge und Schiffe kontrolliert, aber ohne Ergebnisse. Er war entweder noch im Land oder unter falschem Namen gereist.

Das Telefon klingelte.

»Carlos?«

Er erkannte ihre Stimme erst nicht.

»Ich bin es, Maria.« Sie klang, als hätte sich ihre Stimme den Fuß gebrochen. »Ich muss dich dringend sprechen.«

Eine halbe Stunde später saßen sie zu sechst im Raum. Der Chef der SOKO, Tomas Monserrat, Carlos mit seinen engsten Mitarbeitern Tonio, Jorge und Pedro und dann Maria.

»In der Kinderklinik, in der Pablo Ruiz 1985 aufgenommen wurde, wurden alle Kuscheltiere Spielzeuge, Hefte, Bücher und Malsachen der Kinder, die diese dort liegen gelassen hatten, in einer Kiste gesammelt, die man wohl irgendwann vergessen hatte zu entsorgen«, eröffnete Maria ihre Ausführungen.

»Als meine Bekannte auf der Suche nach weiteren Unterlagen von Pablo, dem späteren Samuel Vidal, darauf stieß, leerte sie diese Kiste aus Neugier und fand ein altes Heft. Es stellte sich heraus, dass es von Pablo war. Sie las kurz hinein und brachte es mir, völlig geschockt.

Mir ging es beim Lesen nicht anders.

Samuel, damals hieß er noch Pablo, erzählt darin seine Kindheit. Er musste an einen Stuhl gefesselt zuschauen, wie sein Vater die Mutter vergewaltigte und schlug. Seine Schwester und er wurden ebenfalls häufig verprügelt und auch missbraucht. Seine detaillierten Beschreibungen möchtet ihr nicht lesen ...«

Maria hielt inne und schluckte. Sie war kreidebleich. Carlos sah sie erstaunt an. Er kannte sie als starke geradlinige Frau, die ohne mit der Wimper zu zucken, die grausigsten Leichenfunde untersuchte und mit ruhiger Sachlichkeit dokumentierte. Noch nie hatte er sie emotional aus der Fassung erlebt.

Maria nahm einen tiefen Schluck Wasser und ihre Hand zitterte als sie das Glas wieder abstellte.

»Diese traumatischen Erfahrungen konnte er nur dadurch aushalten, dass er in sich eine Persönlichkeit erschuf, die keine Angst hatte und über den Dingen stand. Diese Persönlichkeit war Samuel. So entwickelte er eine DIS.

Als Samuel zehn Jahre alt war, starb seine Mutter, wie Samuel schreibt, während einer Vergewaltigung. Dieses Erlebnis war so schrecklich, dass in diesem Moment eine weitere Persönlichkeit in ihm entstand: Torian, der brutale Rächer. Der täuschte einen Brand vor, lockte den Vater an die Treppe und stieß ihn dann hinunter. Der Vater brach sich beim Sturz das Genick.

Die Kinder flüchteten aus dem Haus und liefen Richtung Barcelona. Samuel suchte mit seiner Schwester Schutz in einem verfallenen Stall. Er kümmerte sich um sie und stahl Lebensmittel im Keller eines entfernten Hauses.

Aber diese dritte Persönlichkeit, Torian, hatte wohl Gefallen am Quälen und Töten gefunden. In der Nacht überzeugte er Samuel, dass seine Schwester eine Gefahr darstellte, weil sie gesehen hatte, dass er den Vater getötet hatte. Mit der Persönlichkeit Torian vergewaltigte der Bruder das Mädchen, erdrosselte sie und verscharrte sie in einem Waldstück.«

Maria musste wieder eine Pause machen. Sie strich mit der Hand über ihre Stirn, als wolle sie die Bilder in ihrem Kopf wegwischen. Dann griff sie in ihre Tasche und legte das Heft auf den Tisch. »Das hat ein Kind geschrieben. Und wenn man es liest, ist es schon so verstörend, dass man es kaum ertragen kann. Jetzt ist dieses Kind ein erwachsener Mann … und dieser Mann ist nicht nur gefährlich«, sagte sie und wiederholte dann ihre eigenen Worte: »Er ist eine Bestie geworden.«

55

Die Straßen nach Palma waren verstopft mit dem üblichen Mittagsverkehr, und sie kamen nur mühsam voran. Es herrschte Stille im Auto.

Sophie war damit beschäftigt sich zu überlegen, wie sie am besten zu der Kammer mit dem Schatz kommen könnten. Und Ramons Gedanken kreisten um die Möglichkeit, endlich Rache nehmen zu können.

Das Parkhaus am ›Parc de Mar‹ war voll und sie mussten einen alternativen Parkplatz suchen. Schließlich wurden sie am ›Mercat de l'Olivar‹ fündig. Zügig liefen sie die ›Carrer de Sant Miguel‹ Richtung ›Plaça Major‹ hinunter.

Auf dem Weg erzählte Sophie Ramon von ihren Überlegungen, während sie, eines um das andere Mal, den Touristen auswichen, die entspannt durch die Einkaufsgassen der sommerlichen Stadt bummelten.

»Der heilige Gral wurde in einer Kammer unter der Kathedrale versteckt. Einer der Eingänge, über die man dorthin gelangt, ist im Haus der Templer. Da kommen wir nicht rein und ich weiß auch nicht, ob der Eingang überhaupt noch frei ist oder längst überbaut. Der zweite Eingang liegt an der alten Stadtmauer in der Nähe der Zisterne von meinem Haus. Also ist er irgendwo im Keller im Bereich der hinteren Wand. Aber ich habe während des Umbaus weder so etwas wie einen Eingang entdeckt, noch könnte ich jetzt sagen, ob es eine Möglichkeit gäbe, ihn frei zu legen. Vermutlich müsste man den Boden aufreißen und graben. Aber es wäre so oder so schwierig, ihn zu lokalisieren.«

Sie hatten den ›Plaça Major‹ überquert und waren die Strecke ziemlich schnell gelaufen.

Sophie musste kurz stehen bleiben um Luft zu holen.

Vor dem Eingang zum ›Plaça Major‹ herrschte reges Treiben. Unzählige Touristen drängten sich um eine überdimensionale Hand, die sich auf dem Platz bewegte. Daneben war ein weißer Bauarbeiter, der, wie bei Dornröschen, quasi im Rennen erstarrt war. Die erhobene Schaufel und der Eimer, den er geschwenkt hatte, waren wie in der Bewegung eingefroren. Die Ferse seines vorderen Beines berührte gerade den Boden, während die Zehen noch in der Luft waren. Die Leute strömten rechts und links von der erstarrten Figur vorbei. Es war als hätte dort jemand die Zeit angehalten, während sie rechts und links davon normal weiterlief. Kinder sprangen umher und kreischten, wenn die überdimensionale Hand versuchte sie zu fangen.

Ramon war ebenfalls stehengeblieben. Keiner der beiden nahm das Getümmel bewusst wahr. Sie gönnten sich eine kurze Atempause, damit Sophie wieder normal reden konnte, ohne zwischendurch zu japsen.

»Von außen kommt man nicht in die Gänge«, fuhr Sophie fort. »Die einzige Möglichkeit wäre, durch die Zisterne in meinem Büro, in den Belüftungsgang zu steigen und von dort aus in den Geheimgang zu kommen. Die Türe zu dem Schatz kann man nur mit Hilfe des Siegels öffnen. Das wäre kein Problem. Wir müssen sowieso zu mir und das Siegel holen. Vielleicht können wir ja dann überlegen, ob und wie wir in die Zisterne und zu den Gängen kommen.«

Sophie und Ramon liefen weiter die ›Carrer de Colom‹ hinunter Richtung Kathedrale. In Gedanken versunken warf sie einen kurzen Blick zurück. Irgendetwas irritierte sie.

»Allerdings«, fuhr sie fort, »war es schon ein Wagnis, mit der Hilfe meiner Brüder in die Zisterne zu steigen. Zu zweit bräuchten wir eine Menge Hilfsmittel und Sicherung. Die habe ich zwar alle im Haus, aber es ist trotzdem ein ziemliches Unterfangen.«

Ramon nickte. »Ich sehe da auch die meisten Probleme. Bist du eigentlich sicher, dass wir auf dem Weg überhaupt zu dem Schatz kommen.«

»Wenn die unterirdischen Gänge nicht eingestürzt sind, ja«, erwiderte Sophie.

Sie mussten ihren Schritt etwas bremsen, als sie in eine Menschentraube hineinliefen, die sich vor dem Zeitschriften- und Souvenirladen, an der Ecke zur ›Carrer de la Victoria‹ gesammelt hatte. Sie querten die Straße und Sophie wäre fast mit einem alten, zeitungslesenden Mallorquiner zusammengestoßen, der vor dem Café Victoria stand.

»Perdon!«

Sophie wich zurück und ihr Blick fiel auf die Zeitung. Sie schaute wie zur Salzsäule erstarrt, das Bild darauf an. Dann drehte sie sich um und stürzte, ohne ein Wort zu verlieren, über die Straße, in den Zeitschriftenladen.

Ramon blieb stehen. Er war völlig verwirrt von Sophies plötzlicher Anwandlung und überlegte, ob diese ganze Aufregung für sie vielleicht zu viel gewesen war und ihre Nerven jetzt verrückt spielten.

Nur wenige Augenblicke später kam Sophie wieder aus dem Geschäft gerannt. Sie hatte eine Zeitung in der Rechten und winkte zu ihm hinüber. Im Gegensatz zu ihrer Geste, hatte ihr Gesicht eher einen besorgten Ausdruck. Schnell sprintete sie zwischen zwei Autos über die Straße und zog Ramon in die Bar Victoria an den Tresen.

Sie waren die einzigen Gäste der winzigen, touristisch geprägten Eckbar. Sie war eher schlicht, in Braun- und

Terracottatönen gehalten und nicht gerade modern. Aber es gab neben der Bar auch einen Spielautomaten, einen Billardtisch und einen Fernseher, der in der Ecke flimmerte und die Nachrichten in den leeren Raum ergoss.

»Ich muss dir was zeigen«, flüsterte sie aufgelöst.

Der Ober kam auf sie zu, um die Bestellung aufzunehmen. Sophie hatte eigentlich nur kurz einen Platz gesucht um die Zeitung durchblättern zu können, aber nun blieb ihr keine Wahl.

»Zumo de Naranja, por favor«, bestellte Sophie einen Orangensaft. Der Mönch nickte, der Ober hob zwei Finger und der Mönch nickte abermals. Die entsetzte Miene des Obers ließ erkennen, dass er Ramons Gesicht gesehen hatte.

Sophie hatte es nicht bemerkt, denn sie blätterte wild in der Zeitung

»Sophia«, Ramons Stimme klang verärgert, »kannst du mir eigentlich mal erklären, was das alles soll. Du rennst weg wie von Sinnen und, ohne jeden Kommentar, kommst mit einer Zeitung, zerrst mich in eine Bar, obwohl wir zu dir gehen wollten ...« Ramon unterbrach seinen Satz, weil der Ober kam und den Saft brachte.

Sophie sah auf. »Ich muss dir was Wichtiges ...«

Ihr Blick fiel auf den Fernseher und sie erstarrte.

»Sophia! Rede mit mir!« Ramon sah ebenfalls auf den Fernseher, aber er konnte nichts Spektakuläres entdecken.

Gerade kam der Bericht über den Mörder einer Frau, der noch gesucht wurde. Aber soweit er erkennen konnte, war das in Barcelona passiert.

Sophie starrte auf den Bildschirm wie versteinert. Sie schien völlig in einer anderen Welt zu sein. Doch mit einem

Schlag erwachte sie wieder aus ihrer Erstarrung. Sie griff hektisch in ihre Hosentasche, warf einen Geldschein neben den noch unberührten Orangensaft auf den Tresen, packte Ramon am Arm und flüsterte: »Bitte komm mit. Wir müssen runter an die ›Plaça de la Reina‹ zum Springbrunnen.« Dann rannte sie los und zog ihn hinter sich her.

Ramon riss sich los. »Sophia! Bist du eigentlich völlig durchgedreht? Was soll denn das? Du benimmst dich wie eine Verrückte.«

Sophie drehte sich zu ihm um. »Ich erkläre dir alles. Aber nicht hier. Bitte komm mit.«

Den letzten Satz hatte sie so flehend und beunruhigt gesagt, dass Ramon sich seufzend in Bewegung setzte und Sophie folgte, die den Weg hinunter an den ›Passeig del Borne‹, beinahe im Sprint zurücklegte.

Dort überquerte sie den Kreisel, zog Ramon hinter sich her, an den Brunnen, zerrte ihr Handy aus der Tasche und hielt es hoch um ein Selfie zu machen.

Ramon holte tief Luft um loszuwettern. Aber Sophies völlig verstörter Blick ließ ihn innehalten.

»Bitte lass uns einfach so tun, als ob wir Selfies machen. Ich erkläre dir alles.« Sie posierte und lächelte und drehte ihr Handy.

»Da ist ein Mann in der Zeitung gewesen«, begann sie zu erläutern. »Das Gesicht würde ich aus tausenden wiedererkennen. Es war der Mann, der mich am Strand von Es Trenc umbringen wollte. Er ist anscheinend jetzt auch tot. Ich konnte es auf der Zeitung des Mannes vor dem Café Victoria nicht so schnell erkennen. Deshalb habe ich mir selbst eine kaufen wollen.

In der Bar kam dann in den Nachrichten das Bild von

dem Mann, der diese arabische Frau umgebracht hat.«

Sophie drehte sich, als würde sie sich von der anderen Seite fotografieren.

»Sophia, der Mord war in Barcelona, soweit ich verstanden hab. Das hat doch mit uns nichts zu tun. Und vielleicht hast du den anderen Mann, den in der Zeitung, nur nicht richtig erkannt. Vielleicht war es gar nicht der, der dich töten wollte. Manchmal täuscht man sich, wenn man gestresst ist ...«

Sophie schüttelte den Kopf und ihr Shootinglächeln stand in vollem Kontrast zu dem Ernst in ihrer Stimme.

»Er war es!«, konstatierte sie mit eiserner Bestimmtheit. »Bei so einem markanten Gesicht kann man sich nicht täuschen. Und den anderen Mann, den Mörder, habe ich hier in einer Apotheke gesehen.«

Ramon lachte auf. »Sophia, ich glaube du siehst Gespenster. Vielleicht war das alles zu viel für dich. Und wieso rennst du wie von Sinnen hier zum Springbrunnen? Ich glaube du solltest einfach mal tief durchatmen und das Ganze vergessen.«

Sophie sah ihn an und ihre Augen blitzten wütend. »Du glaubst mir kein Wort. Das enttäuscht mich wirklich. Ich bin mir hundertprozentig sicher, dass der Mann aus der Apotheke, der Mörder dieser Frau ist. Er wirkt sehr freundlich und er schaut gar nicht mal schlecht aus. Aber seine Augen waren so, dass es mir kalt den Rücken runter gelaufen ist. Und genauso hundertprozentig bin ich mir sicher, dass der Mann aus der Zeitung derjenige ist, der mich umbringen wollte. Das hängt zusammen. Ganz sicher. Und ich habe beide am gleichen Tag hier gesehen.

Als du mich dann mit ins Kloster genommen hast, hatte

ich einen weißen Streifen an meinem Arm, wie von Farbe. Den gleichen Streifen hatte ich auch, als mich eine von den weißen Statuen hier in Palma angerempelt hat. Vielleicht war der Mann, der mich töten wollte, vorher als Statue geschminkt und hat uns so beobachtet. Den Rest weiße Farbe hatte er vielleicht noch an der Kleidung oder an den Händen.

Wie sonst hätte die Farbe in der Zeit zwischen dem Vorfall am Strand und der Fahrt zum Kloster an meinen Arm kommen sollen?

Und heute am ›Plaça Major‹ war da doch der weiße Arbeiter, der wie in der Bewegung erstarrt auf dem Platz stand. Als wir weiter gegangen sind, hab ich mich, ganz in Gedanken, noch einmal umgedreht. Und ich hatte ganz tief in mir so ein Gefühl, dass da etwas war, was mich gestört hat. Aber ich war so in Gedanken bei der Zisterne, dass ich das Gefühl nicht weiter verfolgt habe. Erst als ich das Bild von dem Typ in der Zeitung gesehen habe, ist mir der weiße Streifen wieder eingefallen. Und da wusste ich was mich am ›Plaça Major‹ gestört hat: Der Eingefrorene war nicht mehr da. Er muss gleich gegangen sein, als wir vorbei waren. Vielleicht wollte er uns beobachten und im schlimmsten Fall hat er mitbekommen, was ich dir erzählt habe.

Deshalb bin ich hier an den Brunnen gegangen. Da kann keiner mithören und wir sehen die Leute um uns herum. Wir wissen nicht, wer alles zu denen gehört und uns beobachtet.«

»Du fühlst dich aber nicht verfolgt, oder?« Ramon musterte sie kritisch. »Ich glaube wirklich, dass es in letzter Zeit zu viel Aufregung für dich war. Das sind sicher Zufälle, die du überbewertest.«

Sophie schüttelte den Kopf und verzog spöttisch den Mund. »Das sagst ausgerechnet du, der allem und jedem misstraut.«

Ramon zog die Brauen ärgerlich zusammen. »Ich versuche nur sachlich zu bleiben. Lass uns lieber zu dir gehen und versuchen, den Gang zu dem Schatz zu finden. Es bleibt uns nicht mehr viel Zeit und wir werden noch einiges organisieren müssen.«

Sophie ließ kopfschüttelnd den Arm mit dem Handy sinken und sagte: »Du verstehst mich nicht, oder? Ich bin mir ganz sicher, dass der Mörder, der gesucht wird und der Typ, der mich am Strand umbringen wollte, zusammen gehören.«

Sie packte Ramons Arm.

»Sie gehören zu den Leuten, die hinter dem Schatz her sind und die auch deine Familie auf dem Gewissen haben. Ich habe die ganze Zeit überlegt, warum sie das Dokument haben wollen. Sie wissen, dass dieses verschlüsselt ist und dass weder du noch der Archivar sie entschlüsseln konnten. Und warum bringen sie jemanden um, der den Code entschlüsseln könnte und erpressen von dir, das noch codierte Dokument. Das ist doch eigentlich völlig idiotisch. Jeder normal denkende Mensch würde doch warten, bis jemand den Code dechiffriert hat und den Schatz holt. Und dann würde er zuzuschlagen, oder?«

Sophie war voll in Fahrt und Ramon wurde klar, dass diese Zusammenhänge wirklich Sinn ergaben. Er nickte schweigend.

»Ramon«, fuhr Sophie fort, nachdem sie kurz Luft geholt hatte. »Was hat Natalio Baco dir genau gesagt, als du ihn das letzte Mal getroffen hast?«

Ramon schloss kurz die Augen um die Erinnerung zurückzuholen.

»Er hat etwas von einer wichtigen Entdeckung gesagt, die er gemacht hatte und erwähnte die Morddrohung.«

»Hat er gesagt, dass sich die Entdeckung auf das Dokument bezieht?«, hakte Sophie nach.

Ramon überlegte erneut. »Nein. Eigentlich erwähnte er die Entdeckung im Zusammenhang mit der Morddrohung.«

»Ramon, ganz ehrlich: ich glaube, dass Natalio Baco etwas über diese Leute herausgefunden hatte. Vielleicht wurde er auch beobachtet und hat es gemerkt. Er wollte dir etwas sagen, was diese Leute verhindern wollten. Denn Baco konnte gar nichts entdeckt haben, was die Entschlüsselung des Textes betrifft. Diese Dokumente wurden mit einem Basistext verschlüsselt.

Wenn mein Traum stimmt, dann kenne ich die Verschlüsselung. Und nur wenn man weiß, welches der Text ist, kann man das Dokument lesen. Aber anhand einer Verschlüsselung einen Basistext zu erschließen ist völlig unmöglich, hast du gesagt. Und deshalb ist es mir jetzt klar geworden, dass diese Leute gar nicht die Dokumente wollen, denn sie wissen genau, dass du sie niemals hergeben würdest. Selbst wenn sie diese hätten, wissen sie, dass sie damit nichts anfangen könnten.

Was sie mit den ganzen Aktionen bezweckt haben, war nur, dich maximal unter Druck zu setzen, damit du irgendwie herausfindest, wo der Schatz ist und sie dorthin führst. Und wir handeln wie die Marionetten ganz genau nach ihrem Plan. Nein, noch mehr. Wir haben ihnen alles an die Hand gegeben, was sie wissen müssen.

Wenn der eingefrorene Typ am ›Plaça Major‹ unser Gespräch mitgehört hat, dann weiß er jetzt, dass man über die Zisterne in die Kammer kommt und dass man dazu unbedingt das Siegel braucht. Wir dürfen auf keinen Fall versuchen, den Schatz selbst zu holen. Denn darauf warten sie. Wir müssen nur das Siegel in Sicherheit bringen, bevor sie uns zuvorkommen.«

Ramon schloss die Augen und griff sich mit der Hand an die Stirn. Das was Sophie sagte klang schlüssig und erklärte alles. Möglicherweise war das wirklich der Plan der Männer.

»Du hast Recht, Sophie. Alles andere hätte keinen Sinn ergeben. Aber wir müssen schnell und vorsichtig sein, wenn wir zu dir zu gehen. Sie könnten uns irgendwo auflauern.«

Sophie ließ Ramons Arm los, den sie immer noch umfasst hatte und nickte grimmig. »Ja das sollten wir. Ich denke, wir versuchen uns da zu halten, wo viele Touristen sind. Wir müssen so schnell wie möglich zu mir, denn nur das Siegel ermöglicht den Männern, sich den Schatz zu holen. Und das wissen sie jetzt vermutlich auch. Ohne das Siegel kommen sie nicht in die Kammer. Außer sie würden den Eingang des Verstecks sprengen. Aber dann würde vermutlich alles einstürzen. Wir müssen das Siegel holen, zur Polizei bringen und dort alles erzählen. Auch wenn wir den Schatz dadurch aufgeben. Nur so sind wir nicht erpressbar.«

Ramon nickte, aber er hatte nicht im Sinn, den Schatz aufzugeben. Erst einmal würden sie das Siegel holen. Dann würde man weitersehen.

56

Sie hatten die Strecke im Eiltempo zurückgelegt, sich immer wieder umgesehen, bemüht sich genau im Strom der Touristen durchzuschieben. So waren sie, ganz ohne Schwierigkeiten, ans Haus gelangt. Fast zu problemlos, dachte Sophie, als sie den Schlüssel in das schwere, schmiedeeiserne Tor mit der Sichtschutzverglasung steckte.

»Jetzt sind wir erst einmal sicher.« Erleichterung lag in Sophies Stimme. »In dieses Haus kann man nur unter großem Aufwand einbrechen und das würde nicht unbemerkt bleiben.«

Sie schob das schwere Tor auf. Durch die gläserne Pyramide auf dem Dach fiel das Sonnenlicht in den Treppenaufgang, dessen roter Teppich einen warmen Kontrast zu den hellen, von schwarzen, schmiedeeisernen Geländern gesäumten Sandsteinstufen bildete.

Ramon hob den Kopf und blickte hinauf zu den dorischen Steinsäulen, die die Fenster zum Innenhof flankten.

Sophie war schon in ihrem Büro und begann in einem Wandschränkchen zu kramen.

Er folgte ihr. Sie warf einen Seitenblick auf ihn und sagte lächelnd, während sie das Siegel aus dem Tuch wickelte: »Das Ziel unserer Suche.«

»Das wurde auch langsam Zeit.« Die Stimme hinter ihnen klang drohend.

Zu Tode erschrocken fuhren Sophie und Ramon herum. Vor ihnen stand ein großer Mann mit mittelblondem Haar, eine Waffe im Anschlag und lächelte spöttisch.

Sophies Herz begann wild zu pochen und sie schnappte nach Luft: »Sie?«

Das spöttische Lächeln verstärkte sich und Sophie spürte neben der Angst eine Wut in sich aufsteigen.

»Wie kommen Sie in mein Haus?« Sie konnte fühlen, wie die Anspannung in ihrem Körper stieg.

»Nun«, der Mann zuckte mit den Schultern, »wir wollen uns doch erst mal begrüßen und vorstellen, Sophia. Ich bin Samuel und was Ihre Frage betrifft, ihr Freund Juan war so nett, mir Ihren Schlüssel zu überlassen. Oder ist er am Ende gar nicht mehr Ihr Freund?« Die Stimme des Mannes nahm einen gespielt kindlich-bedauernden Ton an. »Nachdem er ja so böse war, die Nacht mit Ihrer Freundin zu verbringen. Vielleicht mögen Sie ihn ja jetzt gar nicht mehr?«

Die Bilder des letzten Sonntags rasten durch ihren Kopf. Sie war selbst erstaunt, wie wenig die provozierenden Worte des Mannes sie trafen. Das mit Juan war für sie Geschichte und verletzte sie nicht mehr. Aber die Tatsache, dass dieser Mann sie beobachtet hatte, ließ sie frösteln.

Sie sah ihn in Gedanken, wie er in der Apotheke gestanden war. Natürlich! Sie war dann zu Juan gegangen, er war ihr gefolgt und Juan hatte einen Schlüssel zu ihrem Haus gehabt. Sie war erschüttert darüber, wie unglücklich die ganze Sache gelaufen war.

»Sie haben mich verfolgt!« Zorn schwang in Sophies Stimme.

»Oh, verfolgt ist kein schönes Wort«, lächelte Samuel. »Ich habe Sie aus einer gewissen Entfernung begleitet. Sie haben meine Einkäufe mitbekommen, nicht wahr. Schwefel gegen Kakerlaken. Hahaha.« Er lachte ein grobes, widerliches Lachen. »Sie haben es tatsächlich geglaubt. Ja irgendwie ist es schon wahr. Schwefel ist ein Teil des Sprengstoffs, mit dem ich das Kloster in die Luft jagen werde.

Und mit ihm alle widerlichen Mönchskakerlaken, die sich darin befinden.«

Sein triumphierendes Grinsen und die Vorstellung des Anschlags ließen in Sophie geleichermaßen Hass und Panik hochsteigen. Sie spürte, wie ihr Puls immer schneller raste. *Ruhig und langsam atmen, Sophie,* befahl sie sich. *Denke an das Jetzt und nicht an das was geschehen könnte.*

Sie wusste, wenn sie jetzt keinen klaren Kopf behielt, waren sie alle verloren. Sie hatte einen Trumpf im Ärmel, von dem keiner wusste. Der gab ihr den Mut nicht aufzugeben.

»Und jetzt werden Sie mich zum Schatz führen, denn ich warte schon viel zu lange.« Bei diesen Worten hatte Samuels Stimme einen drohenden Klang angenommen und seine Augen waren tief dunkel geworden.

Sophie spürte, dass Ramon neben ihr vor Wut bebte. Er stand zum ersten Mal dem Mörder seiner Familie gegenüber und mit Sicherheit hatte er sich dieses Treffen anders vorgestellt. Zu allem Überfluss drohte Samuel jetzt auch noch damit, Miguel und seine Brüder umzubringen.

Als hätte er Sophies Gedanken gespürt, wandte sich Samuel zu Ramon. Jetzt hatte er wieder dieses süßliche Lächeln auf den Lippen.

»Schon schlimm, wenn so eine kleine, nette Familie plötzlich nicht mehr da ist.« Samuel schnalzte bedauernd mit der Zunge und ergänzte: »... und man dann noch die Fratze einer Bestie hat.«

Sophie spürte, wie sich Ramons Körper neben ihr anspannte und sie hoffte, er würde sich nicht provozieren lassen.

»Was haben Sie mit Juan gemacht?« Einem plötzlichen

Gedanken folgend, versuchte sie, die Aufmerksamkeit wieder auf sich zu lenken.

»Oh«, Samuels Stimme triefte vor gespieltem Bedauern,»er und seine kleine Freundin haben es nicht gerade warm, aber vielleicht findet ja jemand die beiden irgendwann.« Er grinste breit und setzte hinzu: »Oder ihre Skelette.«

Dann wurde sein Gesicht wieder ernst und seine Augen funkelten. »Genug geredet, Sophia. Du holst mir jetzt den Schatz«, er machte eine Kopfbewegung hin zu Ramon und ergänzte, »während ich mich inzwischen um deinen Süßen kümmere. Und wehe, du kommst mit leeren Händen zurück. Dann werdet ihr euch beide wünschen, niemals geboren worden zu sein.«

Samuels Gesicht war während seiner Worte zu einer bedrohlichen Fratze geworden, die Sophie kalte Schauer der Angst über den Rücken laufen ließ. Sie versuchte eine Ausflucht: »Ich weiß nicht, wo der Schatz ist.«

Das dunkle Glitzern in den Augen des Mannes verstärkte sich und sein Mund verzog sich wütend. Er trat zwei große Schritte auf Sophie zu, packte sie an den Haaren, zog ihren Kopf nach hinten und drückte ihr die Pistole an die Stirn. »Du mieses kleines Stück«, zischte er. »Glaubst du, du kannst mich an der Nase herumführen?«

Sophie hätte vor Schmerz heulen können, aber sie wollte dem Mann die Genugtuung nicht gönnen. Sie biss die Zähne zusammen.

Samuel drehte den Kopf.

»Amir«, rief er über seine Schulter und seine Stimme klang plötzlich wieder normal. Seine Gesichtszüge waren entspannt und seine Augen freundlich. Der plötzliche

Wechsel in Samuels Verhalten beängstigte Sophie fast noch mehr, als sein Hass.

Ein Mann trat ein. Er war klein, schlank, drahtig mit dunklen kurzen Haaren und hatte ein Gesicht, das ein wenig einer Spitzmaus ähnelte. Auch er grinste Sophie spöttisch an.

»Sag uns doch, was du über den Schatz weißt«, bat Samuel freundlich.

Amirs Grinsen wurde breiter. »Durch die Zisterne und den Belüftungsgang kommt man in den Geheimgang. Die Türe zum Schatz kann man nur mit Hilfe des Siegels öffnen.«

Sophie wurde blass. Es war so, wie sie befürchtet hatte. Sie waren belauscht worden. Der Eingefrorene war tatsächlich dieser Amir gewesen.

»Also?« Samuel schubste Sophie von sich und sie taumelte kurz, fing sich aber gleich wieder und rieb sich die schmerzende Kopfhaut. »Wir machen das jetzt so. Amir geht mit der Kleinen runter und holt den verdammten Kelch und wir zwei«, er nickte mit einem gehässigen Grinsen zu Ramon hinüber, »wir warten hier und vertreiben uns die Zeit miteinander.«

Sophies Gedanken überschlugen sich. Dieser Mann hatte so viel Aufwand betrieben, um den Schatz in die Hände zu bekommen und so kurz vor dem Ziel ging er nicht selbst mit. Ob er Angst hatte?

Samuel konnte die genaue Lage des Schatzes nicht kennen und würde ihn auch alleine nicht finden. Er brauchte sie. Aber sobald er den Schatz in den Händen hatte, würde er sie beide töten. Da war Sophie sich sicher. Wenn sie überhaupt eine Chance hatten zu fliehen, dann nur, wenn sie zu zweit mit diesem Amir in den Gängen waren. Jede andere Situation würde, für mindestens einen von ihnen beiden, den sicheren Tod bedeuten.

Ramon hatte noch kein Wort gesprochen und Sophie war beunruhigt, weil sie nicht wusste, was in ihm vorging.

»Ich gehe da nur runter, wenn Ramon mitkommt.« Sophies Stimme klang ruhig und bestimmt.

Samuel drehte sich langsam zu ihr und seine Augen verengten sich zu schmalen Schlitzen. »DU hast hier gar keine Forderungen zu stellen«, sagte er mit einer Stimme wie Donnergrollen.

Sophie machte eine Kopfbewegung, die zwischen Ja und Nein lag. »Ich fordere nicht. Ich stelle fest«, erklärte sie ruhig und sah ihn gelassen an. Sie hoffte, er würde nicht hören, wie ihr Puls hämmerte und nicht merken, dass sie ihre Stimme nur mit aller Anstrengung unter Kontrolle hatte.

Ramon atmete neben ihr tief ein. Er hatte immer noch kein Wort gesagt. Samuels Gesicht begann sich wieder zu verändern. Die Augen wurden dunkel und schienen tiefer in die Höhlen zu rutschen, der Mund verzog sich hasserfüllt, verzerrte das Gesicht fratzenhaft und seine Stimme klang kehlig grollend. »Du kleine Ratte glaubst wohl, dass du hier irgendwas zu melden hast. Aber da irrst du dich. Du gehst da runter und ich kann dir nur empfehlen: wünsche dir nicht, dass ich dich dazu zwingen muss, denn wenn ich dann mit dir fertig bin, bist du nur noch eine leblose Hülle.«

Er näherte sein Gesicht dem ihren und drückte ihr den Waffenlauf in den Bauch.

Sophie schluckte und spürte, wie der Kloß in ihrem Hals größer wurde. Wie weit würde der Mann gehen? Sie traute ihm alles zu. Noch einmal nahm sie ihren ganzen Mut zusammen.

»Ich alleine weiß, wo der Schatz ist. Sie brauchen mich also und zwar in einer guten Verfassung. Ansonsten komme ich nicht bis dorthin.« Sophies Stimme klang belegt, aber sicher. Sie musste alles auf eine Karte setzen. Das war die einzige Chance, die sie hatten. Sie sah, wie Amir Samuel am Arm berührte und ihm ein Zeichen gab.

Er schob Sophie mit einem verächtlichen Blick von sich weg und wandte sich zu Amir, der ihn etwas beiseite zog.

»Wir vergeuden hier doch nur unsere Zeit, Boss«, flüsterte Amir. »Lass mich mit den beiden da runter gehen. Ich hab die im Griff. Wenn sie Dummheiten machen, schieße ich.«

Samuel schüttelte unwirsch den Kopf. »Von mir aus. Wenn du dir das zutraust. Aber egal wie es läuft, ich will beide lebend wieder hier oben haben. Ich habe noch ein Hühnchen mit ihnen zu rupfen.« Amir nickte grinsend.

Ramon war die ganze Zeit nur dagestanden, extrem angespannt. In dem Moment, als Samuel vor ihnen gestanden war, da waren für einen kurzen Moment die Bilder vom Tod seiner Frau und seiner Tochter in seinem Kopf gewesen und er hatte immer geglaubt, in diesem Augenblick würde er alles tun, auch seinen eigenen Tod in Kauf nehmen, um den Mörder seiner Familie zu vernichten.

Aber als Sophie zu sprechen begonnen hatte, da hatte ihn statt der Rachegefühle eine derartige Angst überwältigt, dass er darum ringen musste, einen klaren Kopf zu behalten. Er hatte Angst. Angst um Sophie. Jetzt war er genau in der Situation, die er versucht hatte, mit aller Macht zu verhindern. Er hatte sich nie wieder emotional für jemanden öffnen wollen. Jetzt musste er sich eingestehen, dass sein Misstrauen gegenüber Sophie eigentlich nur sein Schutz gewesen war, vor den Gefühlen, die er für sie hatte. Aber es hatte ihm nichts geholfen.

Er sah sie im Augenwinkel neben sich stehen und hätte sie am liebsten in die Arme genommen, um sie zu beschützen. Das was er die ganze Zeit nicht wahrhaben wollte, überwältigte ihn jetzt, wie eine riesige Welle. Sein Onkel hatte Recht gehabt: er hatte eine Jagd geführt, die ihm das Verlorene nicht wiederbringen würde, aber sein restliches Leben zerstörte. Sein Hass hatte ihn blind gemacht. Aber sein Leben hatte sich in den letzten Tagen völlig verändert und das, was er versucht hatte mit aller Kraft zu verleugnen, überrollte ihn jetzt: Er liebte Sophie. Er liebte ihre sanfte Art stark zu sein, ihre unbeschwerte Fröhlichkeit, ihre Zielstrebigkeit und er liebte es, wenn sie wütend war. Und er wusste sofort, dass er sich nichts davon anmerken lassen durfte.

Er hatte es aus Samuels Worten schon herausgehört und er sah es auch an dem grausamen Blick und den kalten Augen des Mannes, dass dieser Genuss daran fand, andere zu quälen. Samuel würde dieses Wissen sofort für sich ausnutzen. Er würde Sophie zu Tode quälen und Ramon wusste, dass es ihm selbst danach egal war, ob er überleben würde. Und so beschloss er, einfach nur abzuwarten und sich nicht einzumischen, um Sophie nicht noch mehr zu gefährden.

Samuel wandte sich wieder Sophie zu. Er trat an Sophies Schreibtisch und zog seinen Laptop aus der Schublade. Sophie zog den Rückschluss, dass er schon eine Weile im Haus gewesen sein musste und alles wohl vorbereitet hatte.

Er klappte den Laptop auf und winkte Sophie heran.

Ein Bild flimmerte auf. Es waren genau genommen vier Teilbilder. Eines zeigte ein leeres Hotelzimmer, das Zweite den Eingang ihres Hauses von innen, das Dritte war schwarz und das Vierte zeigte das Kloster. Es war das einzige Bild, das nicht statisch zu sein schien, sondern sich bewegte. Samuel tippte auf das Bild vom Kloster.

»Diese Kamera befindet sich an einem von zwei Selbstmordattentätern. Sie sind schon ganz wild darauf, sich in die Luft zu sprengen, um dann mit den zweiundsiebzig Jungfrauen im Himmel zu sein.«

Sophie spürte in sich das wachsende Verlangen, ihm den Hals zuzudrücken. Wie konnte ein Mensch so sinnlos brutal sein?

Samuel grinste hämisch und winkte Ramon freundlich her, aber seine Stimme klang drohend. »Die Männer verstecken sich hinter einem Felsen in der Nähe des Klosters, wie ihr seht. Sollte einem von euch beiden einfallen, dort unten irgendeinen Trick zu versuchen, dann wird weder von dem Kloster, noch von den Menschen darin, auch nur ein Fetzen übrig bleiben.« Samuel lachte gehässig und seine Augen glühten feurig. »Schwefel«, spottete er und lachte wieder. »Ein Teufelszeug in der Kombination mit den richtigen Zutaten.«

In Sophies Kopf drehte sich alles. Samuel hatte vor ihren Augen den Schwefel für die Sprengkörper gekauft. Wozu würde dieser Mann alles fähig sein? Sie spürte, wie sie innerlich zu zittern begann.

»Du Schwein!« Ramon wollte sich auf Samuel stürzen, aber Amir sprang vor und drückte ihm die Pistole auf die Brust.

»Schön langsam, Freundchen. Du hast hier gar nichts zu melden.«

»Lass das Kloster in Ruhe!«

Samuel lachte gehässig. »Amir, fessel ihm die Hände und kleb ihm den Mund zu. »Er nervt mich.«

»Gerne, Boss«, grinste Amir.

Samuel richtete seine Waffe auf Ramon, während Amir ihm die Hände mit einem Seil zusammenband. Er zog die Stricke so fest, dass sie einschnitten.

Ramon schrie auf. Sophie sah weg. Sie kämpfte mit den Tränen.

Amir drückte ein schwarzes Gewebeband auf Ramons Wange und zog es mit hoher Spannung über seinen Mund.

Sophie schaute zu Boden, schluckte die Tränen hinunter und fühlte eine tiefe Mutlosigkeit in sich aufsteigen. Jetzt war es egal, was sie noch sagen würde. Sie konnte vielleicht noch Zeit gewinnen. Allerdings wusste sie nicht wofür. Außer Frey Miguel wusste niemand wo sie waren. Und der war in *dem* Kloster, vor dem zwei Selbstmordattentäter warteten. *Gib nicht auf, Sophie. Alles ist besser als aufgeben. Denn aufgeben heißt, eine mögliche Chance zu verschenken.* Und so hob sie den Kopf und stellte die Frage, die sie die ganze Zeit schon umgetrieben hatte. »Was versprechen Sie sich eigentlich von diesem Schatz? Es weiß ja niemand sicher, woraus er besteht, oder?«

Samuel kniff die Augen zu einem schmalen Spalt zusammen.

»Ich habe die verschlüsselten Dokumente gesehen. Sie sind eindeutig von den Templern und sie sind gekennzeichnet mit einem goldenen Kelch, also mit hoher Wahrscheinlichkeit dem heiligen Gral.«

»Ja und wenn? Dann ist das eine Reliquie, mit der sie nicht viel anfangen können, oder haben sie einen Auftraggeber, der sie kaufen will?«

Samuel machte einen Schritt auf Sophie zu und sagte verschwörerisch: »Viel besser. *Ich* bin der Auftraggeber. Ich habe tausende von Salafisten ausgebildet und auf den Weg gebracht, damit sie dem Christentum und der westlichen Welt feindlich gesinnt sind. Sie sind bereit alles zu geben, bis hin zum eigenen Leben, damit der Islam alleinige Weltreligion wird. Sie warten nur auf meinen Einsatz. Ich werde mit dem Blut aus dem Kelch beweisen, dass Jesus der leibliche Sohn von Joseph ist und *nicht* Gottes Sohn. Die christlichen Kirchen werden in diesem Moment jede Glaubwürdigkeit verloren haben.«

»Wie soll man das beweisen können? Das ist doch völlig verrückt.«

»Nun, ich besitze bereits die DNA des Heiligen Joseph aus einer Reliquie«

Der Diebstahl und Mord in Wien. Das stand doch in der Zeitung. Oh Gott das war auch ER.

»Und wenn diese DNA mit der DNA aus dem Kelch eine Übereinstimmung hat, dann ist das ein Beweis!«

»Wenn ...«

»Sie wird! Die Hälfte der DNA ist von der Mutter und die andere Hälfte ist vom Vater. Kein Mensch kann nur aus der halben DNA bestehen. Und diese Hälfte wird von Joseph sein.«

»Und wenn? Denken Sie, dass sie 2000 Jahre Glauben in einem Augenblick zerstören können?«

»Genau, das denke ich. Denn wenn die Kirche in diesem Punkt gelogen hat und Jesus nicht Gottes Sohn ist, dann war er nur ein kleiner Prophet, der unglücklich gestorben ist und … Poff«, er schnippte mit dem Finger, »aus und vorbei mit dem christlichen Glauben.«

Sophie wurde schwindlig. Es klang wissenschaftlich logisch, aber die Menschen, die vor 2000 Jahren gelebt hatten, die hatten voll Überzeugung bestätigt, dass Jesus Gottes Sohn gewesen war. Unzählige waren dafür in den Tod gegangen. Und das waren keine Fanatiker gewesen, sondern bodenständige Menschen. Konnten sich Menschen so irren? Konnte auf einem Irrglauben eine Weltreligion wachsen? Nein! Kein Irrglaube würde 2000 Jahre Geschichte überleben und so mächtig bleiben. Aber was würde passieren, wenn es wirklich so wäre? Wenn es wahr wäre? Was würde mit der westlichen Welt passieren? Sophie machte diese Vorstellung Angst.

»Und was haben sie dann davon, wenn sie das bewiesen haben? Sie haben nichts weiter, als Chaos angerichtet und das Gleichgewicht der Weltmächte ins Wanken gebracht.«

»Oh doch«, Samuel fletschte die Zähne, »ich bekomme eine Menge Geld dafür, dass ich den richtigen Leuten das Christentum ans Messer liefere. Sehr viel Geld. Und vielleicht ist, neben dem Heiligen Gral, auch noch etwas vom Gold der Templer in dem Versteck. Dann sollte es mir weder an Macht, noch an Reichtum fehlen.

Aber genug geredet. Ihr geht jetzt da runter.«

Er holte ein Headset und eine kleine Kamera aus der Schublade und deutete auf das dunkle Computerbild.

»Die bekommt Amir. So kann ich sehen, was ihr dort unten treibt.«

Sophies Hoffnung auf eine Chance schmolz mit jedem seiner Worte dahin. Sie hatte so auf den Ausgang zum Meer gehofft. Aber diese Möglichkeit war gerade geplatzt wie eine Seifenblase.

Samuel starrte sie mit düsterem Blick an. »Und denkt immer schön daran, dass ihr keine Dummheiten macht, denn sonst …« Er tippte mit dem Lauf seiner Pistole auf den Laptop. Dann wandte er sich um. »Amir, befreie diesen Pseudomönch.«

Amir stellte sich vor Ramon und grinste fies.

»Könnte ein bisschen weh tun.«

Mit einem Ruck riss er den Kleber von Ramons Mund. Wieder schrie Ramon vor Schmerz auf. Blut lief über seine Lippen und tropfte zu Boden. Ramon wollte sich mit der Zunge über die Lippen fahren, aber zuckte bei der Berührung vor Schmerz zusammen.

Amir schnitt ihm die Handfesseln auf und Ramon bewegte ganz langsam die Finger, um das Blut wieder zum Zirkulieren zu bringen. Seine Hände begannen heftig zu brennen, als sie sich wieder mit Leben füllten.

Sophie sah geradeaus und löste im Kopf Rechenaufgaben, um nicht in Tränen auszubrechen. Ramons Schmerz tat ihr selbst auch weh. Irgendwo tief in ihrem Inneren.

57

Bei der SOKO in Barcelona war auf Marias Bericht ein Moment des entsetzten Schweigens gefolgt.

Carlos hatte als erster seine Sprache wiedergefunden. »Tonio, such in den Passagierlisten nach einem Mann mit dem Vornamen Torian. Maria, kannst du uns sagen, ob der Mann noch irgendwelche Namen hat, unter denen er irgendwo auftauchen könnte? Haben wir eigentlich schon Rückmeldungen von dem Phantombild, das sie in den Nachrichten gebracht haben? Jorge, durchforste du die Datenbanken nach einem Torian. Der Mann kann sich nicht in Luft aufgelöst haben.«

»Carlos, ich habe die Liste mit den Passagieren des Fluges, auf den Fatima Karim gebucht war. Da steht auch ein gewisser Torian Cortes als Passagier drauf.«

»Sehr gut, Tonio. Gleiche mit der Fluggesellschaft ab, ob er auch wirklich auf dem Flieger saß. Und versuche herauszufinden, ob er über ein Reisebüro gebucht hat. Dann können wir dort die Leute befragen.«

»Die drei Namen Pablo, Samuel und Torian sind leider die einzigen Namen, die ich von dem Mann habe«, Maria zuckte bedauernd die Schultern.

Tonio winkte mit dem Handy am Ohr, Carlos bestätigend zu. Torian Cortes war als Passagier auf dem Flieger gewesen.

Carlos nahm das Telefon zur Hand. »Okay. Ich werde jetzt die Policia Local auf Mallorca alarmieren.«

*

Es war ein harter Weg nach unten. Damals mit ihren Brüdern hatte Sophie sich sicher gefühlt. Es war ein Abenteuer gewesen. Diesmal kam es ihr vor, als wäre die Zisterne tiefer, die Luft kälter und der Weg nach unten kräftezehrender als damals.

Samuel hatte ihnen beiden ein Micro angeheftet. Er würde jedes Wort mithören können und das Meiste auch sehen. Und wenn sie nicht das Kloster mit seinen fast zwanzig Bewohnern, und Miguel dazu, in Gefahr bringen wollten, dann mussten sie tun, was er wollte.

Amir war nach Sophie hinunter geklettert. Sie hatten die Strickleiter so befestigt, dass sie fast bis an das Boot reichte, das sie aufgeblasen und zuerst in die Zisterne geworfen hatten.

So gefasst wie Sophie anfangs gewesen war, so heftig stieg jetzt die Angst in ihr auf.

Amir saß ihr gegenüber im Schlauchboot und starrte sie an. Sie sah weg. Sie fühlte sich nackt und fror, in ihrem Top und der Shorts. Und ihr war so übel.

Ramon kam langsam, die schwankende Strickleiter herunter, ins Dunkel der eisigen Zisterne geklettert. Er musste behutsam und langsam ins Boot steigen, um es nicht zum Kentern zu bringen. Vorsichtig, um mit der schweren Last nicht zu kippen, paddelten sie in Richtung des Ganges. Gleich würden sie um die Ecke biegen.

Es war die ganze Zeit Sophies großer Wunsch gewesen, zu wissen, was der Gang, der hinter dem Knick lag, verbarg. Aber jetzt war es ihr egal. Sie wünschte sich nur eines, dass dieser Alptraum zu Ende wäre.

»Hey! Leuchte den Gang aus«, fauchte Amir, immer die Waffe auf Sophie gerichtet.

Sie fuhren ums Eck und ... vor eine Mauer. Der Gang war zu Ende.

»Du dummes Stück«, schrie Amir, »du hast uns hier rein gelockt. Und hier ist nichts als ein beschissener Raum mit Wasser. Das wirst du büßen!« Er versuchte aufzustehen. Das Boot begann zu schwanken und Sophie bekam Panik.

»Nein, nein!«, rief sie und ihre Stimme klang verzweifelt. »Das ist nur eine Trennwand. Wir müssen eine Öffnung suchen.«

Ramon leuchtet die Wände ab.

»Da ist nichts«, fauchte Amir und packte Sophies Arm. Das Boot schwankte heftig und Sophie schrie auf.

»Da!«, rief Ramon und deutete nach oben. An der Ostwand befand sich, direkt unterhalb der Decke, ein Loch in der Größe eines Schuhkartons.

»Hinter dieser Wand ist der Gang!«, rief Sophie und Erleichterung lag in ihrer Stimme.

Ramon konstatierte: »Wir brauchen einen Ringhaken, den wir in die Wand drehen können, um das Boot anzubinden, noch besser wären zwei, einen festen Strick, und Hammer und Meißel, um die Wand aufzubrechen.«

Sophies Anspannung war auch in ihrer Stimme zu hören: »Das habe ich alles in meinem Werkzeugkasten. Er steht in dem Raum rechts vom Eingang. Dort ist auch ein Korb und Schnüre, um das Werkzeug zu uns hinunter zu lassen.« Der Gedanke daran, dass dieser Samuel jetzt in ihrem Haus herumspazieren würde, widerte sie an. Aber es half nichts. Sie ruderten zurück an die Strickleiter.

Ramons Gedanken kreisten um die Begegnung mit Samuel. Er hatte nichts mehr von seinen Rachegefühlen in sich gespürt, als er *dem* Mann gegenüberstand, der Schuld trug am Tod von Micaela und Julia. Da war nur die Angst um Sophie gewesen und tief in ihm seine Trauer und die Erkenntnis, dass es nicht leichter geworden wäre, den Tod seiner Familie zu überwinden, wenn er den Mörder hätte umbringen können.

Er wusste, dass er an einem Punkt war, wo er sein Leben neu überdenken musste, falls sie hier wieder heil heraus kämen. Falls ... und plötzlich spürte er wie sehr die Sehnsucht in ihm wuchs, wieder wirklich zu leben und die Dinge, die er sowieso nicht ändern konnte, irgendwie in ein neues Leben zu integrieren.

58

»Verdammte Hitze«, murmelte Rodriguez Rosello. Ihm standen die Schweißperlen auf der Stirn. Mit dem Finger fuhr er rund um den Hemdkragen, als wolle er ihn weiten.

Im Gebäude der Policia Local in der ›Carrer de son Dameto‹ in Palma ging es zu, wie in einem Bienenstock. Zehn Mann waren damit beschäftigt, die Anweisungen ihres Chefs an die entsprechenden Stellen weiterzugeben.

Als Barcelona vor zwanzig Minuten die Meldung geschickt hatte, dass sich ein mutmaßlicher Mörder und Islamist unter dem Namen Torian Cortes, Alias Samuel Vidal, auf der Insel befand, und nicht auszuschließen war, dass er ein Attentat plante, war der Führungsstab sofort alarmiert worden und hatte sich im Stabsraum getroffen. Rodriguez Rosello, der erfahrenste Polizist des Stabs, war zum Stabsleiter bestimmt worden.

Rodriguez, immer noch geschockt von dem Mord an seinem Freund Natalio Baco, bei dem sie bisher keine Hinweise auf den Mörder oder ein Motiv hatten, war nicht unbedingt erpicht auf diese Position gewesen, aber er wusste selbst, dass er in dem Bereich die meiste Erfahrung hatte und hatte es ohne Einwand übernommen.

Hundert Mal hatte sich Rodriguez das Gespräch mit Natalio, am Geburtstag von Graciella im ›C'an Joan‹, noch durch den Kopf gehen lassen und sich gefragt, ob er nicht doch irgendwie einen Hinweis überhört hatte. Aber es war nichts dabei herausgekommen. Geblieben war seine Trauer um einen warmherzigen, klugen Menschen.

»Rodriguez!«, Enrique Martinez, sein Kollege, eilte auf ihn zu. »Ein gewisser Señor Jaume Oliver, der Rezeptionist vom Hotel C'an Alomar, am ›Passeig del Borne‹, hat sich bei uns gemeldet. Er hat das Bild von Torian Cortes in den Nachrichten gesehen. Der Mann hat unter diesem Namen im Hotel gewohnt, aber gestern Abend ausgecheckt. Señor Oliver erzählt gerade den Kollegen alles, was er weiß. Der Bericht kommt dann sofort zu uns.«

Rosello nickte ruhig. Man merkte ihm nicht an, wie angespannt er war. Ein Attentat auf der Insel. Das wäre eine Katastrophe.

Rosello zog wieder an seinem Hemdkragen. Er hatte das Gefühl, keine Luft zu bekommen. Was wollte der Täter? Möglichst viele Menschen töten oder möglichst wichtige Menschen töten? Die Königsfamilie hielt sich gerade auf der Insel auf. Wo war der Mann hingegangen, nachdem er das Hotel verlassen hatte? ›Gestörte Persönlichkeit‹ hatte es geheißen. Das hatte ihm gerade noch gefehlt. Ein unberechenbarer, fanatischer Attentäter.

»Schickt Fotos von Torian Cortes an alle Hotels und Pensionen auf der Insel, ob er da irgendwo untergekommen ist. Außerdem will ich alle Handynummern, die sich zwischen Samstag und heute im Bereich des Hotels eingeloggt haben.«

Auf Rosellos Stirn stand schon wieder der Schweiß.

»Die Guardia Civil soll den Flughafen absperren«, gab er weitere Anweisungen. »Keiner darf unkontrolliert rein- und rauskommen. Jeder, der in den Gebäuden ist, muss durchsucht werden und die Fluggesellschaften sollen doppelte Kontrollen bei den ein- und ausreisenden Passagieren machen.«

Der Reiseverkehr würde komplett lahm liegen. Er wischte sich mit einem Taschentuch den Schweiß von der Stirn.

»Und macht doch bitte einer mal die verdammte Klimaanlage an!«

José stürmte in den Raum.

»Rodriguez«, atemlos reichte er dem Chef eine Mappe. »Das kommt von der Pathologie. Sie haben vorher einen toten Jugendlichen gefunden. Er ist der mutmaßliche Mörder des Archivars Natalio Baco. Laut erster Einschätzung der Pathologin hat er sich selbst, nach dem Mord an Baco, mit der Tatwaffe eine Kugel in den Kopf gejagt. Die Forensiker sagen, dass man bei ihm Fremdbeteiligung, also Mord, ausschließen kann.«

Er machte eine Pause und schluckte. »Der Junge«, fuhr er dann mit belegter Stimme fort, »hatte eine Fahne des IS dabei. Er war erst siebzehn. Sein Name ist Antonio Martell.«

Vor den Augen von Rodriguez begann die Welt zu verschwimmen. *Nein! Nicht Tonio! Nein! Nicht ER! Das glaube ich nicht!*

Ein Bild tauchte vor seinem geistigen Auge auf: ein kleiner Junge, mit dunklen Locken und strahlendem Gesicht sprang glücklich auf ihn zu. Hinter ihm hoppelte ein winziger Welpe. ›Onkel Rodriguez, schau mal das ist mein Hund. Den hab ich zum Geburtstag bekommen. Ist der nicht süß?‹

Rodriguez schluckte und wischte sich über die Augen. Das waren die Zeiten gewesen, als die Welt noch in Ordnung gewesen war … Aber er durfte jetzt keine persönlichen Gefühle zulassen.

»Was ist, Rodriguez?« José sah ihn beunruhigt an. Er wusste, wie es hier auf der Insel war, wo sich viele untereinander kannten, und er vermutete, dass Rodriguez den Jungen auch gekannt hatte.

»Schon gut, José. Ich brauche nur einen kleinen Moment.«

Er schluckte noch einmal. »Tonios Vater, der leider viel zu früh gestorben ist, war ein guter Freund von mir. So wie es aussieht, hat der Junge den Tod seines Vaters nie ganz verkraftet.«

José nickte und legte ihm die Hand auf die Schulter. »Tut mir leid für dich.«

Sie alle kannten solche Situationen, aber das war eine Hausnummer größer als alles, was es bisher gegeben hatte.

»Ich hätte mich mehr um ihn kümmern sollen«, Rodriguez schüttelte den Kopf. »Vielleicht hätte ich das verhindern können.«

»Das ist doch immer das, was man sich vorwirft.« José biss sich auf die Unterlippe. »Aber wir können uns nicht immer um alles kümmern. Was ich nicht verstehe ist, wieso es den Islamisten gelingt, unseren Jugendlichen die Illusion von Glauben und Geborgenheit zu geben, die eigentlich unsere Kirche in Wirklichkeit geben könnte, wenn sie sich endlich von ihren verstaubten Strukturen befreien würde. Und da frage ich mich, wie es sein kann, dass eine Weltreligion, wie das Christentum, nicht in der Lage ist, den jungen Menschen, die in Krisensituationen Halt suchen, diesen Halt auch zu geben.

Nein, da wandern diese jungen, suchenden Menschen in extremistische Religionsbereiche ab, wo sie blind den machtbesessenen Fanatikern folgen, die sie, wie der Rattenfänger von Hameln, nicht nur in den eigenen Tod stürzen, sondern auch noch unzählige Unschuldige mitreißen lassen.

Unsere Kirche, die den Namen des Gottes trägt, dessen höchste Grundsätze Liebe und Nächstenliebe sind, muss doch endlich aufwachen und mit diesen ganzen jungen

Menschen in ihrer Sprache sprechen und ihren Herzen Heimat geben.«

Rodriguez sah ihn an und nickte. »Ja, du hast Recht. Vielleicht ist da in Zukunft unser Engagement als Einzelner noch mehr gefragt – so wie du es machst.«

Er wusste, dass José sich in der Jugendarbeit engagierte und ein großes Herz für die jungen Menschen hatte. José holte tief Luft.

»Leider gibt es diesen Extremismus in allen Religionen. Er ist nur oft zu wenig offensichtlich und zu wenig bekannt. Und das Einzige, was bleibt, um die jungen Menschen zu schützen ist, dass die Weltreligionen sich wieder zurückbesinnen auf ihre zentrale Botschaft von Frieden und Liebe. Nur wenn die Jugendlichen in ihren Religionen wieder Heimat finden, kann man dem Extremismus das Wasser abgraben.«

Er machte eine kurze Pause. Der Tod des jungen Tonio hatte auch ihm zugesetzt und Rodriguez sah, dass er kurz mit den Emotionen kämpfen musste.

»Und da«, fuhr er dann fort, »sind tatsächlich wir, als Einzelne mehr gefragt. Auch mit dem, was wir vorleben.«

Rodriguez nickte. »Du hast Recht. Ich bin dabei, sobald dieser Horror hier vorbei ist.«

Sie umarmten sich kurz.

»Lass uns mit der aktuellen Situation weiter machen«, Rodriguez atmete tief durch, »und diesem Irren Einhalt gebieten, bevor noch mehr Menschen sterben müssen.«

Er sah auf den Einsatzplan. Die Häfen waren abgesperrt und wurden ebenfalls durchsucht. In der Stadt waren die Einsatzkräfte verdoppelt worden und machten stichprobenartige Personenkontrollen. An den Zufahrtsstraßen waren ebenfalls engmaschige Kontrollen angeordnet.

Wenn der Mann gestern das Hotel verlassen hatte, dann konnte er theoretisch bereits auch die Insel verlassen haben. Aber das würde keinen Sinn ergeben. Die Passagierlisten wurden trotzdem von den Kollegen durchforscht. Eine Einheit war mit der Spurensicherung unterwegs zum Hotel, um das Zimmer des Verdächtigen zu durchsuchen. *IS-Fahne. Kann das mit diesem Irren zusammenhängen?* »Wo bist du?«, murmelte Rosello, während sein Blick über den Bildschirm mit der digitalen Inselkarte schweifte. »Und was hast du vor?«

Das Klingeln des Telefons riss ihn aus seinen Gedanken.

59

Hohl klangen die Schläge des Hammers, echoten hundertfach im Gewölbe des Zisternenganges und schienen ihn erzittern zu lassen.

Mit lautem Platschen fiel ein Wandbrocken in das klare Wasser und die Öffnung gab die Sicht in einen Hohlraum frei.

»Wir machen das Loch größer«, befahl Amir und Ramon setzte den Meißel direkt an die Randsteine um die Öffnung. Es war mühsam, denn die Wand war massiv und dick.

Sophie zitterte inzwischen vor Kälte und es kam ihr vor, als seien Stunden vergangen, seit sie abgestiegen waren. Die Schläge des Hammers dröhnten und schienen in ihrem Kopf Wellen zu schlagen.

Endlich war die Öffnung groß genug.

»Leuchte!« schnauzte Amir.

Ramon sah hinein. Etwa zwei Meter tiefer lag der Boden eines Ganges. Nach rechts und links verlor sich das Licht der Lampe in der Dunkelheit.

»Da ist ein Gang. Er liegt etwa zwei Meter tiefer, als der Wasserspiegel hier«, gab Ramon Auskunft.

»Du kletterst jetzt durch«, befahl Amir Sophie.

Langsam erhob sie sich in dem schwankenden Boot. Sie musste ganz vorsichtig balancieren, um nicht im eisigen Wasser zu landen, denn mit jeder Bewegung schaukelte das kleine Boot heftig. Sie reichte Ramon die Hände, um rückwärts durch die Öffnung kriechen zu können. Er hielt sie so fest, als wolle er ihre Arme brechen. In seinen Augen sah sie Angst.

Langsam hob sie einen Fuß und kniete sich auf die

abgebrochene Maueröffnung. Die Steine bohrten sich in ihre Kniescheibe und Sophie presste die Lippen zusammen.

»Lass eine Hand los.« Sie stützte sich mit der Hand oben in der Öffnung ab und setzte das zweite Knie nach. Lange würde sie nicht so bleiben können. Sie zog die zweite Hand aus Ramons Umklammerung und stützte dann beide Hände neben ihren Knien ab. Langsam bewegte sie sich rückwärts durch die Öffnung, indem sie erst die Knie und dann die Füße an die Innenseite der Mauer stemmte, und im Wechsel langsam nach unten schob. Die rauen Steine schürften ihre Haut an Armen und Beinen auf. Es brannte wie Feuer und sie biss die Zähne zusammen. Ihr rechter Fuß rutschte ab und ihre klammen, schmerzenden Hände hatten kaum noch Halt an der Öffnung. Sie musste jetzt rückwärts ins Dunkel springen und hoffte, Ramon hatte sich mit der Tiefe nicht verschätzt. Sie schloss die Augen, sprang und landete auf allen Vieren.

Der Boden war nur etwa dreißig Zentimeter unterhalb gewesen. Demnach hatte Ramons Schätzung ziemlich genau gepasst. Es war stockfinster und nur durch das Loch in der Wand fiel ein klein wenig Licht in den Gang. Vorsichtig klopfte sie sich den Staub von den Shorts. Ihre Handflächen und Beine brannten wie Feuer.

»Alles okay«, rief sie hinaus. Die beiden anderen konnten jetzt vorwärts durch die Öffnung klettern.

Als Amir mit der Lampe kam, sah Sophie den ganzen Gang. Er war breit, mit geglätteten Wänden aus Sandstein und wurde von Spitzbögen getragen, in deren Mitte sich Symbole befanden.

Sie fühlte sich plötzlich in ihren Traum zurückversetzt und ein eigenartiges Gefühl von Glück erfüllte sie. Es waren vertraute Wege, die für sie so etwas wie Geborgenheit ausstrahlten und mit einem Schlag war ihre Angst weg. Sie wusste nicht warum, aber sie hatte das Gefühl hier in Sicherheit zu sein, auch wenn ihr Kopf ihr sagte, dass es nicht so war. Und ihr war jetzt völlig klar, wohin sie gehen mussten. Ohne Zögern hielt sie sich an der ersten Abzweigung rechts und an der zweiten links.

Plötzlich packte Amir sie am Arm.

»Sag mal du kleine Ratte, verarschst du uns etwa? Du hast doch keine Ahnung wo wir sind. Wo gehen wir hin? Was führst du im Schilde?«

Sophie war zusammengezuckt vor Schreck. »Ggg ... gar nichts.« Ihre Stimme zitterte vor Schock und Kälte. »I ... Ich will uns zu dem Schatz führen und der muss da vorne hinter der Wand sein.« Sophies Knie begannen zu zittern, so sehr war sie von Amirs plötzlicher Attacke erschrocken.

»Lass sie in Ruhe«, befahl Ramon wütend. »Sie weiß was sie tut.«

Amir ließ Sophies Arm los. »Ich warne euch. Wenn das nicht stimmt ...«

»Ja wir wissen es«, unterbrach ihn Ramon hart. »Und jetzt lass uns endlich weiter gehen. Es ist saukalt hier unten.«

*

Samuel hatte die Augen ständig auf den Bildschirm geheftet. Er verfolgte genau, was in den Gängen passierte.

Das Bild war nicht gut, aber es genügte, um sie zu kontrollieren.

Sie kamen zügig voran und wenn er erst einmal den Kelch haben würde, dann war es kein weiter Weg mehr, bis er einen gigantischen Reichtum und genügend Macht in seinen Händen halten würde. Wenn noch Zeit bliebe, würde Torian sich noch mit Amir ein wenig um die kleine Sophie kümmern und der Pseudomönch dürfte zuschauen. Danach würde er sie beide in der Zisterne entsorgen. Idealer Platz. Ein gehässiges Grinsen zog sich über sein Gesicht.

Im oberen linken Bild nahm er eine schnelle Bewegung wahr. Bewaffnete Einsatzkräfte hatten sein Hotelzimmer gestürmt.

Er hatte vor dem Auschecken dort noch eine Minikamera mit Blick auf die Türe installiert. Jetzt wusste er, dass sie ihm auf den Fersen waren. Sie kamen, die Spurensicherung im Schlepptau und vermutlich würden sie die Kamera gleich entdecken. Er musste handeln.

»Amir«, schnauzte er in sein Micro, während er auf dem Rechner geschickt den Kontakt zur Hotelkamera deinstallierte. So war die Verbindung nicht gleich zurück zu verfolgen.

»Die sollen nicht rumtrödeln. Das muss schneller gehen!« Er sah, dass Amir nickte und dann das Mädel am Arm packte. Samuel hatte das Headset abgesetzt und nahm sein Handy. Die Polizei musste jetzt beschäftigt werden, damit er mehr Luft hatte. Samuel wählte eine Nummer.

»Die Zeit ist gekommen«, sagte er ruhig. »Ihr seid die Heiligen und habt das Himmelreich verdient.«

Im linken unteren Eck des Bildschirms begann das Kloster immer näher heranzurennen. Dann wurde es schwarz. Sie hatten die Sprengladung aktiviert.

*

Sophie fuhr mit den Händen flächig die Wand ab. Dann legte sie das Ohr an die Wand und klopfte sie vorsichtig Stück für Stück mit dem Fingerknöchel ab.

»Hier müssen wir die Wand einschlagen«, sagte sie und erinnerte sich, wie Ramon in ihrem Traum diesen Zugang zusammen mit ‹el Viejo› und dem Großmeister der Templer verschlossen hatte. Erst jetzt wurde ihr bewusst, wie präsent ihr diese Erinnerung war und wie sehr sie sich diesen Menschen durch ihren Traum vertraut und verbunden fühlte.

Ramon setzte den Meißel an und begann zu klopfen. Er hatte schon einen Teil der Mauer bearbeitet, als plötzlich ein riesiges Stück durchbrach. Polternd donnerten Steine in die Tiefe, hinter der schwarzen Öffnung, die sich im Gang aufgetan hatte.

Ramon leuchtete hinein. Stufen führten in die dunkle Tiefe.

»Du hast Recht gehabt«, sagte Ramon ehrfürchtig und sah Sophie an.

Vorsichtig stiegen sie die Stufen hinunter, das Geröll mit den Füßen beiseiteschiebend, bis sie in einen weiteren Gang kamen.

»Dahinter ist die letzte Tür.« Sophie deutete auf die Wand.

Ramon begann auch diese Wand mit dem Meißel zu bearbeiten. Er hatte gerade die ersten Schläge gesetzt, da erfüllte plötzlich ein dumpfes Grollen den Gang.

»Wir müssen hier raus«, rief Sophie angstvoll und wollte die Treppe hoch. Amir packte sie am Handgelenk und zog sie zurück.

»Du lässt sie augenblicklich los«, fauchte Ramon ihn an und hob den Arm mit dem Hammer. Amir erschrak von der unerwarteten Reaktion Ramons und Sophie riss sich los. Sie rannte die Treppe hinauf.

Amir zielte mit der Waffe auf sie.

»Bleib stehen oder ich schieße auf dich«, schrie er und fuchtelte mit der Pistole.

Sie drehte sich um. Ein Schuss löste sich donnernd und krachte in die Wand neben Sophie. Das Echo brach sich hallend in dem engen Gang, laut wie ein Kanonenschlag und verschluckte Sophies Aufschrei.

»Komm sofort wieder her«, brüllte Amir in den verhallenden Schuss.

Sophie drehte sich langsam um. Sie wusste, dass Samuel sie hören und sehen konnte und Sophie zweifelte keine Sekunde daran, dass er das Kloster ohne zu zögern sprengen würde, falls sie nicht nach seiner Pfeife tanzten. Es gab keine Chance zu entkommen. Resigniert ließ sie den Kopf hängen und ging die erste Stufe wieder hinunter.

Da tönte erneut ein Grollen. Wie ein Donner rollte es durch die Gänge, hallte vielfach wieder und schwoll zu einem ohrenbetäubenden Dröhnen. Der Boden schien zu beben und ein riesiger Stein löste sich aus der Decke über Amir und Ramon.

Sophie sah ihn fallen. Sie sah Ramons entsetzte Augen, Bruchteile von Sekunden, bevor das Licht von Amirs Lampe erlosch. Dann hörte sie das Poltern von Geröllmassen, die aus der Decke auf die Treppe herunterprasselten und der Gang erbebte.

Sophie duckte sich, riss die Arme schützend über den Kopf und schrie wie von Sinnen.

Sie schrie und schrie …

60

»Rodriguez!«

Enrique Martinez hielt sein Handy etwas vom Ohr weg. Entsetzen war in sein Gesicht geschrieben.

»Auf das Kloster San Honorato in Randa wurde gerade ein Anschlag verübt. Es gibt Tote und Schwerverletzte.«

Rosello schossen tausend Gedanken durch den Kopf während er die Alarmierung für Krankenwagen und Feuerwehr weitergab.

Wieso Randa? Wieso ein Kloster? Das ergab überhaupt keinen Sinn. Dort waren nie viele Touristen.

»Wir müssen die anderen beiden Klöster sichern.«

»Rodriguez, wir haben nicht mehr so viele Leute.«

»Dann zieh die Polizisten ab, die noch im Hotelzimmer des Mannes sind. Die Spurensicherung soll gleich mitfahren.«

»Apropos Spusi. Die haben uns gerade den Bericht aus dem Hotelzimmer von Torian Cortes geschickt, aber sie konnten nicht viel finden«,

Enrique Martinez reichte den Bericht, den der Drucker gerade ausgespuckt hatte, an Rosello.

»Die Putzfrauen haben das Zimmer, auf Bitten des Gastes, mit besonderer Gründlichkeit gereinigt und dafür im Voraus ein stattliches Trinkgeld bekommen.«

»... um nicht zu sagen Bestechungsgeld«, ergänzte Rosello und überflog den Bericht zähneknirschend. Es lief nicht gut. Sie hatten weder einen Anhaltspunkt, was der Mann vorhatte, noch wo er sich aufhielt.

» Julio, sind die Handydaten schon da?«

»Nein, die Anbieter brauchen noch.«

»Wir haben keine Zeit. Die sollen schauen, dass sie die Handynummern herbringen.«

»Enrique, lass uns den Bericht aus Barcelona noch einmal durchgehen. Wir müssen versuchen herauszufinden, was der Plan dieses Mannes ist.«

Das Handy klingelte.

»Rosello!«

»Buenas tardes, Señor, guten Tag. Hier spricht Carlos Bauzá vom DGP Barcelona.«

»Buenas tardes, Señor Bauzá. Ich habe gerade eben Ihren Bericht in den Händen.«

»Deshalb rufe ich an. Meine Kollegin aus der Forensik und ich, wir dachten, sie könnten unsere Unterstützung gebrauchen.«

»Was meinen sie damit?«

»Wir dachten, dass es einfacher wäre, wir würden ihnen unseren Stand der Ermittlungen kurz schildern. Das geht schneller als Lesen und ermöglicht Zwischenfragen.«

Rosello atmete tief durch. Die Stimme des Kollegen klang kompetent und sympathisch.

»Sehr gerne.« Er konnte fachlich gute Unterstützung immer brauchen.

»Lassen sie uns eine Konferenzschaltung machen, dann können die anderen Kollegen vom Führungsstab auch mithören. Und konzentrieren sie sich nicht zu sehr auf den islamistischen Hintergrund des Mannes. Er ist in erster Linie ein Psychopath und Mörder.«

*

Samuel starrte auf das rechte obere Eck des Bildschirms. Da wo gerade noch Amir, Sophie und Ramon gestanden waren, sah er nur noch ein schwarzes Viereck.

»Amir!«, bellte er ins Micro. Aber es war kein Ton zu hören, auf der anderen Seite.

»Verdammt«, fluchte Samuel. Er trommelte mit den Fäusten auf den Tisch ein.

»Amir«, er versuchte es noch einmal und knirschte wütend mit den Zähnen. Das Bild blieb schwarz und aus den drei Micros kam kein Ton mehr.

Er musste den Plan aufgeben. Es blieb ihm nicht anderes übrig. Wenigstens für den Moment. Den Kelch zu holen würde jetzt so oder so zu lange dauern.

Vielleicht konnte er die Sache zu einem späteren Zeitpunkt noch einmal angreifen. Aber jetzt hatte er keine Zeit mehr. Die Polizei war ihm zu dicht auf den Fersen. Er hatte nicht damit gerechnet, dass sie ihn so schnell finden würden.

Samuel fluchte und spürte wie Torian zu toben begann. Das konnte er jetzt nicht auch noch brauchen. Jetzt, in dem Getümmel um den Anschlag, hatte er noch eine Chance seinen Fluchtplan zu realisieren, aber nur, wenn Torian sich zurückhielt.

»Du Idiot!«, schrie Torian. »Du hast es vermasselt.«

»Torian, halte dich jetzt zurück. Du kannst dich nachher austoben. Jetzt müssen wir uns erst einmal in Sicherheit bringen. Dann überlegen wir, wie es weiter geht.«

Wider Erwarten sagte Torian nichts mehr. Samuel warf noch einen Blick auf den Laptop, bevor er ihn zuklappte. Aber das Bild blieb schwarz.

Wenn Amir noch lebte, dann musste er sich jetzt alleine

durchschlagen. Wenn die Gänge eingestürzt waren, dann war es Pech für die drei. Amir wäre ihm nach dem Fund des Grals sowieso nur noch im Weg gewesen. Er hätte ihn früher oder später eh los werden müssen. Und so war es einfacher.

Samuel nahm sein Handy und wählte.

»Tarek? Ja hör zu. Wir haben hier ein kleines Problem. Du musst das Labor sprengen. Zusammen mit dem Wissenschaftler und den drei Männern darin. Du weißt ja: es muss wie ein Attentat aussehen.« Er holte kurz Luft. »Ich bin ab jetzt erst einmal nicht mehr erreichbar. Sobald die Luft wieder rein ist, setze ich mich auf dem bekannten Weg direkt mit dir in Verbindung.«

Er schaltete das Handy aus, entfernte Akku und Chip und steckte beides ein. Später würde er das alles im Meer entsorgen.

Dann klebte er sich die Latexnase und die Stirnfalten an und schminkte sich gründlich. Das Ergebnis sah wirklich echt aus und er fühlte sich selbst fremd. Mit seiner Touristenverkleidung, Perücke, Cap und Sonnenbrille war er ein einfacher Tourist und verließ, seine Sachen im Rucksack, das Haus im gleichen Moment, als eine Gruppe Deutscher vorbei lief. Er mischte sich unter die Leute und blickte sich um.

Beide Enden der Straße wurden von Polizisten abgesperrt, die stichprobenartig die Passanten kontrollierten. Mit verzücktem Gesicht knipste Samuel ein paar Bilder von den umliegenden Häusern.

Eine junge Frau aus der Gruppe sah ihn an. Er lächelte, hob die Sonnenbrille und zwinkerte ihr zu. Sie lächelte zurück und sagte etwas, was er nicht verstand. Er erwiderte auf Spanisch, dass sie wunderschön sei und das schien sie zu verstehen. Er lächelte wieder.

Im Augenwinkel aber beobachtete er, wie der Polizist mit dem Reiseleiter sprach. Sein Puls stieg an. Etwas schien nicht zu passen. Jede Faser von Samuels Muskeln war angespannt.

Der Reiseleiter machte eine Bewegung mit dem Arm über die Gruppe hinweg und der Polizist nickte.

Die Gruppe durfte passieren.

Samuel hielt Blickkontakt mit der Blondine, als sie an dem Polizisten vorbei gingen und wies, eifrig nickend, mit der Hand in Richtung Kathedrale, wie in ein Gespräch vertieft.

Sie waren vorbei und Samuel atmete auf. Die Gruppe erreichte die Kathedrale. Er winkte der Blondine zu, mischte sich in eine andere vorbeilaufende Gruppe und erreichte, immer im Strom verschiedener Touristenpulks treibend, den Hafen.

*

Sophie nahm vorsichtig die Arme herunter, die sie schützend über ihren Kopf gehalten hatte, blieb aber in der Hocke. Es war stockfinster, ohne die Lampe, und die Luft war voller Staub, so dass sie kaum atmen konnte.

Sie zerrte ihr Micro vom Top und zertrat es.

Der Staub machte ihren Hals trocken wie Pergamentpapier und sie hustete heftig.

Vorsichtig tastete sie sich auf allen Vieren die Treppe hinunter. Sie schob mit den Händen Steine und Geröll zur Seite, während sie sich langsam Stufe um Stufe vorarbeitete. Sie tastete den letzten Treppenabsatz. Wieder erfasste sie eine Hustenattacke.

Sie musste Ramon finden, aber unter ihren Fingern waren nur Steine und Geröll zu spüren. Sie fühlte ein paar größere Steine, die im Weg lagen.

»Ramon«, rief sie leise. Aber es kam keine Antwort.

Sie stieß an einen großen Geröllhügel vor ihr. Vorsichtig tastete sie ihn mit der Handfläche ab. Er war so riesig, dass er den Gang zur Türe komplett verschlossen hatte. Geröll und Steine. Sonst nichts

»Ramon!« Jetzt schrie sie.

*

Der unerwartete Anschlag auf das Kloster San Honorato in Randa hatte die Kapazitäten der mallorquinischen Polizei an die absolute Grenze gebracht. In der Einsatzzentrale glühten die Drähte.

In Windeseile waren Polizei und Rettungskräfte vor Ort gewesen, denn man hatte das Schlimmste befürchtet. Der Berg war an vielen Stellen instabil und das konnte auch für die beiden anderen Klöster katastrophale Folgen haben.

Als die Einsatzkräfte am Kloster ankamen, bot sich ihnen ein grausiges Bild der Verwüstung. Der Boden war übersät mit blutigem Geröll und menschlichen Körperteilen. Bäume lagen quer über dem Vorplatz, darunter ein zerquetschtes Auto.

Doch auf den zweiten Blick stellte sich heraus, dass sie großes Glück gehabt hatten. Die beiden Attentäter hatten die Sprengladung aus irgendeinem Grund zu früh gezündet und so war die Explosion noch vor dem Gebäude erfolgt.

Die beiden Pater, die gerade an der Pforte standen, waren allerdings schwer verletzt worden. Der eine, Frey José, war noch verstorben, bevor er im Krankenhaus war. Der andere Pater, Frey Miguel, schwebte in Lebensgefahr.

»Die Detonation war heftig«, erstattete ein Polizist Bericht an den Krisenstab, »aber die anderen Klöster scheinen durch die Erschütterung nicht in erhöhter Gefahr zu sein. Wir sammeln die Leichenteile ein und bringen sie ins Pathologische Institut. Die Forensiker sollen dann schauen wie vielen Toten sie diese zuordnen können.

Der Verletzte liegt im Hospital General hier in Palma. Sie wissen noch nicht, ob er durchkommt. Falls er es schafft, meldet sich der Arzt bei uns. Dann können wir ihn befragen.«

61

Sophie spürte wie ihr die Tränen über die Wangen liefen und Spuren durch ihr staubiges Gesicht zogen. Sie tastete mit den Händen die Steine ab, verzweifelt suchend in der Dunkelheit. Sie musste jetzt seitlich an der Wand sein.

Da war eine schmale Lücke zwischen Wand und Steinhaufen. Sie schob ihre Hand hinein und tastete herum.

Ein kratzendes Geräusch drang an ihr Ohr. Sie lauschte. Da erklang ein leises Husten.

»Ramon?«, rief sie flehend.

»Ja«, krächzte eine raue Stimme zu ihren Füßen

»Ramon, bist du es? Ist alles okay?«

»Ja!«, ächtzte er. »Aber nimm doch bitte den Finger aus meinem Ohr.«

»Ramon!« Sophies Tränen flossen jetzt vor Erleichterung.

Ramon hustete.

Sophie tastete an dem Geröllhaufen entlang. Ramon musste dahinter liegen.

»Kannst du dich bewegen?«

»Kaum. Es ist verdammt eng hier und ich kann meinen Fuß nicht spüren.«

»Ich versuche die Steine wegzubringen.« Sophie begann mit ihren Händen das Geröll wegzuschieben, aber sofort kam der Haufen ins Rutschen.

»Hör auf!«, Ramon hustete. »Hier fallen dauernd Steine auf mich runter.«

»Die Lücke ist winzig. Wir müssen sie vergrößern. Du kommst sonst nicht raus.«

»Sophie, das hat keinen Sinn. Es werden weitere Steine nachrutschen. Geh und hol Hilfe. Ich warte hier.«

»Wo ist dieser Amir?« Sophies Stimme klang beunruhigt.

»Der muss unter dem Geröllhaufen liegen.«

»Ramon, ich lass dich nicht hier alleine.«

»Weißt du was Besseres?«

Sophie schloss die Augen.

»Ja, vielleicht«, flüsterte sie vor sich hin.

»Ramon, kannst du vielleicht den Hammer und den Meißel irgendwo finden?«

Sophie hörte ein Scharren und dann ein leises Aufstöhnen. Ramon musste ziemliche Schmerzen haben.

»Der Hammer ist hier«, sagte er nach einer Weile mit gepresster Stimme. »Den Meißel finde ich nicht.«

»Ich strecke die Hand durch den Spalt. Kannst du mir den Hammer geben?«

»Ich denke schon.«

Sie musste eine Weile mit den Händen umhertasten, bis sie den Hammer gefunden hatte.

»Ramon, ich lasse dich einen Moment alleine. Ich werde jetzt an einer Wand klopfen. Wenn etwas nicht okay ist, dann schrei bitte.«

Sie tastete sich im Dunkeln vorsichtig mit Händen und Füßen über das Geröll die Treppe hoch, immer bemüht nicht auszurutschen, wenn die Steine unter ihren Füßen wegglitten.

Es hatte mehr Zeit gebraucht, als sie gedacht hatte, bis sie zurück am Hauptgang war. *Jetzt muss nur der Weg frei sein.* Suchend fuhren ihre Handflächen über die Wände und tasteten nach einer Abzweigung. Aber vergeblich.

Sie muss hier sein. Sophie ging, mit den Händen fühlend, ein paar Schritte rückwärts. Nichts. Sie begann mit den Fingern zu klopfen. Vorwärts und rückwärts. Immer wieder.

Verzagt ließ sie den Kopf hängen.

Sie war doch hier. Ich weiß es genau. Wieder ging sie vorwärts. Diesmal tastete und klopfte sie weiter oben.

Ramon hörte ein dumpfes Hämmern an seinem Kopf. Es fühlte sich an, als würde ihm jemand mit einem Stock auf den Kopf schlagen. Aber das war ihm egal. Es klang nach einer Lösung und die brauchten sie jetzt schnell.

Plötzlich polterte es und Steine fielen auf ihn herunter. Er schrie vor Schmerz auf. Staub verschloss seinen Hals und lösten einen würgenden Husten aus. Er rang nach Luft, aber mit jedem Atemzug füllten sich seine Lungen mit noch mehr Staub. Ein Hustenkrampf schüttelte ihn, bis er sich erbrach.

»Ramon!« Er hatte Sophies Stimme wie aus der Ferne vernommen. »Ramon, ist alles okay?« Er fühlte zwei Hände in seinem Haar.

»Ja.« Er konnte kaum reden vor Erschöpfung nach der Hustenattacke. Sein Hals fühlte sich wund an, als hätte er Sandpapier geschluckt und der bittere Geschmack von Erbrochenem in seinem Mund löste erneut einen Würgereiz aus.

»Ramon, wenn du mir deine Hände gibst, glaubst du, ich kann dich dann da rausziehen?«

Erst jetzt realisierte Ramon, dass Sophie ein Loch in die Mauer an seinem Kopf gebrochen hatte. Sie musste in einem parallelen Gang sein. Ein Gefühl der Erleichterung durchströmte ihn.

»Ja, bestimmt.« Er reichte ihr die Hände und stemmte sich mit seinem unverletzten Fuß gegen das Geröll. Sophie zog und er schob.

Sie hörte, wie er vor Schmerz laute aufschrie.»Sophia, es geht nicht. Mein Fuß ist eingeklemmt.«

»Versuch das Bein zu drehen und ich ziehe nochmal.«

Sie zog mit aller Kraft, stemmte sich gegen die Mauerreste und spürte plötzlich, dass Ramon sich ein wenig bewegte. Sie zog noch einmal, so fest sie nur konnte, bis er endlich, zur Hälfte, bei ihr im Gang lag. Dann konnte er langsam restlich aus dem Geröllfeld kriechen und versuchte sich vorsichtig aufzusetzen.

»Danke«, sagte er leise.

»Ja!« Sophie lachte und machte einen kleinen Luftsprung. »Wir haben es geschafft.«

Sie kniete sich hin und umarmte Ramon. Er roch nach Erbrochenem, aber das war ihr egal. Einen Moment lang hielten sie sich so. Dann schob Ramon sie ein wenig von sich. Es war ihm peinlich, dass er so übel stank. Sophie stand auf.

»Kannst du laufen?« Er konnte in der Dunkelheit nur ahnen, dass sie ihn forschend ansah.

»Vielleicht, wenn du mir hilfst.« Sie gab ihm die Hand und er versuchte sich hochzuziehen.

»Mein Fuß. Ich kann nicht auftreten.«

»Ich stütze dich.« Sie versuchten ein paar Schritte. Es ging leidlich.

»Es gibt da einen Ausgang zum Meer. Er ist ein ziemliches Stück weg, aber wir könnten es schaffen.«

Ramon nickte. »Ja, Ausgang kling gut.«

Sophie sah zurück. »Wir müssen aber erst Amir da rausholen. Vielleicht lebt er noch.«

»Sophie, du spinnst. Du bist völlig verrückt! Der Mann wollte uns umbringen. Wir werden ihn da ganz bestimmt nicht rausholen und dabei unser eigenes Leben riskieren.

Wir können ihm nachher Hilfe schicken. Aber ich werde ganz sicher nicht selbst nach ihm graben. Zumal wir gar nichts sehen. Außerdem ist er ein Schwein.«

»Trotzdem. Er ist ein Mensch und bis Hilfe kommt ist er längst tot.«

»Sophie, ganz ehrlich: du hast sie nicht mehr alle. Er bleibt hier. Und außerdem bin ich mir ziemlich sicher, dass er jetzt schon nicht mehr lebt. Ich habe seine Hand neben mir gespürt. Sie lag völlig leblos da. Und alles Geröll lag auf ihm. Du kannst ihm nicht mehr helfen. Und ehrlich gesagt, bin ich froh darüber. Ein Problem, das sich von selbst erledigt hat.«

Sie waren erst wenige Schritte vorangekommen. Mühsam tasteten sie sich an der Wand entlang und Sophies Arm und Schulter schmerzten unter dem Gewicht von Ramon.

Sie blieb stehen.

»Was war das?«

»Ich hab nichts gehört.«

»Doch, da hat was gescharrt.«

»Vielleicht eine Maus?«, meinte Ramon.

»Nein, das war etwas Größeres«, Sophie klang beunruhigt.

Sie gingen weiter und nach ein paar Schritten blieb sie erneut stehen.

»Da ist etwas!« Diesmal hörte er Angst aus ihrer Stimme.

»Sophie, du hörst Gespenster.«

»Gespenster kann man nicht hören. Nur sehen.«

»Doch. Sie machen meistens ...«

»... AAAAR« Der wütende Schrei hinter ihnen, ließ beiden fast das Blut in den Adern gefrieren. Sie fuhren herum und wurden geblendet von einem grellen Lichtstrahl, der im gleichen Moment aufflammte. Sie rissen die Hände vor die Augen und versuchten das Licht abzuschirmen.

»Ihr Ratten!«, dröhnte die Stimme.

Amir! Sophie erkannte seine Stimme und ihr Puls schoss wie Donner durch ihren Kopf.

»Ihr wolltet mich in dem Loch verrecken lassen. Aber da habt ihr euch getäuscht. *Ich* werde jetzt *euch* hier verrecken lassen.« Das Licht senkte sich zum Boden und nun konnten sie Amir sehen. Er stand breitbeinig vor ihnen. Seine Kleidung hing in blutigen Fetzen an ihm herunter und an seinem linken Arm floss ein rotes Rinnsal aus einer tiefen Wunde. Er hielt seine Waffe auf sie gerichtet.

Jetzt ist es aus. Sophie schloss die Augen. Sie hatte das Gefühl, alle Kraft würde aus ihrem Körper weichen. Am liebsten hätte sie sich einfach hingelegt und wäre nicht mehr aufgestanden.

»Zieh deine Schuhe aus«, bellte Amir und deutete mit der Waffe auf Sophie.

Sie sah ihn nur an.

»Na mach schon. Ein bisschen schneller, wenn's geht. Sonst schieße ich deinem Freund da den Fuß weg.«

Sophie bückte sich und zog ihre Chucks aus.

»Jetzt den Bändel raus.«

Sophies klamme Finger gehorchten ihr kaum. Sie begann zu zittern.

»Schneller, du kleine Hure«, kreischte er.

»Und jetzt«, er fuchtelte mit der Waffe in Richtung Ramon, »jetzt setzt sich dein Freund auf den Boden und du bindest ihm die Hände auf dem Rücken zusammen. Aber fest, sonst knallt es.«

Sophie ging zu Ramon, der sich an der Wand entlang auf

den Boden hatte gleiten lassen und die Hände auf dem Rücken verschränkte. Sie hatten keine Wahl. Sie wussten, dass Amir keine Sekunde zögern würde, zu schießen.

Wenn ich ihn jetzt fessel, dann sind wir völlig ausgeliefert. Wenn nicht, dann wird er uns langsam und qualvoll töten. Ich habe keine Wahl ... Sophie schlang den Schnürsenkel um Ramons Handgelenke.

»Fest zuziehen! Ich will es sehen!« Amir schlug mit der Waffe gegen den Felsen und Sophie fuhr zusammen. Sie presste die Lippen aufeinander und zog dann so fest an den Schnürsenkeln, dass Ramon einen Schmerzenslaut nicht unterdrücken konnte und zusammenzuckte.

Amir grinste. »So ist es gut.«

Sophie schlang einen Knoten.

»Jetzt zu dir mein Häschen.« Amirs Gesicht verzog sich gehässig und seine Augen verengten sich zu Schlitzen. »Du wirst mich jetzt zu dem Schatz führen. Zur Belohnung darf dein Freund dann zuschauen, wie wir zwei uns miteinander vergnügen. Er wird bestimmt Spaß haben. Denn danach ...«, er machte eine Pause, »... danach wirst du darum betteln, dass ich dich töte.«

Sophie spürte wie ihr Hals eng wurde und ihr Kopf begann zu dröhnen. Alle Farbe war aus ihrem Gesicht gewichen. Sie lehnte sich an die Wand und sah zu Ramon. Bleich saß er auf dem Boden. Sie drückte ganz langsam das linke Auge fest zu und öffnete es wieder, hoffend, er habe ihr Zeichen verstanden.

Dann verdrehte sie die Augen, glitt langsam an der Wand hinunter und blieb regungslos auf dem Boden liegen.

*

Das schrille Klingeln eines Handys riss Mateo aus dem Schlaf. Er brauchte einen kurzen Augenblick, um sich zu orientieren.

Nase lief am anderen Ende des Raumes auf und ab, das Handy am Ohr.

Mateo strengte sich an, um etwas zu verstehen, aber Nase redete zu leise. Er konnte nicht einmal ausmachen, in welcher Sprache der Mann sich unterhielt. Aber seiner Körpersprache nach waren es keine guten Nachrichten. Nase gestikulierte und schüttelte den Kopf. Dann nickte er einmal langsam. Es sah frustriert aus. Er legte auf und winkte Reibeisen und Bär heran. Sie flüsterten zu dritt. Es schien, als wären sie nicht einer Meinung über etwas.

In Mateo stieg eine leise Panik auf. Es sah nicht nach einem neuen Auftrag aus und er hatte das Gefühl, dass dies seine letzte Chance war. Er rief zu den Männern hinüber: »Ich muss auf's Klo.«

Bär kam auf ihn zu, packte ihn am Arm und führte ihn zur Toilette. »Aber beeil dich. Wir haben nicht ewig Zeit zu warten.«

Mateo spürte sein Herz heftig schlagen. Es dröhnte bis in seine Ohren. Er versuchte, sich seine Angst nicht anmerken zu lassen »Jaja. Ich beeile mich immer«, brummelte er.

Er wartete, bis die Türe hinter ihm geschlossen wurde und verband dann die Türklinke mit einem kleinen Haken, der außen am Türrahmen herausschaute, indem er den Draht darum zurrte. Es würde im Ernstfall niemanden daran hindern die Türe zu öffnen, ihm aber vielleicht ein paar Sekunden Zeit verschaffen.

Das Fenster war noch nicht locker genug, um es aus der Verankerung zu lösen und das machte ihm Sorgen, denn wenn er hier raus wollte, musste er schnell sein und vor allem leise. Das war fast unmöglich. Ihm war klar, dass er keine Zeit mehr hatte und nur diese eine Chance.

Er dachte an Carla und sah ihr Gesicht vor sich. »Wenn es nicht klappt, dann bin ich bald bei dir«, murmelte er leise. Aber er wollte noch nicht sterben. Das war ihm die letzten Tage, seit er hier war, klar geworden. Er fühlte sich noch zu jung und er hatte noch so viel Lust zu leben.

Vorsichtig rüttelte er am Rahmen, um das Fenster zu lockern. Es bewegte sich nicht. Mateo rüttelte heftiger und spürte, wie es knirschte und ein wenig nachgab. Sein Herz raste und seine Finger zitterten. Er machte einen neuen Versuch. Diesmal mit noch mehr Kraft. Aber der Rahmen war noch zu fest im Mauerwerk verankert. Mateo spürte, wie ihm der Angstschweiß ausbrach.

»Bist du bald fertig da drin«, donnerte Bär. Er war ungeduldiger als sonst.

»Ja, einen Moment noch.« Mateo schaffte es, seine Stimme ruhig und gelassen klingen zu lassen.

Dann warf er sich verzweifelt mit aller Kraft gegen den Rahmen, der sich krachend löste und aus der Mauer nach außen fiel. Für den Bruchteil einer Sekunde war er erstarrt. Dann hörte er Bär an der Tür rütteln und nach seinen Kollegen rufen. Er wusste, er durfte jetzt keine Sekunde verlieren. Kopf voraus schob er sich aus dem engen Loch.

Er hörte die Tür knirschen und mit einem letzten verzweifelten Schub seiner Arme bekam er das Übergewicht, fiel und prallte hart auf der trockenen Erde auf.

Er zitterte, aber das Adrenalin schoss durch seinen Körper und jagte ihn auf. Er spürte nichts, außer den Drang zu überleben.

Er packte einen seiner Schuhe und warf ihn vom Haus weg. Dann rannte er in die andere Richtung.

Ihm war klar, dass er eigentlich hätte vom Gebäude weg laufen sollen, aber er war untrainiert und die Männer waren jünger als er. Und sie würden genau damit rechnen, dass er versuchte schnell weit weg zu kommen. Der Schuh sollte sie auf die falsche Fährte locken.

Hinter dem Haus lagerten einige große, runde Tanks, verrostet und teilweise von Büschen und Moos überwuchert. Von einem der Tanks war der Deckel abgerostet. Mateo zog ihn auf und kroch mit den Füßen voraus in das Dunkel.

Eine zähe, stinkende Masse durchdrang seine Kleidung und er musste einen Würgereiz unterdrücken. Gesund war das Zeug bestimmt nicht. Aber noch ungesünder war sicherlich eine Bleikugel in seinem Körper.

Er zog den Deckel wieder vor die Öffnung, hörte die Männer in der Ferne rufen und verhielt sich ganz still. Die Stimmen kamen näher. Sein Herzschlag beschleunigte sich und wurde so laut, dass er meinte er würde im Hohlraum des Tanks widerhallen. Er zog seinen, von der zähen Masse durchtränkten Pulli, von hinten über seinen Kopf und hörte, dass die Männer gegen die Tanks klopften. Er machte sich klein, obwohl er wusste, dass es nichts nützen würde.

Jemand zog den Deckel seines Tanks auf. Licht fiel herein. *Jetzt ist es ist aus,* dachte er.

»Oar, so ein Gestank!« Der Deckel wurde zugeschoben

. Mateo zitterte wie Espenlaub am ganzen Körper und sein Puls raste. Der Würgereiz wurde fast unüberwindbar. Er schluckte um ihn zu unterdrücken und versuchte nur ganz flach durch den Mund zu atmen. Dann wartete er.

Die Zeit schien zu schleichen und jede Sekunde kam ihm

vor wie Stunden. Nach einer gefühlten Ewigkeit hörte er ein Auto herfahren. Jemand rief etwas. Eine Weile war es ruhig. Dann hallten drei Schüsse. Und wieder Stille. Das Auto fuhr wieder weg.

Es war schon tiefste Nacht, als Mateo vorsichtig aus dem Tank kroch. Zentimeterweise arbeitete er sich auf dem Gelände vor, immer im Schutz von Büschen und Gestrüpp, die Umgebung mit den Blicken absuchend, ob eine Bewegung irgendwo wahrnehmbar wäre.

Er sah, dass die Masse des Tanks seine Kleidung schwarz gefärbt hatte und rieb sein Gesicht damit ein. Das bisschen Haut war jetzt auch noch egal. In der Deckung einiger Büsche entfernte er sich langsam von dem Gebäude, immer wieder lauschend und im Dunkel verharrend.

Er hatte nicht den leisesten Schimmer, wo er sich befand und wohin er sich in Sicherheit bringen könnte. Er hörte Autos schnell fahren. Irgendwo in der Nähe mussten größere Straßen sein. Er arbeitete sich weiter nach vorne, den Straßenlärm rechts und links von sich. Es mussten Stunden vergangen sein, seit er geflohen war.

Mit einem Mal sah er in der Ferne ein Licht. Er erhob sich, um die Deckung der Büsche zu verlassen, da krachte es laut hinter ihm. Es durchfuhr ihn wie ein Blitzschlag und er duckte sich tief. *Ein Ast! Jemand ist auf einen Ast getreten. Sie verfolgen mich!* Wieder begann sein Puls zu jagen. Er zitterte. Lange würde seine Kraft nicht mehr reichen. Lauschend auf jedes kleine Geräusch blieb er in Deckung, aber er hörte nichts und es rührte sich auch nichts mehr.

Erneut wartete er eine gefühlte Ewigkeit, bevor er endlich seine Deckung verließ und auf das Licht zu rannte. Am Horizont zeigte sich schon der helle Streifen der beginnenden

Dämmerung. Am Ende seiner Kräfte erreichte er das Licht. Noch nie hatte ein Burger King Restaurant ihn so glücklich gemacht.

62

Amir starrte auf die ohnmächtige Sophie.

»Verdammt«, fluchte er und machte mit dem Kopf eine auffordernde Bewegung zu Ramon:

»Du da! Schau nach ihr.«

Ramon wimmerte. »Das geht nicht mit den Fesseln und dem kaputten Fuß.«

»Waschlappen!« Amir stellte die Lampe ab und beugte sich über Sophie.

In dem Moment schnellte Ramon vor, riss Amir zu Boden und versuchte die Waffe zu packen. Aber der offene Schnürsenkel, der noch an Ramons Hand hing, hatte sich in Amirs Hemdenknopf verfangen und gab nicht nach. Ramon zerrte mit seinem Arm. Amir drehte die Waffe zu Ramon. Der schlug ihm die Faust ins Gesicht und im gleichen Moment packte Sophie von oben die Waffe und versuchte sie Amir zu entwinden. Ein Schuss löste sich.

Ramon schrie auf und ließ für eine Sekunde Amirs Hand los. Der schlug Ramon ins Gesicht. Ramon ging blutend zu Boden und blieb regungslos liegen. Sophie trat mit dem Fuß nach der Waffe und sie flog in den Gang.

Amirs Wut kannte keine Grenzen mehr. In Sekundenschnelle war er auf den Füßen, packte Sophie an den Haaren, riss ihren Kopf nach hinten und hob die Faust, da zog Ramon ihm die Füße weg. Amir flog durch die Luft, schlug ungebremst auf den Boden und riss Sophie mit sich. Sie fiel auf ihn. Blut spritze über Sophies Gesicht. Sie konnte nicht einmal schreien.

Amir lag regungslos unter ihr, in einer Blutlache. An seinem Kopf klaffte ein breiter Spalt. Daneben, die Spitze eines Felsens. Amir musste mit dem Kopf genau darauf geprallt sein. Blut floss aus der Wunde auf den Boden und hatte schon eine rote Lache gebildet.

Ramon hielt seine blutende Schulter. Er humpelte zu dem Leblosen, beugte sich hinunter und fühlte seinen Puls. Dann zog er die zitternde Sophie hoch.

»Vor dem brauchen wir keine Angst mehr zu haben.« Er nahm sie in den Arm und wischte mit seiner Kutte das Blut aus ihrem Gesicht. Sie zitterte am ganzen Körper. Ramon nahm sie in den Arm und beide standen schweigend da.

»Bist du verletzt?«, Sophies Stimme zitterte auch.

Ramon schüttelte den Kopf. »Nur ein Streifschuss.« Dann schnaufte er lachend: »Ich dachte schon, du bist ins feindliche Lager übergewechselt, als du die Schnürsenkel angezogen hast. Meine Güte. Es hat sich angefühlt, als wolltest du meine Handgelenke durchtrennen.«

Seine Worte lösten Sophies Schock auf, wie Sonne die Wolken. Der Anflug eines Grinsens zog über ihr Gesicht.

»Ich wollte, dass Amir sicher ist, dass ich genau das mache, was er verlangt.«

»Das dachte ich auch, dass du das tust. Bis du mir zugezwinkert hast, bevor du in deine Theaterohnmacht gefallen bist.«

»Es war die einzige Chance. Ich hab mich an die Indianerspiele mit meinen Brüdern erinnert. Mein Vater hat uns gezeigt, wie man Knoten macht, die sich auf Zug sofort auflösen.«

»Ein Glück, dass Amir anscheinend nie Indianer gespielt hat«, konstatierte Ramon trocken.

Sophie nickte grimmig. Dann ließ sie ihren Blick im Gang umherschweifen. Das diffuse Licht von Amirs Lampe, die immer noch am Boden lag, ließ den Sandstein der den Tunnel auskleidete warm schimmern.

Ramon humpelte zu der Lampe und hob sie auf. Forschend ließ er den Lichtkegel kreisen.

»Jetzt könnten wir den Gral noch holen.« Sophie sprach aus, was Ramon dachte.

Sie schwiegen beide einen Moment und dachten nach.

»Seit ich weiß, was so ein Irrer damit anstellen kann, bin ich mir nicht mehr sicher, dass ich ihn holen will.« Ramon schüttelte den Kopf. »Wir haben noch einmal Glück gehabt und in unserem Zustand nochmal da rein zu gehen. Nein!«, er schüttelte noch einmal den Kopf. »Lass uns versuchen nach draußen zu kommen. Alles andere kann man ja später noch überlegen.«

Sophie nickte. Sie hatte die gleichen Gedanken.

»Dann lass uns gehen und hoffen, dass wir Samuel nicht auch noch einmal begegnen.«

63

Es hatte für Ramon und Sophie gefühlte Stunden gedauert, bis sie den Ausgang am Meer erreicht hatten. Sophies Sorge wuchs, als sie dort ankamen. Sie hoffte inständig, dass die Öffnung nicht durch den Bau der Straße verschüttet war, oder dass sie graben müssten, weil das Ufer vergrößert worden war.

Sie standen vor der Türe ohne Griff. Sophie strich vorsichtig mit den Fingern über den Sandstein an der linken Wand, bis sie die leichte Wölbung am Rand einer der Quader ertastet hatte und drückte dagegen. Es geschah nichts. Sie wiederholte es noch einmal. Diesmal mit mehr Druck und nun drehte sich der Stein und gab eine Vertiefung frei. Ramon stieß einen Pfiff aus.

Sophie hielt den Atem an, als sie vorsichtig den Mechanismus in Gang setzte, der im inneren der Wand zu sehen war. Die Türe knarrte und ächzte, als sie sich öffnete. Sie standen vor einem Felsen.

»Leuchte mal nach oben!«, Sophies Stimme klang angespannt.

Sie griff an einen Vorsprung des Felsens. So kraftvoll wie sie noch konnte zog sie an dem Stein. Er bewegte sich kaum. Ramon kam ihr zu Hilfe und zusammen lösten sie ihn, nach und nach, aus der Öffnung.

Sie hörten das Meer rauschen. Sophie kletterte ungelenk die Stufen hinauf. Jeder Knochen in ihrem Körper schien zu schmerzen.

Ein Felsbrocken versperrte die Sicht, aber sie sah ein Stück blauen Himmels.

Zu zweit stemmten sie sich gegen den Brocken, bis er abrutschte und den Ausgang frei gab. Mühsam kletterten sie hinaus und fielen erschöpft in den Sand.

Es war sonnig und warm – und sie lebten.

Noch nie hatte Freiheit so süß geschmeckt.

Das war der Platz an dem Pedro und Ramon gefeiert haben. Sophie hatte noch nicht fertig gedacht, da schoss ihr die Erinnerung an die erste Begegnung mit Ramon im Kloster durch den Kopf. Die Erinnerung an etwas, das sie damals noch nicht hatte zuordnen können. Sie sah ihn von der Seite an und lächelte. Irgendwann würde sie ihm davon erzählen. ...Irgendwann.

Dann blickte sie sich um. Ein Stück weiter links von ihnen lag das Anima Beach Restaurant und dahinter der Strand von Molinas.

Ramon brach zuerst das Schweigen.

»Du hast mir das Leben gerettet.«

Sophie wandte sich zu ihm.

Er lächelte. »Danke.«

Ein Grinsen zog sich über Sophies Gesicht. »Das war eher den glücklichen Verkettungen von Zufällen geschuldet.« Sie legte den Kopf schief. »Denn ohne den Wunder-Tee von deinem Freund hätte ich dir gar nicht helfen können und mir auch nicht. Insofern haben wir uns gegenseitig gerettet, oder?«

»Du hast wirklich alles im Traum so gesehen?« Ramons Frage kam zögerlich, als hätte er Angst davor, dass Sophie es bestätigen könnte.

Sophie nickte. »Es ist, als hätte ich eine Zeitreise gemacht. Diese ganzen Erlebnisse waren wirklich einmal Realität. Ich habe es auch nicht glauben können, aber der Gang, die Verstecke, alles war so wie in meinem Traum. Ich würde das nicht glauben, wenn es mir jemand anders erzählen würde.« Sie schüttelte den Kopf.

Ramon sah nachdenklich auf das sonnenglitzernde Meer hinaus. Ein paar Möwen schrien und flogen über sie hinweg in die Ferne.

»Glaubst du, er hätte wirklich die christliche Religion zerstören können?« Sophie sprach aus, was ihr die ganze Zeit im Kopf herumgegangen war.

»Indem er beweist, dass Jesus nicht Gottes Sohn ist?«

»Ja.«

»Viele glauben an das, was die Wissenschaft beweisen kann. Die Theoretische Physik beweist aber zum Beispiel, dass sich die Erde direkt nach ihrer Entstehung in Nichts hätte auflösen müssen. Denn nach der Quantentheorie entstanden sämtliche physikalischen Objekte paarweise in Form von Materie und Antimaterie. Diese haben aber entgegengesetzte Ladung und hätten sich, aufgrund ihrer Anziehungskraft, sofort gegenseitig zerstört. Aber da es die Erde nun mal gibt und alles was darauf lebt und besteht, scheint sich die Wissenschaft da irgendwie zu irren.

Noch kann die Theoretische Physik nicht erklären, warum es uns gibt. Also kann Wissenschaft nur einen Teilaspekt der Wirklichkeit wiedergeben. Das was bleibt, liegt in unserer Seele. Man nennt es Glauben.«

»Hmm«, Sophie bohrte ihren Fuß in den Sand. »Du denkst also, dass es egal ist, ob Jesus Gottes Sohn war?«

»Nein, das halte ich für ganz wichtig, aber ich denke, dass es wissenschaftlich nicht beweisbar ist.«

»Schade«, Sophie seufzte und strich sich eine Haarsträhne aus dem Gesicht. »Es wäre viel leichter.«

Ramon lachte. »Das sehe ich anders. Die Menschen

würden immer ein Argument dagegen finden. Wer nicht glauben will, der wird es so oder so nicht. Es gibt schon so viele geschichtliche Beweise, die für die Wahrheit der Bibel sprechen. Aber Glauben ist wie Partnerschaft. Man muss sich auf Gott einlassen, Erfahrungen mit ihm sammeln und wenn das jemand erfahren hat, dann kann einem diesen Glauben keine noch so ausgeklügelte Wissenschaft mehr nehmen. Glaube ist etwas ganz Persönliches zwischen Gott und dem Menschen.

Die Kirche, die früher die Gemeinschaft einer handvoll Gläubigen war, ist inzwischen ein bedeutender Machtfaktor, der enorm wichtig für das Gleichgewicht der Weltmächte ist. Aber im eigentlichen Sinne ist sie immernoch als Zusammenschluss der Menschen gedacht, die ihre Gotteserfahrungen miteinander teilen. Deshalb wird der Glaube überleben, in welcher Form auch immer. Bis zum Ende der Welt. Da bin ich sicher.«

Sie schwiegen einen Augenblick.

Sophie dachte über das nach, was Ramon gesagt hatte.

»Wir müssen dringend die Polizei alarmieren«, riss Ramon sie in die Realität zurück.

»Oh, stimmt.« Sophie stand auf. »Aber lass uns nichts von meinem Traum erzählen. Die schicken mich sonst in die Psychiatrie«, halb im Scherz, halb ernst hatte Sophie es gesagt.

»Nein, wir sagen ihnen nur, dass Samuel uns bei dir aufgelauert hat, weil er das Dokument und die Entschlüsselung wollte, von der er glaubte, dass wir sie hatten. Wir hatten aber nur eine vage Vermutung, dass er in der Zisterne ist und er hat uns gezwungen dort den Schatz zu suchen. Den Rest erzählen wir, wie er war.«

Sophie nickte. »Das Ganze hat schon genug Unheil angerichtet. Ich glaube es ist besser, wenn der Heilige Gral erst einmal dort unten bleibt.«

Ramon schwieg nachdenklich. Dann deutete er nach links.

»Lass uns zum Anima Beach rüber gehen. Dort kannst du fragen, ob du die Polizei anrufen kannst. Ich warte an der Seite.«

Sophie wusste, dass er an die Reaktion der Leute auf sein Gesicht dachte. Sie sah an sich herunter und dann zu Ramon.

»*Ich* würde *mich* nicht telefonieren lassen.«

Sophie verriegelte den Eingang des Ganges und begleitete dann den humpelnden Ramon zu einer Bank neben dem Restaurant. Die Leute, die auf der Sonnenterrasse lagen, warfen ihnen befremdliche Blicke zu.

Am Eingang stand ein Polizist, mit dem Rücken zu ihr, unterhielt sich mit der hübschen Rezeptionistin und deutete hinauf zur Stadt.

»Julio?« Sophie war sich nicht sicher, ob es der Polizist von Es Trenc war.

Er drehte sich um und ein Grinsen zog sich über sein Gesicht.

»Hola Señorita. Haben Sie schon wieder mal mit einem Mörder gerauft?« Aber im gleichen Moment verschwand das Grinsen wieder aus seinem Gesicht.

»Ich weiß, es klingt blöd, aber ›Ja‹.«

Sophie hatte es angespannt herausgepresst.

Sie sah erbärmlich aus, wie sie da vor ihm stand: starrend vor Schmutz, verschmiert mit Blut und Staub von oben bis unten, die Beine und Arme blutig zerkratzt, die Shorts und das Shirt zerschlissen, die Haare zerzaust und wie betoniert von Staub und Lehm. Er runzelte die Stirn.

Sophie schluckte. »Er war bei mir im Haus und wenn Sie sich beeilen, dann können Sie ihn vielleicht noch dort erwischen.«

Julio starrte sie fassungslos an. »Kennen Sie seinen Namen?«

»Samuel!« Es kam wie aus der Pistole geschossen.

Julio hatte das Funkgerät schon vor dem Mund, noch bevor sie den Namen Samuel fertig ausgesprochen hatte. »Carlos, hier ist Julio. Schickt die Terroreinheit in die Stadt. Bei mir ist eine Frau, in deren Haus vermutlich der Gesuchte Samuel Vidal ist.« Er drehte das Gerät etwas vom Gesicht weg. »Sagen Sie mir die Adresse.« Er gab sie direkt weiter.

»Ich nehme die Frau jetzt mit zu euch. Dort kann sie alles zu Protokoll geben.«

»Wir müssen noch meinen Freund mitnehmen. Er ist verletzt.« Sophie deutete zur Parkbank. Ramon hob den Kopf und Julio zuckte zusammen als er das Gesicht des Mannes sah.

»Und sagen Sie bitte ihren Kollegen noch, dass dieser Samuel zwei Menschen eingesperrt hat«, fügte Sophie hinzu. »Sie sind vermutlich, kaum bekleidet, in einem eiskalten Keller, irgendwo in der ›Carrer de les Monges‹. Und sagen Sie bitte auch noch, dass der Schlüssel zu meinem Haus bei Maria Fuster, meiner Nachbarin, hinterlegt ist. Sie hat den Tante Emma Laden gleich am Eck. Ihre Leute werden sonst ohne massive Gewalt nicht in mein Haus kommen.«

Julio sah sie an. »Einfach nur zum Shoppen gehen, ist Ihnen zu langweilig, oder?«

64

Es war, als hätte sich plötzlich der Korken einer Flasche gelöst. Auf einmal sprudelten die Informationen, wie ein Wasserfall, in die Dienststelle der Policia Local.

»Rodriguez, wir haben endlich die Handydaten.« Pepe reichte sie zu ihm rüber.

Über Funk kam Julios Information. Seine sonst so lässige Stimme klang angespannt als er meldete: »Carlos, hier Julio. Schickt die Terroreinheit in die Stadt. Ich habe hier eine Frau, in deren Haus vermutlich der Gesuchte Samuel Vidal ist.«

Das Telefon klingelte.

»Rosello«

»Hier nochmal Carlos Bauzá, vom DPG. Wir haben hier einen Mann bei uns, Mateo Ramirez. Er war Gefangener dreier Männer, die ihn gezwungen haben, eine DNA Analyse zu machen. Die drei Männer haben wir mit jeweils einer Kugel im Kopf aufgefunden. Wir glauben, dass die Entführung mit dem Gesuchten Samuel Vidal zusammenhängt.«

Als Julio mit Sophie und Ramon in der Zentrale ankam, waren die Einsatzkräfte schon auf Hochtouren dabei, Sophies Haus auf den Kopf zu stellen, und die Kontrollen auf der Insel wurden ein weiteres Mal verschärft.

Sophie und Ramon berichteten ihre Geschichte und Rosello nahm alles zu Protokoll.

Als sie geendet hatten, war ein Augenblick Stille. Dann legte Rosello die Hände ineinander und sagte: »Sie haben sehr viel erlebt. Meine Hochachtung vor Ihrem Mut und Ihrem Einsatz. Wir hoffen, dass wir diesen Mann finden.

Leider habe ich eine schlechte Nachricht für Sie, Señor

Carroz. Ihr Onkel liegt im Krankenhaus. Er wurde bei dem Anschlag auf das Kloster, den Samuel Vidal doch noch verübt hat, schwer verletzt. Wie wir von den anderen Padres erfahren haben, waren er und sein Mitbruder diejenigen, die erreicht haben, dass die Attentäter den Sprengsatz schon vor dem Kloster zünden mussten. Die beiden haben viele Menschenleben gerettet. Sie können sehr stolz auf Ihren Onkel sein.«

Sophie presste die Hände auf den Mund. Tränen verschleierten ihren Blick. Das was sie getan hatten, um den Anschlag zu verhindern, hatte nichts genützt. Sie sah wie Ramon bleich wurde.

»Ich würde jetzt gerne zu meinem Onkel gehen.«

Rodriguez nickte. »Sie können sich vorher noch etwas frisch machen. Meine Kollegen und Kolleginnen haben ein paar Kleidungsstücke für Sie organisiert. Sie liegen unten in den Waschräumen. Enrique wird sie Ihnen zeigen.«

Er winkte durch die Glasscheibe seinem Kollegen. Dann wandte er sich Sophie zu.

»Wir haben Ihr Handy aus Ihrem Haus mitgenommen. Es wurde überprüft, aber anscheinend ist es von Samuel Vidal nicht benutzt oder manipuliert worden.« Er schob das in einen Plastikbeutel gewickelte Handy über den Tisch zu ihr. »Aber es wäre trotzdem besser, Sie würden es entsorgen und sich ein Neues, mit neuer Karte dazu kaufen.« Dann fügte er besorgt hinzu: »Und bitte kommen Sie nach dem Krankenhaus noch einmal zu mir. Solange Samuel Vidal nicht gefasst ist, möchten wir Ihnen gerne Personenschutz geben.«

*

Sie betraten das Intensivzimmer.

Der Pater lag im Bett. Kaum hob sich sein bleiches, eingefallenes Gesicht von den Laken ab. Selbst sein grauer Bart schien noch grauer als zuvor. Er hatte die Augen geschlossen. Um ihn herum waren unzählige Geräte, die piepsten und brummten, und Schläuche führten von seinem Körper zu Infusionsständern und Sekretbeuteln.

Sophie betrat das Zimmer.

»Frey Miguel!« Ihre Stimme brach ab.

Ramon trat ans Bett.

»Onkel«, sagte er mit zitternder Stimme und Sophie wurde bewusst, dass Frey Miguel alles war, was Ramon von seiner ›Familie‹ übriggeblieben war. Sie schluckte.

Frey Miguel schlug die Augen auf. »Ihr seid da.« Seine Stimme klang schwach aber erleichtert.

»Du musst jetzt nicht reden«, beschwichtigte ihn Ramon. Er zog sich einen Stuhl ans Bett, setzte sich und nahm die Hand seines Onkels. »Du brauchst jetzt deine Kraft, um gesund zu werden.«

Frey Miguel bewegte den Kopf in einer leicht verneinenden Bewegung. »Nein, Ramon«, flüsterte er. »Ich werde sterben. Das weiß ich.«

»Onkel, du bist stark. Du schaffst das«, Ramons Stimme klang beschwörend.

Der Pater lächelte müde. »Ramon, ich weiß, dass du es nicht wahrhaben möchtest, aber ich spüre es. Und ich möchte dir noch ›Danke‹ sagen. Du warst immer wie ein Sohn für mich. Danke für alles, was du mir an schönen Erinnerungen gegeben hast. Bitte pass auf dich auf und höre auf dein Herz.«

Ramon standen die Tränen in den Augen. »Ich bin der,

der Danke sagen muss, für alles was du für mich getan hast.«

Frey Miguel drückte Ramons Hand. »Du bist stark, Ramon, du wirst deinem Leben wieder die richtige Richtung geben.«

Ramon wandte sein Gesicht. Über seine wulstige Narbe rann eine Träne und fiel auf das Bett. Der Pater hob schwer und mühsam den Arm ein Stück hoch und strich mit dem Fingern über Ramons Gesicht. »Ich gehe nur nach Hause«, sagte er und lächelte. »Du weißt doch, was ich dir immer über den Tod gesagt habe. Er ist nur der Weg in unsere eigentliche Heimat. Und ich bin froh, dass wir einander im Leben begleiten konnten. Gott schütze dich.«

Dann drehte er den Kopf. »Sophia.«

Ramon stand auf und überließ Sophie den Stuhl.

»Sophia«, die Stimme des Paters klang so schwach, dass Sophie die Tränen in die Augen stiegen. Sie versuchte sie wegzublinzeln, aber sie rollten über ihre Wangen und Sophie wischte sie mit dem Handrücken weg.

»Frey Miguel, Sie dürfen nicht reden. Das kostet Sie zu viel Kraft«, sagte sie bittend.

»Doch, Sophia. Ich muss dir das erzählen. Es ist wichtig.« Frey Migel schloss kurz die Augen und atmete tief ein.

»Vor etwas mehr als dreißig Jahren kam ein Ehepaar mit zwei kleinen Buben zu uns ans Kloster«, begann der Pater mit schwacher Stimme.

»Sie standen am Vorplatz und ganz offensichtlich hatten die Eltern einen heftigen Streit. Schließlich nahm der Vater die Buben und fuhr weg. Die Frau stand alleine da und ich sah, dass sie weinte. Also ging ich zu ihr und bot ihr meine Hilfe an. Sie erzählte mir, dass ihre Ehe am Ende sei.

Wir redeten lange miteinander und dann fuhr ich sie nach Hause.

Eine Woche später brachte sie Blumen für das Kloster und bedankte sich. Sie war den ganzen langen Weg gelaufen. Ich war gerade dabei nach Sóller aufzubrechen und bot ihr an, sie auf dem Weg mit nach Hause zu nehmen.«

Der Mönch rang nach Luft. Ramon nahm seine Hand. »Onkel, willst du nicht eine kleine Pause machen?«

Er schüttelte den Kopf und holte erneut tief Luft. Sophie wollte ihm die Sauerstoffmaske geben, aber er wehrte ab. »Am Landgut Raixa machten wir Halt. Es war damals völlig verfallen. Auf der Insel gab es zu der Zeit noch wenig Fremde und keiner hat sich für das arabische Landgut interessiert.«

Seine Stimme wurde etwas kräftiger und sein Blick warm. »Ich zeigte ihr das Haus und wir liefen die Steintreppe hinauf, durch den wunderschönen verwilderten Garten, bis an das große Wasserreservoir und dann weiter. Oben angekommen, zog ich sie in das maurische Türmchen. Die bunten Fenster zauberten ein magisches Licht in den Raum und sie lachte ihr wunderbares Lachen. Ich sah in ihre Augen ... und küsste sie. Es war nur ein einziger Augenblick der Schwäche ...«

Der Pater machte erneut eine Pause und auf seinem Gesicht lag ein Ausdruck von Glück.

»Sie wollte ihre Familie verlassen«, fuhr er fort. »Aber es hätte keine Zukunft für uns gegeben. Ich hätte ihr alles genommen und ihr nichts dafür geben können. Und wir hätten so viel zerstört. Ich beschwor sie, bei ihrer Familie zu bleiben und fuhr sie nach Hause. Wir verabschiedeten uns unter Tränen. Wochenlang hörte ich gar nichts von ihr.

Da stand sie auf einmal an der Pforte. Sie erzählte mir, dass sie sich mit ihrem Mann versöhnt hätte und bei ihrer Familie bleiben wolle. Sie gab mir einen Brief, und ging. In dem Brief stand, dass sie schwanger sei. Von mir. Sie wollte es irgendwann ihrem Mann erzählen, wenn es Zeit wäre. Das Kind war ein Mädchen und dieses Mädchen warst du, Sophie.«

Vor Sophie drehte sich das Zimmer. Sie hörte, wie Ramon nach Luft schnappte. Sie selbst konnte das Gesagte noch gar nicht begreifen.

»Ich sah sie nie wieder«, sprach der Pater weiter. »Wir schrieben ab und zu, und gelegentlich schickte sie mir Bilder von dir. Sie wollte keine finanzielle Unterstützung, also schenkte ich ihr mein Haus in Palma, ein Familienerbe, mit der Bitte, es irgendwann, wenn du erwachsen bist, an dich weiterzugeben. Als du zwölf warst, beichtete deine Mutter ihr Geheimnis deinem Vater. Er liebte deine Mutter sehr und wollte sich nicht von ihr trennen, aber er wollte auch nicht mehr auf der Insel bleiben. Also beschlossen deine Eltern, mit euch nach Deutschland zurück zu gehen. Deine Mutter brach den Kontakt zu mir komplett ab.

Als du dann plötzlich vor ein paar Wochen im Kloster gestanden bist, wusste ich sofort, wer du bist. Du siehst deiner Mutter so ähnlich.«

Er sah sie mit einem liebevollen Lächeln an, aber Sophie war noch überhaupt nicht in der Lage das Gesagte zu begreifen. Sie fühlte sich wie in einer Seifenblase der Unwirklichkeit und tausend Fragen schossen unsortiert durch ihren Kopf.

Frey Miguel schnappte wieder nach Luft und diesmal nahm er den Sauerstoff gerne an.

Sophie nahm seine Hand, noch völlig benommen vom Ansturm ihrer widersprüchlichen Gefühle.

Die Stimme des Paters war kraftlos: »Mein bürgerlicher Name ist Julio Serra. Ich und damit auch du, sind Nachfahren von Francesco Serra, dem Bruder des ersten Komturs der Templer auf Mallorca.«

Er machte eine Pause um Luft zu holen und Sophie war es erneut, als würde ein wilder Strudel von Gedanken und Fragen sie erfassen. Jetzt bekam ihr Traum aus der Vergangenheit einen Sinn. Es war tatsächlich so, wie es Ramon von dem alten Medizinmann gehört hatte. Es gab sie tatsächlich, die Erinnerungen der Vorfahren. Und sie wusste: es war nicht Francesco, der ihr Vorfahre gewesen war, sondern Ramon Serra, der Templerkomtur.

Die Bilder der Vergangenheit stiegen in ihr hoch: Ramon, Leila, deren Haare im Licht der aufgehenden Sonne glänzten, ihr Lachen, ...

Miguel hatte Sophies Schweigen falsch gedeutet. »Ich weiß«, sagte er krächzend, »ich hätte es dir früher sagen sollen, aber ich dachte, wir hätten noch so viel Zeit ...«

»Nein, Miguel«, Sophie drückte zart seine Hand, »es war richtig so. Wir haben uns doch erst vor ein paar Tagen kennengelernt.« In dem Moment, als sie es aussprach, wurde ihr bewusst, dass ihr erstes Zusammentreffen mit Miguel kaum mehr als zehn Tagen zurück lag. Aber es war ihr, als hätten sie sich schon ewig gekannt.

Sie hörte am Piepsen des Herzmonitors, dass Miguels Herzschläge langsamer wurden und ungleichmäßiger.

»Ramon, wir müssen einen Arzt holen«, sagte sie bittend.

»Nein!«, Frey Miguel bewegte ganz langsam den Kopf in

einer verneinenden Geste. »Lasst uns die wenige Zeit, die uns bleibt, für uns nützen.« Er holte krampfhaft Luft und schloss einen Moment die Augen.

»Sophie«, sagte er dann erschöpft, »ich weiß, dass du das jetzt erst einmal verarbeiten musst. Ich erwarte auch nicht, dass du mich als Vater siehst. Ich bin so dankbar, dass ich das Glück hatte, ein wenig Zeit mit dir verbringen zu können. Dein Vater, der dich erzogen hat, ist dein Vater und wird es immer bleiben. Aber ich bin sehr stolz auf dich und ich liebe dich.«

Sophie wusste nicht, wie sie reagieren sollte. In ihr war das reinste Gefühlschaos und in ihrem Kopf lief die Zeit mit ihrem Vater wie ein Film ab. Er hatte sie immer geliebt und nicht die kleinste Sekunde ihres Lebens hatte er sie irgendwie spüren lassen, dass er nicht ihr Vater war. Im Gegenteil. Oft hatte sie das Gefühl gehabt, er würde sie besonders im Herzen tragen. Sie dachte an den Moment, als er vom Krebs gezeichnet und im Sterben liegend, sich von ihr verabschiedet hatte. ›Mein Mädchen‹ hatte er gesagt ›Danke, dass du immer so eine wunderbare Tochter für mich warst. Ich war immer so glücklich, dass es dich gegeben hat‹. Ihr Vater hatte es gewusst und er hatte akzeptiert, dass sie noch einen anderen, einen leiblichen Vater hatte. Mit einem Mal wurde ihr klar, wie viel er ihr damit geschenkt hatte.

»Miguel«, sagte sie und jetzt stiegen ihr die Tränen in die Augen. »Nicht jeder hat das Glück zwei so wunderbare Väter zu haben.«

Sie nahm seine Hand und drückte sie ganz fest. »Ich bin so froh, meinen leiblichen Vater kennengelernt zu haben. Und ich bin sehr glücklich, dass *du* es bist.«

Der Pater versuchte sich aufzurichten. Sophie beugte

sich vor, half ihm und küsste ihn zärtlich auf die Wange. Ein Lächeln glitt über das Gesicht des Paters. »Mein Kind«, sagte er.

Über Sophies Gesicht rollten Tränen. Miguel legte sich zurück und tat einen tiefen Atemzug. Dann herrschte nur noch Stille – bis auf den langen gleichmäßigen Alarmton des Herzmonitors.

Sophie rannen die Tränen über das Gesicht. Ramon nahm sie in den Arm. Er fand keine Worte. Stumm strich er ihr übers Haar.

»Ich hätte so gerne noch Zeit mit ihm gehabt.« Sophie schluchzte.

»Ich weiß«, Ramon drückte sie an sich. »Und ich bin schuld an seinem Tod und am Tod dieser ganzen Menschen«, sagte er und tiefe Verzweiflung lag in seiner Stimme.

»Nein, Ramon«, Sophie schüttelte unter Tränen den Kopf. »Du hast überhaupt keine Schuld, denn du hast nicht entschieden, jemanden zu töten. Samuel Vidal hat diese Menschen auf dem Gewissen. Nur ER und sonst niemand.«

Sie standen eine Weile da und hielten sich stumm im Arm.

»Ich kann jetzt nicht nach Hause gehen«, sagte Sophie dann. »Lass uns ein paar Schritte am Strand entlang laufen.«

Schweigend gingen sie nebeneinander her, den Strand von Molinas entlang. Die Sonne setzte dem türkisfarbenen Meer funkelnde Kristalle auf die Wellen und die Möwen kreischten mit den Kindern um die Wette.

Ramon sprach seine Sorge aus: »Hast du Angst, dass dieser Samuel dich jetzt weiterhin verfolgen könnte, weil er weiß, dass du das Versteck kennst?«

Sophie zuckte mit den Schultern. »Ich hoffe einfach, dass die Polizei ihn noch findet.«

Nach einer kurzen Pause fügte sie hinzu: »Vielleicht fliege ich für eine Weile nach Deutschland.«

Sie liefen wieder eine Zeit lang schweigend nebeneinander her. Das leise Rauschen der Wellen, die am Strand ausrollten und ihre Füße sanft umspülten, vermischte sich mit dem Lachen einiger Fußball spielender Kinder.

»Es ist verrückt, dass sich ein Leben innerhalb weniger Stunden völlig verändern kann.« Sophie brach mit einer traurigen Nachdenklichkeit das Schweigen. »Ich glaube ich brauche erst einmal Zeit, um das alles zu verarbeiten.«

Ramon blickte auf das Meer hinaus und nickte. »Das geht mir auch so.« Dann fügte er hinzu: »Am Ende ist jetzt alles anders, als es am Anfang schien.«

Sophie hob den Kopf.

»Ja. Als ich her kam, hatte ich zwei Brüder und eine Hand voll Freunde. Jetzt habe ich plötzlich eine unglaubliche Vergangenheit und bin verwandt mit Menschen, von denen ich bisher nichts wusste.

Und so wie es scheint, hat jeder Mensch so eine Vergangenheit, von der er nichts weiß. Solange, bis sie ihn irgendwie einholt. Und vielleicht bestimmt sie auch manches in seinem Leben, ohne dass er es weiß.«

Ramon nickte und schwieg. Auch er war noch nicht in der Lage diese ganzen Veränderungen und Erkenntnisse zu verarbeiten.

»In deiner Vergangenheit«, brach er dann die Stille, »da hast du doch auch meinen Vorfahren getroffen.«

Sophie nickte. Er wandte sein Gesicht zu ihr. »Was für ein Mensch war er?«

Sophie blieb stehen und sah mit einem wehmütigen Lächeln an ihm vorbei über das Meer. »Er war der beste Freund, den man finden kann und ein wunderbarer Mensch. Es klingt blöd, aber ich vermisse ihn irgendwie.«

Der Wind wehte ihr eine Haarsträhne ins Gesicht und Ramon schob sie zärtlich hinter ihr Ohr. »Magst du mir irgendwann einmal alles erzählen?« Sie legte den Kopf zur Seite und lächelte: »Ja, gerne.«

In ihren Augen spiegelte sich das Blau des Meeres und der Wind wehte die Haarsträhne wieder in ihr Gesicht. Sie schob sie lächelnd zurück.

Ramon hob die Hand und fuhr sanft mit seinem Finger über ihre Wange. Dann zeichnete er zärtlich ihre Lippen nach. Ihre Blicke versanken ineinander, ihre Gesichter näherten sich, bis ihre Lippen sich trafen. Und die Wellen rollten sanft ans Ufer und umspülten ihre Füße.

Sie standen noch lange Hand in Hand, schweigend am Meer.

Ramon war es, der die Stille brach. »Wir sehen uns wieder«, sagte er leise.

Sophie nickte. Sie wussten beide, dass zu viel sie verband, als dass es ein endgültiger Abschied hätte sein können.

Er wandte sich um und ging am Strand entlang, zurück in Richtung Stadt.

Sie sah ihm nach, wie er immer kleiner wurde und irgendwann nur noch ein Punkt in der Ferne war.

Das Handy klingelte in ihrer Hosentasche.

»Sophie, wo bist du denn?« Steffens Stimme klang besorgt und ärgerlich. »Ich hab die letzten zwei Tage schon so oft versucht, dich zu erreichen. Geht es dir gut?«

Sophie lächelte und Tränen schossen ihr in die Augen. Es war schön, eine vertraute Stimme zu hören und zu spüren, dass sie eine Familie hatte. »Ja es geht mir gut, Steffen. Ich komme in ein paar Tagen nach Deutschland. Ich glaube, ich habe euch sehr viel zu erzählen.«

Drei Wochen später zeigte Dr. Eugenio Sanchez, im chirurgisch-ästhetischen Institut in Madrid, seinem entstellten Patienten die virtuelle 3D Darstellung einer, auf ihn abgestimmten, Nasen- und Gesichtsplastik.

Die Heilung würde dauern. Aber falls er sich dafür entschied, könnte er fast wieder so aussehen, wie auf dem Foto, das ihn mit seiner Frau und seiner Tochter zeigte.

Noch vermisste niemand das junge Ehepaar, das mit dem kleinen Segelschiff ›Meermaid‹ für eine halbjährige Auszeit am Hafen von Palma abgelegt hatte. Und es würde noch eine Weile dauern, bis das Meer die von brutaler Misshandlung verstümmelten Körper an Land spülen würde.

Die blaue ›Meermaid‹ lag da schon längst, braun angestrichen, und unter dem Namen ›Tia Dalma‹, im Hafen von Alexandria und der blonde Mann mit dem jungenhaften Gesicht, der es gesteuert hatte, flirtete mit einem jungen Mädchen an der Mole.

Wissenschaftlicher Hintergrund des Krimis:

DNA ist nicht nur ein Erbgut, das Körpermerkmale speichert. Wissenschaftler sind inzwischen überzeugt, dass auch Erlebnisse und Emotionen über Generationen hinweg vererbt werden.

Diese Forschung steckt noch in den Anfängen, aber sie wirft Fragen auf.

Welche Erinnerungen unserer Vorfahren beinhaltet die DNA eines Menschen?

Beeinflusst diese ‹historische› Prägung uns und unser Leben?

Und können wir vielleicht wirklich irgendwann einmal in einer Art Zeitreise die Vergangenheit unserer Vorfahren lebendig werden lassen?

Können wir dieses genetisches Erbe durch die Art, wie wir unser Leben gestalten, willentlich beeinflussen und verändern?

Historischer Hintergrund des Krimis:

Unter der Stadt Palma existierte zur Zeit der Eroberung 1229 ein weit verzweigtes Gängesystem, das im Laufe der Jahrhunderte teils einstürzte, teils durch Modernisierungen zerstört wurde. Gut erhalten sind die Höhlen unter dem Castillo Bellver und ein Teil der dazugehörigen Gänge, die einst bis zum Almudaina Palast geführt haben.

Die antike Zisterne aus Sophies Haus stand zur Zeit der Römer an der alten Stadtmauer. Sie befindet sich genau so, wie sie beschrieben ist, in einem alten Stadthaus in Palma.

Die Geschichte der Inseleroberung ist eng angelehnt an Tatsachen, zum Teil sogar bis hin zu den Dialogen.

Die Personen der Eroberung sind authentisch, inklusive ihrer Namen und Erlebnisse, bis auf die unten genannten Ausnahmen.

Im Gefolge des Königs Jaime I von Aragon befanden sich Ramon Serra, der nach der Eroberung Mallorcas von 1229-1232 erster Komtur der Templer auf Mallorca war.

Es gibt zwar widersprüchliche Angaben über den Namen des ersten Templermeisters, aber Ramon Serra wird in einigen älteren Dokumenten als der erste Komtur der Templer auf Mallorca angeführt.

Bei der Eroberung von Menorca ,1232, wird er auf jeden Fall als wichtiger Anführer und Templermeister von Mallorca mehrfach genannt. Über seinen weiteren Weg ist nicht viel bekannt.

Ein wichtiger Mann im Gefolge des Königs Jaime I war

Pedro de Massa der, während der Eroberung, Kapitän auf einem der Schiffe war. Er wurde durch Jaime I zum Ritter geschlagen wurde und war ab da als Graf Pedro von Carroz bekannt und unter dem Namen auch als Erster Admiral und Statthalter von Palma.

Es gibt auch bei ihm widersprüchliche Angaben, ob der Ritterschlag bereits vor der Eroberung von Palma oder erst danach war.

Raymond de Serra war von 1231-1232 Komtur der Templer von Monzon. Er war ein Verwandter von Ramon Serra, dem Templer-Komtur auf Mallorca.

Armand de Périgord war Großmeister der Templer von 1232-1244. Er starb zwischen 1244 und 1277 in Gefangenschaft.

Die Personen von Leila und dem Johanniter, sowie der Tod von Ramon Serra sind frei erfunden. Das goldene Siegel existiert nicht und das Versteck des Heiligen Grals ist ebenfalls Fiktion.

Es gibt im Kloster San Honorato auch keine Mönche, nur eine Religionsgemeinschaft.

Die Räume des Klosters San Honorato so wie sie beschrieben sind, existieren nur in meiner Phantasie.

Allerdings lohnt sich ein Besuch dort, denn das Kloster hat tatsächlich eine ganz besondere Ausstrahlung.

Die Geschichte der Eroberung ist so authentisch wie möglich dargestellt, in Anlehnung an die Chronik von Jaime I., die ich in der katalanischen Fassung als Grundlage meiner Recherchen genommen habe. Einige Gespräche zwischen dem König und seinen Begleitern habe ich fast wörtlich übernommen.

Die Liebe zwischen Ramon Serra und Leila und die Freundschaft zwischen Pedro und Ramon sind Fiktion. Ebenso die Gespräche und Geschehnisse, die sich zwischen Ramon Serra und Pedro de Carroz abspielen.

Aber alles könnte sich auch durchaus so ereignet haben.

Über die Landschaften, Orte und Lokale der Insel habe ich so authentisch, wie möglich geschrieben.

Leider gibt es viele der genannten Lokale nicht mehr. Sie haben geschlossen, den Besitzer gewechselt oder sind, im Zuge der Globalisierung, den großen Ketten gewichen, weil die Besitzer die immer höher werdenden Mieten nicht mehr zahlen konnten.

Eine der Bars, die noch aus ganz frühen Zeiten erhalten geblieben ist, ist die Bar Bosch – gesprochen Bosk. Sie wurde 1936 von Jaume Bosch eröffnet und hat seitdem nur einmal den Besitzer gewechselt.

Ein Besuch dort lohnt sich immer.

Die Personen, die in der Gegenwart meines Krimis leben, sind frei erfunden. Ähnlichkeiten mit lebenden oder verstorbenen Personen wären rein zufällig.

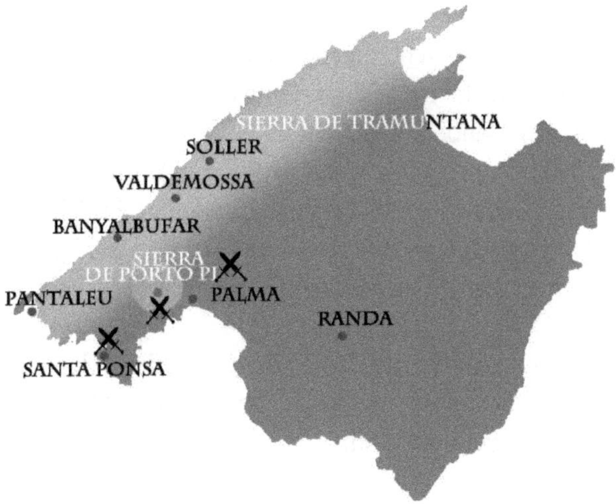
SIERRA DE TRAMUNTANA
SOLLER
VALDEMOSSA
BANYALBUFAR
SIERRA
DE PORTO PI
PANTALEU
PALMA
RANDA
SANTA PONSA

Danksagung

Ein Buch entsteht nicht ohne die Mitwirkung vieler lieber Menschen.

Daher möchte ich zuerst meinen Eltern von Herzen danken, ohne die ich nicht einen wesentlichen Teil meines Lebens auf Mallorca verbracht hätte.

Sie haben von klein auf meine Kreativität und mein Interesse an Geschichte entscheidend geprägt und mich immer in allen Belangen unterstützt. Ohne sie wäre ich jetzt nicht da, wo ich stehe. Sie sind die besten Eltern die es gibt.

Wenn ich nun für meinen Dank eine Reihenfolge wählen muss, dann kann ich es nur danach, wie diese Menschen in mein Leben getreten sind.

Ich sage meiner Schwester, die von Anfang an meine verrückte Zisternen-Idee mitgetragen hat und mir beim Layout eine enorme Hilfe war, ein großes Dankeschön.

Meinem Sohn Tobias von Herzen Danke, der für mich immer jedes Design so gemacht hat, als könne er meine Gefühle sehen, und der in meinen Augen ein gigantisches künstlerisches Potenzial hat.

Ebenso meinem Sohn Andi ein herzliches Danke für die immer positiven Ideen und seine Unterstützung, sowie meiner Schwiegertochter Dani für viel Zeitaufwand und Mühe bei der Korrektur und wunderbare lange kreative Gespräche, die maßgeblich zum Entstehen des Buchtitels geführt haben.

In unendlicher Geduld hat mein Mann zu jeder Zeit korrigiert, mit mir diskutiert und mich beraten. Ohne ihn gäbe es dieses Buch nicht. Er hat mich ermutigt diese verrückte Idee zu realisieren.

Und jeden Tag schenkt er meinem Leben ein Lachen, Sonne und Farben.

Danke von ganzem Herzen.

CAROLINE STEIN

Die Autorin

Caroline Stein ist das Pseudonym von Caroline Pfundstein.
Geboren 1966 in Deutschland, verbrachte sie ihre Kindheit und einen Teil ihres Lebens auf Mallorca.

Ihr Vater, der unter anderem für Terra-X Filme produzierte, prägte ihr Interesse für Geschichte und Literatur.
Seit ihrer Ausbildung 1986 ist sie als Physiotherapeutin tätig.

Bei dem Umbau eines alten Stadthauses in Palma begannen ihre Recherchen für diesen Krimi mit historischem Hintergrund.
Caroline Pfundstein lebt mit ihrem Mann, einem Hauptkommissar, und ihren Kindern in Bayern.